水車小屋のネネ

津村記久子

毎日新聞出版

水車小屋のネネ

装幀　中嶋香織
イラスト　北澤平祐

第一話　一九八一年

どこに行くの？　とホームで律に訊かれて、田舎の方かな、と理佐は答えた。え、じゃあ山か海どっち？　と律はたずねる。山かな、と理佐は答える。律からしたら、田舎に行くというと山か海なのだろうと理佐は思う。厳密にはどちらも近い場所はいくらでもあるのだが、律の年齢ならまだ、ある場所には山もしくは海しかないという判断が妥当なのかもしれない。

「もしかして、前に行ったとこ？　おそば屋さん。お店の休憩中におばさんと話したよね」

「そう。りっちゃんが飼育栽培委員会の鳥小屋係だって話したとこ」

律は、ああ、あそこね、と言いながら、布バッグを地面に置いた後、慎重に黄色い盲人用タイルをよけて置き直し、肩がこる、と大人びた口調で呟いた。

「こんなにいっぱい荷物持つのさ、小学校の一学期の終業式みたい」

「アサガオの鉢植えとか持って帰ってくるもんね」

「そう。あと給食バッグもあるし、図書室の本はいつもの二倍借りられるし、上ばきもお道具箱もだし」

「机の中のもの全部持って帰るんだっけ」

「そうそう」

理佐は律を見下ろす。ランドセルを背負っている上に、両手には本の入った布のバッグを持っている。今回持ってきたのは、借り物の本は一冊もなく自分自身の持っているものばかりだったが、それでもたくさんあった。右手の袋に九冊、左手の袋に七冊入っているはずだ。

自分は小学生だった頃に、こんなに本を読んだだろうかと理佐は思う。子供用の文庫本が半分で、残り半分は、固いカバーで字が大きくて絵のページが多い、決して軽くはない物語や伝記の本だった。引っ越すから身の回りのものをかばんに詰めてね、と告げると、律は、言っとくけど私はものもちだよ、と意味深に呟いたかと思うと、本だけを理佐が作った二つの布のバッグに入れて、洋服も下着も何一つ詰めずに、終わった、と理佐に言ってきた。理佐はそのことは指摘せずに、律の普段身に着けるものや体操服や水着をたんすの引き出しからあるだけ探し出して自分が持つ方のボストンバッグに詰めた。

律が言っている上履きや、「お道具箱」といった学校で使用する細かい文具のたぐいは、今は理佐がすべて肩から掛けたボストンバッグの中に持っている。理佐が二人の母親に代わってよく洗濯した「給食バッグ」は、今日は持っていない。給食の配膳の時の、クラス共用の割烹着と帽子が入っているのだが、律は転校するため、学校から持ち出すことはなかった。

律のランドセルと両手の布バッグ、理佐が背負っている高校の登山遠足用に買った大きなリュックサックと、肩から掛けている中学の修学旅行に持って行ったボストンバッグ、そして右手に持った大きなビニールバッグに入った荷物が、十八歳と八歳の姉妹の全財産だった。引っ越し、というと、テレビで見るような引っ越し会社の大きなトラックに持って行くものを載せて、山に囲まれた広い道路をまっすぐに走っていくものかと思っていたのだが、違っていた。理佐と律の姉妹は、それぞれが両手と背中に持てる程度の荷物と一緒に、山間《やまあい》の町へと向かう特急を待っていた。

引っ越し先で必要な大きな家電というと、テレビと洗濯機しか思いつかず、もちろんそのどちらも理佐の貯金では買えないので、これから働く先のおかみさんに打ち明けると、テレビと洗濯機は亡くなったおじいちゃんのがあるよ、テレビはうつるかうつらないかあやしいけど、とのことだった。理佐はそれを耳にしただけでこの先のすべてがうまくいくような気がして、ありがとうございます！　と公衆電話のボックスの中で何度も頭を下げ、最後に黄色い電話機に軽く額をぶつけた。

電話ボックスを出た後、冬にはストーブがいるし、夏には扇風機がいる、ということを思い出して、少し気が滅入ったけれども、両方とも一万五千円ぐらいあったらたぶんなんとかなるはずだし、まず七月に扇風機を買うとして、働き始めてから一か月あたり給料から五千円を貯金したら買えるだろう、と理佐は考えた。今日の夕方に来る自分と律の布団一式の金額が、アルバイトの一か月分の給料とほぼ同じであることにも、理佐は驚いた。四月から律が通う小学校の給食費の分も確保しておかなければならない。あとは冷蔵庫が問題なのだが、これから働く店にはまかないがあるし、しばらくは食材は使い切るように心がけて過ごすつもりだった。

特急がやってきて、理佐と律はいちばん後ろの自由席の車両に乗り込む。通路に入るなり、律が自分の肩を見ながら、眉を下げてもぞもぞし始めたので、理佐はまず律の両手の荷物を棚の上に上げて、自分のボストンバッグとビニールバッグをその隣に置いた。それぞれのランドセルとリュックサックは、膝の上に持つことにした。

窓際がいいよね、と律を奥に押しやる。理佐も本当は窓際が良かったけれども、律の身長ならそれほど窓の向こうの景色が遮られないので譲ることにした。

小学校が春休みに入って最初の土曜の特急の車両は、登山に行く格好の人や旅行用と思われる大きなバッグを持った人たちで満席で、早めに並んでおいてよかったと理佐は思った。

特急が動き始める。十五分ほどは市街地の風景が続く。

「電車の席がね、こういうふうに、二人がけで同じ方向を向いているやつだと、ものすごく遠くへ行くんじゃないかって気がする」

「私も」

律の言葉に、理佐はうなずく。律はおそらく、特急券を買って電車に乗ること自体が人生で二度目のはずだ。一度目は、律を連れてあさってからの勤め先に面接に行った時のことだった。

理佐自身も、特急券を買ってどこかに行くことは一年に一度もなかった。去年とおととしの年末に、アルバイト先の倉庫の人たちとスキー旅行に行く時に購入したぐらいだ。最初は、特急券と指定席券に分かれていることが理解できなくてあたふたしたが、会社員をやりながら週三回文具の倉庫でアルバイトもしている光田《みつだ》さんが切符の買い方を教えてくれた。

「三時間は電車に乗ったよね、前」

「いや。一時間ちょっとだね」

「えー、うそ!」

「ほんと」

子供独特のものの感じ方なのか、律は時間をやたら長く感じるらしい。母親によると、すぐ退屈するし落ち着きがないそうだ。理佐は、学校のある日は高校から直接アルバイトに行っていたため、家はほとんど寝に帰るためだけにあるようなもので、休日もおとなしく本を読んでいる律の姿しか見たことがないような気がするので、落ち着きがないとは特に思わなかった。

　これから年の離れた妹のそういうところを見て、自分は苦しむのだろうかと理佐はぼんやり思った。こめかみがひきつって口の中が苦くなるような不安も感じたけれども、それでももうなるようにしかならないと理佐は思った。

「すっごく遠いところに行くんだと思ってた」

「どこぐらい？」

「青森とか」

「北海道じゃないんだ?」

理佐は笑ってしまう。律は学習机のデスクマットの日本地図を眺めるのが好きで、保育園を卒園して小学校に入学するまでの間に、日本の都道府県の名前をほぼ覚えてしまった。北海道は海を挟んでいるので外国のように感じるらしく、陸続きでいちばん遠いところは青森だという認識があるのではないかと理佐は思った。

「トイレのある電車なんでしょ?　じゃあどこまででも行けるよね」

「まあそうかもね」

後で行っていい?　と律に訊かれて、理佐はいいよ、と答える。律は窓の外を見て、なかなか山に入らない、と不満そうに言った後、理佐の方に向き直る。

「お姉ちゃんさ、ぬい物の学校行くって言ってたのどうなったの?」

「縫い物?　ああ短大の被服科か。それは行かなくなった」

「なんで?」

理佐は、正直に律に打ち明けようかどうか迷ったあげく、一応ちゃんと理由を言うことに決める。この子も四月からは小学校三年だ、と思うようにする。

「入学金が払えなくなったの。学校に行く前に払うお金ね。お母さんに、他のことに使う、って言われて、私のバイト代では払えないから、行かないことになった」

理佐が律を連れて家を出てきたことの大きな理由の一つがそれだった。

「他のことってなに?」

「今度言う」

増村さんの事業に使うことになったの、先月からテナントの家賃が上がって……。理佐は、首を横に振って、嫌な記憶を追い出す。とにかくこれから暮らす場所に到着して、それに慣れるまでは出てきた家のことは思い出したくなかった。後悔するかもしれないけれども、その時間は今はないと思った。

「ちゃんと今度言ってよ」

「言うから。そうだ、トイレ行ってきたら？」

「今はいいよ」

「楽しみにしてたんでしょ？　電車乗ってる時にトイレ行くの」

「楽しみっていうかねえ」

律は少し考え込んで、あーでも楽しみだったかな、と言う。前に律を連れて就職先に面接に行った時、律はトイレのある電車に乗るのは人生で初めてだと言って三回用を足しに行った。それを考えると、確かに落ち着きがない子のような気がする。

「こんどは景色を見る」

「大人みたいなこと言うね」

山に差し掛かると本当に景色が良くなった。ただ山々が上の方に見えるというだけでなく、渓流が流れる谷を見下ろせるし、その付近の狭い平地には家々がひしめいている。そして電車が進む向こうにやはり山脈が広がっていて、世界は広く高く深いのだ、ということを唐突に理佐に見せつける。

律は、採石場のクレーンの首にある社名を口に出して読み上げる。

「か、し、わ、で、ばらす（株）……」

『膳バラス（株）』という字を、律は理佐がまったく知らない読み方で読む。理佐は目を見張る。あれ「かしわで」って読むの？　と理佐が口を開きかけると、あれ、雪？　と律は遠くの山のてっぺんが白いのを指さす。倉庫のアルバイト仲間の光田さんが、この沿線の出身らしく、山下さんが行く頃には、まだ雪が残ってる山があるかもねと言っていたことを理佐は思い出しながら、雪だと思う、と理佐はうなずく。

「どんな鳥がいるのかな？」

そば屋のおかみさんに、面接で何度となく「鳥の相手があるんだけど」と理佐が言われていたことを思い出したのか、律は山のてっぺんの雪のことをすぐに忘れて理佐の方を向く。その鳥というのは、面接の日は獣医さんに診てもらうために近所の人の車に乗って理佐が住んでいた市に入れ違いで出かけているとのことで留守だったのだが、おかみさんがその「鳥」に何か採用の基準を置いていそうなことは間違いなかった。家賃の安い二人暮らしができるアパートを紹介してくれて、昼夜のまかない付きという条件のその職場を、理佐はどうしても逃したくなかったので、もちろん、と一も二もなくうなずいた。

「相手って、おばさん言ってたよね。世話って言わない？　ふつう」

「いや、あるよ。相手って言うって。猫の相手、犬の相手……」

「えー言うかな」

「言うって。この話は終わり。鳥はりっちゃんに任せる」

母親が、律について落ち着きがないと愚痴るように言うのがよくわかってきたような気がする。けれども嫌な感じはしなかった。理佐自身も子供でなくなってからそれほど時間が経っていなかったからかもしれない。

「お姉ちゃん、この特急は振り子電車だってこと知ってる？」

「え、知らない……」

「急カーブでスピードを落とさなくても電車が倒れない構造が、振り子電車なんだって」

他の電車で有名なのは『くろしお』だね、と律は続ける。どこ走ってるの？　と一応たずねると、和歌山、と律は答える。

「前にこの電車乗った時に、どんなのに乗ったんだろうって図書館の図鑑で調べた」

「そうか」

引っ越した先の図書館の本、たくさんあるといいね、と理佐は祈るように呟く。心の底から、それを願う。

律は思いも寄らないことを知っている。役に立たないことばかりのような気もするけれども、なぜか理佐は頼もしく感じながら、また窓の向こうに開いた渓流と山々の景色を覗き込んだ。

＊

入学金が振り込まれておりませんが、という電話を受け取ったのがせめて自分で良かった、と今にして理佐は思う。あのまま何も知らずに、書類がこないなと思ったまま短大に電話をかけたり、入学式に行ってしまったらひどい恥をかいていたのではないか。

振り込みの期限を五日過ぎてまして、今日から二日以内に振り込んでいただかないと、入学の意志はないとみなされます。戸惑ったような女性の声にそう告げられて、忘れてるのかもしれません、親に確認してみます、と力なく理佐は答えた。土曜日だった。

夕方の早くから文具の倉庫のアルバイトに行くため、出勤の時間が一時間ほど遅くなる、という電話をかけ、母親が買い物から戻るのを待った。律は図書館に行っていた。

帰ってくると、あら、なんでいるの、と母親は理佐に向かって言った。入学金が振り込まれてないって電話がかかってきたんだけど、と理佐が打ち明けると、ああ、あれね、と母親は事もなげに言いながら冷蔵庫を開けて、買ってきたものをしまい始めた。

「精一郎さん、いえ、増村さんにね、必要なんだって言われて。先月から、借りてる事務所の家賃が上がっちゃったの。それで」

「それで？」

「私の自由になるお金じゃちょっと足りなかったから、あのお金も使わせてもらった」

悪いけど学校は来年から行ってもらっていい？　たぶんその頃には事業も軌道に乗ってるだろうから、私から頼んで大学にも行かせてもらえると思う……、というようなことを母親が続ける声がなんとなく聞こえたけれども、理佐の耳には厚い膜が張ってしまったようで、うまく聞き取れなかった。

「とにかく私、学校行けないの？」

「当分そういうことになるかも」

「行けないいんでしょう?」

理佐はしばらくじっと母親の顔を見つめていたが、母親は首を縦には振らなかった。母親の中では、理佐は短大なり大学なりに行けるのだ。ただし来年以降。

とにかく、今この家でやることは何もない、ということだけを思い立って、理佐はアルバイトに出かけた。来年なら四年制の大学に行ってもいいのよ、ほんと、という母親の声が追いかけてきたけれども、理佐は無視して玄関の扉を閉じた。

停留所のベンチに座ってバスを待ちながら、理佐は呆然としていた。どうしたらいいのかわからなかった。入学金は三十万円で理佐の郵便局の口座には現在十八万円が入っている。週五日、月曜から水曜、金曜と土曜に理佐はアルバイトに行っていたけれども、それを今から増やして、と考えかけて、期限があと二日しかないことに気が付く。誰か十二万をいきなり貸してくれる人をアルバイト先で探せばいいのか、とも思いついたけれども、貸してくれそうな人というのが浮かばない。同僚の、会社員をしながらアルバイトもしている八歳年上の光田さんなら持っているかもしれない、と思ったけれども、五月で目標の資金を達成しそうだからやめるかもしれない、と語っていたうれしそうな彼女の顔を思い出すと、簡単に借金を切り出すこともできないのは目に見えている。

せめて入学金の期限の日にでもわかっていればなんとかできたかもしれないのに、と理佐は停留所の庇《ひさし》のポールにつかまりながら、やがて拳で叩き始める。頭をぶつけたいぐらいだと思う。もしくは抗議のために、目の前の車道を通り過ぎる車に飛び込んでやることが頭を過《よ》ぎる。

でも今の母親なら、それすらも上の空で受け取ってしまうのではないかということに、理佐は胸が悪くなるものを感じる。

理佐が車道に飛び込まないうちに、なんとかバスがやってきてくれたので乗り込み、そのまま十五分ほど乗って終点の工業団地へと向かう。嫌いではないのでよく眺めている窓越しの景色も、今は汚い色の残像が次々と通り過ぎていくだけに見える。

理佐が小学四年の時に母親が離婚して以来、女三人でしっかりやってきたと思う。理佐が小学校を出るまでは祖父母のところにいて、中学からは三人で暮らすようになった。律はまだ小さかったけれども、過剰に姉の理佐に負担をかけることもなかったし、母親自身は地元の生命保険の代理店に勤めて、地味で真面目そうなところが信用できる、というような評価を受けながらそれなりの成績を上げていた。女手一つで自分を育ててくれている母親を尊敬している時期もあった。だからこそ今の状態は悲しかった。

一人でちゃんとやってるって本人も思ってただろうし、私も思ってたけれども、本当は、母親は心のどこかで男の人に頼りたかったのかもしれない、と思い至ると、理佐は泣きたくなる。自分はまだ頼りないけれども、十八歳になって、高校も卒業した。それから二年また学業に就くとはいえ、平日はアルバイトをして日々の出費は自分でまかなっているし、アルバイト先でさまざまな年代の同僚の女の人たちと話すうちに、世の中の仕組みもぼんやりと見えてきた。大人だと言い切るにはまだ少し足りなかったかもしれないが、もうすぐ大人になるだろうという実感はあった。

どうして私じゃだめなの？　と母親にたずねたかったけれども、成人した男と自分を頼りになる相手として比べるのは、理佐の中では正当なことであるのに対して、母親の中では違うことなのだということも、なんとなくわかっていた。わかることが悔しかった。

そんなに男の人と私たちは違うんだろうか。理佐はそう思いながら、とりあえず同じバスに乗っている男性を探してみる。

運転手さんと通路を隔てて向かい側の席に座っているおじいさんが、このバスの中では男性だ。バスの運転ができるのはすばらしいことだと思うけれども、私も学校に行って訓練をすればちゃんとこなせると理佐は考える。隣の席のおじいさんは、険しい顔で居眠りをしている。居眠りなら理佐でもできる。

理佐自身は、アルバイト先の二つ年上の正社員の男の人のグループと、アルバイトの若い女性のグループで、日曜日に何度か映画に行ったりしたことはあったけれども、特に何も思わなかった。その中の一人から、また行こうと誘われたものの、その人はあまり映画が好きそうでもなかったし、何を話したらいいかもわからなかったし、おごってもらうのは気が引けるし、気を遣うことばかりだったのでつい断ってしまった。その人は、理佐と別のシフトのグループの女の子と付き合い始めて、うまくやっているみたいだ。

増村という人は、理佐の母親の勤めている会社の支社からやってきた人間らしく、母親と同じように一度の離婚歴のある人だった。母親と付き合い始めてから、増村は仕事を辞め、事業を始めることにした。何かの通信販売をしようとしているらしかったが、母親は理佐に詳しいことは教えなかった。事業のために節約しているらしく、食事をしに理佐たちの家に入り浸り、滞在する時間は日に日に長くなった。婚約者という態《てい》で、十歳年下の妹の律に対して父親のように振る舞っているところを何度か見たこともある。理佐はその姿を見かけるのがなんとなく嫌で、アルバイトに行く回数を増やすようにして、風呂も早朝の学校に行く前に入るようにしていた。増村が家に宿泊する日は、銭湯に行った。すれ違いの生活が続いているので、妹の律がどうしているのか、どう思っているのかということについて話し合ったことはないけれども、ずっと気にはなっていた。

気丈な人だと思っていたけれども、本当は心細くて仕方のない人なのかもしれない、本当は男の人に何でも決めて欲しい人間なのかもしれない、と理佐は母親に対して考えを変え始めていた。今年の冬に石油ストーブを購入する時にも、母親は増村を伴って電器店に行った。そのぐらいのことは自分で決めたら良くない？　と理佐が一度だけ呈した疑問に、母親は答えた。

自分で決めるのがもう嫌になったの。

理佐は何の反論も思いつかなかった。

アルバイトは、文具の会社の倉庫でピッキングと検品をしていた。ピッキングは一人、検品は四人のグループで行う。その日は検品を長くやる日で、周りに人がいてなんとなく良かった、と理佐は思う。一人で伝票を持ってピッキングをやっていると、おそらく母親のことばかり考えてしまうから。

仕事中に他の同僚としゃべるわけではないけれども、たとえば正面の内山さんとか、斜め前の若井さんとか、隣の光田さんに、自分が母親に言われたことをどう打ち明けようかだとか、打ち明けている様子そのものを想像するだけでも、少しだけ気が晴れた。

帰る時間が一緒だったので、理佐と同じ年頃を筆頭に三人の男の子を育てているという若井さんに、これからちょっとだけ時間ありますか？　と駄目で元々という気持ちで声をかけてみると、若井さんは首を捻《ひね》って、ごめん、どうしてもテレビ観たくて、とすまなそうに顔をしかめた。８チャンネルで『アラビアのロレンス』やるの。若井さんも理佐も、欲しいねと言い合いながらビデオデッキを持っていないし、映画の好きな若井さんはそれこそ半分はビデオデッキを買うという動機でアルバイトをしていることを考えると、引き留めるわけにはいかないな、と思い直して、あ、じゃあ今度、と理佐は引き下がった。ごめんね、山下さん、と若井さんは自転車で帰っていき、理佐はまたバスに乗った。

いちばん話がしやすそうなのは、二十代の光田さんなのだけれども、来週のどこかにでも退勤の時間が重なる曜日があるだろうか、と理佐は考えながら、自動販売機と街灯と居酒屋の店先しかよく見えない窓の外を眺めながら帰った。夜と夕方なら夕方にバスに乗るほうが風景がよく見えるので理佐は好きだったが、今日は情報の少ない夜が楽に感じた。

地元の停留所を降り、家に帰りたくないから倉庫の休憩室にでもいればよかった、と後悔しながら、せめて何か気晴らしになるものを口に入れたいと思い、缶コーラを売っている自動販売機へと向かった。その時に理佐が飲みたくなったのは、炭酸がきついという評判のあまり見かけない会社の製品で、その自動販売機は児童公園の近くにあって、公園は夜は危険なところだという知識から、アルバイトの帰りには絶対に通りかからない、最低でも近寄らないように気を付けていたのだが、その日はどうしてもその珍しいコーラが欲しくなった。

児童公園の入り口の様子を想像しつつ、周囲を注意深くきょろきょろ見回しながら、離れた位置から自動販売機の左右の側に誰かいないか確認する、お金を入れる時にもボタンを押す時

にも後ろを向く、などとぶつぶつと考えながら歩き、問題の自動販売機からコーラを取り出したところで、公園の照明のたもとにあるベンチに人影があるのに目を留めた。嫌だな、見つからないようにしよう、と体を屈める。しかし、座っている人の身長が小さくて、どうも子供のようだということが気にかかった。

子供がこんな時間に公園にいるのはただ事ではないと思う、しかし理佐自身は公園に入りたくない、という気持ちを秤《はかり》に掛けて、ああもうこの一日だけだから！　とコーラの缶を握り締め、走って公園に入っていくことにする。誰か悪い人間が見張っていた場合、脚の速さを見ていればいいと思った。高校の生物の授業で習った。ガゼルが肉食動物に対して運動能力を見せつけるストッティングだ。理佐は運動神経は悪くない。

走って近付くと瞬く間に判明したのだが、公園のベンチに一人で座っていた子供は、妹の律だった。

「だめじゃないの！　なんで夜にこんなとこにいるの！」

お姉ちゃん？　と怯えてベンチから飛び退《の》いて走り去ろうという体勢を取っていた律は、突然走り寄ってきて目の前で止まった理佐を見上げて目を見張った。地面には律が読んでいた本が落ちていた。『宝島』だった。

「絶対にだめ！　誘拐とかされるから！」

「そうだね、うん、わかった」

「誘拐されたい!?」

「いやだ。ごめん」

律はうなずきながら、出よう、お姉ちゃんここから出よう、と本を拾い、公園の入り口へと理佐の背中を押していった。

「なんであんなところにいたの？」

興奮のあまり肩で息をしながら律を見下ろすと、律は、ごめん、とまた言った。

「家にいられなくて。新しいお父さんに閉め出されたから」

「なんで？」

なんで、なんで、って事情をまったくわかってない私は何なんだ、と思いながら、理佐は口にする。この子の姉なのに自分は。

「新しいお父さんにやれって言われたドリル、解けなくて。小五のやつ」

あの人に言われてできなかったのは算数ね、国語はできる、と律はかすかにプライドを滲《にじ》ませて言う。律はけっこう成績がいいはずだ。小学二年の一学期の通知表は、少なくとも理佐の同じ時期よりも「5」の数が多かった。

公園を出て、とりあえずどこへ行こうかと考える。夜の十時に電気が点いている野外なんて、理佐は居酒屋の店先か自動販売機の前ぐらいしか思いつかなかったが、そういえば自宅の近くの大きなマンションの自転車置き場がいつも明るかった、と思い出して、律を伴って行くことにする。

「晩ごはんの時に、だいたい新しいお父さんが来るんだけど」

「まだ結婚してないし新しいお父さんじゃないよあの人」

「お母さんがそう呼んでって言うんだよ」律は声を潜めてうつむきながら、自転車置き場の近くにあったU字の柵の上に座る。「頭のいい子になってほしいからって、私に小学五年の問題集を買ってくるの。それでその答え合わせをして、×が多かったらごはん抜きだなって」

「ええ？　お母さん何も言わないの？」

理佐は、ずっと手に持っていたコーラの缶をリュックサックにしまい、律の前に立つ。

「言わない。お父さんだもの」

律の言葉を聞きながら、母親は本当に何も考えたくなくなったんだな、と理佐は苦々しく思う。何も考えたくなくなったっていうのは、言葉の上では悪いことじゃないみたいだけど、虫眼鏡で光を集めるように、小さな悪いことを集めて放射するような考え方だと思う。

「今までどのぐらいそんな感じだったの？」

「週に一回ぐらいかな。私はあんまりごはん食べないから、三月に入ってから閉め出されるようになった」

「なんでお姉ちゃんに言わないの？」

「お姉ちゃんいないでしょ家に」

そう言われると反論はできない。理佐だって母親の恋人を避けるためにアルバイトに行き、夕食もそちらで食べて、帰宅したであろう時間を狙って家に帰っていた。アルバイトのない日も友達と遊んだりして顔を合わせずに済む時間に帰る。律は夜の十時半には布団に入って寝てしまう。朝は理佐の方が早く学校に行く。日曜はアルバイトは休みだけれども、律は図書館か友達の家に行き、理佐も眠っているか遊びに出てしまう。

「閉め出されるのすごくいやだけど、あの人が家にいて機嫌が悪いよりはいい」

背後を律が無表情で通り過ぎるだけで、なんだそのふてくされた顔は！　馬鹿にしてんのか！　と怒鳴られる。そんなことはない、と反論すると、そうだろ！　なんだその目は！　と言いがかりをつける。家にいる時に律が足音を立てて歩くと怒る。律が不満を示すために戸やドアを乱暴に閉めると追いすがって激怒する。「馬鹿にしてるのか！」と喚く。律は引き戸にほうきを挟んで、自分の部屋の隅で小さくなっている。本を手に取っても、怒鳴られた日は文字が頭に入ってこない。

律の話を聞きながら、理佐は背中が冷たくなるのを感じる。母親自身が、前の夫から邪険に扱われていたことを思い出す。なのに何もしないのだろうか。

理佐が恐る恐る、りっちゃんは殴られたりしたことはある？　とたずねると、律は首を傾《かし》げて、こういうんじゃなくて、頭を叩かれたのはある、と拳を突き出しながら言う。異様に冷静に。理佐にも覚えがある。大人が取り乱すと、バランスをとるように子供は冷静になる。そうやって子供の頭で、なんとかして打開策を探るのだ。なんとかして。

「顔がいやだって言われるとどうしようもないよね」

律の言葉に理佐は、そうだね、とうなずく。無口になって、これからどうしようか、バイトを早めにしてもらって律とあいつが家にいる時に見張っていればいいのか、それとも母親にちゃんと話すか、と考える。そういえば、自分は短大に行かない、いや行けないんだ、ということも思い出した。

「なんか言ってよ、お姉ちゃん」

「ごめん」

「別にお姉ちゃんは悪くないじゃない」

「いや、ごめん」

帰ろうか、あの人たぶん今はいないよ、居座ってたらまた出てこよう、と理佐は言って、律の腕を叩く。律は首を横に振って、まだもう少しここにいる、と言うので、理佐は、そうだ、これあげるよ、とコーラの缶をリュックサックから出して渡す。律がプルタブのリングを引っ張るのを何度か失敗しているのを見て、貸して、と開けてやろうとすると、プルタブを垂直に立てたところで、中身がしゅわしゅわとあふれ出す不穏な気配がした。律を公園で見つけた時に、缶を持って走って揺れたせいだった。

うわ、うわ、とコーラがあふれ出てくる缶を持ったまま空気を抜く場所を理佐が探していると、律は、貸して、と言って理佐から缶をもらって自転車置き場の傍らの植え込みの土に中身を垂らしていた。

自分が短大に行けないことも頭から離れなかったけれども、律の状況はもっと気になるので、次の日の日曜日は、律を連れて映画を観に外出することにした。突然「映画に行こう」と姉に言われた律は、驚いた様子で「いいけど図書館に寄りたい」と答えて、二人で開館直後の図書館に借りている本の延長の手続きに行った。

アルバイトで行く工業団地とは反対方向のバスの終点で降車した。〈グロリア〉か〈ブルース・ブラザース〉で迷って、律がこっちがいいといったので、二人で十一時の回の〈ブルース・ブラザース〉を観た。

それから、倉庫の同僚の誰かに教えてもらった安い定食屋に行き、十五時の閉店までいた後、理佐がよく行く大きな手芸店に寄り、一階から三階まで隈なく見て回った。よく考えたら、律と二人きりで外出するのは初めてぐらいだったのだが、律は特にぐずったりわがままを言ったりすることもなく、理佐が生地や小物や道具を見ている間はしばらく隣についていて、飽きたら「階段のところに行くね」と言い残して、勝手に座って本を読んでいた。映画を観ている間はやたらトイレに行きたがって、理佐もいちいちそれについて行かなければいけないのがおっくうな気がしたが、山場のようなところでは座っていたし、一緒に行動していてそんなにわずらわしいということはなかった。

陽が落ちる頃になると、ファーストフードに行って晩ごはんを食べた。話すことがものすごくありそうだけれども、要点は昨日全部聞いてしまったような気もして、何を話したらいいかわからないと迷っていると、律は「借りた本見る？」と手提げ袋を理佐に渡してきた。ある日曜日に、理佐がどうしても手が動かしたくなって、近くにいた律に何か作ってほしいものはないかとたずねた時に一日で縫って贈った手提げ袋だった。生地は手芸店の特売で売っていた藤色のシーチングで、左右に三本ずつピンタックが寄せてある。律はそのピンタックを手で左右にさわりながら、なんで線が入るだけでなんかかわいくなるのかな、とちょっと見所があるなということを言っていた。

律は図書館から、小学生向けの〈平家物語〉と〈シャーロック・ホームズ〉、そして印刷工場の仕組みを説明する本と、水田の一年を説明する本を借りていた。

「〈シャーロック・ホームズ〉は私も読んだ。まだらのひも、だよね」

全部ひらがななのがかえって怖いんだよ、と理佐が言うと、律はうれしそうに笑って、そうそう、とうなずいた。妹はただ妹なので、身内だからかわいい、という感情はあったけれども、律にはごく普通の小学二年としてのかわいさやあどけなさもあった。そういう子供が、家に出入りする男からの圧力に曝《さら》されているのは、やはり不当なことだと理佐は思った。

家に帰って律が寝た後、風呂から上がってきて眠る支度をしている母親に、お母さん、増村さんのことさ、と理佐が切り出すと、今度はなに？　と母親は首を傾げた。おそらく昨日理佐が短大の入学金について話したことも含めての「今度」なのだろう。

「妹を怒鳴ったり叩いたりしてるって」

「そんなことしてない」

「でもしてるって」

「見たことあるの？」

どこかあやすような甘い声で母親は言った。絶対に自分に敵わない相手に、降参するようにいなすような声音でもあった。母親の恋人と顔を合わせるのが嫌で、理佐がわざとアルバイトを増やしていることをわかった上で、母親は言っていると理佐は理解した。

「証拠はあるの？」

「それは……」

「じゃあ人のことを悪く言わないで」

そんな疑り深い子に育てた覚えはないから、と母親は付け加えて、部屋を出ていった。

次の日の月曜も、理佐はいつものようにバスに乗って工業団地に向かった。その日はほとんどの時間ピッキング作業をしていて少し心細かったのだが、休憩の時間がアルバイト先でいちばん仲のよい光田さんと重なったことは良かった。半ばやけになって、愚痴の態で短大の入学金を母親が男に使ってしまい、進学できなくなったことについて話すと、光田さんは眉間にしわを寄せて、思ったより深刻な様子で、すごくひどい話なんだけど、大丈夫？　とたずねてきた。

「三十万なら貸せたんだけど……」

　うわあっ、と思わず理佐は声を上げた。

　やっぱり「振り込まないことにした」と早めに母親に言われていれば、光田さんにお金を借りて学校に行けたんじゃないか、と思うと、理佐は近くにあった自動販売機に頭突きしたくなった。

「四月からどうするの？」

「そうですよね……」

「学校には行かないとして、今からの就職なら中途採用になるのかな」

　光田さんは、商業高校を出て就職し、二十二歳の時に一度転職してその会社で働きながら、倉庫でアルバイトをしてお金を貯めているという。一つ目の会社も二つ目の会社も同じ道路の舗装の会社だというので、なんで転職したんですか？　とたずねると、今の会社は寮っていうか契約してるアパートがあって、わりと安くそこを借りられるから、と言っていた。私は家族と折り合いが悪いし、でも月給でそんなに稼げるわけでもないから家賃を節約したかった、と光田さんは続けた。その時は、そうなんですか、で済ましてしまったが、もしかしたら今の自分には必要な話なのではないかと理佐は直感する。

「光田さんの会社、私も入れませんか？」

理佐の突然の申し入れに、光田さんはええっと驚いて、いや、空きはない……、小さい会社だからさ、ごめん、とうつむいて首に手をやる。

「いや、でも、べつにうちの会社じゃなくても……。知り合いがいるところがいい？」

「それもそうですけど、寮に入りたくて」

「そうか。家を出たいのね」

自分が光田さんの会社がいいと思った理由について、そう定義されるとその通りのような気がしてくるので、理佐は「はい」とうなずく。

「生きてていちばんお金が出て行くのって家賃だしね」光田さんは、自分の実感を確認するようにうんうんとうなずきながら続ける。「とにかく、うちの会社は募集してないし新卒も採らないいんだけど、探せば山下さんの条件に合う会社があるかもしれない」

高校はもう休みなんだよね？　もしよかったら明日かあさって、半休を取ってバイトの前のお昼の時間に一緒に職安に行ってあげる、と言ってくれたので、理佐は、ほんとですか！　と身を乗り出す。職安がどういうものかについては、ほとんどイメージがわかなかったのだが、とにかくそこに行ったら何か道が開けるのかもしれない。

「私の部署、決算期の仕事がちょっと早く終わったからいいんだ」そう言う光田さんは、まだ二十代半ばなのに理佐からしたら本当に大人に見えた。「もちろんその日しか休めないけど、求人票の見方とか教えるよ」

決算期のことも求人票のこともよくわからなかったけれども、理佐はうなずいた。

そういう経緯で、理佐は数日間、アルバイトの前に毎日職業安定所に通い、光田さんに助言されながら、自分の条件に合う求人をひたすら探した。

寮があるところ。もしくは住居に何らかの補助をしてくれるところ。できれば縫製に関する仕事が良いけれども、ないならないで良い。水商売は自分には難しそうだが、それ以外の業種は広く考慮する。場所に関しては、自宅の近郊でなくても良い。けれどもあまりに離れすぎている場所はどうも不安なので、隣県か近県までを移動範囲とする。

それで理佐は「鳥の世話じゃっかん」と付記されたそば屋の仕事を見つけた。相談していた職員さんが、あまりにも理佐が熱心にやってくるので、なんか思ってる仕事とかけ離れてるかもしれないけれども、実は言っている条件ぴったりのこういう仕事がある、と恐る恐る提案してくれた求人だった。

「店主の奥さんと電話で話したんだけど、いい人そうではあった。長く勤めてくれてた女の子が、結婚で他県に行っちゃうんで辞めるからっていうのと、あと、半年前におじいさんが亡くなったんだって」

「おじいさんはお店で働いてたんですか？」

「いや、それと募集の関連性はよくわからないんだけど。もしかしたらその鳥の話と関係あるのかもしれない」

職安に求人を出すのは初めてらしくて、でも条件についてはちゃんと聞き取っておいたからその通りだと思う、とのことだった。交通費はかかるけれども、面接行ってみる？　と言われたので、はい、とうなずくと、理佐から事前にたずねたいことを聞き取って、職員さんはその場で電話をかけてくれた。電話のスピーカーから聞こえてきたのは、いかにも飲食のお店で仕事をしていそうなはきはきしゃべる女性の声だった。

あのね、募集のお仕事の人数と入れ替わりはだいたい何年ぐらいですか？　と職員さんがたずねると、一人の人にやってもらってだいたい十年周期ですね、という声が聞こえてきた。前の方はご実家から通って？　と訊くと、そうです、という答えが返ってくる。

これと同じ条件で、副業もなく？　という質問にも、そば屋に関してはそうです、鳥はおじいちゃんがみてたんで関係ないんですけど、という答えが返ってくる。そして、部屋はおじいちゃんのがあります、と相手は何かを察したように続ける。

とにかく来てみてください、いいところなんです、と女性は言った。職員さんは、わかりました、と答えて、理佐に目配せをしてきたので、理佐はうなずく。

それで理佐は、アルバイトが休みの日曜日に、特急に乗って面接に出かけることにした。朝、外出の支度をしていると、あのさ、ついていっていい？　とたずねられたので、どうしたの？　と訊くと、あの人、今日昼前からうちに来るらしくて、と律はうつむいた。図書館もりん時閉館なんだ、だから。

そうか、と理佐はうなずいて、律の電車賃は確かによけいな出費ではあったけれども、バイトのおよそ一日分の給料だ、と考えるようにして、面接に連れて行くことにした。

思ったより山深い場所だったけれども、自然に恵まれている、という意味では本当にいいところだった。特急を降りると、そこにあるわけでもないのに川が流れる音が聞こえたことを、理佐はその後もずっと覚えていた。

駅を出て、山々と畑を背景に農業機械やバスの会社、役所のような大きな建物、種苗の販売所などがまばらにある道路沿いを十数分歩いたところに、求人を出していたそば屋があった。少しきつそうな勾配の上がり口に店は建っていて、横には小さいが流れの速い川が流れていた。坂の少し上からは、からからからからと何かが回る音と、規則的に水が跳ねる大きな音が聞こえた。

そば屋の休憩時間を利用した面接は、相手も理佐も不慣れながら、悪い印象を残すことはなく終わった。電車賃を使わせたことを店主の奥さんは何度もあやまって、理佐と律の二人にきつねそばとおにぎりを出してくれた。そばはおいしかった。なんだったら、理佐が人生で食べたそばの中でもいちばんというぐらいに。

「鳥」は、その日は定期検診で休日診療の病院に行っているとのことで、結局会えなかった。店主の奥さんはそのことを気にしていて、鳥の相手のことはおじいちゃん、いや父の遺言なんですよ、でも私は鳥アレルギーだし夫は厨房のことで手が離せないし、耳が少し悪くて、と申し訳なさそうに言っていた。

鳥を病院に連れて行ってくれているのは近所の人で、理佐が現在住んでいる市の動物病院に車を出してくれているそうだ。入れ違いなんだけど、明日からその人は運転で遠くに行くのが難しくなるから今日じゃないといとって言われて、ごめんなさい、とあやまりながら、店主の奥さんは鳥がいない事情について話した。

なんにしろ、鳥はこの求人でかなり大事な要素なのだろう、と理佐は察した。律は、鳥について何度も言及されることに関して、私は小学校のし育さいばい委員会では鳥小屋係でした、と話した。店主の奥さんは、あらそれは心強い、と小学生からの情報なのに目を輝かせた。よかったらぜひ、と店を後にする理佐と律に、店主の奥さんは軽く頭を下げた。理佐も、本当にここで働くのかどうかわからないけれども、とにかく頭を下げた。会釈し合う少しの沈黙の間、川の流れる音が少し大きく聞こえた。

傾き始めた陽が射す道を並んで帰りながら、律は、あの人、鳥の話ばかりしてたね、とそば屋のある方向を振り返った。そんなにだっけ？　と理佐が訊き返すと、そうだよ、と律はうなずいた。

「私がここに何しにきたかわかってる？」

「わかってるよ。お仕事を探しに来たんでしょ。行きの電車で何回か言ってたし」

「どういうことかわかる？」

そうたずねながら、理佐は自分自身もそれを本当の意味でわかっている自信がないことに気付いた。そんな状態のまま、仕事に就こうとして良いのかはわからなかったけれども、前に進むしかないということだけは理解していた。

「なんだろう。質問のはん囲が広いね。ちょっと考える」

律は、「まじめくさった」としか言いようのない表情で理佐を少しの間見上げて、また前を見た。それから二人は黙りこくって駅まで歩いた。やはりずっと川の音が聞こえていて、その間はあまり何も考えなかった。

帰りの特急の到着より、少し早く戻ったので、理佐と律は、駅舎で電車を待つことになった。長いベンチが五列ほど並んでいて、正面にテレビがあるような大きな待合スペースに律は興奮して、来た時に座りたいと思ってたんだ、とさっそく腰掛けて、手提げ袋の中から本を取り出していた。

理佐は、待合スペースの隅に自動販売機があることを発見して、律に勧めようか迷ったけれども、自分が飲みたいわけではなかったし、律は本に集中しているようだったのでやめておいた。

なんとなく、これからの自分と律は、ジュースを飲む機会があれば必ず「いる?」とたずねるような関係でもなくなるだろう、という予感があった。それは要するに、理佐が律を子供としてもてなすのではない、律を甘やかしすぎない、二人で無駄遣いはしないという関係になることへとつながってもいるようだった。

姉妹以外には誰もいない待合スペースで、理佐は律から少し離れた隣に座って、確かにこんなに広くてベンチがたくさんある駅は地元にない、と思う。けれどもそれだけ、この駅に電車が来るということが珍しくて、待つ機会もそれだけ多いということなのだろうと思う。

「りっちゃんさ、私と来る?」

「え、来てるよ今?」

律は理佐を不思議そうに横から見上げる。理佐も律を見つめる。

「家出ようと思うんだけど、一緒に来る?」

律は、さすがに驚いたように目を見開き、少し大きな声でたずねてくる。

「ひっこすの?　もしかしてここ?」

「うん」

「お姉ちゃんが？　お母さん来ないよね？」

「うん。私とりっちゃんだけが来るの」

「それさ、お姉ちゃんが私のお母さんみたいなものになるってこと？」

「うーん……。立場としてはそうなるかもしれない。ええと、保護者か」

律は本に両手を置いて、考え事をするように駅舎の木造の天井を見上げる。

「お姉ちゃんと私は十個はなれてるよね」

「そうね」

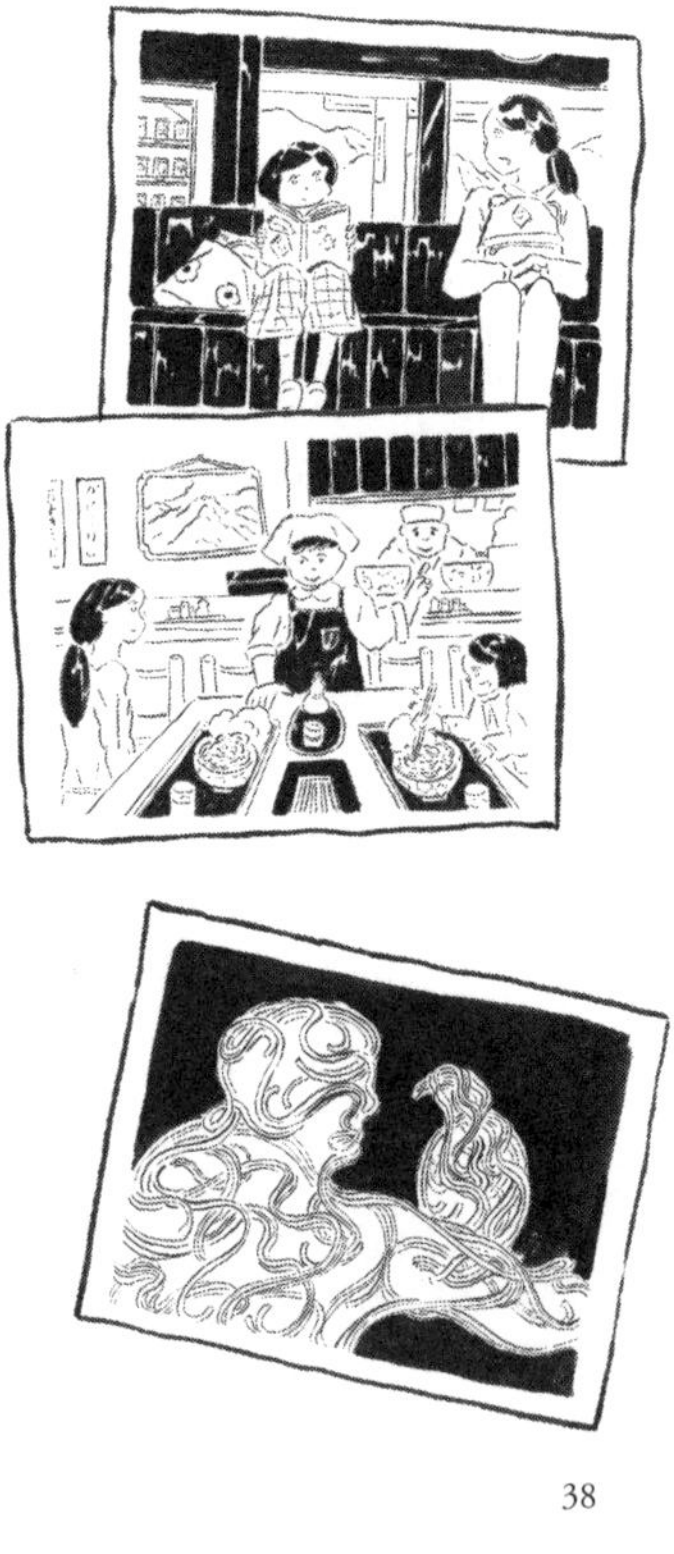

「ぎりぎりだけど、まあいいんじゃない」律はあっさりと言って、本に視線を落とす。「九個ならことわってた」

「年齢差が二桁あることが大事なの？」

「そりゃそうだよ」

何がそうなのかは、理佐もなんとなく理解できるけれども、はっきりと口にされると少し戸惑った。駅舎の待合スペースにも、やはり川の音は聞こえてきた。

そういうわけで、理佐と律は、二人で独立することになった。

次の日、そば屋の主人の奥さんから採用の電話があり、理佐は承諾した。アルバイト先の光田さんにそのことを告げると、そうか、とうなずいて、役所についていけるかはわからないけど、住民票の手続きとか教える、がんばって、と両手の拳を握り、自分が何かを始めるような引き締まった顔で理佐を見た。

＊

一応日曜も開けてるんだけど、観光のお客さんはまあぽつぽつかなあ。沿線の近い駅が宿場町だったとこで、このへんも昔の建物が残ってるから、旅行の人もそこそこいる。あと、休みの日は登山客の人も多いかもね。ただそれ以上にうちは平日のお昼がすごく忙しいのね、近所に役場があるし、坂を上がったところに水力発電所があるから、と店主の奥さんは説明しながら、理佐と律の前にかき揚げそばの丼を置いた。店の横を流れる川は、水力発電所のある川の支流だという。

店主の奥さんは、うちの名字は石田で、夫は守るの守、私は浪人の浪で浪子《なみこ》、と名乗った。自分の名前を説明するのに「浪人」を持ち出すのがおかしく思えて、理佐は少し笑って、浪子さんもつられて笑った。理佐と律が店に到着した時の「ご主人！　新しい人が来てくれたよ！」と厨房に向かって叫ぶ浪子さんの澄んだ大きな声が、理佐の耳にいつまでも残っていた。

店主の守さんは、厨房のカウンターからひょっこり顔を出して、恥ずかしそうに笑って会釈し、また引っ込んでいった。浪子さんは、今調理中だから、そのうち来ると思う、と言った。

「役場は、中に食堂はあるんだけど、あんまりおいしくないらしくて。あと昼ごはんぐらいは一人で食べたいって人がうちに来てくれる」

「そうなんですか」

「混みすぎて、役場の人と発電所の人に相席になってもらうことなんかしょっちゅうあるんだけど、それでも同僚と食べるよりは気楽って人もいるみたいね。夜は八時まで開けてて、六時の晩ごはんどきも混むかな。ただ、お昼休みが終わって、午前からの仕事を終わらせて遅れてやってきた人が食べ終わるのだって昼の二時ぐらいだから、そこから夕方まではけっこう暇なのね」

その間に、鳥の相手をしてほしいのよ、と浪子さんは続けた。

「今日は鳥はいるんですか？」

「うん。おそば食べたら会いに行こう」

「会いに行くんですか？」

律が疑問を口にすると、そうよ、会いに行くの、と浪子さんは神妙にうなずいた。確かに、外の方から鳥の鳴き声が聞こえたような気がした。

「おそば、おいしいでしょう？」

「はい」

浪子さんは、ものすごく真剣な、変なことを言うとどう受け取るかわからないという顔で問いかけてきたので、理佐も真面目な顔つきを心がけてうなずく。すると浪子さんは安心したように小さい溜め息をつく。

「うちはそば粉を自分のとこの石臼で挽いてるからね。小屋の管理とか鳥のこともあるけど、これは守っていかなくちゃって、おじいちゃんが死んだ時に夫と決めたの」

おじいちゃんというのは、浪子さんのお父さんでこのそば屋を始めた人らしい。ここ数年は、店自体は婿養子の守さんに任せて、自分はそば粉の管理に回ることが多かったという。

「それをおじいちゃんは鳥に手伝わせてたの」

「鳥に……」

「困ったもんでしょ。我が子のようにかわいがっちゃって。実際子供みたいなもんなんだけど」浪子さんは、両手で頬杖を突いてはあーと溜め息をつく。「うちの臼、すごくいいらしいんだけど、近くの職人さんが先細りになってるから、ますます臼を大事にしなければならなくなってて。それでおじいちゃんが鳥に見張らせることを何年も前に思いついて。でも私が鳥のアレルギーだし、夫は耳がちょっと遠いし、そもそも鳥が呼んだって店は手が離せないしね」

なんか、最近出たガス漏れ警報機みたいに「臼が空挽《からび》きです！」って呼んでくれる装置でもあればいいんだけどね、と浪子さんは付け加えるのだが、理佐はそば粉と石臼の管理を鳥に手伝わせるおじいさんのところから話を見失っていた。それでも、今食べているそばのおいしさは理解できるので、浪子さんの言っている工程は相当大事なのだろうとなんとか納得する。

律も理佐の前でおとなしくそばを食べていた。面接から帰ってからの律は、おそばがおいしかった、という話をその日じゅうに五回はしたと思う。理佐は律のつむじをちらりと見下ろしながら、もし私がこの子とうまくいかないことがあれば、ここのおそばを食べてもらえば機嫌を直してもらえるのかな、と考える。

理佐と律がそばを食べ終わると、厨房から守さんが出てきて、浪子さんにカセットテープを渡していた。

「これ、新しいの。朝、渡すの忘れてたから」

守さんも声が大きかった。浪子さんは、わかった、とはっきり言ってうなずく。

「お気に入りの、入ってる？」

「最初と最後に入ってるよ！」

守さんはそう言って、ここ、いいところだから！　と理佐と律に向かって力強くうなずいて厨房に入っていった。浪子さんは、カセットテープの取り換えの仕事もしてもらわないといけないのか、と呟いて一人でうなずいていた。

理佐と律がそばを食べ終わり、水を飲んで人心地つくと、それじゃあ、鳥のところに行きましょうか、と浪子さんはなぜか高所のはたきがけをする時に着けるようなスカーフを口元に巻いて、二人に先立って店を出た。

「私たちもなんか巻いた方がいいでしょうか？」

「鳥アレルギーじゃなければべつにいいと思う！」

浪子さんは振り返ってそう言いながら、こっち、とそば屋が建っている勾配を十数歩上がったところにある平屋の建物を指さした。建物には、建物の高さの半分以上はあるような大きな水車が取り付けられていて、そば屋の横よりも傾斜が増した、急流と言ってもいいぐらいの川の上で、水をかく音を絶え間なく立てながら回っていた。

水車の音や川の流れの音に紛れて、おそらくラジオと思われる音も聞こえた。小学校の音楽の授業で聴いたハンガリー舞曲の終わりの部分が流れた後は、ディスクジョッキーのちょっとしたコメントがあったようなのだが、川や水車の音にかき消されて聞き取れなかった。それから、また新しい曲が始まる頃合いで、浪子さんは水車の取り付けられた建物の戸を開けた。

「私この曲知ってる！」

「うん。私も知ってる」

プロコル・ハルムの〈青い影〉だった。理佐も高校の時、友達にカセットテープをもらってけっこうよく聴いていた。

「地元のラジオ局が好きなのよ、この子！　渋いのよね！」

浪子さんは、建物の中の誰かに向かって話しかけていた。

「誰かいるんですか？」

浪子さんの肩越しに見える建物の中には、人は誰もいないようだった。確かに、止まり木の上で直立している灰色の鳥はいたけれども。

「ネネよ」

そう言って、浪子さんはくしゃみをし始めた。〈青い影〉の歌い出しが始まり、オウムかインコと思われるその鳥は驚くほどそっくりな声で歌い始めた。

「歌ってる……」

「うん」

律の言葉に、理佐はうなずく。尾が赤い灰色の鳥は、ときどきリズムを取るように首を左右にきびきびと揺らしながら、英語の歌詞をそのまま歌い上げていた。

「英語、わかるんですか？」

「わかってないと思う」浪子さんは、律の問いにそう答えて、また建物の外に向かって体を曲げくしゃみを何度かする。「聴いたことで気に入ったことがあったらそのまましゃべるし歌うのよ。練習はいるみたいだけど」

だからときどき一人でぶつぶつ言ってる、と浪子さんは続ける。

「曲が終わるまで待つんですか？」

「一番が終わったら、拍手してあげて。それで気が済むと思う。私はその隙にラジオの音量を下げて喋りやすくする」

水車の取り付けられた平屋の建物は二部屋あるようだった。理佐と律が案内された鳥のいる部屋は六畳から八畳の間ぐらいで、ガラスの窓がはまった引き違いの戸の向こうにはもう一つ部屋があって、引き戸の片側は、律の肩までぐらいの高さの台でふさがれている。そして隣の部屋には、水車の屋内の装置が見える。

〈青い影〉を歌い上げる鳥も恐ろしく珍しいけれども、家の中にあるものとしてはたんすや食器棚よりずっと大きく、勝手にひっきりなしに動いているように見える水車の装置にも、理佐は目を見張った。少し移動して隣の部屋を覗くと、確かに浪子さんがしきりに気にしていた臼もあった。木製の大きな装置が、どういう仕掛けなのか連動して動き、結果的に重そうな臼を動かしている様子は、ただそれだけで神秘的ですらあった。

鳥は、左右に動きながらただリズムを取っているというだけではないということも、引き戸の窓の向こうの水車の内部装置と鳥を見比べているうちになんとなくわかった。右に動く時は、必ず首を曲げて窓の向こうを鋭い目つきで見ているのだ。鳥の視線の先には臼があり、その上には木製の大きなじょうごが取り付けられていて、そばの実を臼に少しずつ流し込んでいるようだった。

引き違いの戸の片側をふさいでいる大きな台は、一畳分ほどの幅があって、その上には、大きな鳥かごが扉を開けて置かれている。鳥かごの中と台の上には、かじられたようにささくれだった松ぼっくりがたくさん転がっているのが目立つ。他には、木材チップのようにバラバラになったダンボールや、ガムテープの芯の残骸と思われる厚紙の輪っか、赤ん坊が遊ぶような軽そうな積み木が置かれている。鳥の止まり木は、大きな台の近くに設置されていて、止まり木の高さは鳥が台からジャンプしたら軽く飛び乗ることができそうなぐらいだった。

台の向こう側に段差のようなものが見えたので、その場で背伸びをして覗き込むと、やはり鳥が跳びながら地上に降りられそうな階段のようなものがこしらえられていた。鳥は歌いながら、背伸びをする理佐の真似をするように、羽を広げて伸びをしてみせたりした。

鳥が〈青い影〉の一番を歌い終わると、浪子さんが率先して拍手を始めたので、理佐と律もそれに倣《なら》って手を叩いた。鳥は得意そうに、止まり木の上で直立し、理佐と律をじっと見つめていた。浪子さんはその隙に、部屋の隅に置いてあるカセットデッキに近寄り、ラジオのボリュームを下げた。

「誰っ？」

鳥が喋った。ものまねをするだけじゃないのか、と理佐が驚いて状況を受け入れようとしている間、律は明らかにうれしそうな声で、山下律です！　と答えていた。

「ハア？」

「りつ。りっちゃん！」

「りっちゃん！」

鳥は、いったんは首を傾げたものの、得意な発音だったのか、すぐに「りっちゃん」と言えるようになり、りっちゃん、りっちゃん！　と何回か言った。鳥が「りっちゃん」と言うと、律自身も「そう、りっちゃん！」と念を押し、水車のある小さな建物は、鳥と律の「りっちゃん」という声とプロコル・ハルムの〈青い影〉で内側からひびが入りそうだった。

理佐は呆気にとられ、浪子さんのくしゃみはひどくなる一方だった。鳥は、今度はそのくしゃみを驚くほどうまく真似して連発し、浪子さんは、ああっ、ともう何も思い通りにならないとでもいうような嘆く声を上げた。

〈青い影〉の二番が終わると、鳥は引き戸の窓をぐっと覗き込み、からっぽ！　と叫んだ。浪子さんは、え、もうそんな時間？　とポケットから腕時計を出して確認する。

「じゃあついてきてもらえる？」

浪子さんはそう言って建物の外に出て、理佐と律についてくるように促す。水車の内部装置が設置されている側の部屋の戸を浪子さんが開けたので、中に入っていくのかと思うと、浪子さんは水車のある建物と向かい合うように建っている小さな物置の引き戸も開ける。そして物置の内側に掛けられた白い割烹着を理佐に渡し、ネネのところに寄ったら必ずそれを着て、鳥

には脂粉っていうのがあるから、と指示する。理佐は言われるままに割烹着を身に着ける。

「あとね、肩とかに乗せてると、たまにしれっとふんをすることがあるから、そういうことになってもショックを受けない服を着てきてね」

「ふんですか……」

「ごめんね」

浪子さんは、自分のことをあやまるように顔をしかめながら、今度は三角巾を渡してくる。理佐が三角巾の下に髪をしまうと、浪子さんはさらに、これを顔の下半分に巻いてね、と薄手のスカーフを渡してくる。理佐が言われたとおりにしていると、浪子さんは物置の中にあった袋から三角巾と割烹着を取り出して、理佐と同じ格好になる。それから、物置の扉の内側にかかっていたごついハサミを割烹着の前のポケットに入れて、物置の隣にあるポンプを押して手を洗う。理佐も同じようにする。浪子さんは、濡れた手を割烹着で拭っていた。

「りっちゃんも外から見といてね」

浪子さんはそう律を振り返って、反対側に顔を向けてものすごく大きなくしゃみをする。それに呼応するように、建物の中から鳥がくしゃみの真似をする声が聞こえる。

あー腹立つ、と言いながら、浪子さんは水車の内部装置の部屋に入っていき、隅に積み上げてある大きな茶色くて丈夫そうな紙の袋を両手で抱えて、じゃあ片側持ってくれる？　と理佐に指示をする。

浪子さんと理佐は、二人で袋の端と端を持って運び、石臼が載っている頑丈な台の上の空いているところに袋を置く。石臼は、水車の車軸の回転と共に勝手に回っている。

「それでこのハサミで上のところを切る」

浪子さんは、ハサミで茶色い袋の端を切って、よいしょ、と言いながら袋の底を持ち上げ、石臼の上に取り付けられている、四角錐《しかくすい》を逆にしたような形の木のじょうごの中に中身を流し込んでいく。

「そばの実ですか？」

「そう。うちは殻を取り除いた〈丸抜き〉を使ってる」

浪子さんは、やってみて、と言いながら理佐に袋を渡してくる。袋には重量などは書かれていないがずっしりと重い。

じょうごのてっぺんまでなんとかそばの実を流し入れ終わると、まんたん！　という鳥の声が隣の部屋から聞こえてくる。ネネと呼ばれる鳥が、引き戸の窓越しにこちらをじっと見ていた。

浪子さんは溜め息をついて鳥に向かって手を挙げ、次はこれ、と石臼の台の下から粉の溜まった木箱を取り出して傍らに置き、部屋の隅から別の空の木箱を持ってきて取り替える。木箱の真上には、水車の内部装置の動きと呼応するように自動的に震えている篩《ふるい》が取り付けられている。石臼で挽かれたそばの実は、いったんその篩にかけられた後、その下の木箱に落とされているようだった。

「挽いたそば粉はこの箱に溜める。ネネの指示でじょうごにそばの実を補給したら、粉が溜まった前の箱と空の箱を取り替える。そっちも挽き終わったら、最初の木箱の粉をもう一回石臼にかけるの」

「すごいね！」建物の戸のぎりぎりのところに立って、水車と中の装置と石臼を見比べていた律が言う。「水車が回ると中のぼうも回って、それがうすを動かしてるんだ！」

水車はたてに動いてるのにうすが横に回るのはなんで？　と律がたずねると、歯車ね！　と浪子さんは答えながら建物の外に出る。

「縦と横に噛み合わせると水平の動きもできるようにもなるの。それで、川の流れる力を水車に伝えて、石臼を回してる」

理佐は、建物の中に残って、大きな音を立てて動く装置をじっと眺める。「動力室」という言葉を耳にしたことがあるけれども、理佐にとってそこはまさしくそれが具現化したような場所だった。

「だいたい何時にそばの実の補給に来たらいいかっていうのはわかるんだけど」浪子さんは建物の外から、水車やラジオの音に負けないぐらい大きな声で理佐に話しかけてくる。「ネネが目で見る方が早いの、どうしても。空挽きは臼に良くないから、うちはネネがその番をしてるっていうのかな」

浪子さんは、建物の中にいる鳥を透かして見るように、水車の隣の部屋を見遣《みや》る。

「鳥がうすを守ってるんだ！」

律の言葉に、まあ、そうなるのかな、と浪子さんは首を傾げる。

棒立ちでいるしかない理佐は、回る石臼を凝視しながら、水車の音とラジオの音（今度はジョニ・ミッチェルがかかっていた）、今流れている曲は〈青い影〉ほどは得意ではないのか、ぶつぶつと節をつかもうとあがくような鳥の声、浪子さんと律の話し声に取り巻かれながら、改めて、なんだかよくわからないところに来てしまった、と思った。

本当にここで仕事をするのか。ここに住むのか。できるだとかできないを考える以前に、まったく馴染みのないエネルギーの形態が建物の中にあって、それを想像もしたことがないおかしな鳥が見張っている。

でも、やるしかないのだ。文具の倉庫だって、アルバイトに受かる前の自分にとってはぜんぜん知らないところだった。

「石臼の面倒を見てくれてる職人さんがね、去年ちょっと病気しちゃって。今は元気なんだけどいつまた体調崩すかわからないし、ますます臼を大事にしないといけなくなって。息子さんも家業は継がずに会社勤めを選んだって聞いてて」

少なくとも、臼が悪くなったからって一朝一夕で新しいのに換えられるってわけじゃないから、とにかく今は大事にするしかなくて、と浪子さんは言う。

「何年ぐらいうすは使ってるんですか？　百年？」

律は物怖じしない様子で浪子さんにたずねる。浪子さんは、今のにはネネがうちに来た年に取り替えたから十年かな、ネネと石臼はだいたい十歳、と答える。

「あなたは何さいですか？」

「私？　今年五十三歳」夫の守も五十三歳、と浪子さんは付け加える。「とにかく、この臼をできるだけ長く使いたいの。そのためにネネに頼らないといけないのはしゃくなんだけど」

浪子さんは、鳥に近づくとくしゃみが出るということもあるし、しかも鳥がそれをからかうように真似をするという様子からしても、どうもあの〈青い影〉を歌い上げる鳥が、嫌いではないにしろ苦手らしい。

「臼を見張ってそばの入れ替えをする専門の人を雇えたらいいけれども、時給を払わないといけないしね。私はこの通りネネといるとくしゃみするし、だからうちに働きに来てくれる人にはそば屋のお給仕と鳥の相手をしてもらうことになるのよ」

理佐がなおもじっと立ったまま、水車の装置と石臼と、引き戸の向こうのネネを眺めていると、大丈夫？ と浪子さんが声をかけてくる。

「変な仕事すぎる？」

「いえ、大丈夫です」

理佐は首を横に振りながら、水車の内部装置のある部屋の出入り口から離れる。それ、脱いでいいよ、と言われたので、理佐は三角巾と顔の下半分に巻いたスカーフを外し割烹着を脱いだ。浪子さんも、自分は三角巾をはずし割烹着を脱いで袋にしまい、理佐には、着る物は物置の中に掛けるといいよと言った。

「それじゃ、いったん戻ろうか。またしばらくしたら二回目の通しのために来よう。それで最後に、水車の止め方を教えます」

「カセットテープはどうするんですか？」

「あ、そうだった」

律の問いに、浪子さんはズボンのポケットからカセットテープを出して律に渡す。

「これ、ネネのいる方の部屋のラジカセに入れて再生ボタンを押してきてくれる？」

「わかりました」

律はそう言って、鳥がいる部屋に入って、部屋の隅に置いてあるラジカセを開け、テープを入れてボタンを押す。今度は、ビートルズの〈レット・イット・ビー〉が流れる。

「ラジオだけじゃだめなんですか?」

「べつにいいんだけど、土曜のこのあたりの時間はトーク番組が始まっちゃって退屈するらしいから。音楽を聴いてると機嫌がいいのよ」

りっちゃん! という鳥の声が聞こえる。律はうれしそうに、はい! と答える。鳥は、もう一度、りっちゃん! と言って、それから盛り上がる部分になったので、そちらを歌い始める。一番が終わると、律は拍手をして、ネネ、これからよろしくね! と右手を挙げていた。

*

理佐と律は、浪子さんのお父さんが住んでいたというアパートの部屋に入ることになった。アパートは浪子さんのお父さんの弟さんの持ち物で、弟さんはお兄さんよりも早くに亡くなっていたから、今はその奥さんが大家さんだという。

引っ越し先で何がまず必要か、と光田さんにたずねると、そりゃ布団でしょ、とのことだったので、電話帳でいちばん近い布団屋を探し、迷ったあげく大人用を二組買って、理佐と律がアパートに到着した当日の夜に持ってきてもらうことにした。それだけで、文具の倉庫のアル

バイトで貯めたお金のけっこうな額が飛んでいったので、理佐は内心で冷や汗をかいていた。

閉店後、浪子さんと守さんは、おじいさんの使ってた物なんだけど役に立てば、ともともとおいてあったテレビと洗濯機の他に、座卓とカラーケースとやかんを持ってきてくれた。たんすだとか家具や他の電気製品は近所の欲しい人に分けちゃったのよ、ごめんね、と浪子さんに言われて、理佐は、いえいえ、これでじゅうぶんです、と答えた。

六畳の台所と八畳の居間は、ほとんど何も持っていない理佐と律からしたら広いぐらいに思えた。おじいさんはもともとそば屋の二階に住んでいたけれども、浪子さんと守さんが結婚した時に、こちらに奥さんと移ってきたそうだ。浪子さんによると、浪子さんのお母さんである奥さんは、二十年前に亡くなったらしい。

そば屋をやっていたおじいさんが一人で寝起きしていた部屋に、律と二人だけで暮らすことになるというのは不思議な感じだった。八畳の部屋に布団を敷きながら、おそらくその部屋のことだけを指して、広いね！　と律はうれしそうに言っていた。

実家から持ってきた歯ブラシで歯を磨いて、目覚まし時計をかけて、初めての部屋で新品の布団に入りながら、アパートを借りて、テレビももらって、布団も買って、もう当分の間後戻りはしないんだろうな、と考えながら、理佐はしばらく眠れなかった。律は、台所のある側の部屋で本を読んでいたが、十時を過ぎると布団のところにやってきて入っていた。律の寝息が聞こえてきた後も、理佐は眠れずに、オレンジ色の常夜灯をずっと見上げていたけれども、寝入ったかと思うと夢も見ないで深く眠った。

次の日の日曜は休んでいい、とのことだったけれども、忙しいという予告のある平日からいきなり働き始めるのも怖かったので、理佐は日曜日から働き始めることにした。

　中年女性の小旅行のグループが三つほど訪れたせいか、その日のお客は「いつもよりは来ている」というぐらいの人数らしく、理佐が新しい仕事を学ぶには程良い忙しさだった。お昼時の人が引くとまかないを食べ、ネネのいる水車小屋に行った。小屋、と言うには二部屋あったりするし、造りもしっかりしていたので、理佐の中では「建物」だったが、浪子さんは「水車小屋」と呼んでいたので、理佐もそれに倣うことにした。

　水車小屋には朝から律がいて、本を読んだり、ときどきネネと会話になっていない会話のようなことをしていた。留守番しててくれる？　とたずねると、ついていったらだめ？　と律が言ったのでそば屋に連れて行くと、じゃあ水車小屋にいてもいいわよ、とのことだったので、店主夫婦の厚意に甘えることにした。水車小屋のすべての引き戸には、中から鍵が掛かるようにはなっているとはいえ、まったく知らない町の建物に八歳の妹と鳥を二人きりで取り残すのは心配だったので、律には変な人が来ても絶対に開けるなと強く言った。理佐は、窓もすべて閉めたいと思ったけれども、律が反対した上、閉めようとするとネネが大きな声を上げたので、恐る恐るだがそのままにしておいた。

　水車小屋に行くと、まずはそばの実をじょうごに流し込んで、それからいったん外に出る。そして、流れの速い川から流水を引き込んでいる樋《とい》を水車の上部にセットして、水車を動かし始める。傍らに川が通る水車小屋の裏手は、急な傾斜になっていて、土を掘り抜いたような階段を上ると水車小屋の屋根と同じぐらいの高さの場所に出る。そこから川の水を通している長い樋を操作して、水車の上に水を掛けて動かしたり、樋を水車から離して動きを止めたりする。

前の日に浪子さんに教わった。

水車がゆっくりと動き始めて、次第に快調に回り出すのを高い位置から確認して、理佐はしばらく目を見張った。これは要はスイッチなんだけれども、こんな大きなスイッチを操作したのは初めてだ、と思う。このまま数時間水車を動かして、次の日の分に足りる程度のそば粉を作った後、樋をずらして水車を止めるという話だった。

水車小屋に戻ると、ネネはさ、ヨウムっていう鳥みたいだよ、と律が話しかけてきたので、オウム？　と訊き返すと、ヨウム、ともう一度律は言った。

「オじゃなくてヨ」

律は手提げ袋から、家から持ち出してきた図鑑を出し、難しい顔をしてページをめくった後、理佐に見せてくる。確かに、いくつかのよく知っているオウムやインコの図像の中に、尾羽が赤い灰色のオウムの絵があって『ヨウム』と説明されている。当のネネは、ラジカセから流れてくるピアノ曲の〈愛の夢〉に耳を傾けながら、軽く体を揺らしている。音質がいいのでたぶんカセットテープに入っている曲だろうと理佐は思った。

「〈とてもかしこく、ものまねが得意で、おしゃべりをします。知能は、人間の三さい児ぐらいだと言われています〉」

ヨウムの図の下の説明を読み上げて、三歳児……？　とネネの方を見ると、気のせいかもしれないが、心外だとでもいうようにきっと見返してくる。

「ネネはもっとかしこいよ。昨日英語の歌うたってたし」

「意味がわかって歌ってるんじゃないと思うんだけどなあ……」

〈愛の夢〉が終わると、今度はザ・フーの〈恋のマジック・アイ〉が流れ始める。カセットテープの編集は、店主の守さんがしているそうだが、音楽が相当好きなんだなと理佐は思う。

「りっちゃんはネネとしゃべってるだけ？　世話とかはしなかったの？」

台の上の松ぼっくりや積み木が、今日は散乱していないのを発見してたずねると、律はううんと首を振る。

「ひまわりの種が増えてたし、お水とかトイレをしてる新聞紙も新しくなってた。おそば屋さんのおばさんかな？」

「どうだろう。奥さんは鳥が苦手みたいだし……」

「じゃあおじさんの方？」

「旦那さんは朝早くから仕込みをしてるみたいだしねえ」

それは奥さんも同じようだ。誰か、昼には来ないが朝の早い時間にネネの基本的な世話をしてくれる人がいるものと思われる。その人について浪子さんに訊かなければならないし、近いうちに会わなければいけない。

「お姉ちゃん、おそば屋さんに戻らなくていいの？」

「明日の分の粉を全部挽き終わるまではこっちにいてほしいんだって」

それからちょっとだけお風呂に入っておそば屋さんに戻って、夜の八時まで手伝うの、と理佐は続ける。やはり鳥のいる場所と飲食店の行き来については悩むところなのだろう。浪子さんは何度も、ネネのいる部屋へは着てきた服のまま、石臼のある部屋へは物置の割烹着を着て入って、面倒だけど、と言っていた。水車小屋での仕事は、何十分かに一回、鳥の指示に従ってそばの実をじょうごに流し入れて、そば粉を溜めている箱を取り替えるというだけの作業ではあるのだが、その前後にやらないといけないことがそこそこあって、確かにこの工程のために数時間は一人雇いたいかも、と理佐は思った。

　ずっと石臼のある部屋の方にいて、鳥の声や合図を待つのはだめなんですか？　と浪子さんにたずねると、そうするとネネが拗《す》ねるのよね、と浪子さんは首を傾げて、うーんという様子で腕組みをする。動物だけど、人間の姿が見えてほっとかれるのが嫌ってことですか？　と理佐がさらに訊くと、浪子さんはそこはやっぱり子供みたいなものなのよ、三歳児と一緒にいる

っていう感じなのよ、と神妙な顔で答えた。

曰く、三歳児とガラス戸で隔てられた小屋に二人でいて、二人とも起きているとして、一切かまわないっていうのはやっぱりだめでしょ？　おとなしくしててね、とは言えるしおもちゃも与えてるけれども、三歳児が相手をして欲しい時はやっぱり近寄ってあれこれ話をしたりしてあげないといけない、それと同じ、とのことだった。理佐からすると、わかったようなわからないようななのだが、確かに、律と同じ部屋に二人でいて、完全に無視をするということは不可能だろうということに少し似ていると思った。

理佐が来る前に、ネネの世話と相手と水車及びそば粉の管理を担っていたのは、半年前に亡くなったネネの元の飼い主である浪子さんのお父さんだったという。この半年の間、浪子さんがくしゃみをしながらだったり、浪子さんのお父さんの友達の絵描きさんが仕事の前後や合間にだったり、近所の人に交替で頼んだりしてなんとかやりくりしていたのだが、もっとも長い時間ネネの相手をしてくれた理佐の前任の女の人が、結婚で県外に行くことになったので、いよいよ困ったということになって、「鳥の世話じゃっかん」の求人票を出したらしい。

浪子さんと守さんは、午前中から午後早くにかけての時間はそば屋の給仕、そこから午後六時ぐらいまではそば粉と石臼の保守とネネの相手、それから閉店まではまたそば屋の給仕、という仕事を、理佐に期待しているようだった。

理佐と律が水車小屋にいる間、浪子さんはやはりくしゃみをしながら何度か見に来て、そば粉の溜まった木箱を交換したり持ち出したりしていった。理佐もそれを手伝いながらついて回り、一人でできるようになるように、浪子さんの仕事ぶりをよく観察した。

浪子さんがくしゃみをするたびにネネが真似をするのを見かねて、だめだよ、浪子さんだって苦しいんだよ、と律が咎《とが》めると、だめじゃない、とネネはその度に反論したが、「だめじゃない」と言うのに気を取られてくしゃみの真似の回数は次第に減っていった。

だめじゃなくないの。だめじゃない。だめじゃなくないんだって。だめじゃないんだって。だめなの。だめじゃない。だめ。だめじゃない。

二人のやりとりを見ていた浪子さんは、ははは、と笑い出して、やがて律に言った。

「ネネのくしゃみの真似、本人は相手のことを親しく思ってるからやるんだって」

「え、そうなんだ？」

律が驚いてネネを見やると、ネネは話の内容をわかっているのかわかっていないのかは不明だが、うんうんと素早くうなずくような仕草をする。確かに、くしゃみの真似をするのは感心できないけれども、同調することで相手と親しくなろうという気持ちはわかるな、と理佐は思う。

「私はこの子との付き合いは長いけれども、この通りアレルギーだからあまり近付いてあげられなくて、それでも仲良くなりたくて真似をしてるのかもね」

私の分まで遊んであげてね、と浪子さんは、律の顔を軽く覗き込んで笑いながら続けた。

次の日の月曜日は、浪子さんの言っていた通りものすごく忙しかった。役場と発電所が近くにあるので、と浪子さんは話していたけれども、その二つの施設に加えて近所の農業機械の会社や種苗販売所の事務所などが正午から一斉に昼休みになる。十二時二分には役場の最初のお客さんのグループが現れ、五分には農業機械の会社のお客さんたち、八分には発電所の人々が姿を見せる。十二時十五分には、店は満席になり、三十五分になるといったん片づくと見せかけてもう一度別のグループのお客さんたちで満席になる。十三時になっても、昼休みに午前中の続きの仕事をしていた人が遅めの休憩を取って引きも切らずに現れ、ようやくぽつぽつと空席ができ始めるのが十三時半ぐらいだった。それでも十四時までは、ものすごく、ではないものの、普通の「忙しい」ぐらいの状態が続く。

十四時になると理佐は、身体的な疲れという以上に、お客さんたちをさばくのに頭を使いすぎてへとへとになって、水車小屋に向かった。よっこらしょとそばの実をじょうごに注ぎ、水車を動かし始めてネネの部屋に入ると、その日も水車小屋に来ていた律に頼んで一脚だけある椅子を譲ってもらい、へたりこんでしまった。

これからまた数十分後に、ネネの報《しら》せに従ってそばの実を補給に行かなければいけないけれども、忙しく立ち働いた後、座って律と鳥と自分だけになれるのはとてもありがたいことだった。

「お疲れさま」

律が言ったのか、でも声が違うなと思って顔を上げると、止まり木の上のネネが首を傾げて理佐のほうをのぞき込んでいた。

「私が疲れてるってわかるの?」

理佐が問いかけると、ネネは反対側に首を傾げる。理佐の言っていることを理解できないのか、説明する言葉を持っていないのかはわからないけれども、ネネは少しの間無言でいて、お疲れさま、とすました顔でもう一度言った。

「お姉ちゃんは、理佐ちゃん」

「りっちゃん！」

「違う。り、さ、ちゃん」

律の紹介に、ネネは、りっちゃん、と小さな声で呟いて、り！　り！　り！　と思い直したように連呼し、それから一転して、すぁ、すぁ、すぁ、すぁとでもいうような自信のなさそうな空気のこもった発音で、何度も口の中で繰り返していた。「りさ」はもしかしたら「りっちゃん」より難しいのかもしれない。

「り、すぁ、ちゃん……」

ネネは練習の後、なんとかそう発音する。理佐は、鳥が課題を克服するという様子に単純に感心して、すごい！　と言いながら手を叩いた。律も拍手しながら、すごい！　と誉める。そして自分を指さし、りっちゃん、と言って、次に理佐を指さして、りさちゃん、とネネに向かって諭す。ネネは、りっちゃん！　と自信満々で律を見た後、り、そぁ、ちゃん、と少し悲しそうに理佐を見遣る。律は、いいよいいよ！　がんばって！　あとちょっと！　と少ししゅんとしているネネを励ます。

この鳥はすごく自信家なんだろうと理佐は思う。だからできないことがあると落ち込む様子を見せる。でも、それを乗り越えようとする気概もある。

理佐は、律ほどはすんなりとネネの様子に順応することはできなかったけれども、感心はしたし、敬意は払った方が良いと考えるようになった。この鳥はこれから、自分が文具の倉庫でお世話になっていた同僚さんたちのような存在になっていくのだろうと思った。

すぁ、すぁ、すぁ、すぁ、すぁ、となおも練習を繰り返すネネは、ある時はっとしたように止まり木から台に飛び降り、引き戸の窓から隣の部屋をのぞき込んで、からっぽ！　からっぽ！　と叫んだ。理佐自身もすっかり忘れていたので、あぁあ、そうよね、そうよね、と言いながら、小屋から走り出て物置から急いで割烹着などを取り出して身に着け、石臼と水車の装置のある側の部屋に入っていく。そうよね！　とネネが言うのが聞こえる。

じょうごの中にあるそばの実はかなり少なくなっていて、危ないところだったと震え上がりながら、理佐は木箱を取り替えて新たなそばの実をじょうごに流し入れる。

最初にそばの実を一度挽いて、それが石臼の下の木箱に粉として溜まると空の木箱に取り替え、そばの実をまた新たに補給する。それが粉になると、今度は最初に挽いたそば粉をじょうごに流し入れて、木箱を取り替える。浪子さんはその工程を「二回目の通し」と呼んでいると理佐はメモに記していた。その後、じょうごから最初に挽いたそば粉がなくなると、二度目に挽いたそば粉を補給して、「二回目の通し」の二箱目を作る。

この一連の工程で、次の日の分のそば粉ができあがる。挽き溜めることはしないと浪子さんは言う。基本的には、挽いてまる一日も経たないそば粉でそばを出すのがうちの店の信条なので、仕方ないと思って欲しい、と。なんだか浪子さん自身も、一度は毎日そばの実を挽くのは効率が良くないと考えた末に、それでも結局今のやり方にたどり着いてしまった、とでもいうような、神妙な口ぶりだった。

十七時半に理佐は律と共に水車小屋を離れ、律を店から歩いて一分の自宅になって間もないアパートの部屋に送って、ネネのいる場所で空気にさらしていた頭や顔や腕などをシャワーでよく洗い流し、十八時に店に戻った。それから閉店までは、正午から昼過ぎのおまけぐらいの人数のお客さんに給仕をし、二十時に仕事が終わった。

閉店と同時に律が迎えに来ると、浪子さんは律に大きなおにぎりを二つ渡してくれた。律は大喜びで、理佐も何度も頭を下げた。いいのよ、と浪子さんは言って、手を振って、ねえ、と厨房の守さんに同意を求めた。りっちゃんが帰るまで、楽しくやってほしいからね、という浪子さんの言葉に、理佐は笑って何度も頭を下げながら、困った、どう説明しよう、という感想を持った。

*

浪子さんは、律はいつか親元に帰ると勘違いしているようだったが、実はずっと自分と暮らすんです、ということを、理佐は働き始めてから一週間の間切り出せずにいた。けれども、こちらにやって来てから二回目の日曜日の夕方に、ようやく話す決心をした。

律は実は遊びに来ているとかではなくて、自分とずっと一緒に暮らすんです、小学校にも行きます、と告げると、浪子さんは、ええ……、と眉を下げて戸惑った様子で、守さんのいる厨房を見たり、天井を見たり、理佐を見ようとしてみたり、外を見たりしていた。

「大丈夫なの？　山下さんまだ十八歳でしょう？」

「わかってます。でも家にいると、律は母親の恋人に暴力を振るわれるかもしれないので」

「そっか……」暴力、と耳にすると、浪子さんはうつむいて、それはいけないね、と聞こえないぐらい小さな声で呟く。「でもねえ、できるの？」

山下さんはよくやってくれてると思うし、できれば長く働いてほしいけれども、でも話が違うというか、いやそういうわけでもないのか、訊かなかった私が悪いのか、と浪子さんは口にすることで考えをまとめようとしているようだった。

「やらせてください。ご迷惑はかけません」

「いや、迷惑とかじゃなくて心配なのよ」

「突然休んだりはしないし、授業参観もがまんしてもらいます」

保護者が勤務中に休んで子供にやるようなことというと、授業参観しか思いつかなかったので、理佐がそのまま口にすると、ああ、そういうのもあったね、と浪子さんは思わずといった様子で笑いを浮かべる。

「授業参観は行ってもいいけど、とにかくね、りっちゃんも山下さんも、危ない目に遭ったり、必要以上に生活に困ったりしないように充分に気をつけて」

「戸締まりは絶対にやりますし、律にもよく言って聞かせてます」

理佐が身を乗り出すと、そうかあ、と浪子さんは言って、あーそれでも心配だなあー、と椅子に背中を預けて頭の後ろで腕を組む。そしてその状態のまま、眉間にしわを寄せて理佐をじっと見遣る。

「アパートの窓ね」

「はい」

「全部の窓よ。寝る時、閉めた上でつっかえ棒をしてくれる？　できれば中にいる時も」

「はい」

「あとね、玄関の戸締まりは必ずチェーンを落として。外出の時はガスの元栓を確認して。家の中で火を使う時は絶対にガス台から離れないこと。冬になってストーブを使う時に、近くに燃える物を置かないこと。知らない人にはついていかない。二人ともよ。知らない人を家に上げない。後ろから車が近付いてきたら、その場からいちばん近い車が曲がりにくそうな狭い道に走り込んでそのまま走っていく」

あと何かあったかなあ、と浪子さんは腕をテーブルの上に置いて、しばらく天井を見上げていたけれども、それ以上は思いつかなかったようで、とにかく、暮らしてるうちに私とか夫が危なっかしいなと思い始めたら、すぐにりっちゃんには帰ってもらうから、そのつもりで、と話を終えた。理佐は、気を付けることをもう一度お願いしていいですか、とたずねて、メモ帳に書き記し、律と生活しているアパートの部屋に持ち帰った。

理佐と律はその夜、二人でメモを復習し、律は引っ越しの日に家から持ってきたらくがき帳に赤と青の色鉛筆で書き写して、トイレのドアに貼った。

その後、午前中の休みをもらい、律を伴って、役場に住民票の異動と律の転校の手続きに行った。浪子さんのように何か言ってくるだろうかと理佐は内心身構えて出かけたのだが、姉と妹の二人暮らしについて、書類の処理をした職員は何も言わなかった。ただ、仕事はあるんですよね、パートタイムじゃない、とだけ訊かれて、理佐は、はい、とできるだけ力強くうなずいた。

理佐と律の前に杉子さんが現れたのは、律の学校が始まるまであと数日というある日のことだった。理佐と一緒に部屋を出て、いつものようにネネと過ごすために水車小屋に出かけた律が、開店直後のそば屋に不安そうに入ってきて、知らないおばあさんがいるんだけど、と言うので、浪子さんにそのことを告げると、それ、杉子さんだと思う、という答えが返ってきた。

「ちょうどよかった。十一時までに戻ってきてくれたらいいから、山下さんもあいさつに行っておいで」

杉子さんは、ネネのいる部屋の掃除や午前の食事の補給、トイレの取り替えなど、いったい誰がやっているのかと疑問に思っていた、本当の意味でネネの世話をしている人だということに気付いた理佐は、ぜひ、とメモ帳を持って水車小屋へと出かけた。

ネネのいる部屋の中には、確かに律の言うとおり帽子をかぶった小柄なおばあさんがいて、椅子に座ってネネと差し向かい、スケッチブックと思われる大きな白い冊子の上で手を動かしていた。すみません、と理佐が声をかけると、あーごめん、ごめんね、今日はゆっくりしちゃった、とおばあさんは振り返って、またネネの絵を描き始めた。

「ところでお嬢ちゃん誰？」

「山下律です」

律がきわめて真面目な表情で答えると、止まり木の上のネネは、りっちゃん！　と声を上げた。

「あーはいはい、あなたがりっちゃんね。そちらはお姉さん？」

そうたずねられて、理佐も、山下理佐です、よろしくお願いします、と律に倣うように真面目に答えた。ネネは、りすぁちゃん！　と、りっちゃんと言う時ほどは自信満々ではなかったが、やはり堂々と理佐を紹介する。

「わかった、わかった。あいさつしないとって思ってたんだけど、今ね、あっちの方にある菜の花畑がすっごくいいの。ほんともうすっごく良くてね。午前中の光で描きたいんで、どうしてもここに来るのがすごく早くなっちゃって。朝の六時とか」

小柄なおばあさんは、あっち、あっち、と言いながら、ネネの部屋の窓のある方角を感極まった様子で指さす。理佐には、それが東西南北のどれかはまったくわからないのだが、とにかくいい菜の花畑があるのだなということだけは了解する。

「本当にいいのよ、今。そのうちそっちの子を連れて行ってあげる。ああそうだりっちゃんね。そっちの理佐ちゃんもね、そば屋のお休みの日に」

一人でしゃべっているおばあさんは、浪子さんか誰かから聞いているのか、一応姉妹のことを把握しているようだった。ただ理佐と律はおばあさんのことはまったく知らないので、あの、お名前を……、と理佐が言いかけると、すぎっこさん！　と先にネネが答えた。

「すぎっこさん！　絵が、じょうず！」

「またまたあ、本気なのそれ？」

おばあさんはひやかすように言いながら、椅子から降りてネネの顔を指でなでる。ネネは気持ちよさそうにおばあさんの指に顔をすり寄せる。

「私はね、近所に住んでる絵描きです。岩絵の具でときどき描くから、浪子さんのお父さんの益二郎《ますじろう》さんが生きてた時はよく水車で材料を砕いてもらってたの」

　自分は名乗るのを忘れたまま、岩絵の具、材料を砕く、という新しい話を提示してくるおばあさんの話についていくために、絵描きさんなんですね、材料を砕きたい、で、お名前は？と理佐は復唱のあとに問いを繰り返す。

「すぎっこさんよ。川村杉子。川は線が三本の川に、ヴィレッジピープルの村、杉は木の杉、で子供の子」

「よろしくお願いします。杉子さんと呼んでいいですか？」

「そうね。みんなそう呼ぶし」

　杉子さんと対面する時間が限られている理佐は、さっそくメモ帳を出して、杉子さんが最近は朝六時に来てやっているというネネの身の回りの世話についてたずねることにする。エサ箱へのひまわりの種の補給、浪子さんが野菜や果物を持ってきてくれた場合はそちらを補給、ケージの底や台の上の新聞紙の取り替え、止まり木の掃除、ネネが住んでいる小屋自体の清掃、ガムテープの芯やダンボールや松ぼっくりをかじるのが好きなので、それらが手に入ったら台の上に置いてあげることなど。律も熱心に聞いていた。エサ、新聞紙、トイレの掃除道具、清掃用のほうきなどは、すべて部屋の隅に固めて置かれていた。目には入っていたもので、今まではほとんど疑問を感じずに杉子さんに任せっぱなしだったことを、理佐は申し訳なく思った。

　杉子さんは、お昼は外で絵を描いてるから家にいないけど、夕方の六時にはだいたい家に帰ってるから、わからなかったら電話で聞いてくれていいし、と言った。

「べつにネネの世話をするのはやぶさかではないんだけど、なんていうか、今日はあっち行きたいっていう日にこっちに来ないといけないと気が乗らないなあっていう日もあるじゃない。でも益二郎さんが亡くなってから、私毎日ネネのことをやりに来てて、ちょっと不自由を感じてたんで、手伝ってもらっていい？」

杉子さんの言葉に、理佐は、わかりました、とうなずく。律も、がんばります、と低い声を出す。

「よかった。若い人が知っててくれると安心する。私もいつ死ぬかわからないじゃない？　浪子さんはひどいアレルギーだし、守さんは調理をしてるから鳥には近付けないし」

いつ死ぬかわからないなんてまた露骨な、と理佐が思っていると、その話を聞いていたネネが突然、生きる！　と言い出したので、部屋にいた人間三人はネネを注視する。

「生きる！」

どこか切羽詰まった様子で首を高く掲げながら主張するネネを、杉子さんは哀れむように見遣って、そうね、できるだけ生きるわ、がんばるわ、とネネのおなかのあたりをなでた。

「ネネは益二郎さんが亡くなったことを知ってるのよね。それで本当に寂しい」杉子さんは、理佐と律に向かって顔をしかめる。「その分理佐ちゃんとりっちゃんが長生きするからね」

長生きって、そんなことを今鳥に対して保証させられても、と理佐が戸惑っていると、律は、長生きします！　と誓った。

「お姉ちゃんね、え、鳥の方が早く死なない？　って思ったでしょう？」

そう言って律が見上げてきたので、うん、と理佐がうなずくと、律は腕を組んで、違うんだなこれが、と少しえらそうな様子で言う。

「ヨウムの寿命は平均五十年だよ」

「五十……」

予想より遥かに長かったので、理佐は思わず繰り返してしまう。

「ネネは十年前に赤ちゃんの時にここにもらわれてきたから、十歳ね」

まだヤングねえ、と杉子さんは冷やかすように笑いながらネネの首を指先でくすぐる。律が、私もしていい？　と杉子さんとネネにたずねると、いいわよ、と杉子さんもネネも同じようにうなずいたので、律はネネの首に人差し指の裏でさわる。「すごい、ふわふわだ」

「あのね、ネネは背中と頭をさわられるのはいやみたいだから、なでるならそこかおなかのへんにしてあげてね」

「わかりました！」

律の良い返事を、ネネは、わかりました！　と真似る。律は、おねえちゃん、ふわふわだよおねえちゃん、とうれしそうに振り返ってきて、理佐はそれに何度もうなずいて応えながらも、やっぱり自分は、水車とヨウムというあまりにも未知なものを任されているのではという気がした。

その後、十時四十分に理佐は一度自宅に戻ってシャワーを浴び、十一時前にはそば屋に戻った。そば屋と水車小屋を行き来していると、一日に何度も体を洗うことになるのだけれども、だんだん理佐にはそれが普通のことになってきていた。

十四時まで給仕の仕事をした後、そば粉を挽くために水車小屋に行くと、杉子さんはおらず律が一人で杉子さんの座っていた丸椅子に座っていた。

お昼、杉子さんにごちそうになった、と律は言っていた。

「何もらったの？」

「ミートソースのスパゲッティ。おいしかったよ」

「そっか」

水曜の定休の日に、歩いて十五分のスーパーマーケットというほどの規模でもない地元の食料品店に買い出しに行き、律が缶に入ったパスタソースを欲しがったのだが、値引きらしい値引きがなく、予算にも入っていなかったので諦めてもらったことを理佐は思い出す。律は、じゃあまた来月、などとその場はあっさり引き下がってくれたけれども、本当は食べたかったんだろうなと理佐は思う。これからそういうことが増えそうだけれども、律はどこまで我慢してくれるのだろうか、と考えると、理佐はとても自分が頼りない気持ちになった。

そば粉をじょうごに入れて、水車を動かし始めてからネネのいる部屋に戻り、律から杉子さんと話したことについて聞いた。ネネは、ラジオから流れてくるキング・クリムゾンの〈風に語りて〉を気持ちよさげに歌い上げていた。

杉子さんは律に、どうしてここに来たのかとか、どこに住んでるのかとか、どの小学校に行くのかとか、どの本が好きなのかといったことをいっぺんにたずねてきたらしく、どれから答えたらいいものかわからないし、「どうしてここに」も「どこに住んでるのか」もなかなか答えがまとまらなかったので、好きな本について律がまず答えると、その内容でずっと盛り上がっていたので、結局「どうして」も「どこ」も、ましてや「どの小学校」も答える必要がなかったのだという。

〈若草物語〉の、S社から出てるやつが好きです、ブラマンジェの絵が他の会社のよりおいしそうだから好き、と言うと、あーあのシリーズね、絵がいいわよね、たしかに、と杉子さんは強くうなずいていたらしい。理佐からしたら、〈若草物語〉の出版社ごとの内容の違いなんて考えたこともない話題なのだが、律には重要なことで、杉子さんも覚えのあることのようだ。

「杉子さんね、あの会社の〈ファーブル昆虫記〉のさし絵をかいたことがあるんだって」

「え、すごい人じゃない」

杉子さんはどんな感じの絵を描いてるの？　と理佐がたずねると、律は首を傾げて少し考え、大人のかく絵、と答える。

「なんていうか、写実的なの？」

写実的っていうのは細かいところまで本物みたいに描いてあるってことだけど、と理佐が説明すると、知ってるよ、と律は、失礼な、とでも言いたげに眉をひそめて答えた。

「まあ、そういうのだよ。かわいい絵じゃない。ついでに人間もかかないみたい」

杉子さんのスケッチブックや作品をいくつか見せてもらいながら、きれいだけど、かわいい絵とかかかないの？　と律はたずねたらしい。それこそ失礼なのだが。

「それでなんて？」

「あー私そういうの苦手で、おじぞうさんぐらいしかかけないのよねー、って言ってた」

そう言いながら、律はズボンのポケットから折り畳まれたチラシを出して、理佐に見せてくる。確かに、鉛筆で描かれたかわいらしいお地蔵さんが手を合わせている。その横には、律が真似をして描いたと思われる小さならくがきがいくつか散らばっている。

それから杉子さんは、自分が水車小屋に出入りするようになったきっかけは、岩絵の具の材料を砕いてもらうために水車を利用できないかといきなり訪ねていったことだったと説明したという。

「どうやって砕くんだろう？　臼をいちいちどけるのもすごい労力だろうし」

「わからないけど……」

理佐と律が引き戸の窓越しに動いている水車の内部装置を眺めていると、ネネが引き戸の片側に面した台の上に跳び移って、でっぱり！　と言う。水車の内部装置には、でっぱりらしき箇所があまりにもたくさんあって、その一言だけではよくわからないのだが、ぐるぐる回っている太い車軸を眺めているうちに、確かに目立つ板のような物が四方に一本ずつ、何組か軸に差し込まれていることがわかる。車軸の真横には、車軸の側にでっぱりのある棒が天井の方から延びていて、棒は部屋の上方に梁のように水平に渡された板に垂直に差し込まれて支えられているることがわかる。あの水車の車軸のでっぱりと、縦の棒のでっぱりを嚙み合わせて、何かできそうではあった。

「こういうのを砕くんだって」

律は、布の手提げ袋から、ごつごつしているけれどもきれいな緑の石と、やはり自然のままと思われる青い石を一つずつ出して理佐に見せてきた。

「緑のがクジャク石で、青いのがらん銅鉱《どうこう》、っていうらしい」

ネネは鋭い眼光で律の手元を覗き込み、我が意を得たりという様子で、マラカイト！　アズライト！　と叫んだ。そして突然我に返った様子で窓の方を見て、からっぽ、だよ！　と叫ん

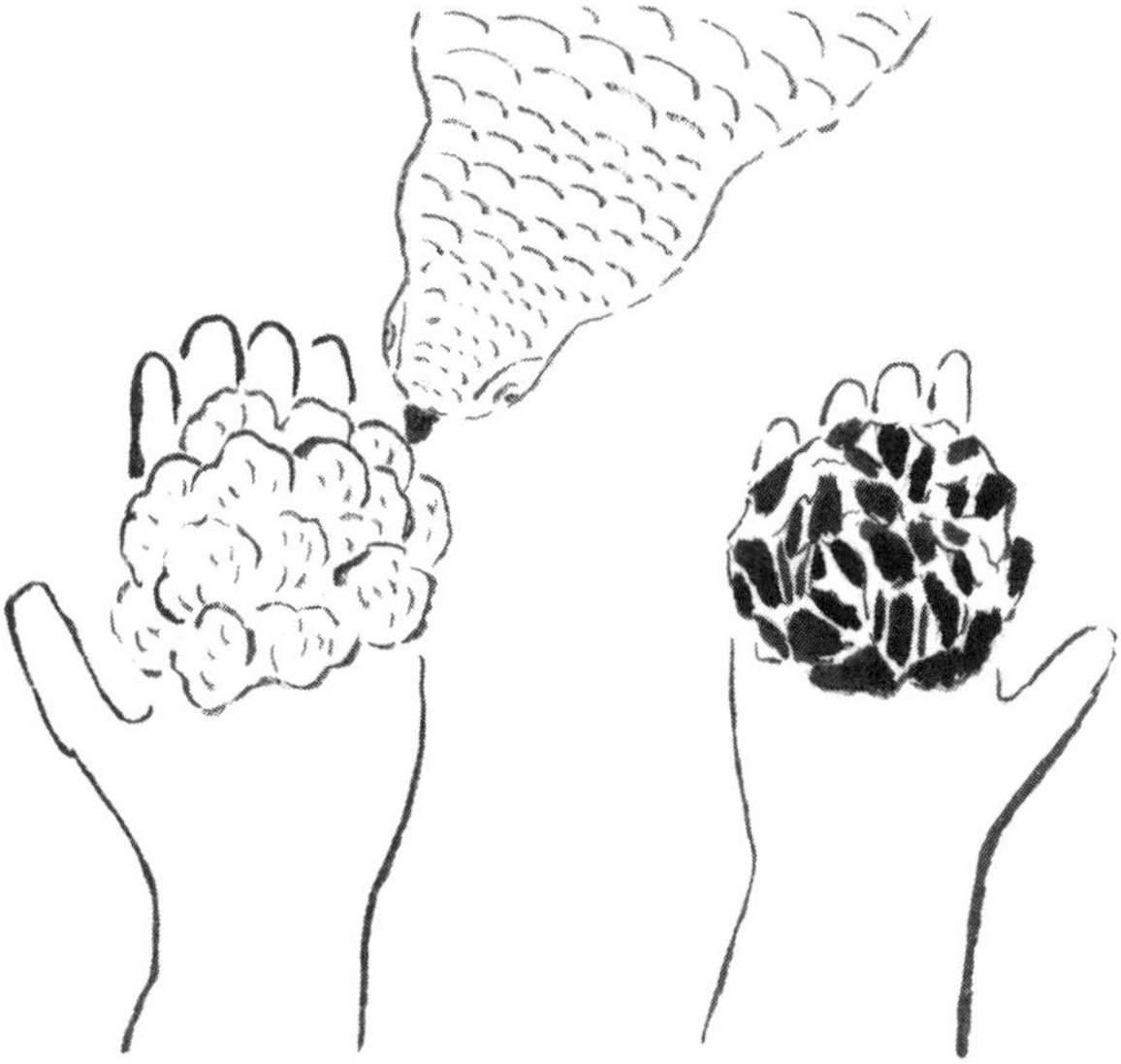

だ。確かにじょうごの中のそばの実がなくなりそうだったので、理佐は急いで小屋から走り出て、物置から出した割烹着を着込んで三角巾とスカーフを装着し、井戸水を汲み上げているというポンプを押して手を洗い、新しいそばの実の袋を切ってじょうごの中に流し入れる。

引き戸の窓越しにネネの様子を見ると、律が見せる緑の石と青い石に夢中の様子で、じっと見入ったり軽く頬ずりしたりしている。理佐はまた割烹着を脱いで三角巾とスカーフをはずし、ネネのいる部屋に戻る。

「これ、杉子さんの生まれた場所の近くでとれた石なんだって。杉子さん、砕いてもらおうって持ってきても、いつも持って帰っちゃうんだって」

「いつも、持って帰っちゃうわ！」

ネネは、おそらく好んでいる石の話ができるので、いつも以上にいきいきとうれしそうに話した。

「石ももう残り少ないらしい」

「そんなもの借りていいの？　もしかしてこれで全部？」

「ううん、あとそれぞれ五、六個はあるって。それでも少ないよね。でも、ネネが好きだから仲良くなるために見せてあげてって」

律は、ネネにしばらくの間石を見せた後、大事そうに手提げ袋に石をしまっていた。石が目の前から離れていくと、ネネは不満そうに横を向いて一言も話さなくなったりしたのだが、自分の物ではないということは一応理解しているようで、ラジオからキンクスの〈ストレンジャーズ〉が流れてくると、ばつ悪げにぼそぼそと歌い始め、コーラスに入る頃には元気に歌い上げていた。

「マラカイト」「アズライト」で終わっているメモを見返しながら、理佐は、変わったおばあさんだよね、という律の言葉にうんとうなずく。

そうやって律から杉子さんの話を聞きながらも、理佐はどうも自分が何か忘れているような気がしてならなかった。その違和感についてよくよく考え、結果的に杉子さんが、理佐と律がネネと付き合っていく上で会うべきだった人物だったからよかったものの、「知らない人」であったことは事実で、なのに律が家にまで行ってしまったことに自分は引っかかっているのだ、と理佐は気づいた。

さっそく浪子さんとの約束を破ってしまったことにがっかりして、あーもう、と何度も自分の後頭部を叩いていると、お姉ちゃんどうしたの、頭かゆい？　と律が声をかけてくる。

「杉子さん以外の知らない人についていっちゃだめだよ」

律は、少し面食らった様子で、うん、とうなずき、それから理佐の言っている意味を改めて理解したのか、そうだった、そうだったね、と何度もうなずいた。

「今回は杉子さんだったからよかったけれども、本当に他の人はだめだよ。絶対にだめ」

うん、うん、と律はうなずいて、そうだった、と呟き、胸元に手を当てていた。

＊

四月になり、律は小学校に通い始めた。小学校は、一、二年が低学年、三、四年が中学年、五、六年が高学年という分け方になっている学校で、小学三年になった律は、クラス替えと同時に転入できるということになり、それは良かったと理佐は思った。

始業式の二日前に、あなたが今度転入する山下律さんのお姉さんと聞きました、とそば屋のお客さんに突然話しかけられて、この地区の女子の集団登校の集合場所について教えられた。浪子さんによると、その男の人は、そば屋が面している坂道を上がったところにある発電所に勤めている榊原さんという人で、律と同い年の娘さんを男親の手だけで育てているとのことだった。週に二回ほど店に訪れては、いつも隅の席で静かに食事をして帰る巨漢の榊原さんは、どこか象を思わせるところがあった。新しく働き始めた理佐に、そば屋の常連さんたちは一応一通りの興味は示して、あれこれ話しかけてくることもあったけれども、榊原さんはそれまで一度も理佐に個人的に話しかけたことはなかった。

小学校は、姉妹のアパートからは理佐の脚で歩いて十五分、律の脚ではおそらく二十分ほどかかる場所にあって、集団登校を実施してくれるというのは理佐にはありがたかった。前に住んでいたところでは、律は徒歩で十分ほどの小学校に通っていたし、理佐自身の通った小学校も、家から歩いて十分にも満たない場所にあったので、小学校の行き帰りで二十分も歩くことになるということは想像もつかず、律に申し訳ない気持ちになった。

当の律は、まだ十分と二十分の差というものにまだ疎い様子で、そんなに遠いっていうんなら本を読みながら歩こうかな、などと言っていたので、理佐は、交通事故に遭うから絶対にやめなさい、と固く注意した。

始業式の日、律は上の学年の子に引率されて登校し、午前中で帰ってきて、自宅で理佐が朝作った十枚切りのパン二枚にハムを一枚はさんだだけのハムサンドを食べ、春休み中の午後と同じように水車小屋に出かけた。それまでと違っていたのは、松ぼっくりを三つほど、ネネへのお土産にできたことだった。

「ガムテープの芯はなかなか手に入らないだろうし、ダンボールもそのへんにあるの持ってっちゃったらどろぼうかなと思うんだけど、松ぼっくりならなんとかできると思って」

しかし、その時律が持ってきたものは、新しく拾ったものではないようだった。ネネが遊んでいる松ぼっくりについて、外で拾ったのをあげていいかと律が杉子さんにたずねると、松ぼっくりを拾ったらまず浪子さんの旦那さんの守さんに渡して茹でてもらって、とのことだったという。それで拾ったものを渡しに行くと、守さんは代わりに同じ数の松ぼっくりを律に渡してくれたそうだ。少し耳が悪い守さんに、どうして松ぼっくりをゆでるんですか⁉ と律が大声でたずねると、虫がいるからね！ と守さんは同じぐらいの大きな声で答えてくれたと律は話していた。

新しい松ぼっくりをもらうと、ネネは鳥らしい歓声をあげてすぐにかじり始め、三十分ほどでけばけばのぼろぼろにしてしまった。

　守さんと松ぼっくりを交換した件について聞いたあと、寄り道したの？　と理佐がたずねると、律は首を振って、そのへんに落ちてる、と言った。確かに、理佐の休みの日に二人で歩いてみた小学校までの道には、上の方に松林がある急斜面に面した道があった。都会育ちの理佐には想像もつかなかったような通学路で、何か律が危険な目に遭ったらと思うと気が気ではなかったのだが、このあたりの小学生はみんなそういう所を通って学校に行くのだ、それに事件があったという話を聞いたことはない、と浪子さんに言われてようやく納得した。

　律によると、登校は集団登校だが、下校は土曜日のみ集団下校であるとのことだった。平日の下校は、できるだけ子供たち同士で帰るように、クラスの先生がそれとなく帰宅方向が同じ子同士でグループを組めるように、あの子と帰ったら？　あの子と帰る方向が一緒だよ、などと教室を出る時にいちいち提案してくれるらしい。律は、駅の近くの小さな分譲地に住む、片方が同じクラスの双子の女の子たちと帰ってきたという。どんな子たち？　とたずねると、え、双子だから似てる、と律は、愚問を、という様子で訝《いぶか》しげに答えた。

　みんなと仲良くできそう？　と律にたずねながら、いや、なんか小学三年がされたくないたぐいの子供扱いをしているかもな、と理佐は言い方を間違えたように感じた。律は案の定、少しむっとした顔をして、みんなとかっていうのはないんじゃないの？　ちょっとはん囲が広すぎるよ、と反論した。

「気が合う合わないはあるものね」

「そうだよ」

前の小学校で律がどういう子供だったのか、理佐はほとんど知らなかった。いじめられているという話は聞かなかったけれども、人気のある子供というわけでもなさそうで、おたんじょう会はやらなくていい、と母親に言っているところを去年見たことがある。理佐は小学四年までは誕生日会に行ったり、自分もやってもらったりしていたので、なんだか冷めたところのある子だなと思っていた。友達は、親しい子が数人だけはいたようで、理佐との引っ越しが決まった時はその子たちに手紙を書いていた。

「まあ、早く友達を作らないと」

「お姉ちゃんなのに、お母さんとか先生みたいなこと言わないでくれる？」

「それはそうか」

自分自身の小学校と中学校と高校の生活のことを考えると、友達に恵まれた学年もあればそうでない学年もあるので、あまりに『年かさの人間が小学生に言いそうなこと』ばかりをなぞっていると律に変な圧力をかけるかもな、と理佐は思い直した。

そうはいっても、子供は子供同士というだけで友達になれたりもするもので、慎重に期待しないように心がけていた様子の律にも、それらしき付き合いの相手はできた。それが、店にそばを食べにやってくる、榊原さんの娘さんだった。

ある日、短縮授業を終えて通常の時間割をこなすようになった律が、同年代の女の子を水車小屋につれてきた。その日は五時間目まで学校の授業がある日で、理佐の方が早く水車小屋に行っていた。女の子は、理佐に、こんにちは、と硬い声で挨拶したかと思うと、すぐにラジオから流れるヘンデルのピアノ曲に聴き入っているネネに心を奪われた様子で見入っていた。律は、音楽を聴いているネネを尊重しているのか、何か話しかけようと身構えている様子の女の子に向かって口元に人差し指を当てていた。

「曲が終わったらあいさつしよう」

「うん」

女の子は、ヘルメットのように切った短い髪に、緑一色のシャツを着て、くすんだ青色だがデニムというわけではないズボンを穿《は》いていた。律が連れてきた友達らしき女の子、というだけで、理佐にはとてもかわいい子なのだが、それはおいておいて、なんだかおじさんが適当に合わせたような服装だな、と思った。自分自身も洗濯ができた順から服を着ていて、べつにおしゃれなほうでもないのは棚に上げるとしても。

彼女は、律に向かって、この鳥、ものまねするんだよね？　とひそひそ話しかけていた。律が、そう、うまいよ、と少しいばるように言うと、でもピアノのまねはしないんだね、と返して、またネネに見入っていた。頭のいい子だな、と理佐は思った。そうじゃないと律の相手はつとまらないのかもしれないけれども。

ちなみに律は、最初の日に一緒に下校した双子とは、「話が合わない」という。双子は双子の間の話しかしないし、他人にまったく興味がなくて困る、と律は大人が苦言を呈するように言っていた。

曲が終わると、やっと律は彼女をネネの目の前に押し出して、ひろみちゃんだよ、と言った。

「ひ、ろ、む、む、むぃ……ちゃん！」

どもりながら口の中で音声を転がしているにもかかわらず、ネネはまるで、天国の奥で座って待ち受けている神様か何かのような威厳を漂わせて、止まり木から軽く身を乗り出しながら「ひろみちゃん」を覗き込んだ。言いにくければひーちゃんでいいです、と律に「ひろみちゃん」と紹介された彼女は丁寧に言い直して、律は、ネネ、ひーちゃん！　とさらに簡単に訂正した。

「ひーちゃんだって！」

「ひーちゃん！」

「ひーちゃん！」

そちらのほうは言いやすかったのか、ネネはすぐに、ひーちゃん、ひーちゃん、と連呼し始めた。得意な発音を何度も言って羽をばたつかせたり体を左右に動かしたりするネネよりも、苦手な言葉を克服しようとおずおずと真剣に繰り返すネネのほうが偉いように見えたことが、理佐には興味深かった。

ひろみちゃん、手出して、これネネにあげて、と律はキュロットのポケットからどんどん松ぼっくりを出して彼女の手に置いていった。ネネは、おー、おー、おー、おー、と低く鳴きながら、貢ぎ物を検分するように「ひろみちゃん」の両手の中の松ぼっくりを覗き込んだ。そして、一つ摘《つま》んで口にくわえたかと思うと、上を向いてくちばしの前後に移動させながら、満足げにかじり、今度は台の上に飛び移って吐き出し、熱心につつき始めた。

理佐は、そういえば、と気になって、引き戸の窓の向こうの石臼とその上のじょうごを覗き込んだのだが、まだそばの実は半分ほど残っていた。ネネが松ぼっくりや新しい人に自分を見せることに夢中になって、「空っぽ！」を忘れたりしているのではないかと危惧したのだが、その後、松ぼっくりで遊んでいても石臼を確認する頃合いはちゃんと思い出したようで、「空っぽ！」と叫んでいた。ネネの中には何か、正確に時間を測る装置のようなものが隠れていそうだと理佐は思った。なのに、ケージに入れて布をかぶせたら昼間でも夜と勘違いして寝てしまうのよ、と杉子さんが言っていたのが不思議だった。

ネネは、「ひろみちゃん」の肩に止まって、服でくちばしを拭くところまで慣れたようだった。理佐は、ごめんなさいとあやまりながら、ネネの今日の食事がひまわりの種だけで良かったと心から思った。「ひろみちゃん」は、平気です、と答えて、これもそうだけど、次からは汚れていい服で来ますね、と付け加えた。

「ひろみちゃん」は、ネネの「空っぽ！」を三回聞いた後、習い事の練習があるから、と言って帰って行った。律は、ピアノだって、かっこいいね、と理佐に向かって両手を広げて見せた。

「私も〈ねこふんじゃった〉なら弾ける」

「私も弾ける」

「私はものすごく速く弾ける」

そうやって姉妹でくだらないことで張り合った後、あの子は同じクラスなの？　と理佐が訊くと、ううん、と律は首を横に振った。実は集団登校で同じグループなのだが、彼女はその中ですでにできあがっている三年生の小グループにいて話しかけにくかった、と律は説明を始めた。

律が小学校からの帰り道で双子と別れた後、少し戻って松ぼっくりを拾っていると、彼女が通りかかったらしい。「ひろみちゃん」は「ひろみちゃん」でいつも一緒に帰っている子がいるのだが、その子はその日は風邪で休みだったので一人で下校していた。松ぼっくりを拾い上げて熱心に検分している律に、「ひろみちゃん」は、転校生の子だよね、集団登校にいる、と話しかけた。律は、そう、とうなずいて続けた。転入生っていうんだってていせいしてくる人もいるけど、転校生の方が通りがいいよね。

「ひろみちゃん」は、変な子だと思っただろう、と理佐は考えた。けれども呆れて通り過ぎるということはせず、律の松ぼっくり拾いに興味を示して手伝ってくれたそうだ。

山下さんちさ、しゃべる鳥いるんでしょ、と彼女が言うと、わたしの鳥じゃないけどね、と律は答えた。お姉ちゃんがはたらいてるそば屋さんの、亡くなったおじいさんの鳥。彼女は、でも会えるんでしょ、いいなあ、と心の底からという様子でうらやましげに言ったので、律はとても誇らしく思ったのだという。

「この松ぼっくりも、ネネにあげるんだよ、ネネっていうのはそのしゃべる鳥で、種類は『ヨウム』なんだ」

「ネネはどういう松ぼっくりが欲しいの？」

そう訊かれて、律はうっとつまったけれども、知らないけど、きれいなのと、ぼろぼろなのと、いろいろ混ぜて渡すよ、そば屋さんの店主さんにゆでてもらって虫を殺すんだ、とさらに熱心に松ぼっくりを検分し始めた。「ひろみちゃん」はそれを手伝い、その後帰宅してランドセルを置き、すぐに水車小屋にやってきたそうだ。

「ネネがご縁になってくれて良かったよね」

「うん。ひろみちゃん、今日知り合ったばっかりだけど、いい人だと思う」

小学三年でも、友達が「いい人」か否かが重要なのはそうだよな、と理佐は思う。性格のいい友達を見つけるのは、子供の人間性がまだ剝き出しのまま交ざり合っている小学校ではとても難しい。

「ずっと仲良くできるといいね」

「うん。がんばる」

理佐にとって律は、子供というよりも、自分が世話をしなければいけない背丈が低くてたまに突拍子もないことを知っている変な人、のようなところがあるのだが、この時ばかりは子供らしいと思った。律が悩むようなことになれば理佐もきっと悩むだろうし、できるだけ応援しなければ、と理佐は決めた。

それから一週間ほどが経った後、律が下校相手の双子のことのようには「ひろみちゃん」についても話さないな、ということについて安堵していた頃、十三時台のお客さんとしてやってきた榊原さんに呼び止められた。

「山下律さんのお姉さん？」

「はい」

「持って帰って律さんに渡して欲しいものがありまして」

そう言いながら榊原さんは、足下に置いた釣り用のクーラーボックスからつぶつぶの入ったオレンジジュースの缶を取り出し、理佐に見せてきた。

「これ、厨房の冷蔵庫に入れる余裕はありますか？」

「どうでしょう。おかみさんに聞いてみないと……」

「じゃあ、私がお店を出ていく時にお渡しします」そう言って榊原さんは、缶をクーラーボックスの中に戻す。「娘の寛実に言われまして。昨日律さんがこのジュースを安いという勢いで買ったんだけれども、その時は飲む気にならず、うちの冷蔵庫で保管してくれと寛実に頼んだそうです」

「はあ……。すみません」

仕事の話をするような口調で榊原さんから、少しずつ事実を明かされながら、理佐は次第に情けない思いでいっぱいになっていった。要するに律は、友達の家の冷蔵庫を借りることにしたのだ。自宅にはないから。

「娘は今日ピアノ教室で、そのことにまで昨日は考えが及ばなかったそうです。なので今朝、学校に行く前に、おそば屋さんに行ったら持って行ってお姉さんに渡すようにと頼まれました」

「すみません、本当に。うちの子が」

妹なので律は厳密には「うちの子」ではないのだが、保護者としてはそう言うしかなかった。

「自動販売機でとても安いため、いつも売り切れているのが、昨日はあったんだそうです。それで買ってしまったと。娘は値段に反しておいしいジュースだと話していました」

榊原さんは、責める様子も宥《なだ》める様子も見せず、ただ事実だけを述べる。

「ご迷惑をおかけしまして」

「いや、まったくいいんですけど」

べつに、これからも使ってくださっていいですよ、とさえ榊原さんは付け加えたのだが、無表情な上に、バスや電車のアナウンスから口角の上がり具合を取り除いたような話し方だったので、理佐はとてもではないが、じゃあよろしくお願いします、などと言える気分にはなれず、ただ恐縮するばかりだった。

律がよその家の冷蔵庫を借り、それがそば屋のお客さんの家の冷蔵庫だった。それがいちばん重要なのかもしれない。少しはいいかもしれないけれども、あまりにもこういうことを繰り返すと、浪子さんや守さんに迷惑をかけるかもしれない。

理佐は、榊原さんが出て行くまでに十回はすみませんとあやまり、浪子さんに、どうしたの？ と訊かれたので理由を説明すると、あー缶ジュース一本ぐらいなら店の冷蔵庫使ってくれていいよ、あんまりたくさん入れられたら困るけど、とは言ってくれたのだが、示しがつかないので、と理佐は首を横に振った。

十四時になって水車小屋に向かいながら、綱渡りみたいだ、と理佐は思う。最初の日に布団を買って、テレビと洗濯機をもらって、律にカップ麺を与えて、それで数日は何とかなったのだが、食事を作っても保存できなかったり、そもそも食事を作る材料が常温では日持ちしなかったりする。律にはまだ火を使わせたくないので、沸かしたお湯を溜めようとすると、今度は魔法瓶が必要になる。だから春休みの後半は、昼食にカップ麺さえ食べさせることができず、律はずっとハムを挟んだだけのサンドイッチを食べていた。え、べつにおいしいよ、と律は言っていたけれども、理佐は調味のためのマヨネーズを保存する場所すら持っていない。小学校の給食が始まって、自分がこれほどほっとするなんて考えたこともなかった。

「冷蔵庫欲しいなあ」

そう呟きながら水車小屋の敷地に入り、戸を開ける。

律はよくネネの身の回りの世話をしてくれていて、松ぼっくりも日課のように集めてくるし、熱心にラジオ番組を把握して適宜カセットテープをひっくり返し、ネネを気分良くさせておく。十歳も年下の小学三年の妹としては、破格の働きをしてくれているようにも思う。

だからこそ苦言を呈するのは忍びないのだが。

「りっちゃん、これ、寛実ちゃんのお父さんから」

そう言いながら、つぶつぶの入ったオレンジジュースの缶を渡すと、ありがとう！　と律は受け取って、うれしそうに振り始めた。

「あのさ、もうこれきりだからね。寛実ちゃんちの冷蔵庫借りるの」

「え、なんで？　すかすかだよ？」

律はプルタブに慎重に指を入れながら、理佐の方は見ずに答える。

「すかすかでもだめなの。そういう問題じゃないの」

「ほとんどものが入ってないから全然いいって寛実ちゃんが言ってたよ」

子供独特の合理性に、理佐は思わず言いくるめられそうになるのだが、よそのうちの冷蔵庫でしょ、と理佐は何とか言い返す。同時に、冷蔵庫がすかすかの父娘だけの家庭は、夜にどんなものを食べるんだろう、と思う。自分と律はそば屋でまかなってもらえるけれども。

「冷凍庫はけっこう満タンなんだよね」

「そういう話はしてないの。寛実ちゃんのお父さんはお姉ちゃんとこのそば屋さんのお客さんで、失礼なことをすると浪子さんとか守さんに迷惑がかかるの」

「えー、すかすかなんだけどなー」

「すかすかでもだめ。大人はお客さんの冷蔵庫は借りないものなの」

なんとか律に納得させるために、思案の末「大人」という言葉を持ち出すと、子供扱いを好まない律は、わかったよー、と不満そうに言いながら、窓際に行って理佐からもネネからも顔を逸らして黙ってジュースを飲んでいた。りっちゃん、こっち向いて、とネネは言ったのだが、律はちょっと振り向いただけだった。


律は理屈のわかる子供だった。頭ごなしに言うと反発するし、子供だましは通用しないのだが、自分たちが貧乏だということを理解していたし、それを厳粛に受け止めているようだった。なので律は金銭的なわがままはほとんど言わなかった。まだたずねることはできないけれども、実家にいて物質的にはそれほど不自由しないものの、母親の婚約者に頭を押さえつけられて暮らしていくか、ここで自分と冷蔵庫すらない生活をするか、本当はどちらが本人にとっていいんだろうと理佐はいつも考えていた。男に怒鳴りつけられるというのがとにかくかわいそうで、自分の独立に連れてきてしまったけれども。

「それ、いくらなの?」


理佐がたずねると、六十円、と律はこちらを見ずに言った。律のお小遣いは一日百円で、普通の価格の自動販売機からならジュースを一本買ってそれでおしまいだけれども、六十円のジュースを買えたら、四十円分何かお菓子を買える。律も考えている。

「冷蔵庫買おうよ」

買うよ、ではなく、買おうよ、と自分が言っているのが妙だなと理佐は思った。けれども、律と生活を分け合っている以上は、そう言う方がしっくりきた。

「いいよ。ジュース買ったらすぐ飲むよ」

「買おうよ冷蔵庫。そしたらハムサンドにマヨネーズ入れられる」

「なくても別においしいって」

「いや、買う」

ほとんど押し問答のように姉妹で言い合った後、律は、無理ならほんといいよ、と付け加える。理佐は、私が家にマヨネーズ欲しいんだよ、と答える。

「わかった。でも冷蔵庫買うまでおこづかいへらしたりする？」

「それは今のところしない。六月までの三か月間、お給料から冷蔵庫用のお金を積み立てるようにする」

「なんで六月まで？」

「七月になると扇風機いるでしょ？」

理佐の言葉に、そうか、と律はうなずく。もともとは、最初に扇風機を買おうと思っていたのにその予定が早くも崩れるのは不安だったが、扇風機よりは冷蔵庫の方が高額なはずなので、先にやってみようと思った。

「十二月になるとストーブがいるね」

「うん」

律の言葉に、自分たちは本当にそんな時期まで二人で暮らしているのだろうか、自分はこの生活を続けているのだろうか、と理佐は思ったけれども、今はとにかく毎日の生活をこなしていくだけだった。

＊

　差し当たっての目標が冷蔵庫を買うことになってから、理佐は律がとにかく自宅で本ばかり読んでいることがだんだん気になるようになった。昼のうちに水車小屋で読んでいるのはいいとしても、夜になっても八畳の居間で寝るまで本を読んでいる。

　その日も律は布団の上に寝転んで本を読んでいた。小学校の図書室からは、さっそく上限の冊数まで本を借りてきて、そのうち隣町にあるという図書館にも借りに行こう、と野心を募らせている。寛実や周りの友人にたずねると、徒歩では少し遠くて、自転車が必要だという話をされたらしく、自転車が欲しいなあ、と律は言い始めた。

「六月までの積み立ては冷蔵庫でしょ。それで、七月に扇風機で、十二月にストーブを買うんなら、十月に自転車を買えばいいいんじゃないの？」

　少し飽きたのか本を伏せて、仰向けに大の字になって提案してくる律に、理佐は少し呆れながら、この先何があるかわからないから変な期待しないで、と言う。

「お姉ちゃんと私の二人で使える中古のやつにしたらいいよ」

「背の高さ違うじゃない……」

「サドルを上げ下げしたらいいよ。お姉ちゃんの乗りやすいやつに合わせる」

ひろみちゃんももう大人用の乗ってるしさ、小三だし、と律は本人からしたら説得力にあふれているつもりだが、他の人間から見たら甚だ筋が通っているのか通っていないのかよくわからないことを言う。

確かに、自転車を買うのは悪くない考えなので、考えとく、と理佐が答えると、律は、考えといてよ、と念を押して読書に戻る。

「あのさ、自転車のことは考えとくけど、りっちゃん目が見えにくかったりしない？」

「え？　しない」

小学校の健康診断で、律の視力は両目ともに0・9だった。これまでの十八年の人生で、両目の視力が1・0から落ちたことがない理佐からしたら、八歳で律の視力が下り坂に差し掛かっていることは驚き以外の何物でもなかった。おそらく読書のせいだろうと理佐は考えていた。

あまり暗いところで読んだりしないでよ、と言うと、はいはいわかりました、と律は気にもかけない様子で本を読んでいる。

「あのね、自転車がほしいんなら、りっちゃんの目が悪くなると困るんだけど」

「え、なんで？」

「めがねいるでしょ」

「あ、そうか」

「めがね高いんだから」

小学校の時に仲の良かった女の子がめがねを掛けていて教えてくれたことがあるのだが、一つで三万円近くしたらしい。そんなに貴重なものなんだ、と理佐は衝撃を受けた。

「どのぐらい？　十万とか？」

「そんなにはしないけど、冷蔵庫と同じぐらいかも」

「わかった。気をつける」

律はそう言ったものの、本を読むのはやはりやめなかった。理佐が、とりあえず中学校までめがね禁止ね、と注意すると、律はちらりと理佐の方を見て、わかった、中学までね、とうなずいて本を伏せ、しばらく自分もうつ伏せになって足をばたばたさせたりした後、あ、と声を上げて、部屋の隅のランドセルを開ける。

「めがねで思い出した。家庭訪問だよ」

担任の先生がさ、めがねなんだよ、と律はプリントを出して理佐のところに持ってくる。律が、これ、と言って学校のプリントを理佐に見せてくることを、理佐は最初は戸惑っていたけれども、四月も下旬になるとだんだん慣れてきた。内容は、給食費の納入のお願いだとか、登下校中の交通事故防止の注意喚起だとか、去年度のＰＴＡからの寄付で小学校の近隣の危ない道にカーブミラーが設置されたことに関するお知らせなどで、お金に関する大事なものから細々とした報告までいろいろあった。

律が持ってきた「家庭訪問のお知らせ」によると、五月の連休明けに、各クラスの担任が家庭訪問をするのだが、仕事の都合などがあって時間が限られる保護者は、これこれの期間で希望の日にちと時間帯を、キリトリ線の下に第三希望まで記入して児童に持たせていただきたい、とのことだった。そば屋の定休日は水曜だったので、理佐は水曜の時間帯を三つ書き、キリトり線で折り目をつけて丁寧に切り離してから、律に渡した。

「水曜日か。せっかくの休みの日に申し訳ないね」

切り取った紙を眺めていた律は、大人のようなことを言ってそれを大事そうにランドセルにしまった。

五月の連休は、律には四日間あったがそば屋は休むでもなく、平常の営業日に沿って開店していたので、特に何もなかった。なんとなく、姉妹が引っ越してきた当初の生活に戻ったような感じではあったけれども、寛実や杉子さんがいたことは違っていたので、水車小屋に毎日誰かが訪ねてきて律は楽しそうだった。浪子さんは、山下さんも一日ぐらい休む？と訊いてくれたのだが、理佐はいいですと答えた。浪子さんは少し考えて、じゃあ今月は第三日曜も休んでいいよ、たぶんお客さんそんなに来ないから、と休みを一日増やしてくれた。

連休が明けた最初の水曜日の夕方、律の担任の藤沢先生は、姉妹の住んでいるアパートを訪ねてきた。律はいつものように、寛実と水車小屋で過ごしていた。

律さんの担任の藤沢静子と申します、と玄関先でお辞儀をした先生は、理佐が今まで現実で出会った人物の中でいちばん勉強ができそうな顔立ちに見えた。おそらく三十過ぎで、銀縁のめがねを掛けていて、化粧はしているものの薄く、髪を引っ詰めにしたひたすら地味な女性に見えたが、濃紺のジャケットの中に着ているシャツは白地に紫のピンストライプで、個性を主張しているように見えた。

理佐は生まれて初めて、来客にお茶を出すということをした。そば屋では毎日お客さんたちに水を出していたが、自分の家でとなると、妹の担任の先生にどういうお茶を出したらいいのかわからず、浪子さんに相談してお茶の葉を分けてもらい、店から急須と湯呑みを借りた。

藤沢先生は、まだ小学三年になって一か月なので先のことはよくわからないが、律の成績がかなり良いこと、スポーツテストの五十メートル走が非常に速いこと、しかし投擲《とうてき》が苦手なこと、授業中の態度は悪くないこと、質問があれば手を挙げずに休み時間に訊きにくること、クラスの女子とはまずまずそつなくやっていること、男子とは基本的に距離を置いていることなどを理佐に話した。

頭の良い生徒さんだと思います、と藤沢先生は、部屋の隅に横積みになっている律の蔵書に軽く視線を向けた後に言った。

「しかし、申し上げて良いのかわかりませんが、やはり高校を出たばかりのお姉さんと二人暮らしであるというのは、率直に言って心配ではあります」

藤沢先生は、めがねのレンズ同士をつなぐ部分ではなく、レンズの銀縁の上下をつかんで位置を直す。藤沢先生は手が筋張っていて、理佐にはそれがどこか男っぽい動作のように見える。

「おうちでの律さんの様子はいかがでしょうか？」

「様子ですか……？」膝を突き合わせて妹の様子を大人にたずねられる、という状況が、人生で初めてのことだったので、理佐は戸惑いながら考え考え言葉をつなぐ。「本を、持っているものも借りてきたものもすごく読んでいます。テレビはアニメやクイズ番組を観ています。ときどき変なことを言いますが、わがままだなと思うことはほとんどないです。学校から家に帰ったら、わたしの仕事先のおそば屋さんが持っている水車小屋に行って、鳥の面倒を見ています」

藤沢先生が縁を持ってめがねの位置を直したことになぜか焦って、あの、水車小屋には内側から閂《かんぬき》が掛けられますよ？　だから知らない人は入ってこれません、と急いで理佐が付け加えると、鳥ですか？　と藤沢先生は理佐の説明とは直接関係のない問いを返した。

「鳥です。しゃべる鳥」

ヨウムだそうです、という理佐の言葉に、なるほど、と言いながら、藤沢先生は首をひねって、そば屋の水車小屋にヨウム……、と呟く。そしてすぐに我に返ったように、親御さんとは連絡を取られておりますか？　とネネとは関係のない質問をした。

「はい、あの……」

この「はい」は質問を承りましたの「はい」で、決して「あなたのおっしゃることを肯定します」の「はい」ではないのだが、なんとか悪くないように受け取ってはもらえないかと理佐はできるだけ含みを持たせておずおずと笑顔でうなずいてみせる。

母親には、こちらに引っ越してきたその日と、律の始業式にしか連絡していない。理佐からの電話に出ると、母親は、二人とも元気？　住民票も移しちゃったのね、とそれだけだった。後は自分と、自分の婚約者の話だ。事業は本格的に軌道に乗りだして、自分も取締役として関わるかもしれないという。通話の最後に、飽きたら戻ってきなさいね、近所の人に最近あんたたち見ないけどって言われて恥ずかしい思いしたから、と母親は付け加えた。

期待などしていたわけではないけれども、理佐の学費のことも、婚約者からの律への仕打ちのことも、母親は何も言わなかった。

「あの……？」

「元気か？　と訊かれて、元気ですと」

「それだけ？」

「あと、困ったことがあったら言ってね、と」

理佐は嘘をついた。そんなことは母親は言っていない。悲しい気持ちだ、と理佐は思う。

「困ったことはありますか？」

「今のところはありません」理佐は少し考えて、いえ、あります、と言い直す。「律の目が悪くならないように、暗いところとか変な姿勢で本を読みすぎないように指導してもらえますか？」

「承りました」

藤沢先生は、銀縁のめがねの位置を直して大学ノートに何か書き付けていく。

「お願いします」

「こちらからもお願いがあります。私の方から、親御さんに連絡を取ってもよろしいでしょうか？」

藤沢先生は、ノートから顔を上げて理佐を真っ直ぐに見る。地味で暗そうな人。でも、あからさまにそう思われても平気なぐらいには、自分の仕事と知性に自信のある人。

「いいですけど、たぶん、どうにもならないと思います……」

「どうにもって？　お二人はここで暮らし続けるということですか？」

「はい。たぶん」

「了解しました」

その「了解」は賛成なのか反対なのか、外側からはほとんどわからない顔つきで、藤沢先生はうなずいた。

帰り際に、お目にかかれて良かったです、と藤沢先生は一礼した。理佐も、ありがとうございました、ありがとうございました、と何度も頭を下げながら、大人はもう一種類ぐらいここで何か違うことを言うんだと考えつつも、思い出すことはできなかった。

藤沢先生が帰ると、律が杉子さんを連れてアパートに帰ってきた。寛実はピアノの練習があるというので家に戻ったそうだ。寛実がその場にいない理由について、律はいつも「ピアノの練習があるから」と言っていた。小学三年で、そんなに一所懸命やっていることがある寛実を、理佐は少しうらやましく思った。

三人で、杉子さんが持ってきたびわをむいて食べた。先生どうだった？　と杉子さんに訊かれて、理佐は、緊張しました、と少し体をすくませながら答えた。

「そりゃそうよね。私なんか人生で一度も誰かの家庭訪問なんて受けたことないから、この年でも緊張すると思うわ」

自分のことじゃないっていうのがまた複雑よね、と杉子さんは続けながら、おいしそうに水を飲む。食料品店の店先で安売りしていた適当なコップで水道の水を出せる人がやってきて、理佐はほっとしていた。

「成績が良くて、足が速いんだって」

「やった！」

「もう足りないものはないじゃない」

杉子さんは、にこにこ笑いながら律の背中を軽く叩いた。その様子を眺めていると、藤沢先生が姉妹の生活を不安がることへの不安が、少し薄らいだ気がした。

杉子さんが帰ると理佐は、りっちゃんがさ、お母さんのところに帰りたいと思う時が来たら、遠慮せずに言ってね、と思い切って律に告げた。それを聞いた律は、一瞬呆気にとられたような顔をして、なんでそんなこときくの？　と問い返してきた。

「だってさ、冷蔵庫も自転車も当分ない生活なんだし、いやになるかもなと思って」

本当はもっと根本的な懸念があるのだが、理佐はとりあえず目に見えるところから検討させることにする。律は首を傾げて、少しの間真面目に考える様子を見せた後、首を横に振った。

「まだいやにはなってないし、これからもならないといいと思う」律は小学三年なりに言葉を選んでいるようだった。「おねえちゃんも、いやになったら言って」

「うん。まあそれはないと思うけど、うん」

理佐はうなずきながら、むしろ選択肢があるのが自分の方であることを、律に対して申し訳なく思った。そんなことは絶対にしないけど、自分は律を放り出そうと思えばできるのに対して、律はそういうことになったら母親と婚約者の元に戻るしかない。

難しい漢字が読めて、自分が見た鳥がヨウムであることがわかっても、それでも子供だというだけで律は自由を制限され、保護を必要としている。

理佐は、とにかくあの先生に認められる程度には、律をちゃんと生活させなければならない、と強く思った。

＊

五月の第三日曜日に、理佐と律は引っ越してきてから初めて、地元の駅からいちばん近い急行が停まる駅に出ることにした。都会というには物足りない場所だったけれども、駅から少し歩くと商店街があったし、スクリーンが二つある映画館も、二階建ての書店も、そこそこ大きな手芸店や電器店もあったので、二人には充分だった。

そば屋は営業していたので、電車に乗る前に水車小屋に行き、そば粉をいくらか挽いてから出かけた。浪子さんによると、今日は発電所も役場も休みだし、お客さんはそんなにいないだろうから、昨日挽いた分は全部明日に使って、今日の分はこの数日の残ったそば粉で足りるだろう、とのことだったけれども、足りなくなったら申し訳ないので、ということで理佐は少しだけ仕事をした。

午前中に理佐が来ることは珍しいせいか、りーすぁーちゃん、早いね！　とネネが妙に気《き》っ風《ぷ》良く、お店の主人のように言うのがおかしかったのだが、人間が早い時刻に姿を見せたという状況に対して、「早い」と鳥が相対的に判断して言っているということに、改めてネネの賢さを感じた。

理佐はそば粉を挽き、律がネネの身の回りの世話をして、昼前に水車小屋を出ようとすると、ネネは、いてよ！　と言った。律は、今日の外出のために昨日あえてネネに献上しなかったという松ぼっくり十個を台の上に並べながら、夕方にまた来るよ、と言って聞かせていた。律は、松ぼっくりを左から順にゆっくり並べたかと思うと、それを無造作に崩して今度は丸や三角に並べたりして、ネネの注意を引いていた。

律の賄賂が功を奏したのか、ネネはすんなりと二人の出発を受け入れて、またね！　と送り出した。駅に向かう途中、律はやはり松ぼっくりを拾って、母親と暮らしていた時に作ってあげた巾着袋にしまっていた。色褪せてぼろぼろになっていたので、作り直そうか？　と言うと、松ぼっくりしか入れないしまだ使えるからいい、と律は言った。

手芸ももうずいぶんしてないな、と思いながら理佐は律を連れて急行に乗った。引っ越してきて二か月ほどが経ち、自分は働いて律も小学校に行かせて、なんとかやってはいるけれども、「なんとか」の域は出ていない。いつ出るのかも定かではない。

引っ越してきた時よりもますます緑が濃くなった山脈と渓流の景色を車窓越しに眺めながら、自分はどのぐらい「なんとか」でいられるのかな、と理佐はぼんやり考えた。

そば屋のお客さんに、若いね、と言われても実感はなかった。そういえば高校の友達とは離れてきたんだ、と思うと寂しいような気もしたけれども、どちらかというと文具の倉庫でアルバイトをしていた頃の同僚さんたちの方が懐かしかった。

いちばん仲のよかった光田さんは、ときどき手紙をくれる。最初のやりとりで、電話はないの？　とたずねられて、その時に、そうだ私引いてないんだ電話、と理佐は気が付いた。昼間の連絡先はそば屋にさせてもらっているが、そちらにもかかってこないし、今のところ自宅には必要なかったけれども、電話は引いたほうがいいかもしれない、と思う。そういうことに悩んでいる時に、なんとなくやれている自分と律の生活が、実は綱渡りなのだと強く思えてきて、突然不安になる。

だから律を連れて映画館に行って〈グロリア〉を観たくなったのかもしれない。同じ時間帯のもう一本が〈機動戦士ガンダム〉で、律はそちらを観たがったのだが、理佐が「私はこっちが観たい」とかなりはっきりと主張すると、律は引き下がって「つまんなくなったら寝てい い？」ということを承諾するのと、次回上映の〈のび太の宇宙開拓史〉には必ず連れて行くということを交換条件に一緒に観ることになった。

映画はとても楽しかった。グロリアと男の子が、対等に近い関係でギャングから逃亡する様子はおもしろかったし、ラストも爽快感があった。律も楽しんだようだった。

このまま気持ちよく、律と映画の感想を言い合いながら一日過ごせるだろう、と思っていると、館内の照明が点灯して、客席の前方の出入り口から見覚えのある女性が出て行くのが見えた。藤沢先生だった。

藤沢先生は、まだ客席にいる二人には気付かない様子でそのままロビーに出ていった。挨拶をしようと理佐が律を伴って同じドアから出て後を追うと、藤沢先生がすたすたと映画館を出て行くのが見えた。ロビーのドラえもんのポスターに注意を奪われている律に向かって、前にいた人、藤沢先生だよね？　と訊くと、え？　わからなかった、と律はすでに藤沢先生が去ってしまった映画館のロビーを見渡した。

それから二人は商店街をぶらぶらすることにして、まず書店を覗いた。律は児童書のコーナーに直行して、あれこれ楽しそうに見ていたのだが、理佐は、何か買ってやらないといけないのかも、と考えて緊張した。

「こういうのなら……」

そう言って、理佐が児童用の文庫を指さすと、律は不思議そうに理佐を見上げて、買ってほしいとかはないよ、と言った。

「読みたいのはほとんど図書室で借りて読んでるし。本当に好きなのはだいたい持ってるし。誕生日にでも買ってくれたらいいよ」

「じゃあなんで売り場に来たの？」

「図書室になくて、知らないおもしろそうな本があれば知りたいから」律は目利きのように理佐が指さした児童用の文庫の背表紙を端から順に見ていきながら、これ、文庫になったのか、などと呟いている。「名前と作者と出版社を覚えて帰って、図書室の先生にリクエストするんだよ」

「何冊ぐらい？」

「最低五冊は覚えるかな。多くて十冊」

そうなんだ、と理佐は感心した。確かに、子供の頃は考えることが少なかったので、興味のあることに関してはほとんど頭の中に入っていたから、律がそれだけの情報を覚えられると聞いても意外ではないかもしれないけれども、それにしても十冊は多いなと思う。

律の用事はまだまだ終わりそうになかったので、理佐は近くの売り場でファッション雑誌を立ち読みして、そういえば自分は倉庫のアルバイト代を貯めて春先に着るジャケットやニットパンツが欲しかったんだ、と思い出す。今着ているのは、着古したダンガリーシャツと、去年の今頃買った裏地の付いた白いツイル地のスカートだった。不満はないけれども、スカートを買った時には、自分が一年後に冷蔵庫や扇風機や電話のことばかり考えているようになるとは思っていなかった。

終わったよ、とやはりメモを取った気配などない様子の律がやってきて、二人は書店を出る。手芸屋さんに行くんでしょ？　と律は当然のように言ったのだが、理佐はお腹が空いているのを感じたので、ちょっとどこかに食べに入ろう、と答えた。わかった、とうなずいた律が、食事ができそうなところと見ると店先に寄っていって、メニューと値段を読み上げて勝手にまああ安いとかこれは高いとか言っているのが恥ずかしかったけれども、なんだか頼りになるなという気もした。

「今のところ〈わかめスープ200円〉っていうのがいちばん安いね」

「それ焼肉屋さんの付け合わせじゃないの。肉の値段見ないと」

などと話し合っていると、通りかかった喫茶店の奥に、藤沢先生が一人で座っているのをまた見つけた。藤沢先生は、やはり理佐と律には気付かない様子で、コーヒーカップを手に文庫本を読んでいた。藤沢先生は、家庭訪問に来た時と同じジャケットを着ていたが、今日のシャツは黄色の地に黒い水玉のプリントという生地で、やはり目を引いた。

「ナポリタン580円」

店先のメニューの台を覗き込んだ律が、高くもないけど安くもない、などと続ける。理佐は今度は、藤沢先生が中にいるとは言わないようにして、じゃあもう少し安いところ探そう、と律に声をかける。

「ミートソース580円だったら安かったような気がする」

「そうだね」理佐はうなずく。「藤沢先生ってどんな人？」

「え？　いい人だよ。声は小さいけどね」律は、商店街のタイルの緑色のところだけを踏みながら、理佐の少し先を歩く。「あとさ、なんていうか、しんちょう？　なんだよ。石橋を叩いてわたるっていうやつ」

「はいはい」

「けんかがきらいでね。ぼう力的な男子が何かやりそうだと、必ずろうかに連れて行ってなだめてる」

すごく時間がかかって、自習になったりするんだけど、いつもなんとかとりなしてる、おこってるところは見たことがない、と言いながら律は、緑色のタイルの果てに差し掛かり、しぶしぶグレーのタイルを踏む。

「りっちゃんは先生好き？」

「えーまだ五月だからわかんないけどなあ。今のとこは好きだよ。点数あんまりよくなくても、算数のノートの図形がしっかり描けてますねとか、左側がそろってってきれいですね、ってほめてくれるし、お姉ちゃんのことも、やさしいお姉さんですねって」

「そうか」

喫茶店の奥で本を読んでる藤沢先生は、見るからに物静かで、孤独で、でも満たされているように見えた。そういう人が毎日数十人の子供たちと関わり、生活や勉強について教えているのだと考えると不思議な気持ちになった。

それから理佐と律は〈ナポリタン550円〉というボードが立っていた別の喫茶店に入り、それぞれにナポリタンではなくえびピラフとカツサンドを食べた。なんとなくあるだろうと思っていた律の本の出費が浮いたので、クリームソーダ飲んでいいよ、とテーブルの端にあった札を示すと、え、いいんだ？　と律はうれしそうに笑った。320円だった。理佐も迷ったあげく同じものを頼んで、結局本を買ったのと同じぐらいの出費になった。えびピラフもクリームソーダもとてもおいしかった。

喫茶店を出ると手芸店に行き、店先の特価のはぎれのワゴンを律にのぞかせて、好きな布を選ばせた。律は、じゃあこれ、とパイナップルが一面に印刷されている派手なのを選んでいて、理佐の趣味ではなかったけれどもそれを買った。はぎれと言いつつかなり大きくて、いろいろ作れそうなのも良かった。部屋に帰ったら、まずは律の松ぼっくり収集用の巾着を作るつもりだった。口を縛るためのコードを別に買うかどうか迷ったけれども、共布で間に合わせよう、と考え直して、はぎれだけを買った。

用事を済ませた後も、理佐は手芸店を隅々まで回った。一階はほとんど買いやすいコットンの生地や毛糸、造花といった手芸に類する趣味の素材が売られていて、二階は手芸用品とレースなどの手芸素材、そして特殊な生地の売り場だった。特殊な生地にもワゴンセールがあって、オーガンジーや別珍《べっちん》やスパンコール生地のはぎれをぼんやり眺めながら、このあたりにもこういうものを使ってものを作る人がいるんだなあ、とぼんやり考えにふけった。律も一緒になってワゴンをじっと見つめながら、お姫様の服の布みたいなのにさ、こんなふうに「特価！」っていう値札が付いてるのはおもしろいね、と言っていた。

最後に二人は電器店に入って、六月に買う冷蔵庫の目星をつけた。背が低くてドアが一つしかない、冷凍室のない冷蔵庫だったけれども、マヨネーズを入れておけるのなら充分だった。

「買えそう？」

「ぎりぎり」

姉妹はそう言い合って店を出て、電車に乗って家に帰った。

部屋に帰ると理佐は、テレビを観ながら律が選んだパイナップルの柄の布で巾着を作った。母親が短大の入学金を振り込んでいないことが発覚して以来、一度も針を動かしていなかったので、律のために簡単な巾着を作るだけでものすごく気が晴れた。

いつもより丁寧に縫って、三晩かけて完成させて律にあげると、お姉ちゃんすごいね！　とても喜んだ。すごいかな？　と訊き返すと、気が付いたらこんなもの作ってるなんてすごいよ！　びっくりした！　と律は目を輝かせた。

律はほとんど大人みたいな口をきくこともあるし、子供扱いをして変に甘やかしたりしたくない、と理佐は常々考えていたのだが、その時はどうしても自然に手が出て、目の前の律の頭をなでた。まだ小さな、子供の頭だった。

＊

婦人会に来てみる？　と浪子さんに提案されたのは、六月の初めのことだった。え、行っていいんですか？　と訊き返すと、浪子さんは少しの間首を傾げて、いや、だって山下さんだって「婦人」だし、そりゃ行く権利はあるよ、とのことだった。理佐は、婦人会なんてもっと大人の人が行くものだろうと思ったのだが、自分は働いていて一応家賃を払っていて、妹を小学校に行かせていることを考えると、それなりに「婦人」であるような気がしたので、仕事が終わった後に行ってみることにした。

会議が終わるのが夜の九時過ぎになる、と言われたので、律をどうしようか迷ったのだが、一人で留守番してるのが不安なら、寛実ちゃんの家においてもらえるように頼んでみる、その日は寛実ちゃん習い事ないしたぶん大丈夫だよ、とのことだった。理佐は考えに考えたあげく、浪子さんと守さんからお土産用のそば茶を購入して、律に持たせた。榊原さんには手紙を書いて、律に渡すように言った。

金曜の夜に、駅の近くの商工会議所の会議室に行った。商工会議所は、二階建ての小さな箱みたいな建物で、一階が事務室と応接室と小さな貸し事務所、二階全体が会議室、という構造をしていた。外から見るより二階は広かった。

商工会議所に行く道すがら、だってもう山下さんがここに来てから二か月経ったしね、と浪子さんが言った。

続かないと思ってたわけじゃなかったし、もちろん信用したから働きに来てもらってるんだけど、家も変わって、鳥の面倒を見ながらそば粉を挽くなんていう変わったことをやって、妹さんを学校に行かせるとか、そういうことをやってる若い女の子が、何か月もうちで働くんだっていうことにずっと実感が持てなくて、と続ける浪子さんに、やっぱり変わったことやってますかね私？　と理佐がたずねると、わからないけど、すごくよくやってくれてると思う、と浪子さんは答えた。それから、りっちゃんのことは今もときどき不安になるけど、ここにいたければいたらいいと思うし、でも帰りたがったらすぐに親元に帰してあげてね、と付け加えた。

浪子さんはこれまで、三週間に一回ぐらい、時機を推し量っていたようにまじめな顔で律の様子をたずねてきていた。その内容は、ネネとうまくやっているかとか、学校生活はどうかといったこちらで発生したことではなくて、母親のところに帰りたがっていないか？　という根本的なものだった。理佐と律が、自分が言い渡した家の戸締まりや行動の際の用心をきちんと守っていることは評価していてくれたかもしれないけれども、やはり基本的に浪子さんは二人を心配していたし、そのぐらい自分たちの暮らしは一般的ではないのだろうと理佐は思う。

けれども、母親の好きな男に律が攻撃される生活が自然だとも理佐は思わなかった。理佐はあまり何かを強く思い込んだり信奉する性質ではなかったけれども、そのことにだけは確信があった。それは、自分自身も実の父親の機嫌に左右される子供時代を送ったという経験に基づくものだった。結局、母親と父親は不仲を乗り越えられず離婚したけれども、母親は最後まで、家の中の女子供への父親の圧力については、そういうものだと思っているふしがあった。母親は仕事を持っていたし、生活力もあったけれども、それとはべつに、男が傍《そば》にいるということ自体に慰安を求める人だったのかもしれないと今は思う。

だから理佐は、あんな不自由を律には経験して欲しくないと単純に思っていた。家で誰かに頭を押さえつけられて自由に振る舞えないことと、金銭的な不自由はまったく別の話で、それをはっきりと律自身に秤に掛けさせたわけではないということを理佐は気に病みながらも、間違っているとは思っていなかった。

商工会議所の入り口近くの階段を上がってすぐのドアを開くと、二十人ほどの女の人たちがわいわい言いながら、大きな楕円形になるように長机を動かしているところだった。浪子さんが近所の人と話している間、理佐は、長机を動かすパートナーを見つけられていない人を見つけては手伝って、三個ほど机を並べた。そのうち杉子さんが会議室に入ってきて、理佐さん！とうれしそうに声をかけてくれたのが心強かった。

「あら珍しい。三か月ぶりじゃないの？」

「そうねえ。春は菜の花で忙しいから！」

杉子さんは、別の人から少しだけ当てこするような口調で問われながらも、それを意に介さない様子でうれしそうに答えていた。

婦人会用の机の準備が整ったところで、全員が着席して会議のようなものが始まった。今期は書記をやる浪子さんによると、決まった席はないらしく、理佐は入り口に近い席で浪子さんと隣同士に座らせてもらった。

「皆さんご存じの通り、今月からぼちぼち夏のコーラス会のことを決めていかないといけないんですけど、その前に新加入の方を紹介します。山下理佐さんです」

今期の会長だという、三十歳にはまだ届いていないように見える郵便局員の真壁さんが、理佐の方に腕を出して紹介する。ひとことご挨拶いいですか？　と訊かれて、あ、はい、と理佐は立ち上がり、山下です、よろしくお願いします、と本当にひとことだけ言って、自分なりに深くお辞儀をして座った。ほとんどの人は特にかまわない様子だったが、二、三人の人は理佐を訝るように見つめたり、隣の人と少し話したりしていた。そば屋で働いていることを言えば良かったのか、と理佐は思いながら浪子さんの方を少しだけ見たけれども、浪子さんはノートを開きながら軽くうなずいただけだった。

それから会議はすぐに議題に入った。このあたりでは、婦人のコーラスサークルがある程度普及していて、八月のお盆の前に地区合同の発表会があるため、まずはその参加者を募るらしい。全員参加というわけではなく、希望者だけで歌うらしいのだが、半分ほどの人たちはもう参加が当たり前という様子で、今年は明るい歌にしたい、去年は私たちがトリだったのに〈モルダウ〉にしてしまって、変にしんみりしてよくなかった、でも私たちがいちばんうまいのはうまかった、などとそれぞれに話し始めた。

「浪子さんはコーラスはやってるんですか？」

「うーん。三年前までは参加してたんだけど、この二年は忙しくてやってないね。今年もやらないつもりだけど来年は出たい」

そんなに出たり入ったりしていいものなのか、と理佐は思いながら、女の人たちが活発に話し合う様子を眺める。

「山下さんも出たいんなら出たらいいよ」

「いや、私は……」

コーラスは好きでも嫌いでもなかったけれども、浪子さんが出ないのならやめておくのが良いかと理佐は思った。

真壁さんは、まあ参加者についてはのちのちということになると思われますが、と言いながら立ち上がって、会議室の奥の黒板の前に行き、右端に大きく「曲」と書いて、これですね、と大きな声で言った。

「今回と次回で曲は決めたいと思います。過去五年に歌った曲は除くとして、これはという曲がありましたら、挙手をお願いします」

はい！　と元気な挙手があり、真壁さんが意見を促す前に、〈誰も寝てはならぬ〉がいいです！　という声が上がった。浪子さんは、小宮さん好きだなああの曲、六年前やったのに、と呟きながらノートに書く。それから、小宮さんの斜め前に座っていた同い年ぐらいの女性が、じゃあ私はハイドンの〈皇帝〉がいいなあ、と頬杖をついて斜に構えた様子で言った。浪子さんは曲名をノートに書いた後、婦人服店の小宮さんと美容院の木梨さんはライバル同士なの、とひそひそ声で理佐に伝える。なんか、〈夏の思い出〉とかじゃないんですね？　と理佐が浪子さんに言うと、それはよく歌ってきたからみんな飽きてると思う、と浪子さんは答える。

浪子さんによると、この地域は音楽教育がけっこう盛んなのだという。理佐は気付かなかったが、先日律と行った急行が停まる駅にはそこそこ大きな音楽ホールがあり、ときどき有名な楽団やピアニストや歌手がコンサートでやってくるそうだ。だから地元の人たちも、音楽を広く聴くことにあまり抵抗がない。

最初に出た曲こそクラシックだったが、それからは山口百恵の〈秋桜《コスモス》〉だとか、ポール・サイモンの〈僕とフリオと校庭で〉だとか、〈蘇州夜曲〉だとか、〈愛の讃歌〉だとか、各方面から案が出て、真壁さんの手元の黒板は混沌を極めた。

見たところ、提案する一人一人に独自の歌いたい曲があるらしく、とりまとめるのは大変だろうなと理佐は活発な意見交換を眺めながら考えていた。

ひとしきりそれぞれの曲名が出た後、真壁さんは腕組みをして黒板を見渡し、これ、投票とかしても絶対割れますよね、と険しい顔で言った。

「申し訳ないですけど、ここ五年のうちに他の婦人会が歌った曲も調べて、それを省いたリストを作成し、それを来週配布しまして、そこでの投票の上で曲を決めるのはどうでしょうか？」

えーじゃあ私のだめじゃない、とハイドンの曲を提案した木梨さんは異議を唱えるのだが、さして残念でもなさそうだった。というか来週も会合やるんですか？　二週に一回なのに？と誰かから声が上がって、真壁さんは、申し訳ありませんが、とうなずく。困るなあ、という声が上がったかと思うと、また別のところで、でも楽譜の調達もあるし、ある程度早く決めないとだめだよ、と誰かが諫《いさ》める。

「わりとおもしろいでしょ？」

自分はまったく意見を言わない浪子さんが、不意に理佐の方を見てきたので、理佐はうなずいた。

その日の会議はそのまま曲が決まらずに終わり、曲の決定は次の週に持ち越されることになった。次の会議の日になると、浪子さんは、もし今週も榊原さんとこでりっちゃんを預かってもらうことに気が引けるんなら、うちの叔母さんのとこに預けて、守とテレビでも観てたらいいよ、と言ってきたので、理佐は、そこまで考えてもらってるんなら、ということでまた会議について行くことにした。

やはり長机を並べるのを手伝うと、ありがとう、と言われたり、また来たの？　と言われたり、若いね、と言われたりした。先週最初に曲を提案していた小宮さんが、コーラスやる？と目をきらきらさせながら訊いてきたので、いや私は……、と手を振ると、やろうよ！　と力強く勧誘された。

ほとんど机を並べ終わる段になって、妹さん、と名前を呼ばれることなく声をかけられたので振り向くと、副会長だという園山さんが立っていた。園山さんはきちんと化粧をしていて、一日の終わりの適当な普段着でやってきている様子の他のメンバーよりは身なりを整えていた。

「妹さん、本当に大丈夫なの？」

「え？」

「あなたに気を遣ってお母さんに会いたいって言わなかったりするっていうのは考えてみたことない？」

小さな声でそれだけ言って、園山さんは回れ右をして自分の席へと向かっていった。理佐は、たぶん違うと思うけれども自分は律ではないからこの人の言うことを完全に否定することはできないし、高校を出たばかりの小娘が十歳下の妹と二人暮らしをしてるってことで自分を訝る人もやっぱりいるよな、と複雑な気持ちで浪子さんの隣に着席する。

会長の真壁さんは、黒板に、蘇州夜曲、エーデルワイス、荒城の月、僕とフリオと校庭で（ポール・サイモン）、アヴェ・ヴェルム・コルプス、と大きな字で書き、絞りました！　と指さした。

前回でもいろいろ曲が出てたと思うんですけど、他の団体さんが過去五年に歌ったのを除くとこれだけになるっていうことは、けっこうたくさんの団体さんが出る会ってことなんですか？　と理佐がたずねると、うん、と浪子さんはうなずく。

「近所の六団体ぐらいかな。よその地域の人と交流できるから、わりとみんな楽しみにしてる」

コーラス会は、近所の急行が停まる駅の音楽ホールの小ホールを借り切って開催されるらしい。会の後には会議室で交流会もあるし行きたければ二次会に行く人もいる、と浪子さんは言う。

「まあ、あそこの人たちはいけ好かないわねっていうのもあるから、みんな仲良しっていうのもなくて、やっぱり張り合ってる部分もあるけど」

歌自体はわりとみんな熱心にやってどんぐりの背比べみたいなところがあるから、衣装がわりと大事なんだけど、これがけっこううね、と浪子さんは意味深に言って肩を竦《すく》めた。

曲は〈蘇州夜曲〉をやるということで投票で決定し、じゃあ私は楽譜を調達してきます、とか、練習にはうちの農機具を置いてるガレージを提供します、などとそれぞれに役割を申し出るのだが、何かしらじらしいというか、本当に話さなければいけないことの周りをぐるぐる回っているような雰囲気に包まれたまま、それではまた来週、ということでその日は解散になった。

浪子さんは、次の週も当たり前のように理佐を誘ってきて、やはり叔母さんのところに律を預けることになった。叔母さんと守さんと律の三人は、今熱心に探検隊のドキュメンタリーを観ているらしい。

理佐が参加した三回目の会議で、郵便局の真壁さんはひどく渋い顔で「衣装」と黒板に書いた。これまで活発な意見交換が交わされた二回とは打って変わって、参加者たちは沈黙した。

うち、田舎でしょう、と商工会議所に向かう道すがら、浪子さんは話していた。会に出るグループの中でもいちばん田舎なの。繕い物が得意な人もいない。で、歌はあんまり良くないんだけど、ちょっとだけ都会に近い昔からの住宅地から来てるオホホって感じの団体さんがあるのね、その人たちに毎回「シンプルな衣装ですね」って言われるのよ。

誉めてないってことなんですかね、それ、と理佐が言うと、そうね、たぶん、と浪子さんはうなずいて、うちの人たち、歌は好きだけど、そんな裕福な団体でもないから、凝った衣装とかできないし、働いてる人が多いから作る時間もないのよね、で、毎年、でも歌さえ良ければいいじゃないっていう話になって、なんとなく有り合わせの格好で出ていっちゃう、と付け加えた。

夏らしく……、まあ、涼しげに……、と意見が二つ出たところで、会議は再び沈黙する。理佐は、自分にも配られてきた楽譜と歌詞のプリントをじっと眺める。特に将来を約束されているわけではない恋人同士が、夜に船に乗って揺られているという歌のようだ。情景が浮かんでくると、なんとなく歌がまとっている色調のようなものもわかってくるので、理佐は浪子さんに鉛筆を借りて、イメージした色を歌詞の余白の部分に書き留めていく。材料費はどのぐらいなのかがまず問題だけれども、と理佐は考える。

会議室の時計が三分ほど進んでいたけれども、女の人たちは沈黙したままだった。理佐は、会議に参加している一人一人の表情を見て、もの言いたげな人がいないか確認するのだが、皆うつむいているか、話題を拒否するように首を傾げているか、ぼんやりした顔付きで黒板を見たり楽譜を見て体を揺らしているかのどれかだった。

理佐は、急いで描いた小さいデザイン画を浪子さんに見せて、私、発言してもいいですかね？　とひそひそたずねる。

浪子さんは理佐のデザイン画が描かれた歌詞のプリントを覗き込んで、え、いいんじゃないの、これ、と軽い調子で言う。会長の真壁さんが、少し驚いたような顔でこちらを見てきたので、理佐は、もう何言ってんだって思われて次から顔を出せなくてもいいや、と開き直って挙手する。

「衣装というか、小物を考えたんですけど」

「はい。小物ですか」

「ケープです。肩から掛けるやつ。で、それをお揃いにして、中は全員白い半袖のブラウスを着るようにしたら、ある程度の統一感は出ると思います」

理佐の言葉に、誰かが、難しくない？　と声を上げた。理佐は、難しくないと思います、型紙を描いていいですか？　と真壁さんにたずねると、はい、とうなずく。

理佐は、最初に水車を動かした時と同じぐらい緊張しながら黒板の所に行って型紙の絵を描く。ほぼ台形の背が一枚、それを半分にした身頃が左右一枚ずつの、とても簡単な図だった。縫うのはここととここと周りだけです、で、襟元に飾りのリボンか何かをつけます、と説明する。

話を聞きながら、隣同士で何かこそこそと話し合う女の人たちを眺めていると、その場を逃げ出したくなるのだが、自分はこの集まりに来たばかりで、勝手がわかっていないのは本当のことだし、変な娘だなと思われて弾《はじ》かれることになっても、とにかくそば屋の仕事さえちゃんとしていればなんとかなるし、と理佐は思うことにする。

「衣装のことは毎年困るんです。アイデアをありがとうございます」会長の真壁さんは、率直な言葉を添えて理佐に会釈する。「もしよかったら、試作品を作ってもらえませんか？　来週までは厳しいかもしれないんで、再来週の会議までに」

真壁さんの言葉に、理佐ははいとうなずいて、黒板に描き残したことがないかを見直し、席に戻る。このぐらいなら私縫えるかも、と誰かが言い始めると、私も、いや私は無理かも、という言葉が続く。ふと気になって、園山さんの方を見てみると、園山さんは誰とも話さずにじっと黒板を見つめていた。

帰り道で浪子さんは、よかったね、と理佐の肩を叩いた。はい、と理佐がうなずくと、あの中にはうちのお客さんの奥さんもいるし、山下さんの評判が良くなるのは店にとってもいいことなのよ、と浪子さんは言った。

あの、今週の日曜日、ちょっと早めに帰っていいでしょうか？　試作するのに時間が要るかもしれないんで、と浪子さんに言うと、もちろんいいよ、と浪子さんはうなずいた。

浪子さんの叔母さんの家で律を拾って、浪子さんと守さんの夫婦と一緒に田舎の夜道を帰りながら、もしかしたら自分はやっぱりいろいろ言われていて、浪子さんはそれを和らげるために婦人会に誘ってくれたのかな、と理佐は考えた。

お姉ちゃん、今日はテレビでアナコンダを見たよ、と律は理佐を見上げてきた。道路灯の光が、律の目に反射していて輝いているように見えた。図鑑でしか見たことがなかったのに、動いてるのを初めて見た、うれしかった、と律は言った。理佐は、私も婦人会でコーラス会の衣装の提案ができて良かったよ、と報告した。律は、コーラス会やるんだ、楽しそう、私も行っていい？　と言ったので、いいと思う、と理佐はうなずいた。

＊

その次の週、理佐は学校から帰ってきた律がひどく怒っているのを見かけた。十四時になってそば粉を挽きに、小雨が降る中水車小屋に行くと、学校から帰って間もない律が、ネネの止まり木の前に丸椅子を置いて、ネネだってお母さんとくらしてないけどさ、こんなにいい子だよね！　と強い口調で言っていた。ネネが、おじいさん！　マスジローさん、おとうさん！　とそれに対して返答したかと思うと、すかさず、ネネはいい子！　と律は自分が強調したいことを言った。

「ネネはいい子だよね！」

「いい子！」

「ほらみろ！」

「ほらみろ！」

　二人で盛り上がっているので、なかなか小屋に入れないでいると、律が理佐の姿に気付いて、気まずそうに、あ、ただいま、と言いながらネネの前から少し丸椅子を遠ざけた。

「何か腹の立つことでもあったの？」

「ないよ、べつに」

　律は理佐から目を逸らした。それから律は、姉妹があまり仲が良くなかったり、理佐が疲れていたり律自身に考え事があったり、単純に読みたい本がある時のように、小屋の窓際に丸椅子を持って行き、自分は立って外を眺める。外に見えるものは、上り勾配に藪が生い茂っている様子だけなのだが、緑が濃い季節なので、雨が降っていると風情があると言えばある。

「何か私に言いたくなったら言ってね」

「わかった」

　律は窓の外を見たままうなずき、やがて手提げ袋から本を取り出して読み始めた。止まり木から、隣の部屋に通じる引き戸に隣接する台に飛び移ったネネは、松ぼっくりを台の上でつつきながら、鋭い目つきで石臼の上のじょうごを見張っていた。

　その日はほとんどネネも律も理佐も話さず、ネネはラジオから流れるドヴォルザークのピアノ曲に聴き入っているばかりだった。ネネが聴いているのは新しく始まったクラシックの番組で、三時間ずっと静かなＤＪが音楽をかけているだけという番組構成はありがたかった。

帰宅しても律は詳しいことは言わなかったので、理佐も深追いはせず、コーラス会の衣装の試作品の型紙を作っていた。昨日の日曜に、早めに仕事から帰らせてもらって、また隣の急行の停まる駅に行き、手芸店で生地を買ってきたところだった。曲のイメージに近い紺色のオーガンジーだった。それほど高くなくて理佐はほっとした。念のために確認に行った月末に購入する予定の冷蔵庫も、電器店にまだ残っていた。

型紙作りの参考にするために、自分のカーディガンを畳の上に広げて、そば屋でもらってきた新聞紙をあてて寸法を測ったりしている間も、律は隣の部屋で静かに宿題をしていた。宿題をするのは良いことだけれども、何かを隠している様子なのは気にかかった。

その日は型紙を作り、生地を裁断して縫い代を折り畳むところまでやって、次の日にそばの実を挽いている間に縫うつもりだった。布団を敷いた後も、やはり律は何も言わず、遅くまで本を読んでいた。十一時までには布団に入ってね、と言うと生返事をして、その後一応ちゃんと眠ったようだった。

いちごジャムをつけただけの焼いていない食パンをかじりながら、学校に行きたくないんだけど、と律が呟いたので、やっぱり何かあったのだ、と理佐は確信したけれども、行きたくないと言うから休ませるということを受け入れていたらきりがないので、今日の給食はりっちゃんの好きなあんかけうどんだったと思うんだけど、私あれ作れないから学校でしか食べられないよ、うどん食べると思って行っておいでよ、と説得すると、律はしぶしぶといった様子で出かけていった。

藤沢先生が水車小屋を訪ねてきたのは、その日に理佐が水車を動かしに行ってすぐのことだった。やはり小雨の降っている日で、藤沢先生は、白と青の大きな市松模様の傘を差していた。開け放した水車小屋の戸の向こうからやってくる藤沢先生の姿は不吉だったが、傘はいいなと理佐は針を動かしながら思った。縫い物については、退屈した様子のネネに何度か、それ何？とたずねられたので、これとこれをくっつけている、と理佐は身頃と背の二枚の生地をネネの目の前で重ねたり離したりした。そしてばらばらの状態のものを最後に示して、実際に肩を縫い合わせて生地がつながったところをネネに見せると、おおぉおぉう、とネネは感心したように首を回した後、頭を振った。二枚の布が一枚になったということはなんとなくわかるようだ。

こんにちは、こんにちは、と挨拶を交わし、少しだけお時間よろしいでしょうか？と藤沢先生が水車の音に負けじと、気持ち背伸びをして必死な様子で言ってきたので、はい、と理佐はうなずいて、生地と裁縫道具を持って入り口から遠い方の丸椅子へと移動し、自分の座っていた椅子を藤沢先生に勧める。

「五、六時間目は図画工作の連続授業で、今日は他校から専門の先生が来てくださっているため、抜け出してきました」

授業はどうしたんだろう、という理佐の内心の疑問の先回りをするように、藤沢先生は会釈をしながら椅子に腰掛ける。やはり声が小さいので藤沢先生のいる方向に頭を傾けないとはっきり話が聞こえないのだが、藤沢先生の声の通り自体はよかった。

「昨日、律さんの様子はどうでしたか？」

「まあ、なんだかふさいでました。いやなことがあったみたいで。でも理由を言わないので」

理佐が言うと、藤沢先生は、そうでしたか、とうなずく。

「何かあったんですよね？」

「クラスの男子と言い合いになったんです。それで手を上げられて」

昼休みに、律は頭を何度か叩かれたらしい。それで理科の教科書を投げつけてやり返した。でもそれはその男子には当たらなかったので、今度は国語の教科書を振りかざしてその男子の腕に背の部分をぶつけた。律は複数回頭を叩かれた蓄積で、男子は教科書の固い背の部分をぶつけられた一発の痛みで、双方泣き出した。急いでクラスの女子が職員室にいた藤沢先生を呼びに行った。

「言い争いの内容も聞きました。律さんに先に悪態をついたのは男子の方です。だから、そんなことを言ってはいけないとよく言って聞かせました」

「何を言われたんですか？」

ネネだってお母さんとくらしてないけどさ、こんなにいい子だよね！　という昨日の律の言葉を思い出す。理佐は、緊張で手が冷たくなってくるのを感じて、手元にあるコーラス会の衣装の生地を極端なしわにならない程度にぎゅっと握りしめる。

「律さんがご両親と暮らしていない、っていうことなんですけれども」

理佐はうつむく。指先に持った針のやり場がわからない。今縫っているところを一気に縫ってしまおうと思っていたし、机のない状態で椅子に座って縫い物をしている間、針山はじゃまなので出していない。

「私の方からも、お母様の連絡先をうかがってから何度か電話をかけまして、一度もお話はできておりません。とはいえ」

針のやり場に困った理佐は、仕方なく生地の縫い代の部分に一時的に待ち針のように通す。針に関する懸念を片づけると、今度は水車が動く音がやたら大きく聞こえてくる。

「どうしても難しいでしょうか？」

藤沢先生の問いに、理佐はやはりごまかすことはできないと理解して、言葉を選んで話し始める。

「うちはもともと母親と律と私の家族なんですけど、帰したくないんです、少なくとも今は」

理佐は、おそるおそる顔を上げて藤沢先生の顔を見つめる。肯定も否定も滲ませない、白い壁のような静かな顔付きだった。「母親の婚約者が律にきつく当たるので、私が高校を卒業して独立するのに連れてきました。律はその人に怒鳴られたり、頭を叩かれたこともあったそうですし、その人の機嫌が悪いと夜に家から閉め出されたりもしていました」

理佐は、母親の無関心な声音を思い出して、そのことに傷付きながらも続ける。

「母親はそのことをまったく婚約者に注意せず、好きにさせている様子でした。だから連れてきました」

藤沢先生はうなずく。何かを続けたらいいのかもしれないけれども、すぐには言うことが見つからなかったので、理佐は再び頭の中に言葉を探し始める。水車が回る音はいっそう大きく聞こえて、視界の中でネネがそわそわし始め、音もなく止まり木から台の上に飛び降り、戸の向こうのじょうごを覗き込み始める。そして、あからさまに苦しそうに首をひねる。

理佐は相変わらず何を続けたらいいかわからず、代わりに藤沢先生が口を開く。

「事情はわかりました。一度お母様とすべてを明らかにして話し合われた方が……」

「空っぽ！」

理佐と藤沢先生に背を向けていたネネが、突然叫んだ。理佐ははっとして、わかった！と返事をして、丸椅子に生地を置いて立ち上がり、雨の中小屋を出ていく。藤沢先生がついてくる気配がしたけれども、それにはかまわず、物置から素早く割烹着と三角巾とスカーフを出して身に着け、ポンプを押して手を洗って拭い、水車の装置がある方の部屋へと入っていく。

先にじょうごを覗き込むと、ネネはネネなりに藤沢先生と理佐に気を遣って「空っぽ！」を言うのを先延ばしにしていたようで、そばの実がいつも以上に少なくなっているのがわかる。理佐は、部屋の隅に積まれているそばの実の袋の所に駆け寄り、持ち上げようとする。

「すみません！　手伝ってください！」

少しでも早くじょうごにそばの実を補給したかったので、出入り口に立っている藤沢先生に頼むことにする。藤沢先生は驚いたような顔をしてうなずき、そばの実の袋の理佐が手にしていない側を持ち上げる。

藤沢先生が割烹着を着ていないことを考えて、理佐は自分のほうが水車の内部装置と石臼の側に寄っていくように後ろ歩きをし、もう大丈夫です！　と声をかけ、割烹着の中のハサミで袋のてっぺんを切り落として持ち上げ、そばの実をじょうごに注ぎ入れる。

我ながら馬鹿力が出たな、と思いながら、無事そばの実が石臼に吸い込まれていく様子を確認して、理佐は安堵する。

「あの」藤沢先生は、いつのまにかまた戸口の所に戻って話しかけてきた。「力がとてもお強いんですね」

これまでとはまったく違う話をされて、理佐は少し呆気にとられながら、高校の時、倉庫で働いてたからですかね、と答える。

「文房具の倉庫なんで、すごく重いものとかは持たないんですけど」

「いえ。私は力が弱いんで、うらやましいです」

そう言いながら藤沢先生は、割烹着と三角巾とスカーフを物置にしまった理佐についてネネがいる方の部屋に入ろうとして立ち止まる。

「どうぞ。またこの鳥が知らせてくれるまで話せますんで」

この鳥、というのが何を示しているのかがわかるのか、ネネは、ネネ！　と叫ぶ。藤沢先生は首を横に振る。

「今日のところはこれで帰ります。応対してくださってありがとうございました」

藤沢先生は深くお辞儀をして、白と青の市松模様の傘を差して帰っていった。

そばの実を挽き終わり、夕方の店の仕事に戻ると、浪子さんが、あの人、りっちゃんの先生なんだよね？　とたずねてきた。水車小屋に来る前にそば屋に寄り「山下律さんのお姉さんはどちらにいらっしゃいますでしょうか？」と丁寧にたずねてきたので、どちら様か訊くと、律の担任だと答えたのだという。

「かき揚げそば食べていってくれたんだけど、おいしかったです、って何回も言ってくれてさ、丁寧な人だね」

「そうだったんですか」

理佐は、藤沢先生がやってきたことを律に話そうか話さないでおこうか考えながら、去っていく市松模様の傘のことを思い浮かべていた。

＊

それから藤沢先生が何か言ってくるということはないまま、七月を迎えた。六月の終わりにめでたく冷蔵庫を購入し、律の朝食や土曜や日曜の昼食のハムサンドには、マヨネーズを挟めるようになった。ここまできたらオーブントースターも欲しいので、本当に生活というのはきりがないな、と理佐は気が遠くなりながらも、律が作ったハムサンドを食べていた。まだ火を使うのは禁じていたけれども、パンにマヨネーズを塗ってハムを挟むぐらいのことは律は進んでやるようになっていた。

婦人会の会合にはずっと行っていて、コーラス会の衣装として理佐が作り、材料費の明細と共に提出した試作品のケープはすんなりと承認され、その後、最初に作った紺色のオーガンジーのケープに加えて、薄いピンクと水色もそのバリエーションに加わることになった。

理佐は歌わなかったが、婦人会の人たちが本気で歌を歌っている様子に立ち会いながら縫い物をするのは好きだった。水車小屋でネネや律といる間も、理佐は手を動かしていた。ネネの脂粉を気にして少し遠い場所に座って作業をしていると、ネネは不満そうにしていたのだが、頻繁にしりとりをしてやるようにするとネネは機嫌を直した。

水車小屋で作ったケープについては、最後に必ずよく手洗いをするという条件で婦人会の人々に受け入れてもらった。もし簡単なら、自分でも作りたい、という人も現れたので、そういう人には生地を切って縫い代を折った状態で渡した。自分自身の気晴らしも兼ねて、婦人会のためにこまごまと働いているうちに、最初は理佐が若すぎることに遠巻きだった人たちも、気の置けない様子で接して、作業を手伝ってくれるようになった。

姉妹が住んでいる周辺は山間だったので、都会に住んでいた時よりは周辺は涼しかったが、さすがに七月になると、これは暑いな、という日が増えてきて、昼間はうちわや下敷きでは心《こころ》許《もと》なくなってきたため、扇風機を買いに行った。六月までに積み立てた資金で冷蔵庫を買ってまもなく、また新しい家電を購入し、相変わらず余剰のお金を作れないでいたが、扇風機は冷蔵庫の何分の一かという値段で買えて良かった。

水車小屋のネネの部屋の方にも、物置にあった扇風機を出すことにした。床置きの工業用扇風機だったが、ネネの体から出るものをはじめ、「強」で動かすといろんなものが部屋の中に渦を巻きそうだったので、「弱」のさらに下の「微」にして、首振りにして使っていた。夜がずっと涼しいことは、姉妹にとってもネネにとっても良いことだった。

理佐と律の生活は「なんとか」という条件付きだが、立ち往っていた。理佐が気にしている、律が近視になりそうな暗いところでも本を読んだりする習慣についても、律は徐々に改めるように心がけていた。

ここへ来て三か月が過ぎ、理佐はこの生活を始めた当初以上に先のことは考えなくなっていた。よくて来月のお金のことを考えながらただ無心に働き、律を学校に送り出したり婦人会のケープを作ったり、たまに急行の停まる隣の駅に映画を観に行ったりしていた。

母親の婚約者が姉妹の住む近辺に現れたのは、律の小学校が夏休みに入る一週間前のその頃のことだった。短縮授業に入った律は、いつものように寛実と下校し、松ぼっくりを拾って遊ぶ約束をしていったん別れた後、一人で自宅までの数百メートルを歩いていた。

背後から、「りっちゃん」と声をかけられたのだという。男で律のことを「りっちゃん」と呼ぶのは、そば屋の店主の守さんぐらいだったが、少し高くてかすれたような守さんの声ではなく、低くて朗々とした声だった。振り向かずに、そのまま走って逃げて役場とか郵便局とかバスの会社とか苗を売ってるところにでも駆け込めばよかったと思う、と律は悔しそうに言っていたけれども、その時は振り向いてしまった。

「りっちゃん、どうしてこんなところにいるんだい？　お姉さんと二人暮らしなんて貧乏で困ってるんじゃないか？」

律はわなわなと震えたという。後から考えるとあれは自分はものすごく怒っていたのだ、と律は付け加えた。おまえにそんなことを言う権利なんかないんだよ、と言ってやりたかった。三か月以上冷蔵庫がないような生活をしたけど、お姉ちゃんは決して「顔付きが気に入らない」と言って私を夜に家から放り出したりしないんだよ。

怒りと恐怖のあまり、律は少しの間動き出せず、じっと母親の婚約者を振り返って見上げていたという。

「お母さんが会いたがってるよ。もちろん僕もそうだった」

ランドセルに手を置かれて、頭や肩を直接触られるようなぞっとする感じを覚えたという律は走って逃げ出した。私は五十メートル走が八秒台なんだけど、あのときは七秒台に入っていたと思う、と律は思い出して言った。話を聞きながら理佐は、律はけっこう脚が速いんだな、と場違いな感想を持った。

母親の婚約者は追ってきた。待てよ！　と怒鳴られながら、律が懸命に進路を定めて走り続けていたところ、そこに小さなワゴン車が前方からやってきて、ブー、ブー、ブーと三回クラクションを鳴らした。

怒ってるみたいだった、と律は言った。少しだけ見えた運転席には杉子さんが座っていて、律と母親の婚約者に向かって何か言っていた。

律は立ち止まり、小さなワゴン車も停車した。運転席から杉子さんが降りてきて、ちょっと！　と母親の婚約者に向かって声をかけた。

「何なんですかあなたは」

母親の婚約者に問われて、何でもいいじゃないのよ！　と杉子さんは言い返した。大人が子供を走って追いかけるなんてものすごく恥ずかしいことよ！　と杉子さんは更に続けた。

杉子さんによると、りっちゃんとその男の人がどういう関係かわからないし、なぜ追ってたのかもわからなかったから、適当に思いついた文句を言った、とのことだった。確かに、すべてのシチュエーションにおいて大人が子供を追いかけてはいけないというと、店で万引きをした子供を追いかけることすら否定されてしまうので、杉子さんの非難はまさに適当だったのだが、自分の恋人の子供を夜間に家から追い出すような男がその子を追いかけるのは、実際恥ずかしいことだった。

母親の婚約者は、律の抵抗と杉子さんの剣幕に、無言で回れ右をして、駅の方へと戻っていったという。律はとりあえず杉子さんの車に乗せてもらい、自宅やそば屋ではなく、杉子さんがアトリエとして借りている倉庫に連れていってもらったそうだ。それもしばらくぐるぐると回り道をして、背後を確認しながら。そのことについて、びこうされたら困るからね、と律はコメントした。

水車小屋で話を聞き終わった理佐は、母親を問いただすために、そば屋に電話を借りに行ったが、しばらく待っても誰も出なかったので、諦めて水車小屋に戻ることにした。

母親にとって自分たちのことは厄介払いできたとでもいうようなものだと思っていたけれども、違うのだろうか。三月のあの時だけ、母親は変になっていたのだろうか。律を取り戻して、母親はどんな気持ちになろうというのか。自分たちの生活は、母親の寛大な容赦のもとに成り立っているとでもいうのだろうか。

一人で考えていると、理佐は頭がおかしくなりそうだったのだが、水車小屋で律と杉子さんがネネとしりとりに興じている様子を目にすると、なぜか少し心強い気分になった。

そば屋での仕事に戻ると、浪子さんと守さんには、自分たちの自宅をたずねる人間がいても絶対に教えないでほしい、と頼み込んだ。お客さんと話すことがあまりない守さんはともかくとして、浪子さんは、お客さんに何を言われても理佐の年齢さえ教えないようにしていたそうで、そんなことしないけど、もっと気を付ける、とうなずいた。そして、念のためアパートの部屋の表札はしばらく外した方がいいかも、と提案した。そこまでしなければならないのは悔しかったけれども、自宅に戻ると理佐は表札をパネルから抜いた。どちらにしろ、郵便物は部屋番号だけで届いた。

　そば屋で杉子さんと夕食を食べ、自宅に送ってもらった律は、食卓にしている折り畳み式の座卓の上で宿題をしていた。いつものように、あ、おかえり、と顔を上げたので、ただいま、と理佐は応えた。

「学校さ、浪子さんに言って下校の時間だけ抜け出させてもらって迎えに行くようにしようか？」

　さすがにそれは難しいだろうな、と思いながらも、理佐は口にする。部屋を安く借りられて、自分の食事付き、妹の食事も安く食べさせてもらえる、という条件がとても良いものだとわかっているからこそ、この人を雇っているのは面倒だとはどうしても思われたくないのだが、今まで以上にがんばって働くので、と申し出て、なんとか呑んでもらう。

　けれども律は、算数のワークに視線を落としたまま首を横に振った。

「ぎりぎりまで寛実ちゃんと一緒にいて、そこからは毎日帰り道を変えて帰る。四つぐらい道があるから」

「そっか。気を付けてね。家のあるところを通って、何かあったら大声を出してね」

「わかった。何かあるとびっくりして、そう簡単に叫んだりできるもんじゃないけどね」

　でももうすぐ夏休みだし、そうなったら杉子さんに一緒にいてもらうようにするよ、杉子さんが忙しくても、毎日場所を変えて必ず誰かといるようにする、と律はうなずいて、算数の問題を先に進める。

「今何やってるの？」

「分数」

「難しい？」

「1からの引き算がなんかめんどうだね」

律は肩を竦める。理佐は、ここへ引っ越してきて初めて、泣きたくなった。

＊

小学校が夏休みに入り、律は学童保育に通うことになった。藤沢先生に電話をかけて、母親の婚約者と遭遇した話をすると紹介してくれた。数千円の出費にはなったけれども、毎日居場所を変えることにはさすがに無理があると律も思っていたようなので助かった。

基本的には毎日、教師を引退した先生に連れられて、学年も性別も住所もまちまちな他の子供たちとプールに行ったり図書館に行ったり、先生の自宅で夏休みの宿題をしたりしているらしい。保護者が面倒を見られる時刻になったらいつ帰ってもいいようなので、律は十三時半には出てきて水車小屋に行ってネネと理佐と過ごす。

そうやってなんとか夏休みを一日一日つつがなく過ごしているうちに、お盆の終盤である八月の第三日曜日がやってきて、婦人会が参加するコーラス会が、いちばん近い急行が停まる駅

のホールで開催されることになった。

どこでどうやって注文したのか、全員がお揃いの白いワンピースに、ちゃんと羽毛を使っているように見える白い羽のようなものを背負っているグループがいて、確かにあれはお金がかかっているというか凝っている、と理佐がロビーで興味深く眺めていると、浪子さんが寄ってきて、嫌味言ってくるのあの人たちよ、と告げていって、案の定だなと思った。

「あの人たち何歌うんですか?」

「〈翼をください〉」

「なるほど」

少しやりすぎの感もあったけれども、それだけこのコーラス会に真剣に取り組んでいるということなのだろう。それに対する〈蘇州夜曲〉を歌う地元の婦人会の面々も、理佐の作ったお揃いのケープを羽織ってそれなりに誇らしげだった。明確に点数などはつかないけれども、毎週集まって練習し、個人としても、道を歩きながら、買い物をしながら、トマトの収穫をしながら、田んぼの畦《あぜ》の草刈りをしながら歌っているところを何度か見かけるぐらいがんばっていたので、その日の〈蘇州夜曲〉はどこに出しても恥ずかしくない、すばらしいものだったと理佐は思った。

藤沢先生も来ていて、みなさんすてきですね、とホールのある建物にある会議室で開催される交流会までの待ち時間に声をかけられた。

思わず理佐が、衣装はだいたい私が作ったんですけど、教えてくれたら自分で縫うっていう人もいて助かりました、と打ち明けると、そうですか、と藤沢先生は微笑んでうなずいていた。

「学童保育の使い方はどうですか？　生徒たちが小学校に来て、校庭で鬼ごっこしたり、だるまさんがころんだをやったり、楽しそうにしてる様子はうかがえるんですが」

「すごくありがたいです。図書館に連れて行ってもらえるし、私が律にかまえない時間はほとんどカバーしてもらえるし」

「それはよかったです」

藤沢先生はうなずいた。藤沢先生は、副会長の園山さんに呼ばれて来たのだという。律と同じクラスに息子さんがいる副会長の園山さんは、長いこと理佐を警戒していたけれども、最近はそんなに壁を感じなくなってきたし、コーラス会の準備にはとても熱心だった。

三年前に離婚して実家に帰ってきた人だということも、どこからか知った。特に隠してもおらず、父親と税理士の仕事をしている。息子さんについて律にたずねると「まじめな人だよ」とのことだった。彼は彼で、父親がいないことをときどきからかわれるらしいけれども、おじいちゃんがいるのでいなくても寂しくない、と対応しているらしい。

理佐は律を連れてきていて、律は寛実を誘ってきたのだが、コーラス会には寛実の父親の榊原さんもやってきていた。姿を見つけた理佐があいさつに行くと、もう帰るので、寛実をよろしくお願いします、と一礼された。そばを提供したわけでもない榊原さんから頭を下げられるのは不思議な感じだった。

「娘のピアノの発表会が十月で、今年からここと同じホールを使うんです。去年までは違うところでやってたんですけど」榊原さんは自分からそう打ち明けてきた。「娘から、律さんとコーラス会に行くんだという話を聞いて、同じ所でやるんだなと思って、なんとなく見に来ました」

女の人たち、歌うまかったですね、それじゃ、と言って榊原さんは帰っていった。

コーラス会の後の交流会は会費を取るようだったが、山下さんは若いし、衣装を作るという大仕事をやってくれたからいいですよ、と今期の婦人会の会長でコーラスの指揮もしていた真壁さんが言ってくれたので、それに甘えることにした。

みんなが立って談笑をしている中、空いているテーブルを探して、理佐と律と寛実は三人で小さいケーキをいろいろ食べながら紅茶を飲んだ。久しぶりに食べるケーキはおいしかったし、律も寛実も楽しそうにしていた。寛実は、十月の発表会の曲を最近練習しているそうで、なにをやるの？　とたずねると、ドヴォルザークの〈ユーモレスク〉とうれしそうに答えた。名前だけだとよくわからなかったのだが、メロディを口ずさんでもらうと、理佐も律も知っている曲だった。

「最初はおもしろいんだけど、真ん中のあたりで、力強くて悲しい感じになる」

寛実がテーブルの上で、おそらくその部分を弾いている手付きをしてみせながら笑う様子からは、ピアノに対する自信や好きだという気持ちが感じられて、とてもすてきだと理佐は思った。

ケーキがなくなって、取りに行くタイミングをうかがっていると、近くを通りかかった園山さんが、理佐と律と寛実がお皿を置いているテーブルの様子を一瞥《いちべつ》して、取ってきてあげる、と言った。律は、あ、園山君のお母さん、こんにちは、と座ったまま勢いよく頭を下げる。園山さんは、少し面食らったような顔をして、元気？　と律に声をかける。律は、元気です、と答える。

　園山さんが去った後、なんで園山くんのお母さんを知ってるの？　と理佐がたずねると、夏休みの前の三者面談に来てたのを見かけて、最近道で会うと声をかけてくれるようになったから、元気？　って、と律は答えた。理佐は、そうなの、とうなずきながら、園山さんは園山さんで、律のことを気にかけてくれているのかな、と思い、園山さんを目で追った。園山さんは、部屋の真ん中に置かれた料理のテーブルの傍らで、真剣な表情でケーキを選んでいた。

　交流会は三次会に行くまで盛り上がったそうだが、理佐と律と寛実は最初の会が終わると電車に乗って地元に帰った。ネネの所に寄ってコーラス会の録音テープを聞かせると、ネネは〈翼をください〉をいたく気に入ってさっそく物真似を始めた。それを聴きながら、ネネは翼もうあるじゃない、と律は指摘して、それから寛実が笑い出して、理佐も笑ってしまった。

　いつも家に行ってるから、今日はひろみちゃんを家に呼びたい、と律が言うので、その日の夕食は寛実に来てもらった。

　理佐は、材料費は安いけれども楽しく食べられる、だしの素を入れた小麦粉の生地の上にキャベツと玉子をのせて焼いて、ソースとマヨネーズをつけて食べる一銭洋食のようなものを作った。文具の倉庫でアルバイトをしていた時に、結婚で関西から来たという同僚の女性の家へ遊びに行った時に作り方を教えてもらった。寛実は何度も、こんなの食べたことないな、おいしい、と感心していた。

　次の日、榊原さんはいつもより少し遅い、お客が減ったあたりの時刻にそば屋に昼食を食べに来て、お会計の後に理佐を呼び止め、すみません、お願いしたいことが、と言った。なんでしょう？　と理佐が訊き返すと、うちの娘に発表会の服を作ってやってもらえませんでしょうか？　と榊原さんは大きな体を真っ直ぐにして言った後、理佐に頭を下げた。レジにいた浪子さんが、おお、とおもしろがっているように唸《うな》るのが聞こえた。

「昨日のコーラス会の衣装も作られたと藤沢先生に聞きました。お願いしてよろしいでしょうか？」

理佐は、自分より二十歳以上は年上に見える体の大きな男の人に丁寧に頼み込まれ、恐縮しながら、寛実ちゃんのことだったら何でもしたいですけど、子供服をいちから作るとなると時間が不安で、と答えつつ、依頼と自分の状況を整理する。

「ただ、水車小屋で石臼の番をしてる時間も作れたら、できるかもしれないんですけど」

浪子さんの前で言ってしまって、理佐は、ケープは浪子さんも関わりがある婦人会のための仕事だったからよかったけど、今度は特に関係がないから大丈夫だろうか、と思ったのだが、いいわよ、どうぞ、と浪子さんは軽く言った。

「ネネのやつがいろいろうるさいかもしれないけれども、りっちゃんもいつもいるし、杉子さんもよく来るし、そば粉さえちゃんと管理してくれたら」

「そうですか」

榊原さんがうなずき、浪子さんと二人で理佐の方を見つめてくる。思わぬ依頼と雲行きに、理佐は少しうろたえながら、そば粉がつくかもしれないけどいいですか？　ネネの脂粉もあるし、洗濯はもちろんしますけど、と自分で問題点とその解決を示す。榊原さんは、もちろん洗濯してもらえるんならかまいません、とうなずき、というかべつに洗濯ぐらい私がしますけれども、と付け加える。
「手間賃や材料費ももちろん支払いますんで」
「いや、材料費はともかくとして……」
榊原さんは首を横に振って、とりあえず、服を作るのに使ったお金は記録しておいてくださ
い、と言った後、あとこれ、と大きな紙袋を渡してきた。中には、ガムテープの芯と扱いやす
い大きさに切られた段ボールが入っていた。
「職場で使っていたものなんですが、ネネさんに必要なものだと娘と律さんが話していたの
で」
「ありがとうございます」
「また持ってきます」
なので娘の服のこと、よろしくお願いします、と榊原さんはいつになく焦っている様子で頭
を下げて、その日は帰っていった。
自分は榊原さんからそんなに良くは思われていないかもしれないな、と漠然と考えていたけ
れども、完全に認められていないわけでもなさそうだ、ということに少し面食らいながら、空
いたテーブルを拭いていると、よかったじゃない、と浪子さんが声をかけてきた。
「榊原さん、毎年発表会の服のことは困ってたのよね。奥さんがいないから、何を着せたらい
いかわからないって。職場の発電所にも女の人はなかなかいないし、娘さんと同じピアノ教室
に通っている子の親とか、学校の先生とか、私にまで聞いたりして」
「そうなんですか」

「榊原さん、たまーにうちの守と呑みに行ったりもするんだけど、娘さんを人としてちゃんと育てることについてはずっと考えていられるけど、女の子としては自信がないし難しく感じる時がある、って言ってたことがあるらしくてね。食事や洗濯のことはちゃんとやれているとしても、なかなか心情的な部分まではって」

浪子さんはそう言いながら、厨房にいる夫の守さんを見遣る。守さんは、話の中で自分に言及があったことに気が付いたのか、にこにことうなずいてみせる。

「そうなんですか。寛実ちゃん、すごくいい子ですよ」

「いつか言ってあげてよ」

浪子さんはうなずいて、あ、そうだ、大事なこと忘れるところだった、と目を見開く。

「なんですか？」

「昨日なんだけど、農作業をしてたうちのお客さんに、このへんに親戚の二十歳前の女の子と、小学三年ぐらいの子供が二人で暮らしてるはずなんだけど、何か知らないかって訊いてきた男がいるらしくて」

理佐は、榊原さんの申し出で少しぼんやりするような感じになっていた身を固くして、そうなんですか、とうなずいた。

「もちろん、お客さんたちには、うちで働いてる子のことを訊かれても知らないって言ってくれる？　って言い添えてるけど」

実は彼女、地元で望んでない人と無理矢理結婚させられそうになって、ちょっとこっちに逃げてきてるのよねー、で、小学生の子は親戚で、小児喘息の療養で一時的に来てるの、ここは空気がいいから、と浪子さんは冗談めかして言っていると付け加える。理佐と律が独立することになった本当の理由よりは通りがいいかもしれないと理佐は思う。

「みんなあえて、この店のことは言わないと思う。何かあったらお客さん同士で評判も悪くなるし、余計なことは言わないほうがいいもの。あなたがどこに住んでるかとかもべつに知らないだろうし。でも、脅されたり、お金を握らされたりした時のことは私もわからない。何かあったら言ってねって言ってるとはいえ」

だから、あなたのことを訊いて回っていた人間のことについて知らせてもらえたんだけどね、と浪子さんは言う。

「気を付けて」

浪子さんの言葉に、理佐はうなずいて、律にどう話そうかということを考え始めた。

＊

もういっそ、りっちゃんには水車小屋とか学童保育に行ったりするのをやめてもらって、しばらく家に閉じこもっていてもらった方がいいのかな、と理佐が言うと、律は、なんであの人から逃げ回るのに私のやることを制限されないといけないの、と少し怒って言い返してきた。

「それじゃや、前の家にいた時と同じだよ」

「それはそうなんだけどね」

「何にしろお姉ちゃんは出かけるんだし、一人で家にいると不安は不安だよ。それなら学童に行ってた方がいいし、水車小屋にいる方がいい、杉子さんもよく来てくれるし、二時になったらお姉ちゃんも来てくれるし」

律はそう言いながら、玄関のドアのチェーンを確認した後、なわとびのなわを二本結んでドアノブと冷蔵庫をくくりつける。外からドアを開けられそうな時に強い抵抗がかかるようにするための仕掛けだった。窓にはすべて、錠の周りのガラス窓の広い範囲にビニールテープを三重に貼って、外からガラスを割って手を入れて錠を回すということをやりにくくした上で、夜はさらに緩く曲げた針金のハンガーを二本、つっかえ棒代わりにして開かなくもしている。

律のアイデアで、セロテープを輪にして窓枠に貼り、その上に画鋲を置くようなこともしている。それでも、怖いと感じる時は際限はなかった。

だからといって母親の元に戻るという選択もますますない。残された手段は更なる引っ越しだが、なんとかここに根付いてきた自分たちが、なぜ今住居や仕事を変えなければいけないのかという憤りもあった。

母親には電話しかしていないし、住所を訊かれたということもなかったので、おそらく理佐の友人におおまかな住所を聞き出したものと思われる。理佐は用心して、母親が接触できそうな友人にも住所は知らせないで手紙を送ったのだが、もしかしたら消印を見られたのかもしれない。理佐は友人に連絡を取ったことを後悔したけれども、だからといってどうしてそんな当たり前のことを後悔しなければいけないのだろうかとも思う。そもそもなぜ、母親と婚約者は姉妹と接触をはかりたいのだろうか。

婚約者がそば屋の周囲に現れているという話があり、実際に律が遭遇したにもかかわらず、母親は相変わらず電話に出なかった。その都合の良さにも、理佐は腹が立った。

理佐と律は、とにかくできるだけのことをして、しばらくは緊張感を持って暮らす、ということで結束を固めた。律が母親の婚約者に声をかけられたところを杉子さんに助けられるという出来事があって以来、ずっと緊張はしていたけれども、それ以上にがんばろう、できるだけのことをしよう、という話をした。まだ十歳にもならない妹と、理佐は真剣に向き合って協力を仰ぎ、この生活を守ろうと決めた。

律はそれまで通り、理佐がそば屋で働いている時はできるだけ誰かといて、一人にならないように心がけていた。寛実にも、残してきた母親とその婚約者のことはいくらか話しているようで、夏休みの間だけでもうちで生活していいよとお父さんが言ってる、という申し出もしてくれているとのことだった。律が寛実の家の冷蔵庫を借りていた一件以来、榊原さんにはあまり迷惑をかけたくないと理佐は思っていたけれども、もしかしたら寛実の発表会の服を無償で作るというような条件で、律をしばらく預けられたらな、と考えるようになっていた。浪子さんや杉子さんからも、似たような申し出を受け始めていた矢先、また律の前に母親の婚約者が現れた。

その日も学童保育で小学校の開放中の図書室に行く予定だった律は、学校で寛実と合流してピアノの発表会の服をどうするかについて話し合っていた。ピアノっていえば、ナイチンゲールの伝記で弾いてる絵があった、とまず律は思い出し、二人でその本を探しに行ったという。

寛実と律は、ピンク色のドレスを着てピアノを弾いているフローレンス・ナイチンゲール自身と、それを傍らで眺める黄緑色のドレスを着た姉のパーセノープのカラーの挿し絵を眺めながら、かわいいんだけどなんか違うね、という話をしていた。

「ちょっとひらひらしすぎてる気がする」

「お金持ちだからかな」

次に律が思い出したのはキュリー夫人の伝記だった。夫のピエールとの結婚式で水色のブラウスと青いスカートを身に着けているキュリー夫人の挿し絵を眺めながら、寛実は、こっちのほうがいいかな、と言った。

「昔の人ってお金持ちに見えない？」

「そうだね。まずしい、って何回も書いてあるけど、いつもこんな長いスカートはいてるんだなあって思う」

「かわいい服だなあ」

二人は小学校の図書室の机の上に本を広げて、午前中はずっとそんな話をして過ごしていたという。律はその本を借りることにした。それから、昼食のあとに水車小屋で合流する約束をして、寛実はいったん自宅に戻り、律は学童保育の先生の家に生徒たちと帰って食事をした。

それから律は一人で学童保育を出て、そば屋にあいさつに行き、水車小屋へと向かった。学童保育とそば屋の間の距離は、律の脚で八分ほどで、この時間はとても不安だと理佐と律の間では意見が一致していて、律が毎日決まった時間に学童保育を出て、そば屋に顔を出す時刻が定まってくると、そこから五分遅れるようなことがあった場合は理佐が急ぎ確認に行く、ということを姉妹は取り決めていた。

そば屋に行って浪子さんと守さんに声をかけた後、律は店を出て水車小屋に向かった。律によると、周囲には、坂を下りてきてそば屋に入っていくお客さんのグループがいただけだという。

水車小屋に入ると律はネネに、「来たよ」と告げ、エサの入れ物にひまわりの種を少し足したあと、ネネの飲み水の容器を持って外に出て、理佐が石臼に近付く時に手を洗っているポンプを押して容器を水で満たした。

そしてネネがいる側の部屋に入ろうとした時に、建物の敷地と道路を区切る囲い代わりの低い生け垣の向こうにいる、母親の婚約者の姿を見つけた。

叫び出しそうになったけど、それはこらえた、と律は言っていた。物置の裏手に隠れながら、律は様子をうかがっていたのだが、母親の婚約者は一向にその場を離れる気配はなく、本当に面倒で腹が立ったという。いやな人間ってなんか、これからむしり取ってやろうとする人間に対するやまかんでもあるの？　と律は不愉快そうに述懐していた。

律は母親の婚約者が道路の方を向いた隙に、ネネがいる部屋へと滑り込み、隅に座り込んで縮こまった。いつもと違う様子の律を見て、ネネが口を開けようとした瞬間、律は人差し指を立てて口元に当てて顔を歪めた。

あの時、ネネがいつものように「りっちゃん！」って言ってたら終わりだったと思う、と律は言った。けれどもネネは、律の指示を理解した。

浪子さんによると、お父さんの益二郎さんは、言葉を覚え始めたネネがあまりによくしゃべるので、少しの間黙ってもらうために、一応「しーっ」の身振りは訓練したのだという。ただ、ネネが水車小屋でおじいさんを相手に一人でしゃべっていることをそんなに気にする人もいなかったので、使う機会はほとんどなかったそうだ。だから、忘れていてもおかしくなかったかもしれない、と浪子さんは言った。

けれどもネネは覚えていた。大きくまばたきをするネネに見守られながら、律はネネが石臼の上のじょうごを覗き込む台の裏手に回り、ネネに向かって、りっちゃんのものまねをして、と言った。ネネはまた大きくまばたきをし、どういう意図でそうしたのかはわからないが、二度大きく縦に首を振った。

「すぎっこさんで」律は、声音の指定をするという初めてのことをネネに指示した。「『おばあちゃんにキスは？』」

「おばあちゃんにキスは？」

五月に理佐と観に行った〈グロリア〉の中の台詞だった。とっさに思いついたのがそれだったのだという。

ネネの声は少し小さかったので、大きい声で、と律が言うと、ネネはその通りに言い直した。声は杉子さんそのもので、律は、本人曰くネネがしゃべるところを初めて見た時以上に驚きながら、言葉を続けた。

「きんぎょがいるよ、見る？」

「クイズごっこする？」

「テレビは？」

「言ってること、わかる?」

「猫、好き?」

ネネはその通りのことを、杉子さんの声で、かつ大声で再現した。窓を少しだけ覗き込んで、水車小屋の囲いの向こうにいる母親の婚約者の様子をうかがうと、わけがわからないという顔でまだ水車小屋の方を見ていたので、律は再びネネの所に寄って、マスジローさんで、と言って、少し離れた。

「あんたは僕のママで　パパで　家族だ　それに親友だね　恋人でもある」

ネネはまた、律の言ったことを、律が耳にしたことのないおじいさんの声で繰り返した。律は、おじいさん、こんな声だったんだ、となぜか懐かしく思ったという。守さんの声によく似た、少し高いかすれ声だった。

再び水車小屋の外の道路の方をうかがうと、母親の婚約者は、駅の方向に向かって歩き出そうとしていた。律は一人うなずき、駄目押しのようにネネに言葉を頼んだ。

「ネネで」律はまたネネから少し離れて続けた。「強くなれ　誰も信じるな　いいな」

ネネは、男とも女とも大人とも子供ともつかない、ただヨウムの、ネネ自身の声で、〈グロリア〉の逃亡する息子に向ける父親の別れの言葉を言った。水車小屋の前の道から、母親の婚約者の姿は見えなくなっていた。

理佐はその時、郵便配達中の婦人会の会長である真壁さんに呼び止められて立ち話をしていたため、水車小屋に行くのが少しだけ遅れた。立ち話の内容は、コーラス会の衣装の材料費についてで、自分たちの考えが至らなくて、山下さんに返すお金に交通費を加えるのを忘れていたから、手芸店に行った回数と、自分も知っているけど念のため往復の電車賃を教えてほしい、とのことだった。

早く水車小屋に行って律を安心させなければ、と理佐は内心焦っていたが、この時に少し遅くなったことが結果的にはよかったのかもしれない、と律は言った。ぴったり二時に水車小屋にやってきたなら、母親の婚約者と理佐が鉢合わせする可能性もあったからだ。

理佐が水車小屋に戻ると、律はいつものように椅子に座っていたが、本は読んでいなかったし、どこか疲れ切っているようでもあった。

遅れてごめんね、と理佐が言うと、律は理佐の方を見て、あいつ、水車小屋の前まで来たけど、ネネが追い返してくれた、と言って、少ししてから口の端を上げた。ネネは止まり木の上で、何のことかわからないというような顔をして、深く首を傾げて、やがて二度うなずくように首を振った。

＊

夏休みが終わり、小学校の短縮授業が始まって数日が経った頃合いに、律が担任の藤沢先生からの理佐に宛てた手紙を預かって帰ってきた。茶封筒に入った小学校の名前が入った便箋には、時節の挨拶と「お母様から小学校に連絡がありました。律さんと理佐さんにどうしても会いたいとのことでした。いかがなされますか？」という内容が達筆で書かれていた。

なんて書いてあるの？　といつものように窓の隙間にハンガーを挟んで外から開けられないようにしながら律がたずねてきたので、理佐が答えると、お母さんが来るんなら、まあ、いいけど、と首を傾げる。

「電話をしてもとってくれないぐらいだったのに、なんで今さら小学校にまで連絡してくるぐらい会いたいんだろう？」

理佐が呟くと、律は少し考えて、今までは私たちにだけ何か話したいことがあったけれども、それじゃつかまらないから、周りの大人を巻き込むことにしたんじゃないの？　と言う。律の「大人」という言葉は、理佐の中に小さな棘《とげ》のように刺さり、自分は大人なのだろうか、それとも子供なのだろうか、という問いを残した。

「内々で何か言いたいこととかやらせたいことがあるのに対して、私たちが逃げ回って聞こうともしないからか」

「そうだと思う」

布団の上で仰向けになって、藤沢先生の手紙を眺めている理佐の前を素通りして、隣の部屋の座卓の上で本を広げる律に、じゃあ会ってみるけど、私だけで行っていい？　とたずねると、律は顔を上げて複雑そうな顔をする。

「大丈夫？」

「大丈夫だと思う」

「でも、私も行きたいんだけど」

「じゃあ、べつの部屋にいてもらっていい？」

理佐がたずねると、律は腕を組んで天井を見上げて、しかたないな、と言って立ち上がり、自分の方にだけ向いていた部屋と部屋の間に置いた扇風機の風が、理佐にも届くように位置をなおして本を読み始めた。

横になっていた理佐は、起き上がって布団にあぐらをかき、膝の上に律の図鑑を置いて、メモ用紙の下に下敷きを敷き、藤沢先生への返事の下書きを書き始めた。

次の週の水曜日の放課後に、理佐は律が通う小学校に行くことになった。その日の授業が五時間目までだった律は、図書室で時間をつぶした後、保健室であずかってもらうことにした。

藤沢先生は、まず理佐だけを教室に呼び出して、姉妹の母親が小学校に連絡を取ってきてからのいきさつを話した。

「お母様は一度こちらにも来られてます。まず私と話をしたいということで」

理佐は、教室の机と椅子を向かい合わせに並べ替えるのを手伝いながらうなずいて、律の言うとおり、私たちが頑なだから、周りから固めることにしたのか、と思う。

「何を言ってたんですか？」

「理佐さんはうそつきだと」藤沢先生は、ほとんど表情らしい表情を浮かべないまま理佐の目を見て続けた。「それで不良で、親元にいた時もアルバイトと言いながら何で稼いでたのやらと」

「文具の会社の倉庫で働いてたんですよ。出荷のための商品のピッキングとか箱詰めをしたりしてたんです」

理佐が反論すると、藤沢先生は深くうなずく。この人は味方になってくれるのだろうか、それともやはり、これまで何度か言ってきたように、律は親元に戻したほうがいいという立場に立つのだろうか。

「私もいい大人なので、理佐さんがうそつきでないことぐらいはわかります」

藤沢先生がその続きを言う前に、廊下を歩いてくる足音が聞こえて、藤沢先生と理佐は黙り込んだ。母親の婚約者は、すみませんわざわざ、先生に立ち会っていただいて、と頭を下げながら教室に入ってきて、後ろから母親がついてきた。いえ、と藤沢先生は首を横に振って、二人に、児童用なので座りにくいかもしれませんが、と言いながら椅子を勧めた。

「いや、もう、立ち話で結構です。この子と妹を連れて帰れたら、なんでも」

「理佐さんはまだお若いですし、私もお話を伺えたらありがたいです。もちろん律さんの担任としても」

藤沢先生の言葉に、母親とその婚約者は顔を見合わせる。どうぞ、と藤沢先生がさらに座るように勧めるので、母親と婚約者は、渋々という様子で椅子に腰掛ける。理佐は藤沢先生の隣に座る。

「律を連れ出した上に先生にまでご迷惑をかけて、あなたはどこまで勝手なの？」母親はとても母親らしい口調で理佐を責めた後、ちらっと藤沢先生の様子を窺って続ける。藤沢先生はまったく表情を変えないでいる。「家出に妹を巻き込むなんて」

「家出じゃない。独立って言ってよ」

この数か月のことを「家出」ですまされるのは、自分でも不思議なほど不本意に感じた。けれども「自立」というほどは十全に生活できていないし、周りの人に大いに助けられている自覚はあったので、理佐はひとまず「独立」という言葉を使う。

「家出じゃないの。短大に行けなくなったのが気に入らなくて、衝動的に出てきたんでしょ?」

「家族に相談もなくな」

母親の婚約者の言葉に、理佐は、あなたはべつに家族じゃないし、そんなふうに言うんならなんで律を怒鳴りつけたり、夜遅くに家から閉め出したりするのよ? と怒って言い返したくなるのだが、それはもう少し先で言った方がいいのではないかと思い直して口をつぐむ。母親の婚約者にあまりに強く反論して、要求を引き出す前に力で押さえつけるような判断をさせることも怖いように感じた。理佐はつくづく、自分を「怖い」という気持ちにさせるこの男に不当さを感じたし、それを頼りにする母親にもうんざりした。

「どうして私と律に帰ってきてほしいの?」

「家族だからよ」

「そのわりには電話もとってもらえなかったんだけど」

「あなたが電話をかけてきていることには気付かなかったし、あなたからの電話だから受話器をとらないってことはなかった。その時の連絡には全部応えてないはずよ」

同じ時間帯にかかってきた電話にすべて応答していないのなら確かにそうかもしれないが、理佐はひどい屁理屈を言われているような気がした。

自分が姉妹をつかまえたい時は婚約者を派遣してきて律を追ったりするのに、理佐が話したいとなるとそれは無視するというのは筋が通らないのではないか。彼らは、自分たちに都合のいいやり方でしか姉妹と関わろうとしなかったではないかと理佐は思った。

「あの時短大に行けなかったから拗ねてるんでしょ？　でも、入学金のことだって、本当の本気で頼んでくれたら工面したのに、あなたはちょっと私と話しただけでアルバイトに出かけたじゃない」

　私と向き合おうとしなかったじゃない、と母親は続ける。理佐は泣きたくなった。この人は何とでも言う、と思った。自分たちはさして悪いことはしていなくて、すべては理佐の勝手だったということにするためなら、どんなことでも言う、と思った。

「私がいつ永遠に大学には行けないって言った？　そのうち行かせてあげるってはっきり言ったでしょ？　それをその時自分の思い通りにならなかったからって、あてつけみたいに律を連れて出るなんて」

　母親は調子づいたように続ける。母親の婚約者はその隣で、もっともだとでも言いたげな様子で腕を組んでうなずいている。

「君はそのぐらい勝手なことをしたけれども、資金の目処《めど》が立ったから大学に行かせてやると僕らは言いにきたんだ。わざわざ」

　それを君らは逃げ回って、話を聞こうともしないで、なんなんだ、と母親の婚約者は理佐を責めるように見る。

「大学とは？」

　気配を消すように何一つ発言しなかった藤沢先生が、ここへきて言葉を発する。母親とその婚約者は、我に返ったように理佐の隣に座っている藤沢先生に視線を向ける。

「この子は今年の四月から短大に行く予定だったんですけれども、三月に私がうっかり入学金の振り込みを忘れてしまって。そのことで怒って家を出たんです。でももっとちゃんと頼んでくれてたら私だってなんとかしたでしょうし、本当は大して行きたくもなかったのに、私のやることにとにかく不満があったからそれを口実に家出したんだと思います」

「妹を連れていったのは、本当に我々に対するあてつけですよ」

母親とその婚約者の話を、藤沢先生は表情のない顔で黙ってうなずいて聞く。理佐は青い顔をして、二人の言い訳を耳に泥が入ってきたような気分で聞き流していた。

「子供が親に学校の入学金を振り込んでくれと〈もっとちゃんと頼む〉とは、具体的に何をすることだったんでしょうか？」

頭を下げて泣いて頼むとか？　と藤沢先生は少し間を置いて続ける。理佐からしたらなんでもないようなことを訊き返したように思えたけれども、母親とその婚約者は答えられなかった。その場にいる誰もが何も言わないまま時間が流れるに任せていると、母親は沈黙に耐えかねたように、それはまあ、そんなことじゃなくいろいろありますけど、と濁すように言った。

「とにかくだ、君を大学に行かせてやれる条件ができたんだ。それを黙って聞け」

意地を張るんじゃない、と母親の婚約者は言った。理佐は眉をひそめてその男の顔を見ずにはいられなかった。

「本当にかわいげがないな。姉も妹も」

かわいげがあると思われたって迷惑だからだ、と理佐は言い返したかったが、まだこの二人が姉妹を連れ戻しにやってきた本当の目的を聞き出せていないような気がしたので、そうするのはやめた。ごめんなさい、と母親が呟く声が聞こえて、理佐は情けなくなった。この人、男なだけじゃない、とその両肩を持って揺さぶりたくなった。

「離婚したお父さんが亡くなったのよ」

そうなのか、と理佐はあまり感慨もなく思う。この男を二十歳年をとらせただけのような人だった。気分で子供をかわいがったり、叱ったりする人だった。声と体の大きい男の子供のような人で、どんなささいなことでも、家族のために何かを我慢するということができない人だった。祖父からアパートを譲り受けていたが、若い女に貢ぐために二束三文で処分したことが発覚して離婚した。

「その少し前に、お父さんの伯母さんっていう人が亡くなってて。その人は子供がなかったから、お父さんは遺産を相続してたの」理佐はうなずきながら、なんとなく話が見えてくるのを感じた。「わかるわよね？　べつにすごい額とかじゃないけど、それであなたは大学に行けるの。それですべて解決でしょ？」

理佐は今度はうなずいたりはせず、少し迷ったあげく、すごい額じゃないって、いくらなの？　と訊き返す。

「なんでそんなことが知りたいんだ？」

「私にもらえる権利があるんなら知りたい」

「姉妹二人ともで二百万円」

「そうなの」

姉妹二人あわせて、もらえる遺産が二百万円。実感のわかない金額だった。理佐の行こうとしていた短大の授業料は、一年間で六十五万ほどだった。残りはどうするつもりなのだろう。

「全部もらえるの？」

理佐がたずねると、母親とその婚約者は顔を見合わせる。その様子から、そうではないのだろうと理佐は悟った。彼らにとって大事なのは、理佐を進学させることではなく、残りの金の使い道なのだろう。

こちらに来てから、理佐はお金のやりくりのことではさんざん悩んだし、これからも問題は山積している。冷蔵庫を買ったのもやっとの思いだった。扇風機はそれより安くて周辺は涼しいから良かったものの、冬を越せるかどうかは今のところわからない。

生活にかかるお金も問題だが、まだ小学三年の律は、これからも何かと物入りだろう。そば屋の店員と水車小屋の番をしながら、それらをすべて自分が購《あがな》えるのかと考えると、理佐はほとんど意識を失いそうになる。浪子さんが、理佐の働きは評価してくれているものの、理佐が律と二人で暮らしていることについて、ときどき不安がるのもよくわかる。律が強くて賢い子供だというのは、二人で暮らすようになってから実感するようになったけれども、まだ子供だというのなら、確かに律は子供なのだ。

その子供のこれからの人生を、自分自身の意地や独立心に巻き込んでいいのだろうか？　いくら母親が、その子を夜に閉め出すような男と付き合っているとはいっても。

二種類の廊下を歩いてくる音が聞こえてきて、うつむいていた理佐は顔を上げる。すたすたとした子供の軽い足取りを、大人が追ってきているようだった。山下さん！　と、おそらく保健室の先生に呼ばれながら、律は何のためらいもなく教室の戸を開けた。

「何しに来たの？」

「それが母親に言う言葉か？」

母親の婚約者が、律に向かって言う。律は無言でそちらを見た後、聞きましたかとでもいうように、藤沢先生と、律を追ってやってきた保健室の先生を振り返る。

「律、りっちゃん。帰ろう」

「なんで？」

教室の戸口に立った律は、母親の湿った呼び声に冷めた反応を返す。

「帰ったら私その人に顔つきが気に入らないってだけで怒鳴られるし、夜に出ていけって外に出されたりするもん。お母さんはそれを止めないし」

律がそう言うと、母親の顔色がさっと赤く変わった。

「そんなうそを言って恥をかかせるようなこと言わないで」

「うそじゃない。おねえちゃんが、一緒に来る？　って言ってくれたのは、その人に家を追い出されて、夜遅くに外にいたのを、おねえちゃんが見つけてくれた時のことだったもの」

母親の婚約者は、あれはおまえが本当に聞き分けがなくてふてくされてたからだ、と実体のないことを言う。

「貧乏でもいいの？」顔色の変わった母親は、声をうわずらせて律に向かって身を乗り出す。

「このままじゃろくな人生を送れない。高校にだって行けないかもしれない」

「公立高校ならおそらく行けますよ？」

藤沢先生が口を挟むと、母親は、律に向かって身を乗り出したまま、信じられない、という顔でそちらを見遣る。藤沢先生は、表情を変えないまま、母親とその婚約者を見つめている。

「お金が欲しいから私たちに帰ってきて欲しいんだよね？」

理佐の言葉に、母親は、違う、と反論する。母親の婚約者は、何も言わずに腕を組んでじっとしているだけだった。

「連れ戻して、私たちがお金をもらえる手続きをしたら、それで用事は済んだって感じで扱う？　私はそれでもまた出ていけるけど、律はどうする？」

そこにいる全員が息をひそめていた。正解はないのではないか、と理佐は思った。本当は、母親がその男と別れて律を連れ戻して一緒に暮らすのがいちばん良いはずなのだけれども、母親にそうするつもりがないのなら、正解はないのだ。

「お金の手続きには付き合う。でもお母さんの所には戻らない。お母さんがその人と生きたいんなら、私は律と生きる。これまでどおり、暮らせるだけ二人で暮らす。どうしても難しくて、私が律にろくでもない暮らししかさせてあげられないんなら、お父さんの親戚の人か、役場に相談する」

教室の戸口に立っている律が、ゆっくりとうなずくのが見えた。

「律さんの生活が、お姉さんといることで著しく小学生として損なわれるようなことがあると判断すれば、私たちはしかるべき場所に報告します、そのことを高学年の担任や、中学の先生とも共有します」

藤沢先生の声が聞こえた。「中学」という言葉を、自分が何か明日の仕事のように、確実で受け止めなければいけない物事として聞いていることに、理佐は気が付いた。自分は明日、水車小屋でそばの実の袋を運んで、再来月ぐらいにはストーブを買うように、数年後、律を中学に行かせる。

そして、さっき藤沢先生が言ったように、いつかは高校にも行かせるのかもしれない。もちろん実感はなかったけれども、これまでの律との暮らしを思い出すと、それは絶対に不可能なことというわけではないように理佐には思えた。

「金は」母親の婚約者は、腕組みをしたまま顎を上げて理佐を見た。「どうなるんだ」

「私たちを追わないでいてくれるんなら、私の分はあげる」

理佐はじっと母親の婚約者の目を見上げて、それから母親の顔を見る。老けたな、と思った。父親と別れてから、苦労して自分たちを育てたのは知っている。だから今になって男に寄りかかりたくなったのかもしれない。それはもう本能なんだと言われたら、自分は否定はしない、と理佐は思う。でもその男のやることを制御できないで、律の人生を巻き込んでしまうことは間違っている。

「律の分は、律が私の年齢になるまで手を付けないで。どう使うかは、本人に決める権利があるから」

理佐の言葉に、俺はそれでいいけど、と言って、母親の婚約者は隣にいる理佐の母親を見る。母親は、あなたがそれでいいんなら、と呟くように言う。本当に悲しい、という言葉を、理佐は呑み込んだ。それでも自分は、毎日やれることをやって、手元に残ったもので生きていくしかないのだと理佐は思った。

そしてそれは、少なくとも悲しいことではなかった。

母親とその婚約者を帰した後、藤沢先生は理佐に向かって、本当にこれで良かったのかとも思います、と言った。理佐はうつむいていた。

「私はこのことを後悔しないために、あなたたち姉妹のことをこれからも見守らせていただきます。わずらわしいかもしれませんが、そのつもりで」

藤沢先生の口調は静かだったが、動かしがたい決意に満ちていた。

藤沢先生の言葉にうなずきながら、いろんな大人がいる、と理佐は思った。浪子さんや守さんや杉子さんのことも思い出しながら、彼らに寄りかかるのではないけれども、それぞれをその場その場で頼りにしてやっていかなければ、と思った。

帰り道で理佐は、ごめんなさい、と律に言った。律は、お姉ちゃんがあやまってしまう気持ちはなんとなくわかるけれども、べつにそんなことは何もないんじゃないの、と理佐を見上げた。

「りっちゃんをお母さんのところに帰せるような状態にしてくれって、お母さんを説得することができなかった」

その人と別れて、って言えなかった、と理佐が言うと、律は、うーんと唸って大きく首を傾げて、少し考えるようなそぶりをする。本当に考えている様子だったけれども、どこかのんきな仕草でもあった。

「お母さんにもお母さんの人生があるってことなんだよ。そう思うしかないよ」

「でも、それはりっちゃんを私の年齢ぐらいまで育ててるまで我慢すべきでしょ」

「私が十八になるぐらいってことは、お母さんは五十歳過ぎてるわけだし、それじゃ遅いって

思ったんじゃないの」

「貧乏でもいいの？　なんて言われるし」

でもそれは本当のことなんだ、と理佐は頭の中でだけ付け加える。律に打ち明けてしまうと、そのことが自分たちの人生を更に呪うような気がした。

「貧乏が怖いの、わかるよ」

律は夜空を見上げながら言った。右を見たり左を見たりしているので、おそらく星座を探しているのだろうと理佐は思う。

「学校の意地悪な男子は、ものすごく貧乏をばかにするからね。だから怖いのはわかる。でも私の読んでいる本に出てくる人は、貧乏な人が多い。私も例外じゃないのかもしれない」

そういう連中にばかにされない生活をしてるからって幸せだとは限らないし、ばかにする連中が幸せだとも思わない。

律が付け加えるのを聞きながら、理佐は、夏の終わりの空気を胸一杯に吸い込んで、ゆっくりと吐き出した。

「りっちゃんが、私と暮らすのがもういやだと思ったら、いつ出て行ってもいいから。藤沢先生か、その次の先生か誰かに言って」

「わかった」

「私は親戚全員にでも頭を下げてなんとかするから」

「わかってるよ」

律は理佐の手を取り、一瞬だけぎゅっと握ってすぐに離した。そして、もう片方の手で東側の山脈の影の上を指さす。

「あれがたぶんアルビレオだ、はくちょう座の。肉眼で見ると一つに見えるけど、望遠鏡で見ると二つあって、二重星っていうんだって。金色と青色の星でできてるんだって」

理佐はそちらに向かってまばたきしながら、律の指の先に目を凝らした。

*

十月になり、夏休みの半ばからずっと水車小屋の番をしている間に縫い続けていた寛実のピアノの発表会用のドレスが完成した。寛実の要望を聞き取って採寸しながら、図書館で借りてきた子供服の型紙を使って、薄くもなく濃くもない青い地に、白い大きな角襟と膨らんだ半袖を付け、控えめにギャザーの寄ったスカートを付けた普通のワンピースだったが、寛実はとても満足して喜んでいた。

母親とその婚約者が訪ねてくるという事案の中、三週間ほどで身頃とスカートの裾を縫い終わり、残りの時間のほとんどはスカートに施す刺繍に費やした。図案は、杉子さんが直接布に描いたネネの絵だった。発表会の三日前に刺繍を終えて、二日前にスカートを上半身の身頃に縫い付け、軽く手洗いをしてアイロンをかけて完成した。

発表会は十月に入って最初の日曜日で、第二と第四日曜が休みである理佐は、本来は行けないはずだったのだが、「他の日曜と振り替えていいよ」と浪子さんが言ってくれたので、見に行けることになった。

発表会には、寛実と同じ教室に通っているという園山さんの息子さんと、母親の園山さんも来ていた。

たぶん、後になるにつれてうまい人が出てくる、という律の解説の通りならば、三十番目と三十一番目に弾いていた園山さんの息子さんと寛実は、ほぼ実力が拮抗しているということになるんだなと理佐は思った。

二人の演奏は、どちらも良かったし上手だった。けれども、寛実が律と仲が良い分、寛実の方が少しだけうまかったし、心を動かす演奏だったように理佐には思えた。

二人の演奏の後、ロビーで律と話しながら寛実が楽屋から戻ってくるのを待っていると、園山さんがやってきて、榊原さんの服、山下さんが作ったんでしょ？　とたずねてきた。

理佐が、そうです、とうなずくと、とてもすてきね、と園山さんはまるで自分がその服を作ってもらったみたいな顔で満足げにうなずいて、息子さんを迎えに楽屋に続く廊下へと消えていった。

「お姉ちゃん、園山君のお母さん苦手だったよね」

「うん。でも、そうでもなくなってきたのかも」

いい人かも、と付け加えると、よかったじゃない、と律のほうが保護者であるような口調で言った。

父親の榊原さんを伴って楽屋から帰ってきた寛実は、寛実ちゃんピアノすごくうまかったよ！　と駆け寄る律と両手で握手をした。そして、理佐が「とてもすばらしい演奏でした」と伝えるより前に、理佐に向かって、服を作ってくれてありがとうございました、と頭を下げた。寛実は相変わらず、男の子のような髪型をしていたけれども、それが凛々しくもある服の色味と調和しているように理佐には思えて、そのことにも満足した。すごく良かったよ、感動した、と理佐が言うと、寛実は、りっちゃんのおねえちゃんいろいろありがとう、とうれしそうに笑った。

帰りに、榊原さんは、これで三人で食事でも行ってきてください、と理佐に一万円を渡し、そしてこれが娘の服を作ってくださったことへのお礼です、と白い封筒を出した。中に紫の紙が重ねてある二重封筒で、人生で初めて手渡される改まった謝礼のようなものに、理佐は少しうろたえた。

「いや、材料費もいただいてますし、寛実さんは妹と遊んでくれるし、ほんといいです」

封筒を返そうとする理佐を制止しながら、いえいえ、と榊原さんは首を横に振る。

「寛実がとても喜んでいますし、来年もお願いしようと思うので」

本当にお願いします、それじゃまた後ほど、と言いながら、榊原さんは理佐に白い封筒を押し付けて、ホールの正面玄関を出て行った。

私さ、七月に百貨店にお父さんと行って、服が決まらなかったんだよ、二人で何買ったらいいかわからなくなってさ、私にどういう服が似合うとか、私がお店の人に着せてもらってみてもお父さんわからなくて、そのことをすごく気にしててさ、と寛実が律に言っているのが聞こえた。

「私はお父さんといて、毎日将棋したりして楽しいんだけど、お父さんはお母さんがいないことをたまにすごく気にしてて、私に女の子らしいことを何も教えてやれないって言うんだけど、でもべつにいいよね」

　こうやってりっちゃんのおねえちゃんとかりっちゃんが手伝ってくれるんならさ、そんなに気にしなくていいよね、私もわからないことがあったら二人に相談するし、と寛実は続けた。

「じゃあ私もわからないことがあったら相談していい？」

　理佐がそうたずねると、もちろんいいよ、と寛実はうなずいた。一緒にいいように考えていこうよ、と寛実と理佐の真ん中にいた律は、二人の背中を軽く叩いた。

　理佐は律と寛実を連れて、最初に急行の停まる音楽ホールのある駅に来た時に入った喫茶店に行き、スパゲティを食べてクリームソーダを頼んだ。律と寛実はカレーを注文し、食後にパフェを食べていた。〈ユーモレスク〉っていう曲は不思議だね、寛実ちゃんの言ってたとおり、なんだかのんきな感じで始まるのに、真ん中ぐらいでものすごく悲しくて力強くなる、と理佐が言うと、寛実は、私はあそこを弾くのがすごく好き、っていうか本当は先生がお手本で弾いてくれるのを聴くのがいちばん好きなんだけど、と答えて笑った。

　喫茶店でゆっくりした後は、コーラス会のケープの材料や、寛実の発表会のワンピースの生地を買いに行った手芸店に入った。律と寛実がはぎれのワゴンをうれしそうに隅から隅まで見ている間、榊原さんがくれた封筒のことを思い出して、バッグの中でこっそり開封して中を見てみると、二万円が入っていた。

　理佐は少し呆然として、榊原さんに返した方がいいのかどうか考えたけれども、今回はいただいておこうと思い直した。アパートの部屋か水車小屋のどこかに、しばらく大事にしまっておこうと思った。

はぎれのワゴンの所に戻ると、これ二百円なんだけど、買っていい？　と律が大きなスマイルマークの図案が散らばっている生地を見せてきた。いいよ、とうなずくと、やった、と律はうれしそうに笑った。

「また松ぼっくり入れる巾着を作ろうか？」

「自分で折ってブックカバーを作るよ」

律の言葉に、そうか、と理佐はうなずく。

「ケープを作って、ワンピースも作って、もう作るものがないのかと思うとちょっと寂しいな」

「じゃあ自分用に何か作れば？」

律に言われて、自分用に、というのをまったく考えていなかった理佐は、驚いたように少しの間目を見開いて、それもそうだね、と言った。

「でも今度は杉子さんの帽子か、浪子さんのエプロンを作ろうかな」

「そうやって好きなだけうまくなってから、自分のを作ったらいいよ」

理佐は、わかった、とうなずきながら、来年は婦人会はどの曲を歌うのだろうと考え、寛実はなんという曲を弾くのだろうと想像した。それまでは、自分と周りの人たちのために、何か少しずつ作ることができたらいいと思った。

＊

十月の半ばあたりから、杉子さんが週に一回の頻度で水車小屋に孔雀石と藍銅鉱を持ってきて、砕こうと思うのよ、と理佐と律に宣言しては、しばらく考えてやっぱりやめる、ということを繰り返していた。

登校前、カレンダーを見た律は理佐に、私の思う周期が正しいんなら、今日も杉子さん石持って来ると思う、と宣言して学校に行ったのだが、確かに杉子さんはまた水車小屋にやってきて、迷うなあ、と椅子に座って縫い物をしている理佐の隣で石を両手に首を傾げていた。

「どちらか片方だけっていうわけにはいかないんですか？」

「それでもいいけど、やっぱり両方いちどきに砕きたいわね」

理由はまったくないけどね、と言いながら、杉子さんは、首を伸ばして追ってくるネネから隠すようにリュックサックの中にしまって、代わりにスケッチブックを取り出す。

「マラカイト！　アズライト！」

ネネはそう叫んで、興奮したように羽を広げた後、止まり木からケージが置かれている台に飛び移り、松ぼっくりをつつき始める。隣の水車の装置のある部屋には目もくれなかった。先ほどそばの実を石臼の上のじょうごの中に補給したばかりなので、まだまだ「空っぽ！」の時

間ではないと高を括《くく》っているのだろうと理佐は思うのだが、そういう物事の前後の関係を把握できているネネはやはり賢い鳥なのだ、と改めて感心する。

放課後、寛実と連れ立って水車小屋にやって来た律に、今日も石砕かないの？　とたずねられた杉子さんは、また砕かないことにした、と答えた。

「石を砕いて絵の具にしたら、何を描こうと思ってるの？」

「決めてないけど、十月の空かなあ」

杉子さんは、まるでそこに空が広がっているかのように水車小屋の天井を見上げた。

「十月、先週で終わったね」

「そうなのよ。残念」

寛実が言って、杉子さんが悲しそうな顔をする一方で、鉛筆を走らせている手元のスケッチブックの上では、ネネが少しずつ形になって姿を現し始めていた。

「二月の終わりの空も好きだから、そっちでもいいかなっていつも思っちゃうのよね」

「じゃあ二月になると、十月のほうが良かったなって思って石を砕くのをやめるのかな」

「そうかもしれない」

ほとんど内容らしい内容のない杉子さんと寛実と律の話を聞きながら、理佐は、できるだけ長くこういう日が続くといいな、と思った。そば屋と水車小屋で働くようになって、春と夏と秋は経験したけれども、これからやって来る冬がここで生きて仕事をしていくことの正念場だろうと理佐は考えていて、どうにかしてそれを乗り越えられるようにとふとした時に祈らずにはいられなかった。

次の日の土曜日は、仕事が終わった後に園山さんと約束があった。昼間はいつものように律や寛実や杉子さんと水車小屋で過ごし、理佐がそば屋の仕事に戻っていったん解散した後、夜の八時過ぎに園山さんの家の前で待ち合わせることになっていた。

そば屋の仕事が終わると、理佐は自宅には帰らず、園山さんの家に出かけた。倉庫を整理したいので、理佐に母親の足踏みミシンを引き取ってほしい、とのことだった。婦人会の帰り道でそう打ち明けられて、いいんですか？　そんな大事なもの、と理佐がたずねると、園山さんは首を横に振って、私は裁縫しないからいいのよ、と言った。

駅の向かいの大きな一軒家が集まる住宅地の中に、園山さんの家があった。浪子さんによると、園山さんは東京の大学を出ていて、結婚もそちらでしたのだが離婚して、実家に戻ってお父さんと同じ仕事をしているとのことだった。お父さんは、この町でたった一軒の税理士事務所を開いていて、園山さんも資格を持っている。園山さんのお父さんは去年体調を崩したそうで、今はほとんど園山さんが事務所の仕事をしている。

杉子さんや寛実や律に囲まれた園山さんが、細身の体で腕を組んで自宅の門の前で今か今かという様子で理佐を待っていたのが、申し訳ないけれどもなんだかおもしろく見えて、わざわざすみません、と理佐は笑いながら頭を下げた。

足踏みミシンは、それも倉庫にあったからと園山さんが貸してくれたリヤカーに積んで、みんなで運んだ。園山さんの息子さんも不意に現れて、寛実や律と一緒にリヤカーを押して手伝ってくれた。

アパートに到着すると、その場にいる全員で、ミシンとその台に群がるようにして持てるところを持ち、部屋の中に運び込んだ。重そうに見えるけど、何人かで持つとぜんぜん重くなかったね、と律が言っていたことが、理佐はなぜか長い間忘れられなかった。手伝ってくれた人たちにお茶でも出そうとお湯を沸かそうとしたけれども、じゃあまた、と言い合いながらみんないつの間にか帰っていた。

次の日の日曜日は仕事が休みで、理佐は、杉子さんと寛実とで少し離れた場所にあるコスモス畑を見に行くという律を送り出した後、午前はゆっくりして、午後からは前の家から持ってきた被服の本の型紙を当てて布を裁ち始めた。律が〈サザエさん〉を観るために帰ってくる頃には、理佐は身頃に袖を付けるために、慎重にミシンを踏んでいた。

「何作ってるの？」

「ボウタイのブラウス」

「えりがリボンになってるやつ？」

「そうそう」

「お姉ちゃんあんまりそういうの着ないけど、いつ着るの？」

「来年のコーラス会か寛実ちゃんの発表会かな」

緑と紺のダイヤ柄の、寛実のピアノの発表会の帰りにはぎれの中から買った生地だった。はぎれだけれども、かなり長い丈のものが二つあったので、何かまとまったものが作れるかもと思って買っておいた。

「下も作る？」

「作るね。白かカラシ色か黄緑のツイルが安く買えたらスカートかな」

「ズボンでもいいじゃない」

「うん。スラックスでもいい」

律は、部屋の隅に置いてある、まだ開けていないストーブの箱をちらりと見た後、まだもうちょっといいかな、と呟いてテレビを点けた。

「ごはんさ、サザエさん終わってからでもいい？」

「いいよ、っていうか、杉子さんお弁当にすごくたくさんおにぎり持ってきたから、おなかいっぱいなんだけど」

「そっか。じゃあ簡単なのにしよう」

律との話がいったん終わると、理佐は再びミシンを踏み始める。少し縫っては慎重に待ち針を刺して生地の重なりを調整し、またペダルを踏む。ミシンの音でテレビの音声が少し聞こえにくかったけれども、律は何も言わなかった。

〈サザエさん〉が終わり、律はチャンネルを変えて〈アップダウンクイズ〉を観始める。それが終わったらまたチャンネルを変えて〈ふしぎな島のフローネ〉を観るはずだ。

「コスモス、ものすごくきれいだったよ。ネネも喜んでた」

「ネネも行ったんだ？」

そう、と律はうなずいて、テレビを観ているというのに、図書館用の手提げ袋を引き寄せて本を開き始めた。それでどちらも頭に入っているのだという。

「きれいね！　って杉子さんが言ったら、きれいね！　ってネネも言って、私も寛実ちゃんも言って、なんだかおかしくなってきて、ずーっと言ってたんだ」

すごく楽しかった！　と律は笑いながら本をめくった。それはよかった、と理佐は呟きながら、ブラウスの袖を両方とも付け終わった。そして、両肩の部分を持ち上げて、よし、と満足げにうなずいた。

第二話　一九九一年

砂地の農道の上で、くすんだ紺色のワークコートの裾が揺れていた。律はうつむいてそれを追うように歩いていた。十三時からの仕事のことを考えながらでも、地面を踏みしめる振動は心地よかった。生きている、という感じがした。コートは姉が縫ってくれた。今は九月の下旬で、暦の上ではコートを着るのはまだ少し早いように思われたけれども、今年は早く気温が下がっていたし、単純に新しいコートを着てみたかった。

お姉ちゃんが去年春と秋に着てたようなざっくりした薄手のコートが欲しいんだけど、と言うと、姉は久しぶりに急行の停まる駅の手芸店へと律を誘った。その店は、姉が長年縫い物の外注を請け負っている店でもあった。姉は律にえんじ色の生地を勧めたけれども、律はくすんだ紺色を選んだ。それじゃほとんど職場の制服と一緒じゃないの、という姉の言葉に、律は、べつにいいんだよ、赤とか似合わないから、と答えた。

これすごいよ、律は好きじゃないかな、と小学校以来の友人の寛実が教えてくれたバンドの曲を聴きながら、律は農道を大股で歩いていた。暗くてすさんだ雰囲気なのに、聴いていると異様に気が晴れる。君を理解してやるなんて一度も言わないのに、聴く度に鬱屈を粉々にしてもらったような気分になる。

特急の中で聴かせてもらった後、両耳のイヤホンを外しながら、なんていうバンド？　と寛実にたずねると、ニルヴァーナ、という答えが返ってきた。律は、涅槃《ねはん》？　言葉を継いだ。そ

れから二人は、律が八歳まで住んでいた隣の県の県庁所在地に行き、輸入盤と中古盤を売っている店でそのCDを買った。

農道を突っ切って一般道に出ると、畑の中にたたずむ数軒の商店の並びの向こうに、職場である商社の二階建ての四角い建物が見えてくる。律は今年の四月に、農産物を扱う商社の小さい支社に採用された。会社の主な仕事は、近所の農産物を買い付け、それを近県の小売りやレストランに卸したり、移動販売や市を立てたりして消費者に売ることで、律は地元育ちで農家の顔見知りが多いため、農産物の買い取りの窓口をやっていた。先輩はもちろんいるけれども、近所の子供だった律がその補助として傍らにいると、気を許して良い条件で作物を売ってくれる農家の人もいくらかはいた。

仕事は嫌いではなかったが、給料は安かったので、早まったなと思うことはときどきあった。支社の女の人たちは、パートも正社員もみんな結婚していて、夫の稼ぎを補うために働いているというような雰囲気があり、誰か男の人を見つけてその人とうまくやっていくということに興味を持てないでいる律にとっては、長く働ける職場だという認識はあまりなかった。出世できるのは本社採用の男に限られるということも、働いて一か月もしたらなんとなく察知した。

律は高校三年の十月に十八歳になり、父親の遺産の一部を手に入れることになった。姉の理佐の相続分は、すべて実の母親に渡してしまったが、律の元には百万円が入ってきた。姉妹にとっては大金であったものの、律の大学の四年間の学費には足りなかった。律を大学に進ませるために、姉はこの数年間、姉妹の生活を維持する傍ら、少しずつ貯金にも励んできたけれども、それを足しても及ばなかった。

とにかく入学してくれたら、その間も私は働くし、なんだったら仕事も増やすし。姉はそこまで言って律を大学に入れようとしたけれども、律は断った。姉に本当に世話になったことを理解していて、姉を愛しているからこそ、律はもう姉を自分の生活費や学費で束縛したくないと思った。

小学校の三年と四年の時の担任で、継続的に連絡をとって見守ってくれていた藤沢先生は、その話を聞いて、そのぐらいなら貸します、返さなくてもいいです、とまで言ってくれた。藤沢先生は、律の学業成績がかなり良いことから、資金の目処が立ちにくくても大学への進学は視野に入れているべきだとずっと言い続けてきて、律が県下でもいちばんの高校に入学した時は自分のことのように喜んでくれたとはいえ、やはりそこまで負担してもらうわけにはいかないと律は思った。

奨学金という手段もあったけれども、借金をするのは気が進まなかったし、とにかく十八歳の今大学に行くことになると、周りのいろんな人が気を遣うことになりそうなので、律はいったん就職することにした。数年働いて、自分で残りの学費を出せるようになったら大学に行こうと律は考えていた。母親の婚約者に入学金を使い込まれて短大に行くのを断念した姉は、律の就職という決断を歓迎はしなかったが、でも律が自分で決めたことだしね、と受け入れた。

近隣の子供の中では、律が県下でもっともいい高校に行き、そこでの成績も良かったことは有名だったので、あ、働くことにしたんだ、と声をかけられることも珍しくなかった。お姉ちゃんにこれ以上世話になるのもなあと思って、と律が答えると、皆一様に、まあそれもそうかという顔をして、仕事がんばってね、応援してるね、などと言ってその場を後にした。

律の小学三年以来の友人である寛実は、特急と私鉄を乗り継いで一時間十五分という距離の隣の県の大学に進学し、実家から通っている。姉の理佐は、十八歳でこの町にやってきてから十年間続けているそば屋と水車小屋の仕事の他に、外注でもらう裁縫の仕事をときどきやっている。近所の人が身に着けるものなら、水車小屋の仕事をしながら手縫いでやっつけられるけれども、さすがによそのお客さんのものとなるとそうもいかないので、忙しい時は、そば屋の仕事から帰ってきて就寝するまでの間はずっとミシンを踏んでいるということがある。律の農産物の商社での仕事にも残業はあったものの、それほど長い時間でもなく、社会人になっても相変わらず、律は姉がミシンを踏んでいる近くで本を読んでいることが多かった。

姉の裁縫の仕事は、悪くない程度の収入にはなっているようだったが、役場がそば屋から徒歩二十分のところに移転してしまったので、そば屋は姉が就職した時ほど忙しくはなくなってきたらしい。それまで通ってくれていた人がわざわざ自転車に乗って昼休みにやってきてくれることはいくらでもあったし、そば屋の店主の浪子さんと守さんの夫婦も六十歳を過ぎて、それほど日々の収入にあくせくするということもなくなってきていたので、役場の移転で深刻なダメージを受けたということはなかったのだが、姉自身は「暇になった」と感じることが増えてきたという。給料が下がったわけでもないし、浪子さんと守さんはずっと良い雇い主だけれども、もしかしたらもう、そば屋のお店自体の仕事は二人だけでやっていけるんじゃないかと思うことがあるそうだ。

ただ、毎日のそば粉を挽く水車小屋の見張りと、そこの番人とも言えるネネの相手は、鳥へのアレルギー持ちの浪子さんにはできないし、守さんは厨房を離れられないため、やっぱり自分は雇ってもらっているんだと思う、と姉は話していた。

律自身も、内勤をしている日の昼休みは毎日そば屋に通って昼ごはんを食べていた。姉が「暇になった」と言うほど、大幅に客が減ったという様子はなさそうだったけれども、正午になると同時に職場から十五分歩いて店に到着し、少し空席があるという状況は、以前では考えられないことだったので、確かに客はやや減少傾向にあることは感じられた。十年前なら、正午過ぎのそば屋は満席が当たり前で、混んでいる時は外の待合いのベンチに数人が腰掛けている上に、座れなかったお客さんが立って待っていることも普通だった。

職場には、十二時五十八分に到着した。トラックで入ってこられる敷地の建物の入り口の前に、農産物買取、という看板が立っていて、すでに軽トラックとワゴン車が一台ずつ停車している。ワゴン車の方は、律と同学年の園山君のお母さんのもので、たぶん庭で育てているブルーベリーを積んでいる。園山君のお母さんは、顔を合わせる度に律が大学に行かなかったことをひどく残念がるので、今は少し苦手だった。いい人なのはわかるのだが。

建物に入ると、トマトを作っている郵便局の真壁さんのお母さんと、園山さんが待合いの長椅子に座って世間話のようなことをしていた。

「私は今年入社なんで間違ってたら申し訳ないんですけど、この秋は豊作なんですか？　トマト」

律は、玄関に対していちばん手前の自分の席の事務椅子に、姉が作ってくれた薄手のコートを掛けながら、真壁さんのお母さんに話しかける。

「どうかなあ、例年通りと思うけれども、畑の広さに対して、受注がちょっと減っちゃって、ここで買い取ってもらってとても助かってる」

「そうですか。真壁さんとこのトマトすごくおいしいですよね。夏になると杉子さんが、ぶつ切りにしてにんにくと混ぜて冷蔵庫で冷やしただけのトマトをかけたパスタを作ってくれたな」

「そうかあ。杉子さん元気？」

そう訊かれると、律は少し口ごもってしまう。町に住んでいる画家の杉子さんは、八十三歳になっていた。この年始に倒れて、しばらく入院して以来、なんだかより小さくなってしまったように律には思えた。

姉や律が話しかけると、ずっとそうだったよくしゃべる杉子さんに少しの間戻るのだが、それ以外の時間は、以前ほど絵を描くこともなくなり、借りているアトリエ代わりの倉庫の座り心地のいい椅子に座ってぼんやりしていることが増えた。

「元気っていうか、まあ年なんで」

少し苦心して律が言葉を捻《ひね》り出すと、チャイムが鳴って昼休みが終わり、律は、じゃあ持ってきていただいたものを見てみましょう、と記録用のクリップボードを首から掛けて、真壁さんのお母さんと園山君のお母さんを伴って建物を出た。この二人が持ってくるぐらいの量の農産物の査定を、律はすでに一人で任されていた。

園山さんは帰りがけに、これ理佐さんとあなたの分、と保存容器に入ったブルーベリーをくれた。杉子さん、しばらく会ってないから会いたいな、と園山さんが言うので、日曜の夜に姉と私は杉子さんの家でごはん食べるんですけど、来られます？　とたずねると、園山さんは、あーその日先約があるんだ、お客さんとの会食で、と首を横に振る。園山さんは、七年前にそのお父さんを見送った後、一人で税理士事務所を営んでいる。

「じゃあ、平日の夜でもちょっと行ってあげてください」

「わかった。必ず行くわ」

園山さんはうなずいて、ワゴン車に乗って去っていった。園山さんが車に乗っていることがうらやましいと思った。律にとって自家用車を買うのは大学の学費を貯めた後のことなので、夢のまた夢のように思えるのだが、車の免許はあったほうがいいのかもしれない、と思い始めていた。

律がここに来てからの最初の数年、ネネを隣の県の県庁所在地の病院に連れて行く用事は杉子さんがやってくれていたのだが、杉子さんが高齢になり、運転を控えるようになった後は、守さんや、他の近所の人や、それこそ園山さんに頼んで車を出してもらうようになっていた。いちばんよくネネを病院に連れて行ってくれているのは守さんで、けれども守さんがネネを病院に連れていけるのはそば屋が定休日の水曜日が主だったため、次の日の店の用意のことを考えると、やはり自分が連れていけたらと律は考えていた。

仕事が終わると、律はいつも水車小屋に寄ってネネと三十分ほど過ごして帰るようにしていた。姉は相変わらず、十四時から数時間の間、ネネのところにいて石臼にそばの実を補給する仕事を続けているので、律はそれと入れ替わるようにネネの相手をしに行く。

律が大きくなるにつれ、ネネと過ごす時間が減っていくことについて、ネネは表だって寂しがりこそしないものの、「りっちゃん、大きい」とときどき律の成長の話をして、それが理由で自分と過ごす時間が少なくなっていることをわかっているような素振りを見せる。中学も高校も今の職場も、自分の人生には必要なこととして納得して通っているとはいえ、そのことがネネを寂しくさせていたらつらいなという気持ちがあったので、律は短い時間でも毎日欠かさずネネを訪ねるようにしていた。

姉がしばらく前まで座っていた水車小屋の椅子に座り、ネネにラジオを聴かせてやりながら、ニルヴァーナ、すごいよ、と律はネネに話しかけた。ラジオからは、レッド・ホット・チリ・ペッパーズの、陽気な〈ギヴ・イット・アウェイ〉が流れていて、違うんだけどな、と内心思いながらも、何かネネに話したいことが自分の中にあるのなら、律はだいたいのことは口にするようにしている。

〈ギヴ・イット・アウェイ〉のリズムに合わせて、気取った感じで体を左右に振っていたネネは、ニルバナ、すごいよ！　ととりあえず律の真似をする。ネネが真似をすることは、相手に親しみを感じている証拠だと、ネネのもともとの飼い主である益二郎さんの娘の浪子さんが言っていたことを律は思い出す。

「今日は真壁さんのお母さんがトマト持ってきて、園山君のお母さんがブルーベリー持ってきた」

そう話しかけて、ああそうだ、と律は通勤用のリュックサックの中に入っている保存容器のことを思い出し、ブルーベリーを三つ取り出してネネの顔の前に一つ持っていく。ネネはブルーベリーをくわえて、止まり木からケージを置いてある大きな台の上に飛び移り、首を前後させながらブルーベリーを胃の中に収めていく。それから立て続けに二つ食べて、満足したのか、おばあちゃんにキスは？　と声をあげた。映画の〈グロリア〉の台詞の一つで、律が教えたものだった。

「クイズごっこする？」「しないよ」「テレビは？」「ないじゃない」「言ってること、わかる？」「わかるよ」「猫、好き？」「ふつう」

ネネが繰り出す問いに、律はネネが心地よく感じるであろうリズムをとりつつ、笑いながら答える。

律は、ネネに映画の台詞をしゃべってもらうことによって、自分を連れていこうとする人間をやり過ごしたことがある。今もそのことには感謝していて、ネネとそうやってよく遊んでいた。こうやって意味のない掛け合いのようなことをすると、ネネはご機嫌になって、ケージにも素直に入って寝支度をしてくれる。

もう一度、違う答え方で同じやりとりをした後、律がケージにかぶせるための毛布を用意していると、水車小屋の戸口が開いて、りっちゃん、という聞き慣れた声に呼ばれた。杉子さんが立っていた。

「こんばんは。体、大丈夫？」

「どうかなあ」

杉子さんはそう言いながら、律に勧められるままに椅子に座る。律は別の一脚を部屋の隅から持ってきて、そこに座る。

「仕事どう？」

「順調だと思う」

「それはよかった」

杉子さんはにっこり笑う。律は、その顔を頭の奥に焼き付けるように凝視する。今年に入って杉子さんが、姉妹と出会ってから三度目の入院をした時、律はいつまでも杉子さんがこんなふうに自分の傍にいてくれるわけではないのだということを悟った。だからといってずっと一緒にいると職場に行けなくなってしまいそうなので、普通の生活を続けてはいたけれども、杉子さんに会う度に、次にまた同じような姿を見られるのかと律は考えるようになっていた。

「笑ってくれないの？」

「ごめんなさい」

そう言いながら、律は口角を上げて笑おうとする。無理言ってごめんね、と杉子さんは言う。無理なんか、と律は答える。ネネは、杉子さんと律を交互に見て、ごめんね、とその場をとりなすように呟く。

杉子さんは、これを持ってきたの、と肩から下げているメッセンジャーバッグの中に手を入れて、お菓子の缶を出して蓋を開ける。中に何が入っているのか律は知っている。杉子さんが大切にしている、故郷で採掘された孔雀石と藍銅鉱だった。ネネは、マラカイト！　アズライト！　と叫んで、律の肩に飛び乗り、近くで見ようとする。杉子さんがそれを砕こうと思い立つことの意味を知っている律は、首を横に振って、今はやめよう、と言った。

「久しぶりに、絵を描こうという気になって」

「わかるけど、今はやめよう。日曜まで待ってよ。お姉ちゃんと私とハイキング行くでしょう。その前に砕こう」

「あら、少し先になるのね」

「たった何日かのことだよ」

たった何日かでも、描こうと思った気持ちは逃げていくかもしれない。律は自分が杉子さんに対して利己的なことをしているのはよくわかっていたけれども、姉が石を粉砕することに立ち会わないのは絶対に良くないと思った。

「理佐さんね、今日のお昼にも私お願いにここに来たんだけど、いやだって」

姉がそう言うのも律には理解できた。姉妹は杉子さんを頼りにして生きてきたけれども、三人の年齢の序列から言うと、律が姉も頼りにできるということに対して、姉は年上の杉子さんだけが頼りだということになる。もちろん、杉子さん以外にも頼りにできる人は何人かいたけれども、姉妹にとってもっとも気安く、ほとんど親族のように話ができるのは杉子さんだった。

「私もいやだ。せめて三人がそろってる時にしよう」

「わかった。わかったわ」

杉子さんはうなずいて、石を砕く代わりに手のひらに乗せてネネに近付けた。ネネが、マラカイト、アズライト、と言いながらうれしそうに石に頬ずりする様子を見つめながら、あと何回ネネは石を見られるんだろうね、という言葉を、律は飲み込んだ。

＊

その日曜は、そばの実を一袋分だけ石臼で挽くために水車を動かし、それから、水車の軸に取り付けられた撫で木の回転と嚙み合わせて上下に動く杵《きね》を使って、杉子さんの孔雀石と藍銅鉱を砕いた。

自分が昔よく言っていた冗談を覚えていた杉子さんは、大丈夫、絵の具を作る間は私生きてるから、と言った。絵の具を作ってもその後絵を描かないとだめじゃないの、と律は言い返し、姉は何も言わないでうつむいていた。

それから杉子さんと姉妹は、旬より少し早いコスモスの花畑を観に出かけた。この十年、律と杉子さんは毎年コスモス畑に遊びに行っていて、三年前からは姉も加わるようになった。

ピクニックができる広場で、姉が作った弁当と、杉子さんが作ったマカロニサラダを食べた。律はおにぎりを作りたかったんだけど、こっちの方が簡単だから、と杉子さんは言っていた。律は何もしなかったので、自動販売機でジュースをいくつも買ってきて二人に振る舞った。

杉子さんはその日、律の知る限りでは初めて、自分が結婚をしなかったこと、子供を持たなかったことについて少し話をした。好きな人はいた、でもその人は鉱山の事故で死んだの、と杉子さんは言った。絵が好きなら絵を描きなよ、ってその人が励ましてくれたから、私は次の人を探すんじゃなくて絵を描くことにした。

「だから私は運が良くて、戦争があってもう描けないのかなあっていうことがあっても、なんとか絵を描き続けることができて、本当に何も後悔してないんだけど、子供を持つのはどんな感じだろうって考えることはあったの」

　杉子さんが以前、自分は六十歳まで東京で暮らしていて、出版社から依頼されて挿し絵を描いたり、絵を教えたりして生活していたんだと話していたことを、律は思い出す。そうやってなんとか、退職金だと思える程度のささやかなお金を作り、故郷から比較的近いこの町にやってきた。杉子さんが生まれた鉱山の町は、閉山とともにとっくになくなっていた。

「町の子たちはみんなかわいいと思うし、東京の教室で教えてきた子だってそうだけれども、あなたたちは特別だった」

　理佐さんがここへ来た時は、もう一人前の娘さんで子供じゃなかったし、たくましかったけど、でもときどき心配だった、と杉子さんは続けた。

「私は、この町に来るまでも一所懸命絵を描いて楽しく暮らしてきたし、来てからも、そば屋の益二郎さんと友達になって、ネネが来て、他の人とも知り合って、やっぱり楽しく暮らしてきたけど、あなたたちが来たこの十年は特別だったと思う」

　杉子さんの隣で首を横に振っていた姉は、らしくもなく逃げ出そうとするように立ち上がる気配を見せたが、律は手をつかんでそれを制止した。

　どうもありがとう、と杉子さんは言った。律は、こちらこそありがとう、と言葉を返し、杉子さんは姉の肩を細い小さな腕を伸ばしてそっと抱いた。

杉子さんの最後の絵は、もう現実なのか絵なのかどうかわからない、という感想を律は持った。菜の花畑を、茎につかまる天道虫《てんとうむし》の視点から見上げた絵で、空には藍銅鉱の青、茎には孔雀石の緑が使われていた。事物の輪郭は、画面を縦に分断するように描かれた菜の花も、遠景の花畑も、可能な限りの微細さで茶色がかった黒い線できちんと描かれ、これを描いた人間が二日後に亡くなるのかという精巧さだった。

杉子さんが絵を描いている間、男の人が一人、杉子さんを訪ねてきた、とその時杉子さんのアトリエで過ごしていた園山さんは言った。甥というには若かったし、その息子というには大人のような気もしたし、と園山さんは、わざわざ持ってくるような量ではないブルーベリーを律に渡しながら話した。

あまり詳しく説明してくれなかったけど、杉子さん、若い人の再出発を援助する民間団体に協力してたみたいで、その関係の人だと思う。男の人は、来客があるんならのちほどって言って、いったん帰って行った。駅の近くの民宿に泊まってるのかしらね。杉子さんはその人に、自宅を貸し出す予定だったみたい。今の絵を描き終わったら、さすがにもう自分は気力がなくなって生活全般が滞りそうな気がするから、施設に移るつもりだって。

施設に移るかもしれない、という予定は、律も杉子さんの口から聞いたことがあったけれども、一階が台所と部屋が一つ、二階は部屋が二つの小さな自宅についてどうするのかは、律は知らなかった。杉子さんには、ほとんど行き来はないが弟と妹がいるらしいので、その人たちが相続してどうにかするのだろうと漠然と思っていた。

杉子さんの自宅について律に思うところがあるのは、できれば自分が買い取りたいと思っていたからだった。今の給料では間違いなく無理で、大学に行くことも優先させなければいけないのだが、数十万の頭金を捻出して頼み込めば、自分が三十代半ばになる頃にはお金は払えるのではないか、と考えることがあった。つい十年前まで、母親とその婚約者に家から閉め出されて不安で不安で仕方がなかったこの自分が家を買うなんて、本当に夢のような話だとは思うのだが。

アトリエで亡くなっている杉子さんを発見したのも園山さんだった。律は、杉子さんの死に最初に立ち会ったのが自分や姉ではなく、実務的な園山さんで良かったと思った。

自分は別として、姉はちゃんとした大人だとは思うけれども、杉子さんが亡くなっているということとその場で向き合って、すぐにいろんな手続きができたとは到底思えなかった。

お通夜と告別式は、いつも婦人会が使っている商工会議所の二階が使われた。お通夜の夜は、杉子さんの自宅に親族と近所の人たちが集まって過ごした。姉が働いているそば屋は、十五時で店じまいし、浪子さんと守さんと姉がお通夜を手伝いに行った。律は十七時の定時まで仕事をしていた。

昼休みに、とりあえず仕事が終わったら杉子さんの家においで、と姉から電話がかかってきたので、定時後に律が出向くと、姉は黒い半袖のワンピースを渡してくれた。夏物の素材で作られた、袖付けのないフレンチスリーブの簡単なワンピースだったが、喪服としては機能するようだった。律が農産物の商社に就職が決まった春先に作っていたように思う。何かあっても、もう学校の制服で出ることができなくなるから。

律とほとんど同じようなワンピースを着た姉は、律が高校一年の時に履いていた黒い地に白いラインのスニーカーを渡して、これしかなかったけど、一応黒いから、と言った。律が汚したまま玄関の隅に放置した記憶しかないスニーカーは、いつの間にか拭われてきれいになっていた。

お通夜に集まった人々が杉子さんの家を使うことになったのは、杉子さんが亡くなっているのを発見した園山さんが、アトリエのテーブルに鍵が置いてあるのを見つけて持ち出したからだった。園山さんはその鍵を杉子さんの親族に渡しながら、お悔やみを言っていた。

杉子さんの弟さんと妹さんは、会う人会う人に姉がお世話になりまして、と頭を下げていた。お正月にすら親族の元を訪ねない杉子さんだったが、妹さんのところにはときどきふらっと現れて、おばあさん一人だけど、人に助けられながらちゃんと暮らしてる、というようなことを話していたらしい。杉子さんの電話帳から親族を発見して連絡をしたのも、園山さんだった。律は、自分が死んだ時も園山さんが見つけてくれたらいいんだけど、と思ったのだが、順当に行くと、律とその同級生の母親である園山さんでは、おそらく律のほうが後に死ぬのでそれが難しそうなことを残念に思った。

ワンピースに着替えた後、律はネネを迎えに行った。お通夜が始まる三十分前のことだった。杉子さんの家の中を行き交う人々を眺めながら、誰か足りないと律はずっと考えていたのだが、それはネネだった。

律はネネをケージに入れて、ネネのトイレ用に溜めている新聞紙を一掴み手に取り、再び杉子さんの家に向かった。姉は、連れてきたんだ、とだけ言って、姉妹はお通夜が行われている商工会議所へと向かった。

ネネはこの十年、そば粉を挽いていない時間などに、律に連れ出されて少しずつ外に出るようになっていた。水車小屋で呼び戻しなどの一通りの訓練を積んだ後は、ケージから出す時もあった。迷子になってしまうかもしれない、という危惧はもちろんあって、最初は足首に細い糸を巻いたりしたのだが、ネネが慣れた相手である律の元から去っていく理由も特になかったので、毎度ネネは律と一緒に帰ってきていた。

獣医さんのところでクリッピングしてもらって飛び回れなくされているネネの羽は、律を悩ませるようになっていた。ネネは最初は、そば屋の浪子さんの父親である益二郎さんがペット

としてもらってきた存在で、水車小屋の番も含めてある程度人間の都合に合わせることで生きてきたのだが、本当はできるだけネネに自然な状態でいさせてやるべきなのではないかというある時芽生えた自問を、律はずっと心に持っていた。

「クイズごっこする？」「しようか」「テレビは？」「後でみる」「言ってること、わかる？」「わかるよ」「猫、好き？」「今日は好き」とネネと掛け合いながら、律は姉と商工会議所への道を歩いた。お通夜の会場となった商工会議所の二階にネネが現れても、周りの人たちは何も言わなかったし、律が恐る恐るケージから出したネネに、寂しくなるね、と話しかけさえした。ネネがお葬式という雰囲気をわきまえて場違いなことを言わずにいられるかが心配だったのだが、ときどきもごもごと独り言を言いながらも、ネネは律の肩の上で静かにしていた。

律と姉の姿を見つけると、園山さんが早足で寄ってきて、本当に寂しくなるわね、と言った。律は、そうですね、と話し、姉はうなずいた。杉子さんのまわりのことでは、ほとんど自分と姉は年齢が逆転してしまったようだなと律は思った。杉子さんの前でも、杉子さんのことを悔やむ人たちの前でも、姉はあまり言葉を発さず、うなずいたり、微動だにしなかったり、すみません、と言って席を外したりしていた。

「あの人。杉子さんを訪ねてきた人だけど」

園山さんの視線の先には、葬儀会場の隅にじっと立って、目の前を通る人たちが何か頼みごとを持っていないかどうかうかがっているような、背の高い男の人がいた。律は一度も見かけたことのない人だった。真新しい黒い背広を着て、白いシャツを着て、黒いネクタイを締めていた。男の人は、前を誰かが通るたびに、何かをやりたいというような手振りをするのだが、特に誰も困っているというようなことはない様子だった。男の人は仕方なく、少しだけ乱れたパイプ椅子の整理を始めた。

私はまったく知らない人です、と姉が首を横に振ると、そりゃそうよね、と園山さんはうなずいて、小さいお葬式だし、みんな慣れてるからそんなに手伝うことはないと思うけど、何か頼まれたら力を貸してあげてね、と言ってその場を離れていった。

確かに、この商工会議所でお葬式をやっているところを、律は小学校の頃から何度か見かけていた。いちばん近い急行が停まる駅の葬儀業者が近隣の葬式をほとんど取り仕切っていて、近所の人のお葬式はだいたいここで行うと決めているようだ。

律は、郵便局の真壁さんに、香典返しの袋に名札を付けてもらえる？　と頼まれて、ネネを肩に乗せたまま、会場の隅でその作業を始めた。姉は、親族の人たちと受付に入って頭を下げていた。

律が作業をしている間、ネネは祭壇の方を向いて、すぎっこさん、すぎっこさん、と何度か言っていた。鳥にお葬式のことが理解できるのか、律にはわからないけれども、ネネは確かに、この営みは杉子さんに関連することだと把握しているようだった。

「寂しくなるね、ネネ」

「りっちゃん、寂しい？」

「うん」

杉子さんにはもう会えない、とどうしても言い出せない律の頭を、ネネは本当に軽くくちばしでつつき、髪を少しだけくわえて離した。

短い名札付けの作業の間、視線を感じて顔を上げると、あの知らない男の人が、壁際から不思議そうに律を見ていることに気が付いた。なんなんだ、と律は考えて、ああネネか、とすぐに思い至り、律はネネを隠すように、ネネが乗っていない方の肩をその人に向ける。

町の人たちは、律がネネを連れて葬式に現れても何も思わないだろうけれども、ここにやってきて間もないあの人からしたらすごく珍しいのだろう。しゃべる鳥がやってくるお葬式は。

お通夜からの帰り道で、小さいけれどいいお葬式だった、と誰かが言うのが聞こえた。律にとっては、十八年の人生で初めてのお葬式で、その善し悪しはまったくわからなかったけれども、いいんならよかった、と思った。ネネは、新聞紙を敷いた律の膝の上でお経を聞きながら眠ってしまったので、律はネネを腕に抱いて商工会議所の建物から出た。

杉子さんの家に行く前に、水車小屋にネネを戻しに行こうとすると、姉がついてきた。姉は、杉子さんは親族に遺言を残していたと話した。お金の半分はきょうだいに、残り半分は町に寄付し、持ち家だった自宅は、民間団体の伝手《つて》でやってくる若者が自立できるようになるまで住まわせてやってほしい、とのことだった。アトリエである倉庫は、再来年までの契約で、それまでは縁のある人たちが自由に使って、欲しい物があったら持って帰っていいし、誰か継続して使いたい人がいたら契約更新するといいという。

「手元にある作品は、全部山下律さんと山下理佐さんに、って」

突然、律は足元がふらついて視界が下がるのを感じた。喚くような自分の泣き声を聞いた。姉の腕が自分の肩を抱いた。

＊

電車から降り立つと同時に川の音がして、聡はホームで数秒だけ目を閉じた。その川の上流にある水力発電所の清掃の仕事の求人を見つけて、聡はこの町にやってきた。荷物はリュックサックが一つとボストンバッグが一つだった。

ときどき世話になっていた若者のための就労支援団体の人に、職安で見つけた求人について話し、自分はそこで働きたいと思うのだけれども、住むところがあるかどうかが心配だ、と話すと、協賛してくれている人がそちらに住んでいるから相談してみる、と連絡を取ってくれた。団体が紹介してくれたのは、川村杉子さんという画家だった。「絵本のコーナーに行ったら本があると思う」と相談員の人は言っていた。

四年前に、音大の頃の友人に無理矢理引きずってこられた就労支援団体が入居している建物の一階には、そこそこ大きな書店があって、絵本のコーナーに行くと、確かに「かわむら　すぎこ」という人の絵本が四冊差してあった。農業についての本と鉱山の説明をした本、そして自然に関する絵本が二冊だった。表紙を上に向けて陳列されるような話題書ではないけれども、継続的に少しずつ、確実に売れている本なのだろう、という印象を聡は持った。おそらく現地で本人と顔を合わせることはあるはずだから、自然についての本を一冊買った。山間の野原や畑における虫や花の生態を非常に精細に描いた作品で、いったいこの人はどういう目を持っているのだろうと聡は思った。

前の仕事は自動車部品工場の工員だった。下請けの下請けだった。体力を使い、拘束時間も長かったが、給料は悪くないという程度にはもらえたし、外国人が多いラインで働くことは聡に向いていた。余った時間があっても、今のところは何もやりたいことはなかったし、ずっとそこで働いていてもよかったのだが、何となく訪れた職安の〈県外からの求人〉コーナーで水力発電所の清掃の仕事の求人票を見かけ、「こんな仕事もあるのか」と思って、そのまま仕事を変わることにした。聡には、もう何も負うものはなかった。自分自身でさえ何でもなかった。だから、気分を変えるためによその土地に行きたい、程度の気持ちで仕事を変わることができたのだった。

最初の出勤の日から、川村杉子さんの自宅の引き渡しの日までは二週間ほどあったので、地元の民宿から仕事先である発電所に通うことにした。小さな水力発電所で、最初の十日間は、定年退職するという地元の男の人に仕事を教えてもらった。田村さんというその人の家は兼業農家で、田村さんが発電所で働く傍ら、奥さんと小さな畑を耕作して暮らしているとのことだった。ただその畑だけで食べていくよりは、月給をもらえる仕事があった方がいい、ということで、清掃の仕事をしていたそうだ。これから一日中畑で働くのも楽しみだ、と話していた。

川村杉子さんには、一度だけ会うことができた。背が小さくて、目のきれいな老女だった。最初にアトリエに訪ねた時は来客があったので、夕方になって自宅を訪問すると、冷やしてつぶしたトマトをのせただけの冷たいスパゲティを振る舞ってもらった。トマトはにんにくであえているそうだ。

座卓で向かい合ってスパゲティを食べながら、聡が一通り作品の感想を述べて、いやいやそんな、という型どおりの謙遜があった後、これまでについて少し訊かれた。団体の人から、あなたの来し方についてはいくらか聞いています、大変だったわね、と川村杉子さんは言った。そうなんですかね、と他人事のように聡は答えて、先週まで自動車部品の工場で働いていて、気分を変えたいから違う土地に来た、と話し、そこで自分はもう何も言うことを持っていないと気が付いた。

聡が黙ると、川村杉子さんはそれ以上話を求めることはなく、今描いてる絵を仕上げたら、自分は老人施設に入ることにしていて、入居の申し込みも済ませてある、と言った。

この家は、あなたが自立する自信ができるまで使っていい、その時が来ても住み続けたかったら、私の親族に家賃を払うか、買い取るかしてください。小さくて古い家だから、そんなに大きなお金にはならないはず。

聡は、あまり確信もなくうなずいた。田村さんから教わる水力発電所の施設の清掃の仕事は、自分には悪くないように思えたけれども、いつまた気分を変えたくなるかは、自分でもよくわからなかった。

そうやって、「気分を変えたい」という程度の浅い感情だけで生きられるところまで生きて、行き詰まったら何の抵抗もしないで息を止めよう、と聡は思っていた。

川村杉子さんは、それから数日後に亡くなり、一度話しただけではあったけれども、これからその恩に与《あず》かる人間として、聡は通夜にも告別式にも出席した。スーツは持っていなかったので、急行に乗って一つ目の駅で降り、バスに乗って県道沿いの大型の紳士服店へ行って一揃いを買った。発電所の清掃の仕事の面接に行く時は、しばらく着ないだろうからと友人のスーツを借りたのだが、思いがけずすぐに着る機会が訪れてしまった。紳士服店の軒先には、どこから流れてきたのか廉価盤のＣＤのワゴンがあって、聡は習慣でそれをのぞいて、その中から一枚購入した。

祖母が亡くなった時、聡は二十一歳で喪主を務めた。弟は勾留されていたし、母親は葬式のことをできる状態ではなかった。祖父は聡が十歳の時に亡くなっていた。母親は一人っ子できょうだいはなかった。父親は戻らなかった。

聡が出たことのある葬式は、母方の祖母の一度だけだけれども、川村杉子さんの葬式は良い葬式であるように思えた。こぢんまりとしていて、列席する誰もが、川村杉子さんに関する思い出を大なり小なり持っていた。

通夜の夜、聡は川村杉子さんの小さな家に戻り、数人の親族の人たちを手伝ってお茶を出したり、たむろする人々に仕出しの弁当を配ったりした。それほどの人数にはならず、親族の人たちも急行に乗ってホテルに帰っていったので、聡は一人で川村杉子さんの家にいることになった。

二十三時頃になり、ドアホンが何度か鳴ったので応対に行くと、自分と同年代ぐらいの女性が一人、それよりはかなり若い、二十歳になるかならないかぐらいの女の子が一人、泣き腫らした目で立っていた。若い女の子の方は、通夜で肩に鳥を乗せていた。オウムかインコのような鳥だった。その女の子は、通夜以前にもどこかで見かけたことがある気がしたのだが、聡は思い出せなかった。

「みなさんはどちらに？」

「帰られました」

聡を訝るように見つめている女の人に、聡は答えた。顔の作りは柔和なのに、視線は確固としているのが印象的だった。

「あなたはどうしてこちらに？」

「私はここに住むんです」

僕、俺といろんな人称が頭によぎったけれども、聡は丁寧さを選んだ。女性は、驚いたように目を丸くして軽く口を開けて、言葉を続けようとしたけれども、お姉ちゃん、誰もいないんだったら帰ろう、と肩に鳥を乗せていた女の子が言ったので、女性は軽くうなずいて、失礼しました、と一礼して、川村杉子さんの家の戸を閉めた。

聡はその日、亡くなった老女の布団を敷き、中には入らず、布団の上で下着だけになって眠った。そして、六時になると起きて、発電所の仕事に出かけ、昼の十二時に仕事が終わるといったん川村杉子さんの家に戻って喪服に着替え、告別式に行った。鍵は預かっていなかったので、迷ったけれども施錠せずに家を出た。

告別式が終わると、親族の人々が川村杉子さんの家にやってきて、家の鍵を渡してくれた。曰く、「アトリエは親しかった人たちが話し合ってしばらく出入りをすると思うけれども、自宅に関してはあなたが使ってくれていい。あなたが使えない姉の衣服や身の回りのものは、これからかき集めて私たちのところに送るから。それ以外の日用品に関しては勝手に使ってくれていいし、使わないものはアトリエに持っていってくれていい」とのことだった。聡はその後、親族の人々が小さな家の中で杉子さんの普段着や小物を回収するのを手伝った。

明日は火葬だという親族の人々が駅へ戻っていった後、聡は民宿に行って自分の荷物を受け取り、チェックアウトの手続きをして川村杉子さんの家に帰った。それから少し洗濯をして、軽く家の中の後片付けをしてすぐに眠った。

告別式の翌日は、仕事が終わると田村さんにそば屋に連れて行ってもらった。この店は前の日に挽いたそば粉で打ってるんだよ、と田村さんが得意そうに言うので、そば粉をいつ挽いてるのか気にしてそばを食べたことないんですけど、おいしいんですか？　と聡がたずねると、当たり前だよ、と田村さんは、愚問を、とでも言いたげに肩をすくめた。

そば屋は発電所への上り坂の入り口にあった。発電所からそば屋に下っていく時に、そば屋の少し手前に水車小屋があったので、ここでそば粉を挽いてるんだろうな、と聡は思った。水車は止まっていて、川の音が大きく聞こえた。

田村さんが自慢げに連れてくるだけあって、その店のそばは確かにものすごくおいしかった。聡は人生で、そう何度もそばをうまいと思って食べた記憶はないのだが、これはいつまでも覚えていそうだ、という新鮮な味と強い食感だった。

田村さんは、うちの家、ここから駅を挟んでだいぶ向こうだからさ、発電所やめるとあんまりここのそば食べられなくなるなあっていうのが心残りだな、と悲しそうに話し、聡はうなずいた。

ほぼ満員のホールでは、二人の女性が忙しく立ち働いていて、注文を取りに来たこの店のおかみさんでない方の女性が、通夜の日に杉子さんの家を訪ねてきた女性のうちの一人であることに聡は気が付いた。聡をまっすぐに見上げていた、年上の方の女性だった。

ホールの二人の女性たちが、迷いのない動きでとてもよく働いているので、作っている人はどうなのだろう、と頭を上げてカウンターの向こうの厨房を覗くと、小柄な男性がやはりてきぱきとそばの丼やせいろを次々と並べて出していた。

田村さんは、勘定をしてくれたおかみさんと思われる方の女性に、発電所やめるからそう何度も来れなくなっちゃうけど、また畑仕事の合間見つけて来ますわ、と声をかけていて、声をかけられた女性は、ええ、ええ、ほんとによろしく、とにこやかに何度もうなずいていた。

そば屋を出ると、聡は駅の近くの食料品店に行って、調味料や加工食品をいくらかと、卵と野菜と米を買い、川村杉子さんの家に帰った。すでに自分の家と言ってもいいのかもしれないけれども、まだそんな気にはなれなかった。

一日の仕事を終えて帰宅したのに、十四時にもなっていなかった。就寝は夜の十二時で、あと十時間もある。夕食を作る時刻まで昼寝をするか、本でも読むかと聡は二階の部屋で脚を伸ばして、窓越しの空を眺めていた。

自動車の部品工場で働いていた時とはまったく環境が違うので、気分は間違いなく変わるだろうけれども、これだけ昼の時間が自由なのも苦痛だと聡は思った。前の部屋から持ってきた読みかけの本は、再開するには最後に読んだ時から間が空きすぎていて読み続けることは難しく、開いてから数分で閉じてしまった。

聡は、リュックサックを引き寄せてCDプレイヤーを出し、喪服を買った店のワゴンにあったCDを開封する。ヘンデルの組曲集で、演奏はリヒテルだった。けれども、CDプレイヤーの本体の開閉ボタンを押す気力が起こらず、結局聴かずにやめてしまう。

リュックサックを脇に押しやりながら、聡は、肩に鳥を乗せていた女の子をどこで見かけたか思い出す。隣の県の県庁所在地の輸入盤と中古のCDやレコードを売る店でだった。たしか、聡に川村杉子さんを紹介してくれた支援団体の事務所の近くにある、雑居ビルの地下の店だ。

数週間前の日曜日のことだった。鳥の女の子は、告別式にも来ていた別の女の子と二人で、三段ほどある〈オルタナティブ〉のジャンル棚に差してあるCDを、話をしながら一枚一枚確認していた。

お姉ちゃんレッチリ嫌いなんだよ、という言葉が聞こえたのを覚えている。もう一人の女の子は、ああなんとなくわかる、アルバムのタイトルに性交って入ってるからでしょ、とうなずいていた。そうそう、と鳥の女の子も首を縦に振って、その前のアルバムの名前は『母乳』だし、音楽がいいのはわかってても嫌なんだって、人前でそういうこと言う人。

お姉ちゃんはっきりしてるね、ともう一人の女の子は、感心したように言っていた。だってあんなに誰も彼もが良い良いっていうバンドの言うことなら、内心で違和感あっても人前じゃ呑み込んだふりするでしょ。

それもそうか。でもラジオで〈アンダー・ザ・ブリッジ〉がかかったらテープに録音してたりするんだよ。

そうなんだ、ともう一人の女の子の言葉と完全に同調するように自分が思ったことを、聡は思い出した。鳥の女の子は、通夜の夜にこの家の玄関先でそば屋で働いている女の人のことを

「お姉ちゃん」と呼んでいたので、あの人レッチリ嫌いなのか、と聡は玄関先で聡を強い目線で見上げた女の人の顔を頭に思い浮かべる。

そうなのか、と聡はつかの間、自分に与えられた時間の長さを忘れ、口に出して呟いていた。そしてまた、そうか、と言って横になった。

そういえば昨日、自分が二十八歳になったことをなぜか唐突に思い出した。聡は目を閉じながら、今日の一日だけではなく、人生が終わるまでの時間もまだかなり長いことを思い、眠れもしないまま、諦めてじっとしていた。

*

数年前から仕事をもらうようになった、急行の隣の駅の手芸店の正社員に応募しようと思う、という話を姉から聞かされて、いいと思うよ、と律は答えた。裏方の服飾部門だった。給料は今より上がるという。律には、姉はあと十年かそこらはそば屋に勤めて浪子さんを助けて、自分はなんとか大学を出て、おそらくは姉よりは高い給料をもらうようになって、それからこれまでの恩を返す、というような漠然とした考えがあったのだが、意外と早く仕事を変わる決意をしたなという感想を持った。

でも確かに、姉が働きたくても浪子さんや守さんも年を取っていくだろうしな、というようにも思う。二人は今六十三歳で、十年後には七十三歳になる。十八歳の律には、七十三歳の疲労感というのはまったく想像ができなかったのだが、やっぱり店を続けるのは大変になっていくかもしれないし。あ、でもお姉ちゃんがそばを打つという手もあるのか、それで誰かホールに来てもらうのか、それともそばを打てる人を探して厨房に入ってもらうのか。いずれにしろ、律の考えの及ぶことではなかった。

次の日、夕食にするために頼りにしていた食料品店の弁当が売り切れていたので、姉が働いているそば屋に行くと、お客がほとんどはけた店内で、浪子さんと姉が向かい合って座ってその話をしていた。律に気付いた浪子さんが注文を取りに来て、律はきのこそばとおにぎりを注文した。

仕事を変わろうと思うので、受かったらやめる、という話はもう済んだようで、浪子さんは何度か、あんまり景気の良くないこと言いたくないけど、だめだったらまたここで働いてくれていいんだからね、と姉に言っていた。姉は、すみません、と頭を下げた。

お客があまりいなかったせいか、浪子さんと姉が話し込んでいるのを慮《おもんぱか》るように、きのこそばとおにぎりは守さんが持ってきてくれた。律は、大きな声で、ありがとうございます、と言った。耳が聞こえにくい守さんは満面の笑みを浮かべて、ごゆっくり！　と甲高い声で言った。

箸を手に取ったところで、浪子さんが、あのね、それでこの前の話、考えてくれた？　と小さい声で、姉にたずねているのが聞こえた。律に聞かせて良いものかそうでないのか迷っているような様子で、律は振り向いてしまわないように気を付けながら、音を立ててそばをすすった。気を遣っているように思える浪子さんに対して、姉は律に聞こえてもどちらでもいいのか、今はちょっとお断りします、と答えていた。

「そうかあ。いい話だと思うんだけど」そして隣の県の県庁所在地の名前を挙げて、律も耳にしたことがある有名な企業の名前を口にする。「……の勤め人だし、山下さんはたぶん家のことだけしていられると思う」

「浪子さんは毎日働いてるじゃないですか」

「それは私が跡継ぎだからね」

浪子さんの声が少し笑っていた。

浪子さんはおそらく、姉に見合いか何かを持ちかけていて、姉はそれを断ったのだろうと律はきのこそばの丼を持ち上げて口を付けながら推し量る。

お客や近所の人とは間違いなく付き合わない方がいい、という前提があった上でも、これまで姉に浮いた話が一つもなかったわけではなかった。誰かからの紹介や、仕事をもらっている手芸店での懇親会か何かで男の人と知り合って付き合っていたこともあったけれども、どれもなぜかあまりうまくいかず、短期間で別れていた。男の人が悪いのか姉が悪いのかは、律にはわからない。姉はそのたびに、「どうも話が合わない」と、わかったようなわからないような説明をしていた。律は、世の中の女の人は話が合わなくても男だからっていう理由で付き合ったり結婚してるんじゃないの、私はやらないけど、と内心では思っていた。

姉はきれいな方だと思う。箸でおにぎりを分けながら、律は姉の成人式の写真を思い出す。私は流入してきた人間だから、そういうのに出る資格はないような気がする、と言う姉に、地元の若者たちが出席する成人式に行くように熱心に勧めたのは浪子さんだった。当時小学五年だった律も、行けばいいじゃない、と深く考えずに勧めた。今になると、浪子さんの心の内には、ずっと自分のところで長い時間働いている若い女の子が、十歳年下の妹の世話と鳥の相手と裁縫でほとんどの時間を埋めているということに対する同情のようなものがあったのではないかと律は思う。一緒に暮らしている律からすると、姉はテレビを観たり図書館で借りてきた雑誌や手芸本を積み上げてだらだらしていることもときどきあったし、前に勤めていた文具の倉庫で知り合った人たちと、急行の隣の駅や、時には終点まで出て会うこともあったし、特に光田さんという人はよくここまで訪ねてきてくれて、今もやりとりがある。高校までの友達も普通にいるようで、結婚式に呼ばれたけどお金がない、というような話を打ち明けると、じゃあ二次会だけ来てよ、と言ってくれるような人だって中にはいる。

けれども、浪子さんからしたら、姉は同年代の若者らしいことをあまりやっていないように見えていたようで、衣装を借りてあげるからとまで言って成人式に出て欲しがった。姉はさすがに衣装は断り、自分で仕立てたワンピースで式に出た。

成人式に撮ってもらったという写真を見て、律は、あ、お姉ちゃんてきれいなんだ、と他の振り袖姿の女の人には悪いけれども思ったのだった。姉自身は存在も忘れているその写真を、律は当時よく読んでいたダシール・ハメットの小説を児童用に書き直した本の表紙の裏に挟んでいる。それで一年に一度ぐらいは思い出したように眺める。本は杉子さんが古本市で買ってくれた。

律がおにぎりを食べ終わると、浪子さんと姉の話題も変わっていて、二人は、明日から旅行会社の味覚狩りのツアーの期間が始まるから、お昼は忙しくなりそうだ、という話をしていた。律が働いている農産物の商社も関係している話なので、お姉ちゃんの見合いとか気にしてる場合でもないか、と律は思い直して箸を置き、両手を合わせた。

その週のそば屋の定休日である水曜日に、姉は急行に乗って手芸店の服飾部門の面接を受けに行った。結果の電話は次の日の夜にかかってきて、合格だった。そりゃそうだろう、と律は思った。けっこう長いこと外注で働いてるし、雇う側からしたら姉の技術のことはよくわかっている。

「いつから行くの？」

「十月の四週目から」

「そっか。じゃあそば屋さんのほうで次に来る人に引き継ぎもできそうだね」

律が言うと、姉は少し浮かない顔で、うんとうなずいていた。好きな仕事だし、給料も上がるし、会社のお金で毎日急行の停まる駅に通えるし、いいことのはずだったけれども、姉は手放しで喜んでいるわけでもなさそうだった。浪子さんと守さんにはものすごくお世話になったし、とてもいい人たちだ。そういう人たちと働いている場所を後にするのは、仕事そのものに対する強い不安がなくても、心残りが伴うものなのかもしれない。

次の日に家に帰ってきてから、姉はただいまを言ってからすぐに、浪子さん、次の人募集しないんだって、と律に告げた。

「なんで？」

「今のところはべつに浪子さん一人でもできるからって」

困ったらまた募集するらしいけど、昼ご飯どきだけの人でいいって、と姉は続ける。

「ネネはどうすんの？」

「それなんだけど、水車小屋だけの人を募集するらしい。パートタイムの方が人が来るんじゃないかって」

「じゃあもう、そば屋のホールと鳥の相手っていう謎の求人はしないわけだ」

自分で整理して言ってみて、本当によくそんな求人を浪子さんと守さんは他県の職安にまで出したし、姉も見つけたな、と思う。姉はとにかく、住居の補助の手厚さだけを求めていたと耳にしたことがあるとはいえ。

「お姉ちゃんやめてもここに住める？」

「住めるよ。何言ってんの」

「それはよかった」

姉妹が住んでいるアパートは、そば屋の先代の益二郎さんの弟さんのもので、二人とも亡くなった後は弟さんの奥さんのものになっていたけれども、それはさらにその息子さんに譲られている。浪子さんの従弟にあたるその人は、隣の県で会社員をしているそうだが、忙しくてアパートにかまっていられないのか、必要以上の改修をしたり処分するなどの動きを見せる様子は特にない。

それでも確実に老朽化の方向には向かっているから、いつまでもは住めないだろうなと律は思う。そうすると頭に浮かんでくるのは、杉子さんの小さな家のことだった。あれだって充分に古いはずなのだが。

次の日の夜に、律がそば屋に行くと、レジの後ろの壁に〈水車小屋の人員募集　※鳥の世話若干〉と油性ペンで書かれたチラシが貼ってあった。姉の字だった。十四時から十八時までの仕事で、時給は九〇〇円だった。

＊

ある日そば屋のレジの奥に貼り出された求人は、〈水車小屋の人員募集　※鳥の世話若干〉という聡が見たことのないものだった。鳥というと、川村杉子さんのお通夜に来ていたあの鳥のことを、聡はすぐに連想した。お勘定の時に、鳥を連れていた女の子の姉さんと思われる人ではなく、おかみさんの方に、この鳥って尾が赤い灰色の鳥のことですか？　とたずねると、そうです、とおかみさんはうなずいた。

「なんでわかるんですか？」

「最近お葬式で見かけたんですよ」

聡が答えると、おかみさんは、そうなんですか、と少し遠い目をする。このおかみさんも、思えばあの通夜か告別式で見かけたような覚えがある。

「水車は、ここから少し坂を上がった所にある水車のことですよね？」

「そうです。建物の中に石臼を置いて、水車の力でそばの実を挽いてるんですけど、鳥はそばの実の補給のタイミングについて監視をしてるんです。石臼を空挽きしないように」

おかみさんはそこまで言って、自ら首を傾げ、かなり変な話ですよね、と付け加える。聡は少し考えて答える。

「牧羊犬が犬種としてあることを考えると、すごく変な話でもないんじゃないですか」

「そうですか。ならよかった」

おかみさんのお父さんが、たまたま飼い始めたヨウムに冗談で番のやり方を教えると、そのまま覚えてしまって今に至るという。おかみさんは、自分ができればいいのだけど、店の給仕は最低一人はいないといけないし、自分はひどいアレルギーなので、鳥と仕事ができないのだ、という話をしてくれた。

「十四時から十八時って中途半端な時間の仕事ですけど、誰か興味がありそうな人がいたら言っておいてください」

おかみさんの言葉に聡はうなずいて、もう一度貼り紙の条件と「要履歴書」といった文面を確認して、そば屋を出た。履歴書を買いに行くつもりだった。発電所の仕事が正午に終わるので、暇を持て余して周辺を歩き回っていたため、文具店が小学校の近所にあることを聡は知っていた。

次の日、食事をした後におかみさんに、この仕事に応募します、と履歴書を渡すと、ものすごく驚いた顔をされて、え、発電所の仕事は？　とたずねられた。

「自分は、前に一緒に店に来ていた田村さんと同じ仕事をしていて、正午に終わるんです」

「あ、そっか。それならそうなりますね」おかみさんはそう言って何度もうなずきながら、あこの度はご購読ありがとうございます。アンケートにご協力お願いします。

本のタイトル

●本書を何でお知りになりましたか？（○をお付けください。複数回答可）
1.書店店頭　2.ネット書店
3.広告を見て（新聞／雑誌名　）
4.書評を見て（新聞／雑誌名　）
5.人にすすめられて
6.テレビ／ラジオで（番組名　）
7.その他（　）

●購入のきっかけは何ですか?（○をお付けください。複数回答可）
1.著者のファンだから　2.新聞連載を読んで面白かったから
3.人にすすめられたから　4.タイトル・表紙が気に入ったから
5.テーマ・内容に興味があったから　6.店頭で目に留まったから
7.SNSやクチコミを見て　8.電子書籍で購入できたから
9.その他（　）

●本書を読んでのご感想やご意見をお聞かせください。
※パソコンやスマートフォンなどからでもご感想・ご意見を募集しております。
詳しくは、本ハガキのオモテ面をご覧ください。

●上記のご感想・ご意見を本書のPRに使用してもよろしいですか?

1. 可　2. 匿名で可　3. 不可

郵便はがき

おそれいりますが
切手を
お貼りください。

102-8790

東京都千代田区
九段南1-6-17
毎日新聞出版
営業本部 営業部行

			ご記入日：西暦　　年　　月　　日
フリガナ		男　性・女　性 その他・回答しない	
氏　　名		歳	
住　　所	〒　　- TEL　　（　　）		
メールアドレス			

ご希望の方はチェックを入れてください

毎日新聞出版 からのお知らせ ………… ☑	毎日新聞社からのお知らせ （毎日情報メール） … ☑

毎日新聞出版の新刊や書籍に関する情報、イベントなどのご案内ほか、毎日新聞社のシンポジウム・セミナーなどのイベント情報、商品券・招待券、お得なプレゼント情報やサービスをご案内いたします。

ご記入いただいた個人情報は、(1)商品・サービスの改良、利便性向上など、業務の遂行及び業務に関するご案内(2)書籍をはじめとした商品・サービスの配送・提供、(3)商品・サービスのご案内という利用目的の範囲内で使わせていただきます。以上にご同意の上、ご送付ください。個人情報取り扱いについて、詳しくは毎日新聞出版及び毎日新聞社の公式サイトをご確認ください。

本アンケート（ご意見・ご感想やメルマガのご希望など）はインターネットからも受け付けております。右記二次元コードからアクセスください。
※毎日新聞出版公式サイト（URL）からもアクセスいただけます。

「水車小屋のネネ」（毎日新聞出版刊）カバー絵　　イラスト：北澤平祐

自分はおそらく、
これまでに出会った
あらゆる人々の良心で
できあがっている

まりにも簡単に次の人間がやってきたことについて戸惑ってもいるようだった。「面接とか、した方がいいですね。十年ぶりだからできるのかなあって感じだけど」

「前の人は十年もいたんですか？」

「いや、十月の三週目までいてくれるんです。もちろん引き継ぎもしてもらいますよ」

じゃあ、申し訳ないですけどいったん帰ってもらって、十六時頃にまた来ていただいていいですか？　というおかみさんの声を聞きながら、聡は、もう一人の給仕の女性、鳥を連れていた女の子の姉さんと思われる女性が、少し離れた場所のテーブルを拭きながら自分をじっと見ていることに気が付いた。

見られていることに気付いたのに放っておくのも失礼だと思ったので、そちらに視線をやって会釈すると、彼女はすぐに目を逸らして別のテーブルを拭き始めた。聡は時計を見て、まだ十三時であることを確認し、もしかしたらあの人が今の水車小屋の番人なのかもしれない、と直感した。

いったん借りている家に戻って家事をし、それでも時間が余ったので少し本を読んで時間を潰した後、聡はまたそば屋に出かけた。面接に指定された十六時には、鳥を連れていた女の子の姉さんは店にいなかったので、聡はますます彼女が今水車小屋で働いている人なのだという ことを確信した。

聡の履歴書を見たおかみさんは、音大を出られてるんですか、そうなんですか、と感心したようにうなずいていたが、卒業してからの二年の空白についてはふれなかった。ここに来るまでの四年間、自動車工場の工員をしていたことについては、やっぱり隣の県の出身だと、この仕事をしてる人が多くなりますよねえ、と言った。

「こっちに来て発電所の仕事をやり始めたのはなんでですか？」

「職安で募集を見て、気分を変えたいなと思ったからです」

それ以外に深い理由がまったくなかったのでそのまま告げると、なるほど、とおかみさんはうなずいた。ふらふらしているように思われ過ぎるのも採用に不利だと思ったので、もちろんここでの定住を希望しています、と聡は付け加えた。

「長く働いてもらえるんならそれに越したことはないです」

おかみさんはそう言って、水車小屋の方向を見るように顔を上げる。少し目を細めて、慕わしいような顔付きをするおかみさんを見つめながら、聡は、今水車小屋で仕事をしている人とこの女性の間の静かな信頼関係のようなものを感じ取る。

聡は、あの鳥を連れていた女の子とその姉さんの姉妹は、いったいどこから現れたのだろうと考える。ただの勘でしかないが、生まれたのはこの場所ではないだろうという気がした。

最後に、鳥に対するアレルギーはありますか？　とたずねられて、ないです、と答えると、おかみさんは納得したようにうなずいて、週明けには来ていただくかそうでないかの連絡をさせてください、と告げた。

聡がうなずくと、おかみさんは、でもさめぶちさん、はお客さんだし、お断りしたらもう店に来ないっておっしゃられるんなら即採用です、と聡の履歴書の名前の欄に視線を落としながら冗談を言った。鮫渕聡。それが聡の名前だった。この女性には、聞き覚えのない単なる珍しい名前で済んだようだ。

就労支援団体の相談員に、お母さんの名字に変えることもできるけれどもどうしますか？と言われたけれども、聡は、いいえ、と答えた。名前を変えたら自分につきまとうものから逃れられるとも思えなかった。実際、音楽に関わる場所以外で聡が何者かだと気付かれることは一度もなかった。変わった名字ですねと言われるだけで。

月曜日の昼、そば屋に行くか行かないか迷って、もしも不採用でのこのこ客として来られても向こうが嫌だろうなと聡は考え、食料品店で野菜と豚肉とうどんを買って帰り、炒め合わせて食べた後、電話がかかってきた。採用です、明日から来てください、とのことだった。わかりました、と聡が答えると、そば屋のおかみさんは、ところでつかぬことを伺いますけど、杉子さんと同じ電話番号ですよね？　とたずねてきたので、縁があって家をお借りしてるんです、親族ではないですが、と聡は答えた。

次の日、発電所から家に帰り、やはり自分で食事を作って食べた後、十四時からそば屋に行くと、じゃあ行きましょう、とおかみさんは聡を伴って水車小屋へと出かけた。おかみさんはスカーフを口元に巻いていたので、自分もそれをしなくていいですか？　とたずねると、いえ、鮫渕さんに鳥アレルギーがなければ大丈夫、という答えが返ってきた。

水車小屋は、よく見ると二つ入り口があって、おかみさんは戸が開いている片方の入り口に向かいながら、山下さん、新しい人来たよ、と声をかけた。中で人が動く気配がして、鳥を連れていた女の子の姉さんが戸口に現れて、おかみさんと聡に向かって一礼した。

水車小屋は、小屋というよりは二つの部屋に仕切られた一軒家のようで、聡が案内された部屋は止まり木があり、部屋の仕切りに沿って置かれている大きな台の上には、あの灰色の鳥がいた。鳥は、熱心な様子でガラスのはまった戸で隔てられた隣の部屋を覗き込んでいて、そちらの方からは何か大きなものが動いている音が聞こえた。

鳥の背後からもう片方の部屋を見てみると、水車の内部装置が鷹揚に、けれども絶え間なく動いているのが見えた。鳥アレルギーだというおかみさんは、スカーフ越しでも反応するのか、さかんにくしゃみを始める。そのうち、明らかにおかみさん一人のものではないくしゃみの音が聞こえ始める。どうも鳥が物真似をしているようだった。

ネネ、お客さんだよ、と山下さんと呼ばれた女の人が鳥に向かって声をかけると、鳥は首を回して聡の方を振り向き、もともと見開いている目をさらにかっと見開いた。そして数秒間じっと聡を見つめた後、軽く跳ねて聡の方に体を向ける。それからまた聡をじっと見上げて、台の上で左右の足の動きを試すようにステップを踏んだ後、突然、大きく羽を広げた。

「わたし、は、ネネ！」

鳥は叫び、台の上でぴょんと飛び跳ねた。翼がばさばさという音を立てた。

聡は呆気にとられた。しゃべる鳥だ。生まれて初めて見た。しかも鸚鵡《おうむ》返しじゃない。「わたし、は」などと言う。助詞をつけて話す。聡も同じように返す。

「わたし、は、さとる……」

「ス、ス、すぁ、すぁ、すぁ……」

『さ』が苦手なのか、何度もつまりながら、ネネと名乗る鳥は踊るように左右に激しく体を揺らす。おかみさんはさらに明後日《あさって》の方を向いて体を折り曲げてくしゃみをする。聡と共に、気を抜かれたようにその様子を眺めていた山下さんは、鳥の肩越しに水車の内部装置のある部屋を覗き込んで、弾かれたように走り出ていった。

「すぁ、す、す、すとる！　すとる！　す、すぁ」

ネネが自分の名前と悪戦苦闘するのを見守る傍ら、聡は山下さんが何をするのか、しているのかを、ひどくはらはらした気持ちで待った。山下さんはすぐに、割烹着を着て頭と顔に三角巾とスカーフを装着して戸の向こうに現れ、部屋の端に積んであった茶色い袋を持ち上げて、手早く上辺を切り取り、石臼の上に設置されたじょうごのような部品の中に流し込んでいく。聡の横にはいつの間にかおかみさんが来ていて、もうぜんぜん私より早い……、と呟き、またくしゃみをした。

「しゃとる！」

ネネの声を聞きながら、山下さんが内部装置の部屋から出ていくのを眺めていると、ネネが傍に寄ってきて、聡の肘の内側につかまり、それを足がかりに聡の鎖骨のあたりに飛び上がって、無理やり肩に乗ってきた。

聡の肩の上で、ネネはまた踊り出した。翼をばさばさと動かして聡の顔と頭を何度も打った後、ガラス戸の向こうを覗き込んだかと思うと、我に返ったように聡の肩から台の上に飛び降りて、からっぽ、じゃない！　と悲痛な叫び声をあげた。聡は、力任せに打たれて痛みと痒《かゆ》みを感じる頬や頭をさすって掻く。鳥に殴られたのは初めてだった。シャツの上からとはいえ、鋭い爪を持った足に肩の上で足踏みされたのも痛かったし、首も少し傷を付けられていた。

いつのまにか、割烹着を脱いで三角巾とスカーフを外した山下さんがこちらの部屋に戻ってきていて、ネネ、ネネ、そんなに興奮してどうしたの？　と声をかける。

「ネネ？　この人怖い？」

「じゃない！　じゃない！」

「怖くないのね？」

「怖くないのね！」

聡が、私は出た方がいいですよね……？　と山下さんにたずねると、山下さんはうなずいて、そうですね、少しの間小屋から出てください、と言った。無味乾燥なやりとりだったが、聡は、山下さんから同意を取り付けたこと自体になぜか少しだけ感じ入って、小屋を出てネネから見えないところに移動した。

聡が見えなくなると、ネネは落ち着いて、何か気を取り直すように戸にはまったガラスの所に寄って、真剣に隣の部屋を覗き込み始める。山下さんとおかみさんは、戸口の所でひそひそと話し合い始めた。「メス？」「オス？」「さあ……」といった断片的な言葉が聞こえてくる。

「獣医さんは知ってますよね？」

「あとまあ、うちの守も獣医さんに連れて行ってるから知ってると思うけど。りっちゃんは？」

「性別については話したことないです」

ネネはネネです、と山下さんは付け加える。もしかして自分は求愛されたのか、と聡ははたと気付く。二人が話している間も、聡の位置からは、ネネが何か気にするように山下さんとおかみさんを何度か振り返っているのが見える。どうも、人前で我を忘れて粗相をしてしまった人が、評判を気にして様子をうかがっているようにも見える。私、あんなことされたことないですよ……、という山下さんの言葉がはっきりと聞こえて、聡は何か山下さんに恥をかかせてしまったような申し訳ない気分になる。

やがて山下さんは小屋から出てきて、敷地にじっと立って小屋の中で何が起こっているかを見つめていた聡に向かって、また少しだけ入ってきてみてください、と言った。聡は、わかりました、と答えて、頭を下げて戸口からおずおずと建物に入り、ネネから離れた壁際に立つ。ネネは気になるのか、聡を振り向くと、またかっと目を見開いたのだが、今度はすぐに隣の部屋のじょうごと石臼に視線を戻した。聡が物音を立てずにじっと立っている間、ネネは何か思い出したように何度か足踏みをしたが、聡を振り向いて理性を失ったりはしなかった。

「本当なら、前の石臼の上のじょうごの中のそばの実が減ってくると、ネネが『空っぽ！』って知らせてくれるので、そのたびにじょうごにそばの実の補給に行くんです」山下さんは、戸にはまったガラス越しに石臼を指さす。「石臼は貴重だから、空挽きはどうしても避けたいんです。挽いたそば粉は石臼の下の箱に溜めていて、石臼には二回通します。二回通したそば粉が溜まると、その箱をそば屋に持って行きます。今のところはまだ、一度通した粉が一回分しか溜まっていません。今通しているそばの実も一回目です。次にネネが『空っぽ！』って言ったら、最初に通した粉の二回目の補給に行って、石臼の下の箱をお店に持って行くものに取り替えることになります。それからまたネネが呼んでくると思いますんで、そうしたらまた空の箱を置いて、今通しているそばの実のそば粉をもう一度石臼で挽きます」

山下さんの説明を、聡は、はい、はい、とうなずきながら聞く。ネネは、やはり何度か足踏みをして、聡をちらりと振り返ったけれども、それだけで終わった。おかみさんはくしゃみをしながら、私、店に戻ってもいい？　と山下さんにたずねる。山下さんが、少しの間不安そうにおかみさんを見返すのを、聡は気まずい思いで眺める。

「私は仕事を学びに来たので」女性二人が少しの間黙り込んでいるのを見かねて、聡は言葉を選んで山下さんに告げる。「今日の一通りは教えた、と思われたらお店に行かれてもいいですし、部屋に一緒にいることに抵抗があるなら、私は作業があるまで外で待っていますし」

山下さんは、訝るような目つきで聡を見上げた後、そこまでおっしゃられるんなら、と小さい声で言って目を逸らす。

おかみさんは、鮫渕さんの言うとおり、今日はある程度教えた、っていうところまできたら、そば屋に帰ってきてくれていいし、そうでなくても帰ってきたかったら帰ってきていいからね、私もお店の中からこっちの方を注意しとくから、と山下さんに言って、また大きなくしゃみを立て続けに三回した。本当に苦しそうで、山下さんは戸惑ったように、おかみさんの背中をさすったりしていた。

知らない男と取り残されるのは嫌なんだろうと聡は思った。いくらこちらが害意がないことを説明しても、本人が不安ならどうしようもない。聡は、自分はできるだけ他人に不安を与えるような人間にはなりたくないと思っていたので、自分が男だというだけでこの人を悩ませていることが悲しかった。

おかみさんは、何度も振り返りながら水車小屋を後にし、聡は自分から建物の外に出て、ネネの後ろ姿を見つめながら、次の仕事の機会を待った。あまり調子の良くなさそうだったネネが、それでも「空っぽ！」と叫ぶと、山下さんが建物から出てきて、水車小屋の向かいにある物置から割烹着と三角巾とスカーフを取り出して身に着け、石臼と水車の内部装置のある部屋に入ってそばの実を補給し、箱を取り替えながら二回挽いたそば粉を溜める段取りを教えてくれた。それから数十分後、聡は、それなりに重い、挽いたそば粉を入れた箱を抱えてそば屋に下っていきながら、十年間あの女性が同じようにそば屋までそば粉を運んでいたことを想像していた。

十年前、十八歳の聡は、音楽大学のピアノ科にいた。将来を望まれていた。自分自身もおそらく、周りの者から抜きんでた何者かにはなれるだろうという手応えをつかみ始めていた。その頃、彼女はここで仕事を覚えていた。彼女が二十六歳なのか、二十八歳なのか、三十歳なのかはわからないけれども、十年前の彼女を手伝うことができたらそうしたかった、と聡は思いながら、挽いたそば粉を入れた箱を抱えて、そば屋の厨房の傍にある倉庫にそば粉を運び込んだ。

聡が二回挽いたそば粉を二度、水車小屋から運び出した後、山下さんは、お言葉に甘えていったん戻ります、わからなくなったらお店に聞きに来てください、と聡に言い残して、水車小屋を後にした。聡は念のため、建物には入らず、ネネの姿がよく見える外に立って見守りながら、そば粉を作る作業を繰り返した。

十七時半ごろになると、また山下さんが姿を現して、この時間ぐらいまで挽くのを繰り返すと、だいたい明日の分のそば粉が溜められているのだということを説明して、今日の仕事は終わりですと告げた。それから、聡を連れて水車小屋の裏手に回り、上流から渡してある長い樋をずらして水車を止める方法を説明して、水車小屋を出る時にどの鍵を使ってどこを閉めるかを聡に教えた。

「鳥は、ネネはそのままでいいんですか？　夜になったら勝手に寝るんですか？」

内部装置のある部屋の戸に鍵を掛けた後、ネネのいる方の部屋の戸締まりをしている時にそうたずねると、妹がやってくれるんで、と山下さんは答えた。

「妹さんがこの後に来るんですか？」

「仕事の帰り道にここに寄るんです。それでネネの世話をしてから家に帰ります」

「その時に寝かせるんですか？」

「そうです。朝も出勤前に寄って、ネネを起こしたり周りの掃除をしたりしてくれることもあります」

聡は、通夜で肩に鳥を乗せていた女の子のことを思い出しながら、若く見えたけど、もう働いてるのか、と思う。山下さんは、聡に水車小屋と物置の鍵を渡しながら、これからこれをお店に返します、今日から管理してくださいい、と言った。聡は、わかりました、とうなずいて、少し迷った後、仕事を教えてくださってどうもありがとうございました、と丁寧に言って一礼した。山下さんは、少し面食らったように聡を見た後、首を横に振って、引き継ぎはしないといけませんから、と言って、少しの間その場に立ち止まっていた後、会釈しながら聡の横を通り過ぎて店の方へと歩き出した。

店の前まで来ると、山下さんは、じゃあまた明日、と言って違う方向に行こうとするので、入らないんですか？　とたずねると、少し用事があるんで、と首を横に振ってそのまま去っていった。聡は、今日のあの人に物事を教わる回数はもう尽きたんだ、と思いながら、レジにいたおかみさんに水車小屋の鍵を返した。

「変わった仕事だと思いますけれども、どうでした？」

「続けたいと思います」

「それはよかった」

店はそれほど混んでいなかったので、聡は夕食を食べて帰ることにした。

おかみさんが、一応、鳥と仕事をしてきたわけなんで、隅の席に座ってもらっていいですか？　お金はいらないんで、と言うので、聡は入り口に近い隅の席に座っておにぎりと冷たいきのこおろしそばを食べた。やはりおいしかった。そば粉をどういうふうに作っているのかを実際に目にすると、前に食べた時以上にそばが新鮮で中身が詰まっているように感じる。

山下さんは、聡が食事を始めてからすぐに店にやってきて、そのまま給仕を始めた。聡は「鳥と仕事をしてきたわけだから」というおかみさんの言葉を思い出して、着替えでもしてきたのかな、と考えた。自分はこれから帰るからそんなことはしなくていいけれども、彼女はこれから閉店まで働くのだろう。

借りている川村杉子さんの家に帰ると、聡は少しだけ気が晴れているのを感じた。水力発電所の清掃の仕事に就くことで余った昼の時間が、水車小屋の仕事で埋められるのは良かったと思う。

それから一週間ほどの間は、そば屋の定休日の水曜日を除いて、昼過ぎからは山下さんに仕事を教わって過ごすようになった。帰りがけにはいつもそば屋でそばを食べた。野菜が足りないと思う時は、家でサラダを作って食べたが、そば屋にもそれなりに野菜を使った料理はあったので、だいたいはそれを選んで食べていた。

山下さんはずっと礼儀正しいけれども、聡にはどこか距離を置いているようだった。二人は、ほとんど何も話さずに水車小屋で仕事をし、必要な時は山下さんが説明した。二日目からは、詳しい仕事の手順やネネの世話の細かいことについて、聡はメモを取るようになった。仕事中のメモは、毎日帰宅するとノートに転記した。

ネネも、ラジオを聴いている時は静かだった。山下さんは、ときどきそば屋の店主さんが編集したというカセットテープをかけて、ネネに聴かせていた。いつラジオからカセットにするんですか？　とたずねると、山下さんは、ラジオがトーク番組を放送する時刻になった時ですね、音楽のほうが好きみたいだから、と答えた。でも最近は、そのトーク番組さえネネはなんとなく聴いていて、フレーズを覚えて呟いたりしているそうだ。

水車小屋の仕事に慣れると、聡は夕食を食べた後にも水車小屋に行くようになった。借りている家に戻ってもやることがなかったからだ。

聡は、仕事の後に帰宅する代わりに、水車小屋でラジオを聴きながらぼんやりしたり、仕事や家を変わることで中断していたポルトガル語の自習を再開したりしていた。ポルトガル語は、自動車工場で働いていた時に同僚たちが母語として話していたので始めようと思ったのだが、それから数か月後に水車小屋の求人を見つけたので、できるのは簡単な挨拶だけだった。

ネネは、聡の練習するポルトガル語を真似ることもあったし、自分から聡に話しかけることもあった。「クイズごっこする？」とは特に何回も言われて、聡は毎回「する」と答えるのだが、実際にクイズを出し合うわけではなくて、すぐに「テレビは？」とネネが言ってくるのが不思議だった。その問いに、「テレビはここにないだろ？」「テレビなんかないよ？」と聡が答

える度に、ネネが少しの間しょんぼりとしたかと思うと、「言ってること、わかる？」とたずねてくるので、何度もやりとりを繰り返すうちに、これは何かの一連の会話なのだな、と聡は考えるようになった。山下さんといる時は、ネネはだいたい石臼を見張る仕事に集中しているので、このやりとりを始めることはなく、時間がある時を見計らって聡に持ちかけるようだった。

ネネがどういう答えを望んでいるのかについては、葬式でネネを肩に乗せていたあの女の子、山下さんの妹さんがたずねてきたことで判明した。

「最近は仕事が忙しくてここに寄るのが遅くなってたんだけれども、自分と入れ替わりぐらいの時刻まで誰かがいるのはわかってました、居残りしてたんですね」

妹さんはそう言いながら、ネネと気安く肩を組むように腕を伸ばし、頭をなでたりくちばしの下から腹にかけてをさすったりしていた。妹さんは山下さんのように、ネネの飼い主や管理者というよりは、ネネの友達に見えた。ネネは遠慮なく妹さんの腕や肩や頭に乗り、突然、ラジオでたまにかかっているレッド・ホット・チリ・ペッパーズの〈ギヴ・イット・アウェイ〉のコーラス部分を歌い出したりしていた。

「理佐ちゃんの前ではレッチリだめだよ。嫌いだからね」

ネネにそう言って聞かせる妹さんを前にして、聡は、やっぱりこの人は中古CD屋で見かけたあの二人組の女の子の一人なのだ、と確信した。

ネネは、友達というような扱いの妹さんの前では、とても気ままに振る舞い、話したいことを話した。そこには、まるで毎日会うクラスの友達同士の、意味のない符丁だけのやりとりも含まれていて、「クイズごっこする？」というのはその一つのようだった。

「掛け合いにしてあげないとだめなんですよ。できるだけリズム良く」

「そうか。確かに〈テレビはここにはないよ〉なんていうのはあまりリズムが良くありませんからね」

「そちらにも」ええと、と妹さんが考えるような素振りを見せるので、鮫渕です、と名乗ると、妹さんはうなずく。「さめぶちさんにも、ネネはそういうの持ちかけるんですね」

妹さんの説明によると、「クイズごっこする？」から始まる一連のやりとりは、〈グロリア〉という十年前の映画の台詞なのだという。名前は聞いたことはあるけれども、観たことはない映画だった。

「お姉さんと二人で観に行かれた映画なんですか？」

「そうです。急行の次の駅の映画館で」

そうか、と聡は思う。十年前、あの人は妹を連れて映画に行ったのか、それであの人はレッチリが嫌いなのか、と整理しながら、自分がなんだか陰湿なことを考えているように思えて、あわてて頭の中で打ち消す。

妹さんはひとしきりネネと遊んだり話し相手になった後、ネネをケージに入れて布を被せた。いつも職場の帰りにこうやって寝かせて、朝は出勤前にやってきてネネを起こし、身の周りの掃除をするのだという。確かに、自分はネネと働いているというように思っていたけれども、ネネがいつ寝起きをして、トイレをきれいにしてもらっているのかについてはちゃんと考えたことがなかったことを、聡は恥じ入る。掃除も寝かしつけるのも、自分がやりましょうか？

と聡が言うと、妹さんは、いやいや、やりたくてやってるんで、姉がやめた後も来ますよ、私は、と手を振った。

ネネを寝かせて、妹さんが帰る時間になった後も、聡が水車小屋にいることを告げると、妹さんは少し変な顔をした。

「帰ったらいいじゃないですか。杉子さんの家を借りてるんでしょ？」

山下さんとは違って、終始打ち解けた様子だった妹さんの言葉つきに、その時初めて棘のようなものが含まれるのを聡は感じた。

妹さんの言葉に、聡はうなずいて、そうですね、あと三十分したら帰りますんで、それまで居させてもらえますか、と言って、妹さんが帰っていくのを見送った。

次の日は水曜日で休みだったので、聡は電車に乗って急行の隣の駅の図書館に月刊の情報誌を読みに行った。どこか行けそうなところでリバイバル上映をやっていないかなと思ったのだが、その情報はなかった。それから、毎年ごとの映画の情報をまとめた年鑑のような本を探して、〈グロリア〉がどういう映画かを調べた。自分はその年の同じ時期に〈レイジング・ブル〉を観たということを聡は思い出した。ロバート・デ・ニーロが、びっくりするぐらいすぐ怒る映画で、ほとんど理解できなかったけれども、オープニングの〈カヴァレリア・ルスティカーナ〉の間奏曲をBGMにデ・ニーロがシャドーをしている部分はとても美しいと思った。

次に山下さんと顔を合わせると、小屋にいるのは二十一時までにした方がいいかもしれないです、と注意された。聡が水車小屋を出るか出ないかの微妙な時間で、山下さんが聡が水車小屋に居残ることを許してくれているのかそうでないのかを判断しかねた。

「とりあえず、私は居残らない方がいいんですね」

「そうとは言ってないです」

「じゃあ、仕事が終わってごはんを食べた後もしばらくいさせてもらいますけど、早めに帰るようにします」

聡が言うと、そうしていただけると助かります、と山下さんは軽く頭を下げた。聡は、また一つ山下さんから同意を取り付けたことに安堵して、ずっとたずねたかったことを口にした。

「仕事、やめられるじゃないですか？」

「はい」

「結婚とかされるんですか？」

聡の言葉に、山下さんは、心外だというように目を見開いて、あからさまに上半身を退き、違いますよ、と答える。強い反応に聡は焦って、立ち入ったことをおたずねしてすみません、と頭を下げる。山下さんは首を横に振る。

「内職でやってた服飾の仕事を本職にするんです。正社員にしてもらえることになって」

ほとんど自分の話をしない山下さんが、珍しく言葉を費やしてこれからについて話すのを、聡は深くうなずきながら聞く。

「服飾というか、洋裁というか、縫うだけの仕事ですけど」

「うまくいくといいですね」聡の言葉に、山下さんは気まずそうに下を見る。「この先何年も勤められるといいですね」

山下さんは、はい、と小さい声で答える。そして、どこか意を決したような仕草で、話は変わるんですけど、と顔を上げる。

「杉子さんの家、ちゃんと使ってあげてください」聡は、自分たちが引き続き仕事じゃない話をしているということに、なぜか浮遊するような心持ちを感じながらうなずく。「杉子さん、善意で家を貸したんだと思うんです。とてもいい人だったから、寝に帰るだけじゃなくてちゃんと役立ててあげてください。そのほうが杉子さんも喜ぶと思うんです」

わかりました、と聡はうなずいた。相変わらず、借りている家に帰っても何をしたらいいのかわからなかったけれども、掃除ぐらいはちゃんとしよう、と思った。

気が付いたら、山下さんがそば屋と水車小屋に出勤してくれる日は、残りを数えるほどに少なくなっていた。

＊

杉子さんの体調が年相応に思わしくなくなって車の運転をやめてからは、そば屋の店主の守さんが定期的にネネを隣の県の獣医さんに診せに行っていたのだが、新しく水車小屋の番をすることになる鮫渕さんは運転免許を持っているとのことだったので、二時間運転をしてネネを獣医さんに連れて行くという役目は鮫渕さんが引き継ぐことになった。

でも鮫渕さんはネネと働き始めて間もないので、休みの日に悪いけどついて行ってあげてほしい、と姉は浪子さんに頼まれ、そして律は姉に、仕事が忙しい中申し訳ないけどついてきて欲しい、と頼まれた。

「いや、半休取れば行けるけれども。座ってるだけだし」

「助かる。本当にごめん」

姉は律に対してべつにえらそうではなかったけれども、その日は特にすまなそうにしていた。有給休暇ほとんど使ってないからいいんだよ、と律は何度か言ったけれども、姉は完全に自分の罪悪感に気を取られていて、律の話などほとんど聞いていない様子で、ごめん、ごめん、と言っていた。

そうして十月の三週目の水曜に、律はネネと姉と鮫渕さんと車に乗って隣の県に出かけることになった。本当は、果物の収穫期で律の勤める商社はとても忙しく、言い出すのにはかなり気を遣ったけれども、普段から残業もしているし、職場の人たちは特に反発もなく律の頼みを聞き入れてくれた。

車に乗ると、慣れない状況に興奮したり不安がっているのか、ネネはいろんなことをしゃべりまくったので、律がついていったことは結果的に良かった。好きなラジオ局をかけ、ほとんどは律が応対し、律が疲れたら姉が相手をしてやる、という状態で、往路の二時間は過ぎていった。

獣医さんによると、今のところネネには特に問題はないとのことだった。ただ、機会があれば運動をさせた方がいいかもしれない、と言って、今回もクリッピングをしますか？　とたずねてきた。飛べないように羽の処置をすることについて、杉子さんも守さんもずっと迷ってきたと律は耳にしていて、律自身も姉もいざ判断を迫られると困って顔を見合わせたのだが、お願いします、と答えた。

律は、いつかネネは外を飛ぶようになるだろう、という根拠のない確信を持っていたのだが、それは同時に、姉や浪子さんが空を飛ぶようになるだろう、と考えるような非現実感を伴っていた。今年で二十歳になるという、律より年上のネネは、この先クリッピングを施されないということがあってもちゃんと飛べるのだろうか、と律は日に一度は考えていた。

ネネを診せると、ネネと姉と鮫渕さんと律はすぐに地元に帰ることになった。食事でもするんだろうかと律は思っていたけれども、そういう砕けた雰囲気もなく、姉と鮫渕さんはただ仕事をしているという様子だった。

その代わり鮫渕さんは、帰りのドライブで姉と律にお弁当を買ってきてくれた。ごく普通の天津飯とからあげと、中華丼と焼売《しゆうまい》の弁当だったが、チェーンのものではないようだった。鮫渕さんはどうするんですか？　と律がたずねると、自分は焼きそばと焼売を買ったんで、帰ってから温めて食べます、と答えた。姉は、いくらですかと何度もたずねてお金を払おうとしたけれども、鮫渕さんは、いいです、高いものじゃないし、とそのたびに答えていた。中華丼の容器を膝の上に置いたまま、ふたを開けるのを迷っていた姉は、律が「ありがとうございます」と言って天津飯を食べ始めると、やっとそれに倣った。

シューベルトの〈さすらい人幻想曲〉を弾いてるのを見たことがあるんだけど、すごくうまかったよ、と寛実が言っていたのを思い出しながら、律は天津飯の卵を崩した。ネネが起きているとややこしそうなシチュエーションだったが、幸い睡眠薬をもらって眠っていた。獣医さんが、二時間も移動させるのは本人にもストレスになるから、と気を利かせてくれたのだった。

私は直接習ったことはないけど、友達の先生が二か月間親の看病で留守にしたことがあって、その時にあの人が代わりに教えに来たことがあって、それも良かったたって。すごく忍耐強い先生だったって。それは音大の学生だった頃の話じゃないかな。コンクールで賞を取って留学する直前のことだったたと思う。でも家族が事件を起こして、行くことができなくなった。年子の兄だか弟だかが、お祖母さんを過失致死で死なせちゃったの。詳しいことは誰も言わないけど、たぶんお金を寄越せとかあげられないとかそういう話の中で。それでスポンサーになって、留学費用っていうか、向こうでの生活の面倒をいくらか見てくれる予定だった音大受験の専門学校が、「援助はできない」ってことになったらしい。お父さんはまあまあ有名な演奏家だったけど、女の人のところに家出してて、戻ってもこなかったし助けもしなかったたって。

「まあまあ有名な演奏家」の家庭で起こった事件だったので、ほんの少しだけ報道はされた。だから律は「鮫渕」という珍しい名字に覚えがあったのだ。

お母さんはどうしたの？　とその時律は寛実にたずねた。母親の元から出奔する姉について家を出てきた自分が実感を持ってたずねられるような内容ではなかったし、それに答える寛実の母親もすでに亡くなっているけれども、律と寛実は母親というものにまつわる一般的なイメージを頭の中でめぐらせながら、鮫渕聡の母親について話を続けた。

寛実は首を横に振った。そして、わからない、と言った。律が黙っていると、寛実はさらに考えて、やっぱりわからない、と続けた。そこには、鮫渕聡と母親の結び付きが断たれてしまったことへの推測だけがあった。

でも、父親が手助けしなかったことは本当に腹が立つ、と寛実は自分が想像できることに話題を変えた。自分のおとんならそんなのあり得ないと思う、と寛実は、口をきくのも嫌だった時期もある、あの体が大きくて物静かなお父さんについて話した。

鮫渕聡の父親の薄情さについて、自分の父親に照らし合わせることができる寛実を、律はぼんやりとうらやましく思った。

律の方が忙しくて、寛実とは杉子さんのお葬式以来しばらく会っていなかったため、鮫渕さんについてのこの話を寛実から聞いたのは、律が水車小屋に居残っている鮫渕さんと鉢合わせをした後のことだった。それからも少し経っているけれども、姉にはこのことはまったく話していなかった。鮫渕さんが自分から言い出したわけではない来し方について誰かに漏らすのは失礼だと思われたし、姉は、仕事の引き継ぎをしていてそこそこ長い時間一緒にいるはずの鮫渕さんの話を律にはほとんどしなかった。あまりに話さないので、律も姉に鮫渕さんについてたずねることはできなかったし、水車小屋に居残っていた話も最小限にとどめた。

天津飯とからあげを食べ終わった律は、おいしかったです、ありがとうございます、とお礼を言った。鮫渕さんはうなずいて、あの市内に住んでた時によくここのを食べてたんです、と答えた。姉は、すみませんでした、と言った。鮫渕さんは、少し時間をおいて、まったく何も、と言った。

ネネが眠っていたので、起こさないように三人とも静かにしていたのだが、あまりに何も音がないのも手持ち無沙汰に感じたのか、鮫渕さんはごく小さい音でラジオをかけた。エンヤの新しい曲が流れていた。意味とかなさそうなんだけど、なんか高尚そうだし気持ちいいよね、と寛実が言っていた曲で、律はタイトルが〈カリビアン・ブルー〉だというのになぜかがっかりした。それこそ、もっと高尚なケルト語のタイトルなんかが良かったと思う。律が部屋でラジオを聴いていると、「次にかかったらテープに録《と》っておいて」と姉が言っていた曲でもあった。

「来月アルバムが出るそうですよ」

曲が終わるとすぐに、鮫渕さんは言った。姉は、顔を上げて何か言いかけたけれども、結局やめてしまった。

律は、姉の横顔を数秒見つめた後、杉子さんがいなくなってしまったということを差し引いても、最近なんだか変なんじゃないかということは言わないでおこうと決めた。

＊

水車小屋はやっぱり職場でしかないし、妹さんからしたら、ネネと二人になれるところになんでこいつがいるんだっていうことになるんだろうな、と聡は思い至り、夕食をそば屋で食べた後に水車小屋に行く回数は減らすことにした。完全にやめようとも思えないのは、ネネがいてラジオがかかっていて、自分は座っているだけという空間の居心地がそれなりに良かったからだ。

夕食後に水車小屋に戻る回数を減らした代わりに、聡は、月曜や木曜といった忙しい日に、そば屋の洗い物をときどき手伝うようになった。店主の守さんは、いいよ、いいよ、と手を振って笑いながら遠慮していたのだが、おかみさんの浪子さんがレジの精算をしている間に話し相手がいるのは悪くないらしく、守さんが丼を十枚洗う間に聡が三枚しか洗えていなくても、厨房に居させてくれるようになった。

守さんは聴力が弱いそうで、浪子さんや山下さんが注文をとる時は色付きの札を並べたり、それを伝票で補ったりして、必ず視覚的な形で厨房に伝えていることに聡は気が付いていたが、少し大きな声で、守さんの良い方の耳に向かって話すと、守さんは聡の言うことをだいたい理解してくれた。

話すのは他愛もないことだった。これから寒くなるが、自分は年を取ってきて、冬場の朝は目は覚めるんだけど動くのはちょっとつらいということだとか、近所の果樹園の短期アルバイトの人がやめてしまったとか、仕事が終わったらビデオに録画した映画を観るんだとか。

守さんは、「基本的に字幕だから」という理由でテレビで深夜に放送する映画をよく観ていた。最近おもしろかったのはありますか？　とたずねると、〈重犯罪特捜班／ザ・セブン・アップス〉という映画がよかった、という答えが返ってきた。

ロイ・シャイダーが刑事役で出ていてね、ぼくは〈フレンチ・コネクション〉が大好きなんだけど、だから、その続きみたいでうれしかった。

聡はどちらも観たことがなかったので、メモをしてまたどこかでリバイバル上映をやっていないか、来月も図書館に情報誌を見に行こう、と決めた。

山下さんの妹さんが、ネネに作中の台詞を教えたことを思い出しながら、〈グロリア〉は観ましたか？　とたずねると、もちろん！　と守さんはうれしそうにうなずいた。大好きな映画だ、山下さんがおもしろかったと言っていたから、浪子と二人で観に行ったんだ。十年ぐらい前だね。

十年前ですか、と聡がうなずくと、その年に山下さんはここへやってきたんだよ、と守さんは言った。お姉さんの理佐さんが、妹のりっちゃんを連れてやってきたんだ。職安で求人票を見たっていっても、わざわざ県外から来たから、なんでだろうって浪子と話し合ってたんだけど、住むところを安く世話してもらえそうだったからって言ってたな。

どうして二人でやってきたんでしょうか、律さんはその頃小学生ですよね、両親はどうしたんですか、と本人に訊けないことを他の人にたずねることに小さい罪悪感を覚えながら聡がたずねると、守さんは、ぼくの説明することじゃないと思う、とにごした。それから、眉を下げてすまなそうに笑って、いつか本人が教えてくれるんじゃないかな、と付け加えた。

聡はそれ以上は食い下がらず、そうですか、とその話を終わらせた。それから、果樹園で働きたいとしたら話は誰に訊けばいいのか、ということをたずね、浪子がお客さんと話すから、訊いておいてと頼んでおくよ、という答えをもらい、その日は借家に帰った。

山下さんは、そば屋と水車小屋の仕事をやめてから最初の土曜日に、水車小屋にやってきた。仕事は休みなんですか？　とたずねると、山下さんはうなずいて、忙しい時は休日出勤もあるらしいですけど、今はそうではないみたいなんで、と答えた。置いてあるものをいくつか取りに来たのだという。山下さんは、中くらいのダンボールの箱を物置から持ってきて、しゃがんでその中を整理し始めたので、聡は傍らに椅子を持って行った。山下さんは、ありがとうございます、と頭を下げて椅子に座り、箱の中から編み針や刺繡枠といったものを出して、持参した大きなトートバッグにどんどんしまっていった。

「りすぁちゃん、ごぶさた！」

「そうね。でもまたそのうち来るよ」

「またそのうちね！」

山下さんは、一応ネネに、毎日は来なくなるのだ、ということを話していて、ネネもそれを理解している様子だったけれども、いざお昼に姿を現さなくなると、りすぁちゃん、いない？　とときどきネネは言うようになった。ほとんどネネの友達のように振る舞う妹さんと比べると、山下さんとネネとの関係は大人同士のようだったが、そういう人間関係もネネは必要としているのだな、ということが聡には感慨深かった。

ネネは、最初に聡と出会った時のように騒ぐことはもうなくなっていたけれども、聡が珍しくもない存在になり、一切関心をなくしたというわけでもないらしく、肩に乗せてやるとうれしそうに踊った。そのたびに聡は頭や顔を羽で叩かれて痛痒い思いをするのだが、それでネネの気が晴れるならいいかと好きなようにさせていた。

山下さんを迎えることから仕事に戻ったネネは、隣の部屋とを隔てる戸にはまったガラス窓から回り続ける石臼を監視し続けていたのだが、やがて、空っぽ！　という声をあげた。

手順通り、そばの実の補給をしに行くために聡が外に出ると、山下さんがなぜかそれについてきた。物置の三角巾と割烹着を身に着けてハサミをポケットに入れ、水車の内部装置のある部屋の隅に積まれているそばの実の袋を抱え上げ、片手に抱いてハサミで口を切ろうとすると、小屋の戸口のぎりぎりに立った山下さんが両手を出して、そばの実の袋を支えてくれた。ここで働き始めてから毎日やっていることなので、聡はすでに慣れている作業だったが、気にかけてもらえること自体がありがたかった。

じょうごにそばの実を流し入れ、石臼の下の箱を取り替えた後、内部装置の部屋から出て、三角巾を外し割烹着を脱いで物置の中に戻す間に、山下さんはネネのいる部屋の方に戻っていた。

「仕事やめられたのに、手伝ってくださってありがとうございます」

聡がそう言うと、山下さんは、椅子を用意してもらいましたし、と堅苦しく答えた。そうですか、と聡はうなずきながら、でももしかしたら、それが自分の期待していた答えなのかもしれないと思った。

山下さんは、平日の夕方に、妹さんとは別の女性を伴って川村杉子さんのアトリエの整理に来たこともあった。女性は、園山さんという税理士事務所を営んでいる人で、亡くなっている川村杉子さんを発見した人物でもあるという。そろそろ遺品の整理を始めたほうがいいかもしれない、と言い出したのは彼女だとのことだった。

アトリエにある品々は、葬式の前後に川村杉子さんの親族がいくらか検分していったのだが、故人と出版社のやりとりに関する書類や、かさばらなくて遺品としてふさわしい愛用の筆や最後まで使っていたスケッチブックなどは持ち帰ったものの、それ以外は周囲の親しい人たちに遺言に従って分けてください、それが終わって連絡をくださったらまた見に来ます、と聡は伝言された。

　自宅にも水車小屋にもいなかったので、とそば屋の厨房に聡を訪ねてきた山下さんに、私も倉庫について行っていいですか？　と訊くと、いいですよと山下さんはうなずいた。

　川村杉子さんの自宅には物が少なかったが、アトリエはかなり雑然としていた。園山さんによると、確かに杉子さんを訪ねるとなると家じゃなくまずここに来たからね、とのことで、故人が亡くなっていた場所もアトリエだったそうだ。

　川村杉子さんの最後の絵は、作品がしまわれている横に広い引き出しから、山下さんが出してきてくれた。故人の遺作の、ものすごく近くに描かれた菜の花や虫と、間違いなく届くことはできない遠い空を見ていると、聡は歌川広重の作品の遠近を思い出した。月並みな感想だけれども、空の青い色が本当にきれいだった。

「持って帰られるんですか？」

「私と妹は、手元にある絵をもらえるそうなんで」

　今は保管できる場所がないから、しばらくはここに置いておくんですけど、と山下さんは絵をしまって引き出しを閉じた。

　園山さんという女性は、山下さん以上に実務的で、家具ごとに置いてあったりしまったりしてある物品の目録を作りましょう、と言い出し、持参したノートに、本棚にある書物の名前や、別の棚に置いてある画材などの名前や個数を記し始めた。

「でも山下さんは杉子さんと仲が良かったし、今いいなと思うものがあったらいただいていいと思うのよ」

園山さんの言葉に、山下さんは、そうですか、とうなずき、アトリエの中央に設置してある、高校の美術室にあったような大きな机の上の品物の数々に視線を走らせる。置いてある物は主に画材やスケッチブックで、裏に絵を描いたチラシ紙やそれを描いたと思われるごくふつうの鉛筆なども散乱していた。資料に使ったと思われる植物や昆虫や鳥の図鑑も数社分置かれていたし、川村杉子さんが外で拾い集めてきたと思われるどんぐりやくぬぎの実、きれいに紅葉しているいろんな樹木の葉っぱもそこらじゅうから見つかった。

山下さんはその中から、長方形でそこそこ深さのある古びたお菓子の缶と、鮮やかな色に汚れた乳鉢を、迷いのない手つきで選び出して自分の傍らに寄せていた。

「それは何ですか？」

「岩絵の具を作る道具です」

さっき見せた絵も、それで描いたんだと思います、と山下さんは言いながら、お菓子の缶の蓋を開けた。中には、白や赤色の石がいくつか入っていた。

「水車の撫で木の動きを使って砕くんですよ、これ」

「撫で木？」

「車軸に付いてる羽根みたいな板です」

あれは車軸の横に吊るされている杵を上下に動かすことができて、その下に石を置くと砕けるんです、と山下さんは水車の撫で木が杵をすくい上げては落とす動きを、考え込みながら手と前腕で再現する。

「顔料には体に入るとよくないものもあるから、石臼に紛れ込むのは絶対にだめで、石臼から一番遠い杵を使ったり、砕いている間は誰かに真横にビニールシートを持って立っててもらわないといけなかったり、いろいろ大変なんですけど」

「浪子さんは許可してくれたんですか」

「水車小屋を建てた浪子さんのお父さん自身が、杉子さんの絵の具を作るのを手伝ってたそうなんでそれはいいみたいです」

「そうなんですか。ありがとうございます」

説明してもらってありがとうございます、という意味で聡が頭を軽く下げると、山下さんは訝るように首を傾げて、変わってると思うかもしれないけど、そうだったんですよ、と付け加えた。

「いつか、撫で木と杵を使った物の砕き方も教えます」

「よろしくお願いします」

水車は絵の具も作れるし、薬だとかお線香だとかも作れるんですよ、と少し誇らしげに言いながら山下さんは、デスクの散らかっていない部分に顔料の入った缶と乳鉢をよけて、園山さんの傍らに移動した。

聡は、デスクの上の物を品目ごとに分けようかと考えながら、でも散らかっていた方が故人がいたことを感じさせて良いのかもしれないし、としばらく迷って、とりあえずどんぐりや他の木の実や葉っぱを一箇所に集め始めた。図鑑のたぐいは懐かしかったので少し持って帰れないものかと思った。何冊かめくっているうちに、川村杉子さん本人がイラストレーターとして参加している図鑑を発見して、聡は驚いた。

一時間ほどが経過すると、園山さんは倉庫の中にある家具や棚を改めて数えて、四分の一の目録を作りました、あと三回来たら全部作り終えられると思う、と言いながらノートを閉じた。山下さんが、これとこれ、いただいていいですか？　と石の入った缶と乳鉢を園山さんに向かって示すと、いいも何も、山下さんが持って帰りたいんならいいと思う、と園山さんはうなずいていた。聡は、自分は故人と一回しか会ったことがない上に、家を借りているという負い目もあるので、また持ってくると決めて図鑑を何冊か持ち出すことにした。

園山さんの目録ノートは、周囲の住民に素早く共有され、そば屋の後片付けが終わる時間を見計らって、川村杉子さんの遺品を手元に置きたい人がぽつぽつと聡を訪ねてくるようになった。聡は、故人ともっとも縁の浅い自分がアトリエを案内していることを不思議に思いながら、自分を訪ねてくる人々と雑談をする中で、守さんが言っていたように今年は人手不足で困っているという果樹園の人にも出会った。夕方からでも手伝いに行っていいですか？　とたずねると、あ、浪子さんが言ってた子だね、もちろん来てほしい、とだいたいはうなずかれた。

その週の日曜日は、聡は急行の停まる駅に冷蔵庫と蛍光灯を買いに行った。川村杉子さんの使っていた冷蔵庫は、氷がトレー一皿分できるまで三日かかったり、中にしまったものをその後取り出してもあまり冷えていなかったりすることが増えたので、寿命を迎えたようだと聡は判断した。二階の部屋の蛍光灯もかなりちらついていたが、ついに昨日から点かなくなった。

間口の広い二階建ての電器店の店先で、見覚えのある人が洗濯機を見ている、と思ったら山下さんだった。聡があいさつをすると、山下さんも会釈して、うちのが古くなってきたんですよ、浪子さんのお父さんの益二郎さんが使ってた機械だから、と説明した。

「悪くない値段ですよね」

山下さんが見ている洗濯機の値札をのぞき込みながら聡が言うと、山下さんは、律も働き始めたし、このぐらいなら買っていいかなって、とうなずいた。

自分は冷蔵庫を見に来ました、と聡が言うと、そうなんですか、と山下さんは言って、そのまま帰るか売り場の人に声をかけるのかと思っていると、二階の売り場までついてきた。

「洗濯機、あれにします？」

「もう少し考えます」

2ドアの冷蔵庫は二階の奥の方に五台あって、その隣に二台、ドアが一つの立方体に近い冷蔵庫が置かれていた。冷蔵庫の売り場の向かいには電気ストーブが六台と石油ストーブが四台陳列されていた。

冷凍室があるやつでいちばん安いの、と聡は決めていたので、冷蔵庫はすぐに決まった。山下さんは、聡から少し離れたところで、ドアが一つしかない冷蔵庫をじっと見下ろしていた。

「それ、検討してるんですか？」

ホテルにあるやつみたいですよね、と聡が言うと、山下さんは、確かに、小さい頃両親に連れて行ってもらった旅行先の旅館にありました、と答えた。

「私が買った最初のは、こういうのです」

「そうなんですか」

「なくても暮らしてはいけるけれども、やっぱり妹も私も不便で」

どうしてもマヨネーズを入れたかったんです、と山下さんは聡の方を向いて少し笑った。

「確かに、ないと寂しいですよね」

今の借家の冷蔵庫には、マヨネーズは置いていないけれども、冷蔵庫を買い換えたら入れようと聡は思った。聡はマヨネーズを好きでも嫌いでもなかったけれども、思い出すとおいしいもののような気がしてきた。

「妹が中学に上がる時に、お店のを買い換えるからって二つドアのある冷蔵庫を譲ってもらったんですけどね」

「それはよかった」

聡は、何か物語の感想を言うように口にした。本当に良かったと思ったのだった。妹さんが中学に上がったら、しまいたい物も増えるだろうし、冷凍室があったらアイスクリームや肉を保存できる。

それから聡は、守さんが「今年の冬は寒くなるらしい」とときどき言うのを思い出して、予定にはなかったが暖房器具を見ることにした。川村杉子さんの家には、石油ストーブが一台とこたつが一つ、アトリエには学校の教室にあるような大きなガスストーブがあった。充分ではあるような気がするのだが、今の場所で冬を越すのは初めてなので、ずっと温暖な都会で暮らしてきた自分が何も買い足さないとは言い切れなかった。

「冬、寒いですか?」

「寒かったですよ。最初は」山下さんはそう言いながら、電気ストーブの値札を確認する。

「ここに来るまでそんなに温度の下がらないところに住んでたんで、電気ストーブが一台あったらなんとかなるだろうと思ったんですけど、やっぱりそれじゃどちらかが寒くて、最初の年に二台買いました。それでも全然足りなくて、結局律が小学生のうちは、冬の間は杉子さんの家に寝泊まりさせてもらったりもしていました。次の年に、石油ストーブを譲ってもらって、季節はずれの時期に安くなってたこたつを買いました。年をとるにつれて、寒さがこたえるようになってきたんですよね」

妹なんて小学四年までは十一月の初めまで半袖を着てても平気だなんて言ってたのに、それからどんどん普通の人間になっちゃって、私も十代の時は耐えられた寒さが一昨年ぐらいからつらくなって、年とるのってつまんないですね。

聡はうなずきながら、山下さんの話を聞いていた。自分の体感としてわかる部分もあったし、理解できない所もあった。

「すみません、いろいろ話してしまって」

話の合間に、聡が山下さんの話したことを頭の中で時系列順に整理していると、山下さんは何か我に返ったようにあやまってきた。聡は首を横に振った。

「いえ、もっと話してください」

聡の言葉に、山下さんは少し怪訝そうな顔をして首を傾げる。

「あの、なんとなく思い出したことを話してただけなんで、今すぐには思い付かないです」

「そうですか」

じゃあ思い出したらまた話してください。なんでもいいから。いつまでも聞きたい。

続く言葉を聡は呑み込んで、暮らしていく参考になりました、ありがとうございました、と会釈した。山下さんも、じゃあこれで、と軽く頭を下げて、その場を立ち去り、階段の下へと消えていった。

聡は、買おうとしていた冷蔵庫の方に向き直って、もう一度値段を確かめ、店員を探すためにフロアを歩き出した。

＊

少し前から、今年はぶどうの収穫が遅くて、この時期になってもまだ穫れるので、働いてくれる人の契約期間が終わってよそへ行ってしまった後に人手が足りなくなることがときどきあって困っている、という話をよく耳にするようになった。その人たちはぶどうの後どこに行っちゃうんですか？　と律がたずねると、柿だよ、隣の県に、とのことだった。収穫が遅れているぶどうに対して、柿のスケジュールは例年通りなのだそうだ。

それからしばらくして律は、鮫渕さんがぶどう農家を渡り歩いて短時間働いている、という話を耳にした。どこにというのはなくて、その日困っているところをそば屋で聞きつけて働きに行き、ちょっとだけ日銭をもらうのだそうだ。鮫渕さんはどうも、水車小屋の仕事の後の時間を持て余している様子で、仕事が終わった後も居残ったり、そば屋の後片付けの手伝いをしたりしていたそうだけれども、今はその話をよく聞く。働くのは夕方から夜間の数時間だけとはいえ、二つ返事でどこにでも行って不足の人員を埋めてくれるから助かるよ、と自宅でぶどうを作っている社員さんが言っていた。

そば屋の店主夫婦が紹介してくれるという安心感も大きいらしい。律は、朝早くから水力発電所で働いてるのによくやるな、と思わずにはいられなかった。自分なら無理だ。今の農産物の商社だけで手一杯だ。

鮫渕さんとは、仕事の後に行った水車小屋で話してから、杉子さんのアトリエに遺品を見に行った時に一度だけ話した。家具自体はまだすべて置いてあって、配置も変わっていないので、アトリエはほとんど生前と変わりないように見えたのだが、棚の隙間は確実に増えていた。

姉は岩絵の具の原料の石が入った缶と、乳鉢を持ち帰ってきたので、律は図鑑を何冊かもらおうと思ったのだが、杉子さんがイラストレーターとして参加している図鑑のうちの数冊がなくなっていた。一時的に杉子さんのアトリエを管理していて、園山さんが作ったという目録ノートに誰が何を持ち帰ったかを記録している鮫渕さんにたずねると、自分が借りています、今持ってきましょうか？　と言われて、律は、読み終わられてからでいいです、と返答した。

すごい人だったんですね、と鮫渕さんは言った。絵本は何冊か見たことがあったけれども、図鑑は本当に、あの人があんな細かい現実みたいな絵を。

鮫渕さんの話を聞きながら、確かに、図鑑のイラストを描くような仕事は、杉子さんのオリジナルの仕事ではない分、技術そのものが際立っていたことを律は思い出した。杉子さんは、子供の律から見ても背の小さい人だったけれども、律が成長すると肩ぐらいの高さまでしかなく、さらに小さいおばあさんになっていた。そんな人のどこに、図鑑に載るような精細な絵を描く気力があったのかと今は思う。

杉子さんがイラストで参加していた図鑑は、次の日にそば屋で浪子さんから渡された。鮫渕さんが、山下さんの妹さんに渡してくださいと持ってきたのだという。律は、思ったより早く手元に来てしまったことに戸惑って、申し訳ないけど、来月でいいですって言って返しといてもらえますか？　と浪子さんに図鑑を戻した。浪子さんは、わかった、とうなずいて軽く肩を上げた。

　鮫渕さんは、この町で少しずつ居場所を作りつつあるようだった。律がそのことを以前より強く認識したのは、鮫渕さんがネネと協力して長芋の畑を荒らしにくるイノシシを追い払ったという話を農家の人に聞いた時のことだった。

　そば屋が休みの日に、困っているというその畑にネネを連れてやってきて、考えがあるんですけど、少しだけ試させていただいていいですか？　と鮫渕さんは言ったのだという。フェンスを作っても突破してきてしまうイノシシに手を焼いていたその農家の人は、怪訝に思いながらも、まとまったお金とかは出せませんし、これまで作ってきたフェンスや機械を動かさないんならいいですよ、と答えた。

　鮫渕さんは、イノシシはだいたい何時頃やってくるのか、とたずねてきて、何時かはわからないけど、だいたい夜の深い時間です、と農家の人が答えると、夜の二十二時半に再びやってきて、イノシシの進入経路をたずね、その近くで待機し、しばらくするとネネにオオカミの遠吠えの声の真似をさせたのだという。

　迫真だったそうだ。オオカミの声は流したこともあるのだが、おそらく、ループだとか録音の音質の嘘くささなどに気付かれて、イノシシはものともしなかったそうなのだが、ネネはうまくやった。プロコル・ハルムの〈青い影〉を、本物そっくりに歌うネネからしたら、動物の吠え声なんて朝飯前なのかもしれない。

その日はイノシシは来なかったのだが、朝になって近隣の藪に痕跡を確認しに行くと、新しいものと思われる足跡があったので、引き返したのではないかと農家の人は考え、それから二日続けてネネと鮫渕さんに来てもらうことにした。ネネはむずかって、ケージに入ってきた鮫渕さんの手を羽で叩いたりしていたのだが、いざとなるとちゃんとオオカミの吠え声の真似をしたそうだ。

律はその話を聞いて、知り合って間もないのにネネをうまく使うなあ、と変に感心した。自分と姉は、ネネの役割とは水車小屋にいる石臼の監視者であるということで固定してしまっていたのだが、鮫渕さんはあまりそこにはとらわれていないらしい。

自分も昔、ネネに益二郎さんの物真似をしてもらって、自分を追ってきた母親の婚約者を追い払ったことがあることを律は思い出した。ネネがあまりによく言うので、もうその出典についていろいろ考えることはないのだが、「クイズごっこする？」はその時にネネに言ってもらった言葉なのだった。

姉は、夜にイノシシの見張りなんかするとネネの睡眠サイクルが狂わない？　次の日にちゃんと石臼を見張れるの？　と疑問を呈した。それももっともではあるけれども、毎日のことではないし、ネネは水車が動いていない午前中は眠たい時に眠れるし、と律が反論すると、姉は少し考えて、それもそうなのかな、と首を傾げていた。

その話を聞いてから少し後、律は残業をした帰り道で鮫渕さんと会った。鮫渕さんはぶどう

の収穫の手伝いをした後だということで、袋をぶら下げていた。

律からイノシシを追い払った話をして、どうやってオオカミの声を教えたんですか？　とたずねると、隣の県のいちばん大きな図書館に行って動物の声を収録したカセットテープを何本か借りてきて、ネネに聞かせたのだという。普通の図書館はだいたい十七時で閉館だけれども、県でいちばん大きな図書館は二十時半まで開館しているので、水車小屋の仕事をした後でも特急に乗ったら行き帰りできるのだと鮫渕さんは話した。律もそのことは知っているし、高校生だった頃は四週間に一度は本を借りに通っていた。けれども就職してからは一度も行っていない。

別れ際に、これ差し上げます、と鮫渕さんは袋を差し出してきた。中には、検品の段階で弾かれたというぶどうが何房か入っていた。いいですよ、申し訳ないですと律が手を横に振って断ろうとすると、おとといももらったんで、食べきれないですし、と鮫渕さんが言ったので、律は受け取ることにした。

家に持って帰って、これ鮫渕さんがくれたよ、と座卓の上にぶどうの袋を置くと、隣の部屋で型紙を切っていた姉は、そうなの、とあっさり言ってからしばらくして、袋の中を覗きに来た。

「四つも入ってる」

「手伝いに行った先でもらったんだって」

律が言うと、そうなの、と姉はまたうなずいて、お金ちゃんともらってるのかな、と呟く。

「もらってると思うよ」

「ならいいんだけど」姉はぶどうの袋を持って行く。流しで洗い物をする音が聞こえたかと思うと、姉は皿の上に一房ぶどうを盛って戻ってきて、律の前に座る。「お礼しないといけないな」

「食べ切れないからくれたんだし、いいんじゃないの」

「そうか」

「お姉ちゃんがお礼を言いたいんならもちろん言えばいいけど」

「わかった。次に見かけたら言っとく」

律はぶどうの粒を皮がついたまま口に入れる。酸味の後に程良い甘さがやってきて、おいしかった。

「仕事どう？」

「悪くないと思うよ」

姉もぶどうを食べる。ぎゅっと目をつむったりして、おいしいと感じているように律には見える。

「でもときどき、ネネの『空っぽ！』っていう声とか、水車の動く音が懐かしくなる。顔を上げるとネネがいるんじゃないかと思ってしまうんだけど」

そこにあるのはミシンだったり、布の裁断をするための大きな机だったり、素材が詰め込まれたたくさん段のある引き出しだったり、ただの壁だったりする。

「いいじゃない。お姉ちゃん洋裁好きだし幸せじゃない」

「それもそうだね」

姉は少し笑って、またぶどうの粒を取って口に入れる。律よりも姉の方がたくさん食べているようだった。律は、寛実から聞いた鮫渕さんの家族についての話を思い出して、突然複雑な気分になり、姉にそのことを打ち明けたくなったけれども、もしかしたら姉は自分を通さなくてもいつかその話を本人から直接聞くことになるのではないか、と思ってやめておいた。

「エンヤの新しいアルバム買うの？」

代わりに、ネネを病院に連れて行った帰りに鮫渕さんに教えてもらった話をすると、姉はうんとうなずいた。

「買ってこようか？」

「いいよ」

「そうか。今はお姉ちゃんの方が都会で働いてるからね」

「都会っていうようなもんでもないと思うけれども」

姉が肩をすくめると、律は笑いながらぶどうの最後の一粒を取ろうとして、結局やめた。

＊

その週末のどちらかに荒れるのは確実なことだそうだ、と守さんや浪子さんや農家の人たちがずっと話していたので、ほとんどテレビを観ない、ましてや新聞も取っていない聡でも、季節はずれの台風のことは知っていた。十月の最後の週のことだった。

ぶどうの収穫は最終盤に差し掛かっていて、その後、防風ネットの設置を手伝ったりしているせいで、聡は夜遅く帰る日が続いていた。金曜日の昼になってようやく、土曜の遅くか日曜の早くに周辺が台風の進路に入ることは確実だといよいよ判明して、浪子さんが水車小屋にやってきてこれからのことを説明した。

浪子さんによると、川が増水しそうだし、飛んできた何かにぶつかられて傷んだらいけないので、明日は午前中に水車を外して小屋の中にいれますよ、とのことだった。どうせお客もほとんど来ないはずなので、店は臨時休業にするという。

水車は簡単に外せるものなんですか？　と聡がたずねると、浪子さんは口元にスカーフを巻いた顔をしかめて首を横に振る。水車を外すのは、五年か六年前に専門の大工さんに保守点検に来てもらった時以来だそうだ。その時も浪子さんは手伝ったし、今回も電話でやり方をたずねるという。

「守と私ももちろん作業するし、あと何人か心当たりがあるから手伝ってもらうようにするんで」

水車のことを手伝ってもらう、と聞いて、聡の頭にはまず山下さんが浮かんだのだが、力仕事なのに何を考えてるんだとすぐに打ち消した。山下さんとは、冷蔵庫を買いに行った時以来顔を合わせていなかったけれども、一人でやる仕事のただの前任と後任であることを考えると当たり前のことだった。

その日聡は、何度かぶどうの収穫を手伝いに行っていた農家を何軒か訪ねたのだが、どこも畑の対策はほとんど終わっていて、水車小屋のことをやるか杉子さんの家のことをやったらどうだろう、と提案され、聡は借家に戻ることになった。

久しぶりにテレビをつけると、渦を巻いた雲が南から日本列島に徐々に近付いている天気図が映し出されて、気象解説者が神妙な声音で注意を促していた。ＢＧＭはリチャード・クレイダーマンで、強い台風が来るという状況と合っていないような気がした。

ニュースで取材されていた家族が、窓にダンボールを貼ったり、ベランダの物干し竿を外したりしていたので、聡も見よう見まねで裏庭の物干し竿を外して軒下に置いたり、川村杉子さんが借りていた倉庫に出かけて、余っていたダンボール箱を解体して、倉庫の窓にガムテープで貼り付けたり、それを借家に持って帰ってやはり窓に貼ったりした。

ここに来る前にアパートに住んでいた時にはまったくやらなかったことだった。どうなろうとどうでもいい、何かあったら弁償したらいい、と当時の自分が思っていたことを聡は思い出した。今の住居は、故人とはいえ明確に知っている人物から借りているものだからか、聡はどうでもいいとは思わなかった。

寝る前に、浪子さんから電話がかかってきて、午前中は店を開けることにしたから、明日は十四時に水車小屋に来てください、と告げられた。

私と守と、あと山下さんとりっちゃん、それと園山さんの息子さんと、お客さんが何人か来てくれることになったよ、と言われて、聡が、山下さん来るんですか、と訊き返すと、浪子さんは、土曜日は休みなんだって、と答えた。水車小屋の裏手は斜面になっていますが、そちらは大丈夫ですか？　と聡が尋ねると、二十年前に水力発電所とその周りの河川や地盤が整備された時に、一帯の斜面に杭を入れる工事をかなり念入りにしていたから一応大丈夫だと思う、

とのことだった。

受話器を置いた後、聡は、明日はダンボールとガムテープを持って行って水車小屋の窓をふさごうと決めた。台風の間は水車小屋でネネと過ごすつもりだった。

次の日は、昼食をそば屋に食べにいって、そのまま少し厨房の洗い物と店を閉めるのを手伝った後、聡は浪子さんと守さんと一緒に水車小屋に向かった。浪子さんと守さんは、以前保守点検に来てくれた大工さんに確認した水車を軸から取り外す方法について、メモを見ながら他の人たちに詳しく説明をしたあと、ありがとうございます、と頭を下げた。

浅いとはいえ、川に入って作業をするのは大変だった。聡は、生まれて初めてゴム長を身に着けて水車小屋の傍らを流れる川に入り、男が五人がかりで軸受けから水車を取り外す作業に加わった。水車を地上に下ろすと、浪子さんや山下さんやその妹さんも、水車があらぬ方向へと転がるのを防ぐために、押さえながら移動させるのを手伝った。

水車をゆっくりと転がしながら、久しぶり、と山下さんの妹さんが園山さんの息子さんに話しかけているのが聞こえた。園山さんの息子さんは、県庁所在地にある国立大学に自宅から通っているそうだ。うちの親がしょっちゅうそっちの職場でお世話になってるらしいね、ごめんね、と園山さんの息子さんが言うと、大事なお客さんだし、園山さんが持ってくるブルーベリーおいしいよ、と山下さんの妹さんは答えた。

外した水車は、外に置くのか、水車小屋の裏手の林の木にでも括り付けておくのかと少し話し合い、水車小屋の間口をなんとか通れそうだったので、慎重に転がして中に入れることにした。

水車が部屋の中に入ってくると、ネネは驚いて叫び声を上げ、羽をばたばたさせて台の上をうろうろして回った。山下さんの妹さんは、これ外に付いてるんだよ、前に見せたじゃない、とネネに説明していた。

「ネネと一緒に働いてるんだよ。だからネネに怖いことは何もしない」

「何もしない？」

「何もしないって」

山下さんの妹さんは、ネネを肩に乗せて慣れさせるように水車をよく見せていた。ネネは、最初に乗せてもらった山下さんの妹さんの右肩から頭に飛び移り、それから左肩に移動して、納得いくまで水車を眺め回した後、ようやく台の上に戻った。

水車を取り外して水車小屋の中に入れる作業が終わり、手伝いに来てくれた人たちに何度もお礼を言って帰した後、浪子さんと守さんはそば屋の店舗とその二階の自分たちの住居の備えをするために戻っていった。山下さんの妹さんは、勤め先に何か手伝うことはないかいったん訊きに行く、と言い残してその場を離れ、水車小屋には、山下さんと聡が残された。

山下さんは、ネネのためになのか、それともあまり交流のない自分たちの間を埋めるためなのか、ラジオをつけた。聡が、家の窓とかに何か貼らなくていいんですか？　とたずねると、午前中にやりました、と山下さんは答えた。

「会社、休みなんですね」

「土曜は月二回休みなんですけど、今日は台風のこともあるし来なくていいって昨日言われて」

聡が水車小屋の窓にダンボールを当てて大きさを測っていると、山下さんはダンボールの片側を持って手伝ってくれようとする。行き当たりばったりなことはできないな、と感じた聡は、ダンボールの折るべきところにカッターナイフで薄く溝を付けて、きれいに折れるように慎重に加工する。

作業の途中で山下さんは、このダンボールをちょっとネネにあげたいんで、小さくしてもらっていいですか？　と頼んできたので、端っこのほうを小さく切って台の上にいるネネに差し出すと、ネネはうれしそうにかじり始める。そして、ラジオからR.E.M.の曲が流れると、ラジオの近くに行って小さい声で歌い始める。ネネはいつもと違う様子に戸惑っているのか、石臼と水車の内部装置のある隣の部屋へとつながっている戸の傍らの台の上から降りて、ラジオの近くに行き、小さい声で歌っている。〈ルージング・マイ・レリジョン〉だった。いい曲だよな、と聡が話しかけると、ネネはきょとんとしたように首を左右に振りながら、マイケル・スタイプそっくりの声で歌い続けた。

水車小屋のネネの部屋の方にある三つの窓のうち、一つ目の窓にダンボールを取り付けた直後に、レッド・ホット・チリ・ペッパーズの〈ギヴ・イット・アウェイ〉が流れ始めたけれども、レッチリが嫌いなはずの山下さんはまったく表情を変えないで、聡から少し離れたところでダンボールの端を持っていたのに対して、聡の方が少しはらはらして気が散って、変に小さくダンボールを切ってしまいそうになったりしていた。しかもネネはこの曲のこともよく知っているらしく、うれしそうにステップを踏んで踊りながら上手に歌っていた。

「会社、どうですか？」

曲から山下さんの注意を逸らすために、自分でも雑だなと思いながらたずねると、まだそんなに行ってないいし、今のところはなんとも言えないんですけれども、と山下さんは前置きをして続ける。

「洋裁の仕事は、高校生の頃からやりたいと思っていたから楽しいのは楽しいです。内職でやるのとはまた違いますし。短大に行けてたらもっと早くこういう仕事をやってたのかなって」

「そうなんですか。被服学科とか？」

「そうです。受かってたんだけど、行けなくなってしまって」聡がダンボールを窓枠に貼り付ける手を止めると、山下さんは怪訝そうに聡の方を見る。聡は、話に集中しすぎていないと装うために、作業を再開する。「母親が入学金をその時の婚約者のために使っちゃったんですよね」

聡はなんとか窓枠の上にテープを貼り付けてダンボールを固定したものの、それ以上は続けられなくなる。山下さんは、何も言わずに聡の手からガムテープを取って、自分の側のダンボールの端を固定する。

「その二人は、結婚したんですか？」

何を訊いてるんだと自分でも思ったけれども、山下さんはむやみに同情されたくもなさそうだったので、聡は話を核心からずらそうとたずねる。

「しましたよ」

「そうですか」

山下さんがガムテープを渡してきたので、聡は受け取り、自分の側のダンボールの端を窓枠に貼り付ける。しばらく黙って作業をした後、聡は、その人たち、眠れるのかな、と思わず呟いていた。山下さんは首を横に振っただけだった。

聡は、二年間はよく眠れなかった。弟が祖母を過失で死なせて、母親がその責任の一端は聡にもあると責めた日から。あんたが依怙地《いこじ》になって自分たちを捨てた父親の業績を追って何者かになろうとすればするほど、あの子はあんたとの差に悩んで、そのことがあの子を追いつめておかしくしたんだと。

あんたがピアノに一所懸命になるなんてあんたの自己満足でしかない。それよりあんたはもっと家族を思いやるべきだった。

「自分には理解できないです。いくら好きでも、自分の子供の進学のためのお金をよその誰かのために使うなんて」

「私もそんなことはできないですけど」山下さんは手を止める。「最初の夫と離婚した後にひたすら働きながら私たちを育ててきた母親には、それだけでは満たされないものもあったのかもしれません。それを取り返そうとしたのかもしれません。だから、今の夫である人が私の妹につらく当たったり、夜に家から閉め出したりしても、母親は強くは出なかったのかもしれません」

山下さんの言葉を聞きながら、聡は手足が冷えて動悸がするのを感じた。山下さんの話に、自分がどんな所感を持ったのか、言葉にするのは失礼なように思えた。代わりに今の自分が強い身体的な反応を持っていることが、山下さんが家族に関して体験してきた苦痛の何かの埋め合わせになればいいと願った。

「……よくそんなふうに折り合いを付けましたね」

「いいえ」山下さんは、聡の言葉を遮るように強く否定する。「そんなことしてないです。少しも許してないし、律が成長して、成績がいいとか頼りになってうれしいとか自分が思うたびに、ますます理解できなくなっていく一方です」

山下さんはそう言って、自分の側のダンボールの端をテープで固定する。また少し、部屋が暗くなる。最後の窓を覆ってしまう前に、明かりを点けなければいけないと聡は思う。

窓をすべてふさぎ終わる前に、自分も話さなければいけないのではないかという気がした。けれどもどこから話したらいいのかわからなかったし、自分の来し方について話して、山下さんが気を遣ったり、不幸な人には関わらないでおこうと思ったりするのではないかと考えると、聡は口が重かった。

せめて水車小屋の窓があと五つはあったら考えがまとまるのに、と聡は思ったけれども、ふさぐべき窓はあと一つしかなかった。最後の窓の傍らへと移動すると、嵐がやってくる前兆のような小雨が降り出しているのが見えた。

「私もなにもそんなに深刻な思いで家を出たわけでもないんです。親のやることに納得がいかなかったし、十八になったんだから単純に自立しようと思った。私についてくる？　って律に訊いたらついてきた。でも自分以外に小学生の女の子を育てている友達なんていなかったし、こちらで完全に行き詰まってしまったら、母親のところに逃げ帰ることだって仕方ないと思ってました。けれども、いろんな人に助けられて、なんとか暮らしが成り立っていってここまで来たんです」

山下さんは本当のことを話している、と聡は思った。その時聡が感じたのは、他人の来し方を耳にすることの気詰まりさではなく、本当のことだけを話してくれるとわかっている人と接する時の不思議な気楽さだった。聡の周りが全員嘘つきばかりだったわけではないし、現に今は嘘をつく必要のない生き方をしている人のほうが多いのだが、聡はあまりにも、自分の弱さを正当化するためだとか、誰かに罪悪感を抱かせるために口を開く人々の言葉を真に受けながら生きてきた。その人たちの保身に、どこまでも翻弄されながら生きてきた。

山下さんの話を聞きながら、聡は、けれども結局、自分は自分で思うほど他人を否定して生きてきたわけでもないことに気が付いた。確かに、家族に起こったことは、不幸という以上に許せないだろうし、生きている者たちとは一生和解などできないだろうし、自分が人と関わっていくことへの信頼を大きく損なったけれども、だからといって自分が他人からまったく助けられたことも、他人に興味を持ったこともないということはないと思った。聡には、自暴自棄になっている時に支援団体につなげてくれた友人がいたし、その団体の人々が親身になってくれたし、自動車部品の工場でも挨拶を交わし合う同僚がいたし、川村杉子さんは家を貸してくれた。

「よかったですよね」聡はほとんど何も考えずにそう言った。そんなふうに話せることに喜びを感じた。「自分にはもう家族はいません。でも、だからといって何もかも投げ出すことはないんだと思いました」

今本当に思いました、と聡は山下さんの方に体と顔を向けて言った。雨はまだ小降りだったが、先ほどよりは強くなったように感じた。山下さんは、少しの間目を丸くして、やがて軽くうなずいて、だったらよかったです、と聡に言葉を返した。
窓を補強する作業が終わった後、余ったダンボールはすべてネネが扱いやすい大きさにしてあげることにした。こより状にしたり丸形にしたり星形にしたり、いろいろな形に切ったものを与えられると、ネネは歓声を上げてかじり始めた。

*

水車の取り外し作業から職場に出かけた律は、台風の通り道になる、もしくはしないで欲しいが上陸するのなら明日の正午ごろになるのが有力になってきたので、取引のある農家すべてに電話をかけてそのことを周知して欲しい、そして田畑が心配でも見に行くのはできるだけやめてくれと伝えて欲しい、という上司の指示に従って、ひたすら知っている人に電話をかけていた。ほとんどの人は、若い律の頼みに耳を傾けてくれて、そりゃもちろん気は揉むけど見に行ったりするのはやめる、と答えてくれて、そうでない人々も、ぎりぎりまで対策はするけれども、何時まで大丈夫そう？　それ以降は見に行かない、などと慎重に情報を欲しがったのだが、「でも」という人々も少しはいた。言ってることはわかるけど指図はしないでよ、あんた三月まで高校生だったんでしょ、と言われると、律も、なんだようるさいなあ、と言い返したくなったのだが、それは堪《こら》えた。

自宅に帰ったのは夜の九時で、また早朝に起きて職場の倉庫などの保守点検に出かける予定だったので、風呂に入った後、姉が作っておいてくれたおにぎりとカップ焼きそばの夕食を食べながら〈世界ふしぎ発見！〉の後半部分を観て、すぐに布団を敷いて寝た。律が横になった後も、姉は隣の部屋で続きのニュース番組を観ていた。最初に台風のことが取り上げられていたが、大々的というわけではなく、予想される進路と一通りの注意喚起をして次の話題に移っていた。

テレビでは、時間を追うごとに、台風の威力はそれほどでもないかもしれないという論調に移り変わっているように思えた。おそらく、浪子さんから水車を外すので手伝って欲しい、と頼まれた時が世間の怖がりのピークで、それからは「予想されたほどの威力ではないが警戒が必要」という言葉を耳にすることが少しずつ増えた。「何もないといいんだけど」と姉が呟く声を聞いた記憶を最後に、律は寝入った。

次の日は朝の五時に起きた。律より寝るのが遅かった姉は、律が起きる頃にはもう起床していて、朝ごはんを食べるかとたずねてきたのだが、一時間ぐらいで戻るだろうしべつにいいよと律は答えて職場に出かけた。

職場では、窓がすべて保護されているかだとか、建物の外に飛ばされそうな農機具などが置かれていないかなどの一通りの確認をしながら、上司と「結局台風が来てみないと大丈夫かどうかはわからないよな」というみもふたもない話をした。それでも後悔するのはいやだという一心で、職場の人も律もできるだけのことはした。

予告通り、一時間ほど職場にいただけで律が帰宅すると、姉は、テレビを観ながら会社から持ち帰った仕事を座卓の上に広げているところだった。急ぎなのそれ？　と律がたずねると、そうでもないけど、何もしないのもいやだし、と姉は答えた。確かに、これから何かが来るかもしれないという朝の七時台にただ起きているだけなのは所在ないかもしれない。

姉が何かしたそうだったので、律は食パンを焼いてもらって、ついでにスクランブルエッグも作ってもらった。トーストを口に入れながら、これからどうしようかな、と律はぼんやり思った。自分の部屋の窓をとりあえず点検して、アパートの建物自体を見て回って、他の住人に声をかけて手伝いか何かをしたほうがいいのか。

天気図の上では、白い渦がもぞもぞといった様子で日本の中部地方へと近付いていた。四時間後がもっとも雨風が強くなるという予想が言い渡された後、姉は、これからそば屋に行こうと思うけど、律も来る？　とたずねた。律は、特に断る理由もなかったので、行くよ、と答えた。

歩いて数分の道中で、姉は、ネネのところには鮫渕さんが行っているはず、と言っていた。なんで知ってるの？　と律がたずねると、姉は、昨日聞いたと答えた。

「私も浪子さんと守さんにあいさつした後、ちょっとだけ水車小屋に顔を出しに行くよ」

「あんまり行き来しようとしないでね」

早く来るかもしれないし、と姉は付け加えた。律は、わかった、とうなずいた。

そば屋はもちろん閉まっていて、店も暗かったけれども、浪子さんを呼び出すと、住居である二階から降りてきて、店の中の照明とテレビを点けてくれた。

「来てくれたんだ？　若い人がいると心強いな」

浪子さんはそう言いながら、そば茶を淹れてくれた。変なことを言っているように思えるけれども、浪子さんも守さんももう六十三歳なのだ、ということを律は思い出す。姉は、べつに何にも役に立たないですけど、と店の中を見渡していた。律が見たところでは、どの窓もちゃんとダンボールなどで保護されていて、店内は夜とはまた違った薄暗さと湿気に包まれていた。

浪子さんと姉と律が座って話していると、守さんがいい匂いと共に二階の住居から降りてきた。昨日の残りごはんで焼おにぎりを作ったから食べなという。律は、やることがないから朝から飲み食いしてばっかりだな、と思いつつも、あまりにいい匂いだったので、守さんにお礼を言いながら箸を伸ばした。

鮫渕さんは来たんですか？　と姉がたずねると、浪子さんはうなずいた。姉と律が到着する三十分ほど前に来て、水車小屋に行ったという。そば屋の店舗と水車小屋は、律が通っていた小学校のプールを基準にした体感で十五メートルも離れていないはずなのだが、そば屋の建物の開口部がこうも何もかも閉じてしまうと、どこか遠い場所にも思えた。守さんは、聡君にもおにぎりを持たせたよ、と言っていて、律は、いつのまに鮫渕さんは守さんに下の名前で呼ばれるまで親しくなったんだろう、と少し驚いた。

焼おにぎりを食べ終わると、律は、ちょっとネネに会ってくる、と言って勝手口から建物を出て、水車小屋へと向かった。水車小屋の窓という窓もやはり閉め切られて内側から補強されていて、開いていることが多いネネがいる方の部屋の引き戸もぴったり閉まっていた。中からはラジオの音が聞こえた。Ｕ２の新曲の〈ミステリアス・ウェイズ〉がかかっていた。

少し強めに二回戸を叩くと、錠を開ける音がして、鮫渕さんが出てきた。ネネは大丈夫ですか？　とたずねると、今のところ変わりないよ、と鮫渕さんは答えた。

　小屋の中は電球が点灯していて、けれども引き戸の向こうの景色は朝だというのが変な感じだった。ネネは、少し離れたところからラジオを見下ろしながら、考え込むような顔をしていた。リズムがネネの得意なものでないのと、粘着質なギターの音がどうも馴染めないのではないかと律は思った。

　ネネ、平気？　と律がたずねると、ネネは声は出さずにふんふんとうなずいた。

「これから、家、ガタガタするかもしれないけど」

「ガタガタ？」

「そう、揺れるの」律は両手を顔の前に上げて何か抱えるような仕草をして、ぐらぐらと揺らした。「大丈夫だから。聡さんがいるからね。怖かったら肩に乗せてもらって、なでてもらうんだよ」

　すごくガタガタしそうなら私も来るからね、と付け加えながら、自分が鮫渕さんについて名字ではなく名前でネネを諭したことに律は気付いた。「鮫渕さん」ではネネがわからないのではないかと考えたからなのだが、馴染みはないものの嫌な感じではなかった。

　怖かったら鮫渕さんに何とかしてもらって、と告げたものの、やっぱり引き続きネネの傍にいたほうがいいのか、姉の傍にいたほうがいいのか律は迷って、後者を選ぶことにした。本当は姉に水車小屋に来てもらうのがいいのだが、姉は浪子さんと守さんのところにいたがるだろうし、水車小屋に全員を呼ぶわけにもいかない。

　ネネをよろしくお願いします、と鮫渕さんに向かって頭を下げて律は水車小屋の戸を閉めた。

鮫渕さんはうなずいていた。空気は異様に澄んでいて、雨も降っていなかったけれども、雲は厚く暗かった。

律は店に戻り、姉と守さん夫婦とテレビを見守った。台風の予想進路は、中部地方から入って北陸地方へと出て行くという様子で、まるで本州を斜めに二つに分割しようとしているようにも見えた。

台風については一通り話したということもあって、浪子さんは姉に、仕事はどうかと訊いていた。姉と顔を合わせるたびに浪子さんは、姉に今の仕事のことをたずねていた。姉は毎回、手を替え品を替えという様子で、大丈夫ですよ、というようなことを言い続けていて、でもそば屋と水車小屋の仕事も楽しかった、といつも付け加えていた。

律自身が働くようになると、いかに姉が不思議な仕事をしていたかがよくわかるようになってくる。そば屋のホールとヨウムの相手とそばの実の製粉は、すべて別の仕事で、それを一日の中でやるのはいろんな切り替えやそもそもの適性が必要だっただろう。浪子さん自身もそれをよくわかっていて、姉に頼るところもあったのだろうと律は思う。

朝の八時台のニュースが終わると、気のせいか、窓ががたんという音を立てたような気がした。律は無性に外の様子を見に行きたくなったけれども、余計なことをしたら周りの人に迷惑をかけるかもしれないと思ってじっとしていた。

やたらそば茶を飲んでいたので、用を足しに席を外したその帰りに、守さんが店の電話の受話器を比較的悪くない方の耳に当てて、大声で話しているのを見かけた。え、そうなの？ あし？ くじいたの？ と守さんが訊き返しているのを、律は手を拭きながら聞いていた。

相手の方も、守さんの聴力に配慮しているのか、少し離れたところで聞いている律にも内容がわかるぐらいの大きな声で話している。十五分前ぐらいだよ、水門をね、動かしててね、閉じないといけないからさ、それで土手のとこでね、草ですべっちゃって！　ううん風のせいじゃない。つるつるしてたから！　長靴の底が減ってたのかな⁉

用水路の話をしてるんだな、ということを把握した後、律は守さんの後ろを通って店へと戻る。浪子さんは、姉に向かって、今年の冬こそ編み物をしてみようと思うけれども、太い毛糸と中ぐらいの太さの毛糸のどちらから始めたらいいのか？　ということをたずねていた。姉は、太い毛糸のほうが編みにくいけどすぐ仕上がるのに対して、並太ぐらいの毛糸は編みやすいけどなかなか物にならないですね、と答えていた。

通話を切った守さんは、ホールに出てきて、なあ浪子、合羽どこだっけ？　分厚いやつね！と言った。律は、守さんは用水路のことをやりに外に出る気なのだ、と悟って、反射的に、やめときましょうよ！　と口を挟んだ。浪子さんと守さんは顔を見合わせて、でも、当番の成田さん、足をひねったらしくて、と守さんは言った。

昨日水車を外すのを手伝ってくれた人だよ、と言われると、律は言い返すことができなかった。

災害が予想される水辺に行くことに関して、とにかく農地が心配で仕方がなくてその感情に従ってしまう人がいるということは律も知っている。それとは別に当番の人は、そういう気持ちとは関係なく、どうしても行かなくてはならない、と昨日上司が言っていた。当番の人は何をするんですか？　と律がたずねると、川や水路の水位を測ったり、堰《せき》を動かしたり、水門の開閉をして水の流れを変えるんだよ、という答えが返ってきた。

浪子さんも当番のことは承知しているようで、誰かがやらないといけないし、水門のことなら今までも何回か行ったことがあるからね、と言いながら、二階へと続く階段の袂にある靴入れの奥から、レインコートを取り出してきた。一見して良い素材のものであることは律にわかったのだが、どれだけ雨を弾いても風に吹かれて用水路に転落したら一溜《ひとたま》りもない。

今日の当番の人は、足をくじく前にほとんど回ってくれたから、ぼくが見に行くのはいちばん遠い一箇所だけだよ、と守さんは言った。誰かがやらないと。

そう言って守さんは浪子さんに行き場所を告げる。浪子さんは複雑な顔をして、気を付けて、と守さんに向かってうなずく。そして浪子さんは、守さんがやろうとしていることは、用水路の水位と水を引き込んでいる川の水位を測って、水門を閉めるか閉めないかの判断を市の治水の出張所に仰ぐことだと姉と律に説明する。

守さんと律と浪子さんのやりとりを押し黙って見守っていた姉は、私も行っていいですか？と突然口を開いて大きな声で言った。守さんは目を丸くして、首を横に振って、なんでなの？と訊き返した。威圧的ではなかったが、守さんが心底なぜだかわからないという様子なので、姉は少し怯《ひる》むように顔を引いた。

「なんでって、心配だからです」

「ついてくるほうが心配だよー」

守さんは軽く肩を竦《すく》めて笑った。強く雨が降り始める音を、窓がふさがれた家で律は聞いたような気がした。

守さんは車で出かけていった。浪子さんと姉は、じっと立ち尽くしてダンボールで塞いだ店の出入り口を見つめていた。律は冷めたそば茶を飲み干し、テレビを見上げてリモコンを操作し、気象情報を流しているチャンネルを探した。

このあたりが進路になるのは避けられないようだったけれども、それ以上に、前に天気図を目にした時よりも台風が大幅に近付いてきている様子なのが気にかかった。

音量を上げてみると、「速度を速めており」という言葉が耳に入って、律は顔を歪めていちばん近い窓の傍らに寄ってダンボールの隙間から外を見る。風が吹き付けて、がたんと枠が鳴った。それからもう一度テレビを見に行き、「朝十時の予想進路図」を確認して、やはり思ったより速く進んでいることを知る。

姉は、出入り口の戸に貼られたダンボールに耳を付けていたかと思うと、目を見開いて戸口を十センチほど開ける。雨風が店の中に吹き込んでくる。サイレンの音がして、防災無線の放送がはっきりと聞こえた。

こちらは、防災×××市です。お知らせです。本日、朝十時頃にこの付近に台風が通過することが予想されます。外出されている方は、ただちに家または避難所に移動してください。

律は、浪子さんの顔が真っ白になっていることに気が付いた。

来るの早くない？　ねえ、早くない？　と浪子さんは姉の肩をつかんで揺さぶっていた。

「守、車に乗ってるじゃない。窓閉めてたらこれ聞こえなくない？」

そこまで言って浪子さんは姉を離して、ああでもラジオつけてるか、でもちゃんと聞こえてるかな？　どうなんだろう、行けばよかった、私が、とレジのカウンターに両手をついて首を横に振る。

「あの、私やっぱり行きます」

「守は車に乗ってるのよ」姉の言葉に、浪子さんは振り向いて、やはり首を横に振る。「たぶん追いつけないと思う」

免許、私も持ってるんだけど、と浪子さんが呟くのが聞こえた。頭の中が熱くなってきて、うまくものを考えられないながらも、律はうなずいて、うちの職場に軽トラあるんで借りますか？　とたずねる。浪子さんが、そうする、ごめん、と言うと、少しだけ開いていた出入り口が半分ほど開いて、鮫渕さんが姿を現した。

「山下さん、ちょっといいですか？　守さん、出かける前にこっちに寄って用事について教えてくれたんですけど、台風進むの予想より速いですよね？」

鮫渕さんが、防災無線のスピーカーのある方向を振り返りながら言うと、姉は、そうなんです、と答えながら出入り口に行く。すでに雨に濡れている鮫渕さんは水車小屋の方向を指す。

「自分は杉子さんの車で守さんを追います。その間、ネネを見ておいてください」

姉はうなずいて外へと走り出ていき、あっという間に水車小屋へと入っていった。律は、十歳年上の二人の判断を前に、その場では何をするということもできず、ただ浪子さんの腕を取った。

「水位は測らないとだめなものなの。内水氾濫とかあるし」

「わかってます」

「でも、どうしても危なかったら……」

「わかりました」

浪子さんの言葉に重なるように鮫渕さんは請け負って、振り向きもせずにそば屋の建物から離れていった。

律は浪子さんを支えながら店の椅子に座らせて、自分はその隣に座る。予想天気図の台風が、また北上したように見える。何をやったらいいのかわからず、差し当たって律はそば茶を淹れる。あんた三月まで高校生だったんでしょ、という言葉が、突然思い出されて悔しい思いをする。

浪子さんの湯呑みにそば茶を注ぐと、りっちゃんありがとう、と浪子さんはこんな時にでもお礼を言う。

「私も祈りますんで」

律は浪子さんの背中に腕を回しながら、テレビを見上げた。強い風が吹いて、がたがたと窓が揺れ始めた。

＊

守さんと鮫渕さんは、正午過ぎに戻ってきた。守さんは思ったより元気だったが、鮫渕さんはひどく濡れていて、浪子さんと守さんは、息を切らせてふらついている鮫渕さんを風呂に入れた後、二階の自分たちの住居で寝かせることにした。まだ風が強かったからか、ネネと一緒にいる姉は戻らなかった。

でもね、聡君がいて本当に助かったよ。守さんはそう言って、浪子さんが作った月見そばをおいしそうにすすった。聡君が追いかけてきてくれたから、ぼくはいちばん危ない時間に交番に避難させてもらうことができたんだ。

鮫渕さんは、守さんを交番に預けた後、もう一人の当番の人との待ち合わせ場所に出向いて、その人も「今はいちばん風が強いから、水位を測るのはもう少し待ちましょう」と説得して交番に連れて行ったそうだ。

その後、風雨が比較的ましになってから、三人で出かけて本流と用水路の水位を測り、交番から河川事務所に連絡をした。

ましになったっていったって危なかったでしょう、と律がたずねると、だから、電柱にロープを括り付けて、お互いをつなぎ合わせてから計測したんだ、と守さんは答えた。本流の水位が上がっていたので、河川事務所は水門を閉める判断をしたという。

水門の開閉にもそれなりに力がいってね、もう一人の当番の人は年なんで、聡君とぼくでやった。すごく助かったよ。

それからまた交番に戻り、一時間ほど居させてもらった後、再び水位を測りに行くと、今度は本流の水位が下がり、用水路の側が上がっていたので、河川事務所に連絡して、水門を開けることにしたのだという。

作業の間に、鮫渕さんはかなり雨に降られたそうだ。もう一人の当番の人は、予備のレインコートを持っていて鮫渕さんに貸してくれたのだけれども、本人や守さんが着ているものとは性能が段違いで、撥水生地のジャンパーぐらいしか着ていなかった鮫渕さんは、最終的にはかなり消耗した。なので、運転してきた車はその場において、守さんが乗せて帰ってきたのだそうだ。

テレビの予想進路図では、台風はすでに他県に移動しており、外からは雨の音は聞こえたものの、風はやんだようだった。守さんは一度二階に上がり、よく体を拭いてあたたかくして寝ててね！　と店に聞こえるぐらいの大きな声で言って降りてきた。それと同時ぐらいに、姉がネネを抱えて戻ってきて、守さんに、鮫渕さんは？　とたずねた。

「二階にいるよ！」

「あの、住んでらっしゃるところなんですけど、ちょっとだけネネを連れていっていいですか？」

そう言って姉が浪子さんを見やると、浪子さんはうんうんとうなずく。ネネは、浪子さんと守さんと律を順番に見て、元気？　と首を傾げてたずねてくる。律は、元気、元気、と身を乗り出してネネを何度かなでて、姉は、よかったね、とネネに話しかけ、階段を上がっていった。

律がネネをなでている短い間、姉がそわそわしていたのが、律には興味深く思えた。姉はとても急いでいるようだった。

＊

守さんと帰ってきた後、聡はとにかく疲れていて、慣れないことを山のようにやった興奮で頭もひどく熱かったので、そば屋の二階で横になっていた。守さんが貸してくれた寝間着を着て布団で寝ていると、ネネと山下さんがやってきた。

しゃとる、起きてる？ というネネの言葉が、「生きてる？」に聞こえて、生きてるよ、と聡は答えて手を伸ばしネネの羽毛をなでた。それから、額に手をやると、熱いですか？ と山下さんがたずねてきた。聡がうなずくと、山下さんは、枕元にネネをおいて、階段を降りていって何かやりとりをしたかと思うと、水を入れた洗面器を持って戻ってきて、聡の額にタオルを置いてくれた。

「他に欲しいものはありますか？」

浪子さんからもらってきます、と山下さんが言ったので、聡は首を横に振って、三十分ぐらいいてください、と部屋の掛け時計を見ながら言った。

うまく頭が働かなかったので、大したことは口にできなかったけれども、山下さんと聡は、守さんについて、ネネについて、少し話をした。

守さんのレインコートはすごい、と聡は言った。あれだけの雨に降られても、レインコートの中はまったく濡れていなかったし、保温性もすごいらしい。自分は来月の給料であれを買おうと思いました。帰りの車ではそのことばっかり考えてました。

ネネは、水車小屋が風で音を立てるのを怖がったけれども、山下さんはラジオの力を借りてなんとか落ち着かせたらしい。ネネがいつも聴いている地元の局は、さすがにずっと台風の情報を流していたのだが、ダイヤルを回して音楽をかけている局を探すと、トーキング・ヘッズの〈ロード・トゥ・ノーウェア〉が聞こえてきたので、これを聴こう、と山下さんは強引に音量を上げ、ネネに聴かせて、二番目からは一緒に踊ったのだという。踊ったんですか？　と訊くと、山下さんはうなずいた。

「どういうの？」

「よくわからないけど、横ノリのやつです」

次の曲は渡辺美里の〈ムーンライト ダンス〉で、その次の曲はヴェルヴェット・アンダーグラウンドの〈ロックンロール〉だった。いい曲ばっかりじゃないですか、と聡が言うと、こういう時だからこそラジオ局の方もすごく選んだのかもしれません、と山下さんは神妙に言った。

とにかく、ネネと山下さんは台風をやり過ごし、守さんと聡は無事に戻った。いつしか時間は三十分を過ぎていて、それでも山下さんはそこにいた。そのうち、浪子さんと守さんと山下さんの妹さんも二階に上がってきて、部屋はぎゅうぎゅうになった。それぞれが好き勝手に喋って、にぎやかで、ネネはうれしそうに誰かの言葉尻をつかまえてはものまねをして、楽しそうにはしゃいでいた。浪子さんはくしゃみを連発していたが、それでもそこにいた。

部屋に入る陽が傾いてきた頃合いで、聡以外の人々は部屋を退出し、聡は眠った。疲れていた上に熱が出ているせいか、本当に深く眠った。大人になってからもっともよく眠ったというぐらいに。

*

十一月に入ると、地元の農業の大半が収穫の繁忙期を終え、律の職場は以前より落ち着きを見せるようになった。十月の台風は、速度は速かったけれども勢力は予想されていたほどではなく、近隣の農家はだいたい被害を最小限に抑えられたとのことだったが、他の支社が受け持つ地域では大変なところもあって、律や他の社員たちも何度か、設備や畑の修復の手伝いに向かった。

地元から少し離れた場所ではそばの収穫が始まり、律はそれに関連する仕事を少し手伝った。そばを取り扱っている別の支社が、そばの収穫と粉挽きの見学、そば打ち体験をセットにした休日のツアーを組みたいとのことで、そば打ちの職人は近所にたくさんいるけれども、水車を使った石臼での製粉を見ることができるのは珍しいから、守さんと浪子さんのそば屋を紹介してくれないか？　と声をかけてきたのだった。

律は、一般客のツアーが二回と、小学校の遠足で一度、水車小屋を案内した。水車小屋での製粉の実演は鮫渕さんがやって、そば打ちについては守さんと浪子さんが商工会議所の二階に道具を運んでいって教えた。

鮫渕さんが水車を動かしてそばの実を粉にしながら、自分はまだこれをやり始めて一か月ほどで、もっと長く仕事をしてた人がいるんですけど、と律儀にツアー客たちに打ち明けるのが、律にはおかしかった。注目されるのが好きなネネは、絶対にその場にいたかっただろうけれども、興奮しすぎると変なことになりそうなので、お客が訪問している間は、姉が杉子さんのアトリエに連れ出して、一緒にラジオを聴いたり話をしたりしていた。

小学校の遠足の打ち合わせでは、藤沢先生に再会した。四月に就職した時に、お祝いに食事に連れて行ってもらって以来で、すごいわね、しっかり仕事をして、すごいわね、と何度も言われた。先生なんかもっと長いことやってるじゃないですか、仕事、と律が言うと、藤沢先生は笑っただけだった。

藤沢先生は訊きにくそうに、お金が貯まったら大学には行くのかということをたずねてきた。律は、安月給だし、どうなるかわからないけど、できれば、と答えて、藤沢先生は、本当に困ったら声をかけてください、と静かに一言だけ言った。

藤沢先生にお金を借りてまで大学に行くのか、ということは、律の中では長い間大きな問題だった。言ってみれば律は、藤沢先生の大勢の教え子の中の一人でしかないのに、そこまでしてもらうべきなんだろうかとはずっと思っていた。

律は、自分は金銭的に恵まれてはいないけれども、姉や杉子さんや浪子さん守さん夫婦が周りにいて、それこそ藤沢先生も気にかけてくれて、寛実をはじめとした友達も普通にいて、人という意味ではとても恵まれているのではないかと、子供の頃以上に強く思うようになっていた。なので、藤沢先生が働いてきて貯金したお金は、もっと何か、誰か、困難な状況にある人のために使われるべきなのではないか。

　就職について考え直してみませんか、迷惑かもしれないけれども、とときどき電話をかけてきてくれた藤沢先生とのやりとりの最後の方で、律はそのことを打ち明けた。藤沢先生は、しばらくの間何も言わないでいた後、わかりました、万が一気が変わったら言ってください、と言って、それからは大学に行くように律を説得しようとすることはやめた。

　台風が去ってからは、仕事帰りの姉と鮫渕さんがときどきそば屋で向かい合って食事をしているところを見かけるようになった。鮫渕さんは、水車小屋の仕事が終わった後はだいたいそば屋にやってきて守さんを手伝い、ある程度用事が片付いたら食事をして、それからまた閉店まで手伝えることがあったら手伝って帰るのだそうだ。杉子さんのアトリエの管理は続けていて、誰かから遺品について声をかけられると、その日は帰って形見分けに立ち会うのだという。

　姉からは、鮫渕さんは最近そばの切り方を守さんに教えてもらって、ときどき練習している、という話も聞いた。もちろんお客に出すようなものを切ったりはしないけれども、守さんと浪子さんや、姉や自分自身の食べる分は鮫渕さんが切っているらしい。一日たった三、四食分を切ったところでどうにもならないかもしれないけれども、本人は有意義に感じていて、楽しそうにやっているそうだ。それで家に帰るとポルトガル語を勉強して、二十三時に寝るという。

　そば切るの上手なの？　と律が訊くと、姉は、そりゃまあ守さんの方が何十倍もうまいと思うけど、切るたびにうまくはなってると思うよ、と話していた。鮫渕さんが切ったやつで、と律も試しに頼んでみると、もちろんいつも食べているそばほどきれいではないけれども、ほかのお店でこれが出てきてもべつに文句はない、というそばが出てきた。それまではそばについて深く考えたことはなかったけれども、鮫渕さんが切ったそばを食べる機会が増えると、これまでおいしい以外は特に何も考えずに食べてきた守さんのそばがいかに優れたものなのか、律は再確認したような気がした。

電車に乗って会社に行くようになってから、姉が夕食を作る回数は今までの半分ほどに減り、律が作ったり、そば屋に行ったりということが増えた。姉は、そば屋をやめる時にものすごく心細い気持ちになったそうなのだが、結局週に三回は顔を出しているので、以前とあまり変わりない頻度で浪子さんと話をしている。浪子さんも姉がやめることを寂しがっていたので、姉がよくそば屋を訪ねることについては安心しているようだった。

鮫渕さんの話も、姉は自分からするようになった。といっても、以前の自分自身と同じような生活をしている人のことなので、あまり目新しい話題はないのだけれども、ネネが今はどんな曲が好きかとか、どんなふうに杉子さんのアトリエが片付いていっているとかといったことを教えてくれるらしい。

「杉子さんの作品は、倉庫の契約更新まで保管場所にしておいてくださいって」

「それはよかった」

杉子さんの作品を持って帰ることになっても置く場所がないのが悩みだよなと律は考えていたので、それはありがたかった。

倉庫の次の更新に関しては、姉や鮫渕さんと相談して、自分もいくらか更新料や家賃を負担するつもりだった。アトリエとしての倉庫は、律が杉子さんと長く過ごした大切な場所だったので、物は減ったとしても気軽に行き来できる場所にしておきたかった。

倉庫のことについてのお礼も兼ねて、律は、以前ぶどうをもらったお返しに、少し離れたところで建てたサービスエリアの市場で大量にもらったしいたけを鮫渕さんに渡してくれ、と姉に預けた。どうせ店で会うんだし、律があげればいいんじゃないの？　と姉は言ったけれども、私があげるよりいいんじゃないかな、と律は肩をすくめた。姉は結局、一人じゃ食べ切れないらしいから、と半分持って帰ってきたので、二人で焼いて食べたり、浪子さんのところに持って行ったりした。

晩秋と言える時期になると、気温はどんどん下がり始め、今年姉に縫ってもらったコートで通勤するのは寒くなってきたのだが、律は中に何枚か着込んでもう我慢できないという所までは着続けるつもりだった。浪子さんは、水車小屋のオイルヒーターの電気代が嵩むと嘆いていた。オイルヒーターは、浪子さんの父親である先代の益二郎さんがネネのために奮発して輸入までして購入したもので、冗談じゃなく、このあたりでネネがいちばんいい暖房を使ってるはず、と浪子さんは苦笑いしていた。父親自身はずーっと使ってる石油ストーブとこたつだけで暮らしてたのにねえ。本当にネネをかわいがってた。

姉は会社から家に帰ると、だいたいテレビを観ながら編み物をするようになった。姉は洋裁の他に編み物もできるのだが、去年までは内職でミシンを踏んでいることが多かったので、それほど編み針を持っているところを見かけることはなかった。けれども今年は毎日のように何か編んでいる。律にも、一方的に「靴下を編んであげる」と宣言したかと思うと、二日後には茶色一色で、いろんな模様編みを施した変な靴下をくれた。姉はたぶん、律に靴下をあげるという態で模様編みの練習がしたかったのだと思う。

律の勤め先である農産物の商社では、クリスマスは何かするかという話し合いが思い出したように行われるようになっていた。会議ではだいたい書記をやっている律は、ホワイトボードに、クリスマス、と書いて、その下に、白菜、大根、ゆず、干し柿、などというその時期によく取り扱う品目を書き加えて、ちっともクリスマスじゃない、と職場の人たちが頭を抱えるのをおかしく思いながら手を動かしていた。

クリスマスといえば、十一月の半ばに、ピアノ教室のクリスマス会で鮫渕さんに弾いてもらえるように頼んでもらえないだろうか、と寛実から打診があった。休みの日に、特急に乗ってターミナルの駅の周辺に遊びに行った帰りのことだった。

寛実は、音大に入ったりするということはなく、大学は文学部に進学したけれども、ずっと地元のピアノ教室に通い続けていて、今習っている先生に鮫渕さんの話をすると、すごく懐かしいし、会いたい人ももちろんいるからぜひ来てほしい、支障がなければ何か弾いてほしい、と言われたのだという。系列の教室では、当時いちばんうまかった人だったし、あの人がアルバイトをしてた時に教わった子も何人かまだいるしね、と寛実は言っていた。

でもピアノなんかないんだけど、と律が言うと、べつにうちの弾いてもいいよって言いたいとこだけど、向こうがいやだろうしなあ、と寛実は首を傾げた。

「バンドに入ってた時のキーボードでも借りてくるか」

「高校のやつ？」

「余ってるのがあるか、今の部員に訊いてみるよ」

律は鮫渕さんに弾いてもらえるか訊いといて、と寛実は頼んだ。律は寛実と別れた後、その足でそば屋に行き、鮫渕さんにその話をすると、長い間弾いてないけど、それでいいんなら、という返事が返ってきた。その夜遅くに寛実から電話があって、高校の部員の子に問い合わせたんだけど、一台キーボードが余ってるから、杉子さんのアトリエにでも持って行こう、と言われた。

次の土曜日に、寛実と律は母校の高校にキーボードを引き取りに行った。駅までの道のりを、キーボードの両端を寛実と律で持って運ぶというのは、学校に通っていた頃に戻ったような感じがして楽しかった。寛実が軽音楽部でバンドに入っていた頃は、よくこうやってキーボードを徒歩で運びながら、バンドのメンバーに関する寛実の愚痴などを聞いたものだった。

杉子さんのアトリエに到着すると、出迎えた鮫渕さんが、そんなに重いものなら車を出したんだけど、とすまなそうに言って、返す時はそうするから、とキーボードを受け取り、アトリエの中ほどにある大きな机の上に設置して、電源をつないだ。

「もう弾かないんですか？」

「もう弾かないよ」

寛実の言葉にそう答えながら、鮫渕さんは鍵盤に手を置いた。弾いてるじゃないですか、と律は言いかけるのだが、おそらく楽器を演奏する人同士の、大勢の人前で、だとか、仕事として、だとか、これ以上は上達しようとしない、といった何らかの符丁があるのだろう、と思い直して口を閉じた。

誰の何という曲かは知らないけれども、たぶんバロック時代の曲だろうということはわかる曲を、鮫渕さんは弾いた。寛実はそれを察したように、曲のそれほど盛り上がっていない部分で、律の肘をつついて、ヘンデルだよ、と言った。律はうなずいて、なんかCDを聴いてるみたいだ、と自分でも間抜けだと思う感想を持った。

＊

クリスマス会は、商工会議所の二階を借りて、十二月二十三日に開かれた。一昨年から天皇誕生日になった日で、祝日だからと言われても、聡はまだ少し慣れなかった。

山下さんの妹さんの友達の榊原さんが通っている系列のピアノ教室のクリスマス会だと聞いていたので、曲と曲の間に、ピアノ教室とは関係のない山下さんがやって来ていることを知った時は本当に緊張した。本当は山下さんには、ピアノを弾く人間であることも知られたくなかったので、二曲目の最初は動揺が抑えられなかったけれども、弾き続けているともうどうでもよくなって、悪くなく弾けたと思う。山下さんの妹さんと榊原さんが持ってきてくれたキーボードで、ある程度まじめに練習をしたおかげだった。

妹に誘われたんじゃなくて、婦人会のメンバーがここの教室に通ってるらしくて、演奏するから観に来てって言われて、と山下さんは聡に説明した。

真壁さんという、郵便局で働いているその人は、大人になってからピアノを習い始めて五年目だとのことで、少し恥ずかしそうにショパンの〈別れの曲〉を弾いていた。

クリスマス仕様に飾り付けられた、長方形の大きなケーキを小さく切り分けてもらって、壁際のパイプ椅子に座って食べた。そのうち山下さんが隣にやってきたので、ケーキを食べるのは八年ぶりぐらいだということを言うと、甘いものが嫌いなんですか？　と訊かれ、よくわからないです、と聡は答えた。

それから、ここで川村杉子さんのお葬式をしたというのは不思議な感じだ、という話をすると、そば打ち体験もここでしてるし、婦人会の会議もここでやりますよ、と山下さんは言った。何か、感傷を断ち切るような物言いにも受け取れて、自分より川村杉子さんがいなくなったことに傷ついているはずの山下さんがそうするんなら、自分も変に物事に意味を加えるのはやめようと思った。

クリスマス会からの帰り道では、聡の後ろに山下さんと妹さんと榊原さんが並んで、年越しはどうするのか、という話をしていた。榊原さんは、大学の近くのお寺が鐘を突かせてくれることがわかってさ、行こうよ、と妹さんを誘っていた。妹さんが、行く行く、と答えた後、お姉ちゃんは？　とたずねると、山下さんは、私はいい、そば屋に行って少し手伝う、と言っていた。

それから、三人は年賀状の話を始めた。榊原さんは、あ、そうだ、鮫渕さんのとこは杉子さんの住所でいいんですよね？　と言ってきたので、「川村方」はいるかも、と聡は振り向いて言った。わかりました、私の住所は帰ったら律に聞いといてください、と榊原さんが言ったの

で、榊原さんと別れた後、山下さんと妹さんと聡はそば屋に寄り、聡は榊原さんの住所をメモした紙を妹さんにもらった。妹さんが、うちの住所も教えていい？　と山下さんにたずねると、山下さんは、いいよ、とうなずいた。

聡は次の日、発電所の清掃の仕事と水車小屋の仕事の合間に急いで郵便局に出かけて、年賀状を数枚買い、帰宅してから少し夜更かしして書いた。

水力発電所の掃除は、大晦日と元日が休みで、そば屋は二十八日から閉店し、大晦日は営業だった。聡は、三十日の昼から特急に乗って終点まで行き、隣の県の市内でリバイバル上映をしていた〈グロリア〉を観た。

それから、駅までの帰り道にあった登山用品店で、守さんが持っていたレインコートと同じメーカーで同じ素材のマウンテンパーカを買った。帰りにさっそく袖を通した時に、冷気が内側に入り込んでこなくて本当にありがたいと思った。

そば屋が休みの間は、水車が止まっている水車小屋でネネと話したり、一緒にラジオを聴いたり、ポルトガル語の学習をした。ネネは、そば屋の仕事のせいで訪ねてくることが少ない守さんが遊びに来るのがうれしいようで、守さんの甲高いかすれ声を真似して、月見一丁！　山菜一丁！　などと叫んでいた。聡は、そば屋のやりとりはすべて伝票と札でやっていることを知っていたので、声を出した注文をネネの前でしてみせるのは守さんの気遣いなのだろうなと思った。

大晦日は、昼過ぎに水車を動かした後、聡は夕方の早くに山下さんの家へと向かった。何時に行くかぎりぎりまで悩んだけれども、妹さんがまだお寺に出発していなくて家にいるんなら、それはそれでいいかと思った。山下さんがすでにそば屋に出かけているんなら、それもそれでよかった。状況がどうなるのであれ、聡にはとにかく、自分の心が決まったことが良いように思われた。

陽が傾くと、すぐに雪が降り始めた。予報の通りだった。自分が訪ねて打ち明けたことで、山下さんが変な顔をするんなら、すぐに借家に帰って酔ってさっさと寝ようと思った。そのためにマウンテンパーカを買った帰りに少しだけ日本酒も買った。酒のことはよくわからなかったけれども、とにかく酔って横になって目をつむったら明日が来ることだけは知っているから、今日だけはそれに縋《すが》ろうと思った。それで目が覚めたら水車小屋に行く。

通りがかりの農家の軒先に飾られたしめ縄を少しの間眺めていると、だいだいの表面に白くてふわふわしたものがくっついているのが見えた。雪が降り始める中、聡は山下さんの元へと急いだ。

アパートに到着し、山下さんの家もちゃんとしめ縄を飾っていることに感心しながらドアホンを押して、鮫渕です、と聡は大きな声で言った。はいはい、と中から声がして、太い毛糸で編んだ暖かそうなカーディガンを着た山下さんが出てきた。黄緑色だった。こんばんは、と聡が言うと、こんばんは、と山下さんは言った。

「何かあったんですか?」

「何もないけど」

聡が答えると、数秒間《ま》を空けて、そう、と山下さんはうなずく。

「少しだけ話をしたくて」

「中に入る?」

「ここでいい」

　聡の言葉に、山下さんは無言でうなずく。

「話したいことがあって。自分のことなんだけど。自分は若い時にひどい挫折をして、それでもう、自分は終わった人間なんだと思ってて、それならどこにでも行ってそこで消えようと思って、ここに働きに来た」

　山下さんはじっと聞いていた。聡が、次の言葉を探しながら息を吸うと、続けて、という声が聞こえた。

「何でもどうにでもなったらいいと思ってた。でも、きみの就職が決まった時に、一年後もうまくやれてるだろうか、そうだったらいいなと思ったんだ。自分のことでも他人のことでも、一年後のことなんて考えたのは二十歳の時以来だ」顔が熱くなってきたので、聡はフードを剥いで玄関口に立っている山下さんを見つめた。山下さんも、目を逸らさなかった。「そういうふうに思えるってことは、まだ終わりじゃないからだと気が付いた。きみが近くにいると、自分はたぶん勇気を持つことができる。報われないことを恐れなくて済んで、自分がそうしていたいだけ誠実でいられるんじゃないかと思う。守さんを迎えに行った時だってそうだった。そのことについて、感謝を伝えたかった。どうもありがとう」

　山下さんは変な顔はしなかった。代わりに、ほんの少しだけ笑って、話を聞けて良かった、と言った。

「今お茶を淹れたところで」

「うん」

「飲んだらネネの様子を見に行って、浪子さんと守さんのところに行く」

聡がうなずくと、山下さんが手を伸ばして、聡の前腕にそっとさわった。

「それまで話をしていって」

「わかった」

それから一緒に行ってもいい。目の前を横切る雪が強くなるのを眺めながら、聡はその向こうにいる山下さんをじっと見つめていた。そして、自分はもう、どうでもいいなどと思うことはないだろうということを、強く確信した。

第三話　二〇〇一年

連休は、溜まっていた家事を片付けた以外は、だいたいぼんやりして過ごした。夕方になると、食事の買い物に行くついでにネネの様子を見に行って話したり遊んだりはしたけれども、朝晩の世話については姉とその夫の聡さんがすべてやってくれていた。

三月で先輩がやめてから、担当する得意先が増えて忙しい、という話をすると、姉と義兄はたいそう心配してくれて、週の中で律が分担していたネネの世話を買って出てくれるようになった。律にとって、出勤前にネネに会いに行くことは日常で、重荷だったわけではないけれども、ゴールデンウィークの四日間、何も構わずに昼まで寝ていられるのはとてもありがたかった。

その日も律は遅くに起き出して、トーストを食べてお茶を飲んだ後、座卓の上に数枚溜まっていた物件のチラシを眺めていた。小学三年以来住んでいるアパートを退去することになった、と言うと、周りのいろんな人が会う度にくれるので、溜まったチラシは十数枚にはなっている。気が進まないのでちゃんと見ないでいるうちに、見学の期限が終わってしまった物件もある。中古の分譲マンションだったので、二十八歳の律にはどちらにしろ遠い話だったのだけれども。

だいたいどの部屋も、今の家よりは家賃が高く、少し狭く、そして新しかった。ネネを貰い受けて水車小屋で一緒に仕事をすることにした、そば屋の元店主のおじいさんが住んでいた部屋に姉と入居して、気付いたら二十年住んでいた。八歳から大学に入った二十歳までは姉と二人暮らし、姉が結婚してからのこの八年は一人暮らしだった。

　律が二十四歳で二回目の就職をしてからの最初の一年は、職場のある駅の近くに住んでいたけれども、週末は地元に帰るので元の部屋の家賃は払い続けていた。しかし、安いとはいえお金の無駄のような気がしたし、地元から職場に通うのは結局それほど苦痛でもない、という結論に達して、職場の近くの部屋は引き払った。

　元はおじいさんの弟さんが所有していたアパートは、律と姉が住み始めた時点で築十数年にはなっていたので、アパートを相続したおじいさんの弟さんの息子さんに、建て直すので一旦《いったん》退去してくれと言われても、そりゃそうだろうなという感想しかなかった。

　自宅の周辺には、この十年の間にアパートや小さなマンションがいくつか建つようになった。田舎と言えばそうだけれども、特急にさえ乗れば一時間といくらかで政令指定都市である隣の県の県庁所在地に移動できるというのは大きな強味だったし、家賃はそちらより明らかに安いため、住むには手頃な土地だと住宅の開発をしたい人たちに気付かれたようだった。なので、引っ越し先に事欠かないのは良かったのだが、今の律にとってはその引っ越し自体が重荷だった。

　姉と義兄が連休中のネネの世話をすべて引き受けてくれたのは、律がそろそろ荷造りを始めなければいけないからでもあった。退去は七月でいいそうなのだが、週末ごとに引っ越しの準備をするとしても、仕事をしながら二十年暮らした部屋から出ていく作業をするという自信を、律はいまいち持てないでいた。それに、まだ家も決まっていないのに持ち物を箱詰めする気にもなれなかったし、次の部屋を決めることにも気が進まなかった。

姉は、家が決まらなければべつに自分たちの家に住んでもいい、と言ってくれているが、そこまで世話になる気はなかったので、律は丁重に断った。姉と義兄は、義兄が借りていた杉子さんの自宅を親族から正式に買い取って住んでいる。二年前に改築した。

チラシに一通り目を通した後、座卓の上のノートパソコンを開いて物件を検索し始めたものの、やはりここという物件は定められなかった。入社してからの最初の一年のように、会社の近くに小さい部屋を借りて住んでもいいのかもな、とも考えたのだが、そちらのほうが便利であることはわかっていても、律は育った土地から住居を移したいとは思えなかった。

一時間ほど次の住居のことを考えて、仕事よりもよほど頭が痛くなるような思いをした後、外の空気を吸いたくなったのでネネの様子を見に行くことにした。姉からは、今日ネネに会いに行くんなら、いったんうちに寄って、と言われていたので、家を出た律は、まず姉の家に向かった。

三か月前に、ネネは文字通り羽を伸ばして空を飛べるようになった。羽根を切ってもらうのをやめたからだった。ネネの本来の飼い主と言える、おじいさんの娘である浪子さんと、その夫の守さん、姉と義兄と律で慎重に話し合った結果だった。もういいのではないか、と最初に疑問を呈したのは律だった。

水車小屋で、そば屋の石臼の空挽きを防ぐための監視の仕事をしていたネネは、浪子さんと守さんの夫婦が店を畳むまで仕事を続けた。そばの実を挽いていた水車は、今は近くの町の製薬会社に貸し出されていて、実用が半分、製薬会社がときどき実施する見学ツアー用に半分という様子で動いていて、週に数回の製薬の仕事をする際は、ネネは今もじっと、引き戸にはまった窓越しに隣の部屋にある水車の内部装置を見張っている。製薬用の道具はそば粉を挽いていた石臼ほどは貴重なものではなく、仕事の重要さという意味ではそば粉を挽いていた時ほどではなかったけれども、ネネは引き続き働いている。

先代のおじいさんである益二郎さんの時代から数えて、三十年近くもヨウムであるネネが同じ仕事をしているというのは、今の会社で五年目の律からしたら改めて驚く話だった。そのことに気付いてしまうと、もういいかげんネネの働きに敬意を表して、ネネの飛行能力を取り戻させてもいいのではないか、と提案せずにはいられなかった。ネネの羽根のクリッピングを続けるのか続けないのかについては、ネネを獣医さんに連れていくたびに小さく議論されていたことではあったのだが、今回は律がそれなりに強く提案したため、改めて実行されることになった。

そういういきさつがあって、浪子さんと守さんのそば屋の店主夫婦と、そこで働いていた姉と義兄、そして律たちと、三十歳前後と思われるヨウムのネネの付き合い方は、少しずつ変化しつつあった。ネネとの精神的なつながりのようなものはこれまでと変わらなかったが、飛行能力の多くを取り戻したネネがどう過ごしていたいか、自分たちはどう振る舞ったらいいのかについて、周囲の人間たちは以前よりも考え込むようになっていた。

姉の家のドアホンを押すと、わざわざごめんね、と言いながら、大きな毛糸の固まりを抱えた姉が出てきた。毛糸はかなり太い。

「これ、つないで四八〇メートルにした」

「それは長いね。ここから駅までぐらいは余裕か」

「ネネにどうかと思って」

姉は、ネネが飛ぶことに関しては慎重だった。姉がネネがどこかに行ってしまうことに関する心配を口にするたびに、自分自身は、十八歳で八歳の妹を連れて知らない町に飛び込んで働くという無鉄砲なことをしたのに？　と律はからかいたくなる。

姉には、ネネがどこかに行ってしまうかもしれない、戻って来られなくなるかもしれない、という可能性に強い忌避感があるようだった。でも私のことはわりと信用してほっといてくれたよね、と律が言うと、まあ律は私より難しい漢字が読めたしね、と姉は答えた。漢字が読めたら安心なの？　とたずねると、姉は首を傾げて、律はどこに行ってもここことかトイレの位置はここことか確認する子だったしね、と言い直した。さすがにネネにはそこまでは望めないということなのかもしれない。けれども、ネネは、紺色の制服を着た「おまわりさん」ぐらいならよく教えたら認識できるのではないかと律は思う。

姉と律が話していると、義兄が自分と姉の上着を持って二階から下りてくるのが見えた。

「その毛糸、だいぶ長いけど絡まらないように考えないといけないよな」

「糸巻きか何かを作った方がいいのかな」

姉と義兄はそう話し合いながら靴を履き、三人は水車小屋へと向かった。

律は、散水用のホースを巻き付ける装置を使ったらどうかと一瞬考えたけれども、毛糸が回る程度の力で金属の装置も一緒に回ることはないか、と考え直して、口にはしなかった。

今は、足に長い紐を巻き付けてネネを飛ばしている。ネネは自分のことを律や姉夫婦と同格の人間だと思っているふしがあるので、これ幸いと逃げ出そうとするというようなことは決してなかったのだが、それでもネネの気分次第で、これまで想像したこともないような遠くに飛んでいくこともあった。紐をつけない日にそういうことになると、どうしようもなくおろおろするのだが、反面、ネネが行きたいところに行かせてやるのも自分の義務なのではないかと律は感じていた。

水車も動いていない連休の昼下がりに、ネネは水車小屋でラジオを聴きながら、知っている曲に合わせて小声で歌っていた。本人が自信を持てるほど練習を重ねたら、水車小屋にやってきた馴染みのある誰かに披露する。最近のネネは、モグワイの曲がかかるとラジオの近くに寄ったりなどして興味を示すのだが、ボーカルのパートがとても少ないので、どうも苦戦している様子なのがよくわかる。仕方なく、ハミングをしながら目立った楽器の音を声帯模写して、なんとかそれらしくしている。

水車の内部装置の隣の部屋にヨウムが住んでいることについて、水車小屋を貸し出した先の製薬会社は、「製品に鳥の羽根や粉が混ざったりしないようにだけしていただければ」とのことで、特に何も言ってこなかった。水車小屋で作られている薬は、工場で生産されているような広く市販に出回るものではなく、見学ツアーのプレゼントや、県下の土産物店や出張の物産展で主に取り扱っている製品だという。製薬会社が水車小屋の借り手となってくれたことには、企業イメージの維持が大きく影響しているらしい。会社は十数年前に所有している水車を廃し、水車での製薬をやめていたのだが、社長が代わって改めて「水車で作られた薬」の神秘性もマーケティングに利用する方針に転換したそうだ。

薬はそば粉とはまったく違う匂いがするため、ネネは当初は違和感を覚えたようで、よく外に出たがったのだが、天然の材料だけで作られている薬は、それほど自然とかけ離れたものでもなかったので、しばらくすると慣れた様子だった。それでも今も、「空っぽ！　したい！」とときどき訴えるのが、律には少し切なかった。石臼は幸い、浪子さんと守さんが店を閉めるまでその機能を保ち続け、今は水車小屋の隅で覆いを掛けられて休んでいる。浪子さんによると、まだ挽けるし、石臼作りの後継者の人も育ちつつあるという。

「ネネ、散歩行こう」

ラジオの横で体を揺らしているネネに向かってしゃがんで話しかけると、ネネは、行く！と律の膝にまず飛び乗り、次に律の右肩に移った。律が立ち上がると、姉が寄ってきて、ネネの足に毛糸を結ぼうとするのを、律は迷ったあげく首を横に振って制止した。

「せっかくだけど、休ませてもらったから、体力は余ってて」律は、ネネのおなかあたりをなでながら説明する。「ちょっと遠くに飛んでいくぐらいなら追いかけられると思う」

姉は、でも、と心配そうな顔をしたけれども、律はもう一度首を横に振った。

それから、姉夫婦とネネと律は水車小屋を出て、そば屋と律が働いていた農産物の商社の間の畑が広がっている、見通しの良い一帯にネネを連れていく。散歩だよ、と律は右手で、ネネの背中を軽く上に向かって押すようにすると、ネネは律の肩から浮かび上がり、ばさばさと羽ばたいていく。姉は、あ、という声を上げ、義兄は黙って、次第に高く上がっていくネネを見守っている。

律は、畑の間の畦道を歩いてネネの動きについて行く。ネネはしばらく律の斜め前の上空を円を描くように飛び回った後、よく飛んでいく園山さんの家や、農産物の商社の建物や駅の方向ではなく、水力発電所のある山側へと向かう。律にはその姿が、ネネが自然に還ろうとしているようにも見えて、足を止めてしまう。ネネは振り返りもせずに木々が生い茂っている方向へと飛んでいく。

ネネを追うことはせずに、遠のいていくその姿を見守りながら、律は自分の足が冷えて背中が汗をかくのを感じる。そんな自分が、姉と義兄に見守られているのも感じる。二人はネネだけでなく自分のことにも気を配らなくてはいけないから大変だ、と律は妙に冷静に考える。

ほとんど山の木々の中に隠れてしまうまでネネが遠くに行ってしまうと、律は叫び出したくなるのを抑えて、そちらの方に足を向ける。ネネがいなくなるということについて考える。でもそれが本人の意志なら律には止めようがない。

畦道を渡りきって、商社のある道路に出ると、ネネがまっすぐにこちらに戻ってくるのが見えて、律は歩道で足を止める。手を挙げたりはせずじっと立っていると、ネネは何の迷いもない様子で律を目指して飛んできて、律の前で少しの間ホバリングをした後、律の肩に乗って、りっちゃん！　ただいま！　と言った。律は、ネネの胴に頭を預けて、おかえり、と答える。

「今日も行かないか、ネネ」

律が呟くと、ネネはそれには答えず、電柱の杭に飛び移って何段か上がった後、また律の肩に下りてくる。律は、自分がネネにどうして欲しいのかよくわからなくなって、道路を通り過ぎるトラックを眺めながら、ネネのくちばしに髪を摘まれるままにする。

姉と義兄が律に追いついてきて、ネネに向かって、おかえり、と口々に言う。ネネは律の肩の上で何度かはねた後、ただいま、ただいま、とうれしそうにそれぞれに言う。

「行ってもいいのに」

律の言葉に、戻ってくるのもネネの自由だよ、と姉は言う。

「律だって子供の時、毎日学校に行ってもいつも帰ってきたでしょ」

「そりゃあね。帰らないとごはんないし寝るとこもないし。お姉ちゃんに心配かけるし」

「それと同じじゃないの」

そう言われてみると納得してしまう。ネネだって、今まで周囲の人間が築き上げた基盤の上で生活をしている。仕事をしてきたという意味では、水車の内部装置の監視という二十数年のキャリアさえあるのに、それを今、律だけの考えで行ってしまえというのも勝手な話なのかもしれない。

「ここで自然に還れということになっても、それは違うんじゃないかと思う。ネネが本来居るべき自然はここじゃなくてアフリカだしね」

「それもそうですね」

義兄の言葉に同意しながら、律は少しの間、ネネを連れてアフリカの密林に行き、ネネをそこに戻すことを考えるのだが、そんな資金はまだ持てていないし、持てるかもしれない見通しも立たないし、本当に実現してもそこでうまくいかなかったら、ここでこのまま自分たちと居てもらうよりもネネを傷付けてしまうような気がした。それでもいつかは連れて行かなければならないと思い詰める日が来るかもしれない。

「帰ろうか、ネネ」

肩の上のネネに話しかけると、ネネは、帰ろうか！　りっちゃん！　と言う。今は鸚鵡返しの方が会話としてそれらしいことをわかっていて、ネネはそう言う。改めて、なんて賢いんだと律は感心する。

「お姉ちゃん、毛糸のことごめん」

「いい。いつか使うだろうし、私が散歩させる時は付けるかもね」

「私は今のところネネに紐を付けたりはできないけど、べつの誰かがやってると思うと気が楽だな」

そのぶん迷子になる可能性が低いし、と律は付け加えながら、畦道を戻り始める。傾いた陽が色付き始めて、何をするにも中途半端な夕方が来ることを告げる。休んではいるけれども、次の家のことといいネネのことといい、定まらないことばかりで律は気が滅入ってくるのを感じる。

さしあたっては夕食をどうするかで、三年前までなら何も考えずにそば屋に行っていたらよかったのに、今は冷蔵庫の中に何があるかを思い出さなければいけないのを少しわずらわしく感じる。そば屋が閉店してから時間が経つのに、律は未だそのことに慣れることができないでいる。

ネネを水車小屋に帰した後、律、ごはんどうするの？　と姉にたずねられて、これから買い物行ってなんか作る、と答えると、うちで食べてってよ、と姉は言った。

「いいの？」

「なんでよくないとかあるのよ。今日は来てもらうほうが助かるのよ」

律は義兄の顔も窺ってみるのだが、姉と同じような何も含むところのない顔つきをしてうなずいている。律は、じゃあお世話になります、と二人の家に寄ることにする。

姉と聡さんが結婚してから、今年で八年になる。律が大学に入学するのとほとんど同時に籍を入れて、それから婦人会が参加するコーラス会の会場になっている音楽ホールの広間で式を挙げた。

反対する感情などはまったくなかったのだが、姉は律にとってどこまでも自分を庇護してくれる姉だったので、いざ結婚となると律は本当に驚き、大学に通い始めた最初の数か月のことは今もあまり思い出すことができない。ただ、一人になった部屋で寝起きしながら、毎日呆然としていた。

大学の学費は、律が二年間地元の農産物の商社で働いて貯めた資金と、離婚した父親の遺産に加えて、姉と義兄が援助して四年分を賄った。義兄は二十四歳で工員として働き始めてからここに来るまで、家賃と食費以外にはほとんどお金を使わない生活をしていたそうで、それ以外は貯金していたことも大きな助けになった。

姉が十八歳で自分を連れて家を出た理由の一つが、「短大の入学金を親の婚約者に使い込まれた」だったことを考えると、自分がその人のお金で四年制大学に行くのは考えれば考えるほど気が引けたけれども、姉は、律は大学に行くべきよ、と強く言った。なんで？　と訊き返すと、難しい漢字が読めるからよ、とはぐらかすように答えるだけだったが、今自分が会社からもらっている給料の額と、最初に入った職場での給与の額を考えると、大学に行くことには大きな意味があったと律は思う。

大学に通っていた頃は、学業の他に地元で家庭教師のアルバイトをしていた。交通費を稼ぐためだった。姉の結婚で呆然としていた日々に始まった四年間は、その後学業とアルバイトとネネの相手で、呆然としている時間も大してないまま終わっていった。

　レタスが安くて買いすぎた、とのことで、夕食はレタス鍋だった。豚肉もたくさんあるから食べなさい、と姉は律に勧め、律はその通りにした。義兄によると、先月いちばん近い国道沿いに業務用食品スーパーができたので、午前中に車を出して二人で行ってきたのだという。初めから夕食には律を呼ぶつもりでいたそうだ。

　二人には子供はいない。ときどき病院に行っているという話は耳にしていたが、律から詳しくたずねることはなかったし、姉も聞いてほしそうにすることはなかった。姪か甥ができたらいくらでもかわいがる準備はできているつもりだったが、律もそのことを口にはしなかった。子供がいなくても、姉と義兄は大きな不満も見せず幸せに暮らしていて、子供ができたとしてもそれは変わらないだろうと律は考えていた。

　姉は、十年前に入社した手芸店の服飾部門で今も働いている。入社五年目の三十三歳で、部門の主任になった。義兄も、この土地にやってきたきっかけになった仕事である発電所の清掃を続けている上に、そば屋から製薬会社に引き継がれた水車の管理をして、晩はときどき季節労働に出ている。そば屋の水車小屋での仕事時間と比べて、製薬会社の仕事をしている時間はやや短いので、収入は少し減ったそうだ。律は、大学四年の就職活動で、地元の駅と同じ路線にある陶器の商社に採用され、営業として働いている。

　鍋をつつきながら、義兄は、そう遠くない市の工場の労働環境が良くないという話をしていた。海外から技能実習生をたくさん受け入れているのだが、非常識な安い給料で長時間労働を強いているという。ポルトガル語の簡単な読み書きができる義兄は、外国人労働者の支援団体でときどきボランティアをしている。

どうしてポルトガル語をやり始めたんですか、と訊くと、最初に勤めた工場でブラジルの人が同僚にいたからだという。そのとき話していた工場では、東南アジアの人が主に雇われているので自分はあまり役に立たないのだけれども、と義兄は続けた。

義兄の話を聞きながら、律は、自分が得意先にしているいくつかの陶器の窯元のことを考える。家族経営だったり、小規模だったりして、外部の営業の律がその職場の人全員を知っているぐらいの会社が多く、今のところはそんな問題は起こっていないように思えるのだが、何かあったら自分はどうすればいいのだろうと少し深刻な気持ちになる。

姉は、浪子さんと守さんは本当にちゃんと扱ってくれたよね、としみじみ言う。十八歳で、十歳年下の妹である律を連れて知らない町にやってきた自分が、もし悪い出会いをしていたとしたら、どれだけ搾取されたかわからない、と姉は考えているのだろうと律は思う。うちらはすごく運が良かったよね、と律が返すと、姉は、そうね、とうなずいて鍋に肉を足す。

「守さん、二週間前から駅は駅でも道の駅のほうの食堂に移って働き始めたって」

「駅の立ち食いそば、すごく忙しそうだったもんね」

「狭いからって最近テレビで取り上げられたから、ますますお客さんが増えて大変だったらしいよ」

そば屋の浪子さんと守さんの夫婦は、七十三歳になっていた。三年前にそば屋を閉め、守さんはしばらくのんびり過ごしていたものの、結局暇を持て余して、地元を通っているのと同じ路線の駅のそば屋にパートに行くようになった。浪子さんは、地元の婦人会の活動に以前より加わるようになり、そば屋をやっている時は忙しいから控えていたコーラス会で歌ったりもするようになった。

本当に長い間、姉も義兄も律も知らなかったのだが、浪子さんと守さんは、何十年も前に息子さんを病気で喪《うしな》っていた。そば屋が閉店する時に、なぜか律が自分が後継者になれなかったことをひどく後悔して、変な話だけど、と前置きをして二人にあやまったのだが、その時に打ち明けられた。だからもう自分たちは、自分たちの代で店をやめることについては折り合いがついている、と夫婦は律に説明した。

孫が幼くして亡くなったことには、先代の益二郎さんも立ち会っているから、りっちゃんたちに頼むのは水車とネネのことだけだ。ネネのこれからに関しては、りっちゃんたちがあの子のために考えてやってくれることなら何も反対はしない。きっとネネのことをいちばんにわかってくれてるはずだから。

律はうなずいた。浪子さんと守さんの二人から託されたことを厳粛に受け止めると同時に、ようやく、姉や義兄や浪子さんや守さんや、そのほかの周囲の人々に気遣われるだけの自分の人生に果たすべき義務ができたと思って安堵した。

三人で鍋を空にして後片付けをした後、義兄は袋に入ったびわを持ってきてテーブルの上に置き、これ、手伝いに行った先でもらったから、持って帰ってもいいし食べていってもいいし、と律に言った。律は、そうか今はびわの収穫の季節か、と自分が高校を出て入社した農産物の商社でずっと眺めていた年間の予定表のことを懐かしく思い出した。姉が、お茶淹れたから飲んで帰って、と声をかけてきたので、律は姉夫婦と一緒に少しびわを食べることにした。

義兄がスケジュール帳を出してきて、三人は来月の上旬までのネネを散歩に連れて行く当番についての話し合いをした。三人の中では律がもっとも地元にいる時間が短いので、姉夫婦ほどはネネをかまえないのが心苦しかった。そのことを口にしても、姉夫婦が気にもかけないというか、まったく取り合わないことも、律は申し訳なく思っていた。

会社は、今年は新卒を採らなかった。世の中では、律がそのただ中に放り込まれた就職氷河期と不況がまだ終わらずにいて、律もその影響による負担の中で働いていた。

＊

義兄が転職することになると打ち明けられたのは、それから二週間後の日曜の夕方のことだった。ポルトガル語の読み書きのボランティアをやっていた団体で、月給が出せる枠が一つだけ空いたので、フルタイムで働いてみないかと言われたとのことだった。

ＮＰＯって就職できるもんなんですか？　と律がたずねると、系列組織で学童保育とフリースクールを運営しているので、一人ぐらいは雇えるんだと言われた、と義兄は答えた。義兄は姉と同じく今年三十八歳で、発電所の清掃と水車小屋の管理と季節労働の組み合わせで収入を得るよりは、一つのところに雇ってもらう方が確かにいいだろうし、実際自分でもそうするな、と律は思った。

義兄の転職自体は歓迎すべきことだったけれども、そうなると問題は水車小屋とネネのことだった。

今のところ、姉、義兄、律の三人のうちでいちばんネネと過ごす時間が長いのは義兄なのだが、新しい就職先は二つ離れた市になるので、出勤前と退勤後の朝晩や休日はネネを訪ねることはできるけれども、それ以外の時間に水車小屋を訪ねることは難しくなる。

「朝と晩と休みは、どの人も何とかなるんだけどね」姉は義兄のソックスを繕いながら首を傾げる。「平日の昼か、せめて夕方に誰かが来れたらね」

「製薬の原料を潰すほうでも水車動かさないとだめなんでしょ？」

「それはまあノルマ制だから、自分たちの都合のいい時間に作ればいいんだけど」

製薬の原料に関する作業は、今はほとんど姉夫婦がやっている。律も一応こなせるものの、働き始めて五年目の会社員をやっているとなかなかそこまで手が回らない。姉も会社に雇われている身だったけれども、十年勤めている姉と四年働いたばかりの律では仕事への慣れが違うし、職場も姉の方が近かった。

なんかごめんね、と律が言うと、なんであやまるの？　と姉は不思議そうにした。

「いや、自分はそば屋にもなれなかったし、ネネとか水車のこともちゃんとできてないなあって」

「え、律はそば屋になりたかったの？」

「そりゃなれるもんならなりたかったよ」

姉と義兄は顔を見合わせる。じゃあなんで大学に行ったんだと思われるのも心外なので、いやいや、と律は手を振って、つくづく自分は一つのことしかできてないなって、と付け加える。

「そりゃそんなもんでしょ」

「律さんは営業だし」

「まあそれもそうなんだけどね。聡さんの次は自分だろうっていうのは漠然と思ってたから、いざそうなった時に自分がこんなによそで働いてて、水車とかネネのことに手をかけられないとは思わなかったんだよ」

律が言うと、じくじたるものがあるのね、と姉は平たく返し、そうだな、じくじ、と義兄は何の意味もなく繰り返した。漢字で書けますか？　と律が言うと、姉と義兄は顔を見合わせて首を横に振った。

とにかく、水車小屋の維持とネネの相手の当番に関してはこれまでと様子が違ってくるし、困難ではあるが、なんとかなるだろう、と姉と義兄はその場で結論したのち、律は自転車で水車小屋に向かった。

記憶にある限りでは、姉はずっと鷹揚な人だったが、町に来た頃の義兄には、それなりに思い詰めたようなところがあったにもかかわらず、だんだん姉に感化されて何とかなるさという人になってきたような気がする。

水車小屋に行くと、ネネは待ちかねたという様子で律の肩めがけて飛んできて、りっちゃん！　散歩！　と言った。律が就職してからは訪ねる回数が減っているので、ネネは律が来ると、他の二人が来るよりは特に浮き足立つような印象がある。また、姉や義兄の話によると、律が連れ出す時は、二人やどちらかと散歩に行く時よりも遠くまで飛んでいくそうなので、何かネネなりの散歩の加減があって、律と外に出る時はより気を遣わないのかもしれない。

散歩！　りっちゃん！　と肩の上で体を揺らすネネの勢いに少し慌てながら、律は、わかった、わかった、と急いで小屋を出る。ネネはさらに勢いづいて、あっち！　と行きたい方向に向かって体を向けるので、律ははいはいと従って自転車のハンドルをそちらに向けて押す。ネネは、自転車の前かごに向かって律の肩から飛び降り、ご機嫌そうに体を揺すって歌い始める。律は、ネネを飛ばすポイントまでは自転車に乗らず押していき、ネネが飛び立つと自転車に乗ってその姿を追うことにしている。

水車小屋の敷地から道路に出て、最初の標識のところで、もしかしたら出入り口に鍵をかけるのを忘れたんじゃないかと律は思い出したのだが、あの場所にはネネ以外盗むものはないしすぐ戻る、と思い直して、そのまま出発する。戸締まりをおろそかにするのは、律にしては珍しいことだった。それほど普段の仕事で疲労していたのかもしれないし、姉夫婦の鷹揚さについて考えていたからつい影響されたのかもしれない。

道の両側に畑が広がっている見通しの良い道路に出ると、律はネネのお腹のあたりをごく軽く叩き、行っていいよ、と声をかける。ネネは羽ばたいて、山の方へと飛んでいく。律は自転車に乗ってネネの姿を追い始める。そしてときどき停車して、双眼鏡で地上とネネの位置関係を把握する。帰りたくなったら、ネネの近くまで行って、ネネ！　帰るよ！　と声をかければいいというルールも最近できた。

快調に飛んでいるように見えたネネが、空中で妙な挙動を始めたのは、山の林道の上空に差し掛かったあたりだった。

地元の人も用事がなければ使わない道を見下ろしながら、ネネは少し飛んでは立ち止まるようにホバリングしたり、それからまた少し飛んで止まる、ということを何度か繰り返す。何か一方に移動するものを見張っているようにも見えた。

律は気になって、ネネの視線の先と思われる場所を双眼鏡で覗く。確かに、何かが木々の間を移動している様子がかすかに確認できる。人間が走っているようにも思える。

誰かが先に走っていくのを、後ろから誰かが追い、さらにその後方から何人かが追っている。彼らが騒ぐような声が聞こえるような気もする。鬼ごっこ？　と一瞬思いついたけれども、目を凝らすと、林道を走っている人間たちの体つきは、子供には見えないけれども大人にも見えない。やはり鬼ごっこではない。ネネはその追跡行を気にしているようで、彼らと並走するように飛び、ときどきそちらに首を向けて見ている。

律はさらにペダルを踏んで山に近付きながら、林道の先には水車小屋とそば屋が面している道があることを思い出す。道の勾配の上には水力発電所がある。前側を走っている二人の人物は見失ってしまったけれども、最後方の数人ならば、まだ視界にとらえることはできる。

大きな笑い声が聞こえたような気がした。徒党を組んだ若い男が上げる、動物が縄張りを示す時に吠えるような嫌な笑い声で、律は顔の片側を歪める。

ネネは先に走っていった二人の人物を追っているようで、律はその動向を目で追いながら、水車小屋に向かう道へと自転車で入っていく。双眼鏡で確認すると、二番目を走っていた人物が、先頭を走っていた人物に追いつくものの、二人は止まらず、道を横切って水車小屋の方に走っていく様子が見える。

まずいことになったのかも、と律は自分が戸締まりを忘れたことを思い出しながら、ペダルを回す速度を速めてそば屋の前の道路に出て、山のある登り勾配の方向へとハンドルを向け、立ちこぎで上っていく。林道からは、あの笑い声の数人が飛び出てくるところだった。律が鋭い音を立てて自転車を停止させると、中学生ぐらいに見える三人の男が立ち止まった。

彼らと少しの間見合ったあと、律は、飛び出しは危ないから、気を付けてもらえます？　と首を傾げて言った。

笑い声をあげて誰かを追っていた彼らは、律の厳粛な態度に、顔を見合わせたり目を逸らしたり戸惑うような様子を見せながら、言葉もなくその場から立ち去り、そば屋の前の道を下っていった。

あの子らはいったい誰を追ってたんだ？　と律が周囲の木々の間に目を凝らしていると、りっちゃん！　とネネが水車小屋の方向から飛んできた。

「りっちゃん！　人！」

ネネは律を誘導するように水車小屋の入り口へと飛んでいく。律はやはり自分は戸締まりを忘れていたようだ、ということに、うあぁ、と情けない声を上げる。誰か中に入り込んじゃったのか？　それはとても面倒なことだ。

律が自転車で水車小屋の敷地に入った瞬間、水車小屋の戸が開いて、やはり中学生ぐらいに見える人物が中から飛び出てきて、水車小屋の裏手の山側へ逃げていく。水車小屋の裏は急な上り斜面になっているので、律はその場に自転車を停めて、逃げた人物を追っていく。ネネは、水車小屋の開いた戸の前の地面に降り、中にいる誰かを威嚇するように翼を広げる。

水車小屋から飛び出てきた人物は、素早く木々の間を這うように斜面を上っていく。職場と自宅の往復で、間違いなく運動不足の状態にある律は、脚を進めるたびに引き離されるのを感じながら、逃げる人物の背中に目を凝らす。やはり中学生ぐらいだと思う。なぜ追われていたのだろうか。

湿り気を帯びた土の上で、スニーカーが後ろに滑って転びそうになり、律は追跡をやめる。盗むものなんてネネの松ぼっくりぐらいしかないし、中の何かを壊す時間もなかっただろうし、なんだっていうんだ、と思い直すことにする。息を切らしながら、逃げた人物がどちらの方向に移動するのかだけ確認しようと顔を上げると、その人物もまた木々の中で転んでいるのが見えた。大丈夫？　と律が声をかけると、逃げた人物は弾かれたように立ち上がって、一瞬だけ律を振り返ったかと思うと、這うような体勢でさらに上へ上っていった。

首を横に振って斜面を降りながら、水車小屋に侵入した人間がそっちに逃げている、と水力発電所に知らせようかとも考えたけれども、余計な面倒をかけるかもしれない、と考え直す。明らかに自分よりずいぶん年下だと思われる、急斜面を上ってゆくその人物に向かって、気を付けて！　と声をかけ、律は回れ右をして水車小屋に向かって斜面を降りていくことにする。急勾配の下りに軽く恐怖を覚えながら、律は木に手を掛けて慎重に下る。さっきの人、焦って逃げたにしてもよくこんなところを上ろうと思ったな、とその根性のようなものに筋違いながら感心する。

水車小屋の敷地まで降りると、羽を広げたネネが右に左に激しくステップを踏んで、狼の吠え声の真似をしたり、浪子さんそっくりのくしゃみをしたり、レッド・ホット・チリ・ペッパーズの〈ギヴ・イット・アウェイ〉を歌ったりしながら、あの手この手で中にいる誰かを威嚇しているようだった。律は、ネネが危害を加えられていた可能性に今さらながら思い至って、ネネを残してもう一人の人物を追ってしまったことを反省しつつ、開いたままの戸に密着してそっと中を覗き込む。

少し濃い肌の色をした作業着姿の女性が、ただただ驚いたようにネネを見つめていた。女性の目鼻立ちはとてもはっきりしていて、日本人ではないように思えた。

「どちらさまでしょうか？」

声をかけたものの、女性は首を横に振る。確かに、外国人と思われる人に『どちらさま』が簡単に通用すると考える方が間違っている、と律は思い直す。

「日本語、わかりますか？」

さらにたずねると、女性は先ほどよりはまだわかるという様子で首を傾げる。そもそもなんでこんなところに作業着姿の外国人の女性がいるのか、なんで斜面の上に転びながら逃げていった中学生らしき人物は、この人を水車小屋に入れたのか、わからないことだらけだったが、律は義兄の新しい就職先について思い出した。

この女性の境遇は、もしかしたらあの人が取り扱う範疇のことではないだろうか、と思い付いた律は、片方の手のひらを見せて軽く押すように動かす手付きで彼女をその場に制止し、携帯を取り出して義兄をこの場に呼び出すことにした。

すみません、水車小屋に作業着を着た外国人の女性がいるんですが、何かおわかりになりますか、とたずねると、義兄は「すぐに行く」と即答して、実際姉を伴って五分やそこらでやってきた。

義兄は、おそらく最初にポルトガル語で話しかけて、それが通じない様子だったので、より拙いいくつかの別の国の言葉で話しかけると、なんとか女性が返事をしてくれる言葉があったので、律を振り返って、たぶん大丈夫、とうなずいた。姉は律に、上司の人が来てくれるそうよ、と告げた。ネネは、威嚇の行き場をなくして少し戸惑ったように敷地の中を歩き回ったり少し飛んだりした後、居場所を求めるように律の肩の上にやってきた。

姉は女性に、家から持ってきたびわをポリ袋ごと渡して、お互い言葉がわからないなりに、何か元気づけるようなことを言った後、重要なことを思い出したようにはっとした顔をした。

「あ、でも支部長さんの分忘れた」

「またもらったら自分が持ってくよ」

姉とその夫が、上司の到着を待ちつつびわの心配をしている最中、律はネネの体を撫でながら、山の上に逃げていった人物のことについて考えていた。

彼はこの女性とどういう関わりがあって、水車小屋に彼女を伴ってきたのだろう?

＊

　次の日、昼食の後に水車小屋に行くと、閉まっている戸の前に見覚えのある人影が建物の方を向いて立っていたので、何かご用ですか？　と律は敷地に入りながら声をかけた。昨日、水車小屋の裏の斜面を登って逃げていった人物に姿が似ていた。追うことばかりを考えていて、体型にまでは考えが及ばなかったのだが、その人物はひどく痩せていた。

　声をかけられると、彼は目を見開いて律の方を振り向き、一瞬逃げたそうに律がいるのとは反対側に足を出したのだが、意を決して踏みとどまり、おずおずと体を向けてきた。

「昨日のことですけど！」

「あの女の人のことですよね？」律がそう言いながら近付いていくと、その人物はうなずく。

「ああいう立場の人たちを支援する仕事をしている人を呼んで、安全なところに連れて行ってもらいました。働いていた所との間に入って話もしてもらえるそうです」

　彼女を一時的な住居へと送っていく車中で、義兄の新しい上司である支部長さんこと中山さんに話を聞かせてもらったところによると、女性は、東南アジアの国から来た出稼ぎの労働者だった。

　半年前に近くの市の工場に雇われてやってきたのだが、就労環境があまりに厳しくて逃げ出したのだという。彼女はしばらく同じ境遇の仲間たちと暮らしながら、それから、もっとちゃんとした待遇の新しい職場に勤めるか、本国に帰るか考えていくのだそうだ。

そういうことを律が説明すると、その人物は完全に想像できているのかいないのかわからないような顔つきではあったものの、そうなんですか、と何度かうなずいた。

「訊いていいですか？」

「はい」

「年、いくつですか？」

「中三です、十四」

「受験じゃないですか」

律は自分の高校受験のことを思い出しながら、ネネがいる側の部屋の戸を開ける。ネネは、朝に姉か義兄のどちらかがつけていったラジオを聴きながら、何かまた気になる曲をぶつぶつと練習しているようだった。

ネネ、来たよ、と律が言うと、ネネは、オイ、と適当に返事をして、またぶつぶつに戻った。ネネにも事情や気分があるので、べつにいつも「りっちゃん！　りっちゃん！」と出迎えてくれるわけではなく、律にとってはそういうところがますます大人同士の付き合いのようになってきているように感じた。

中三のその人物は、部屋には入ろうとせず戸口に立って何か物言いたげにしていたので、律は椅子を勧めようとして、彼の前腕に大きな擦過傷があることに気が付く。よく見ると、カーゴパンツの膝の部分にも、赤黒いものが滲んでいた。よく思い出せないけれども、昨日逃げていく時に穿いていたのと同じものだろう。

「昨日上の方でえらいこけてたじゃないですか。怪我しました?」

律がたずねると、中三はうなずく。ネネは新しい人物に興味を持ったのか、一度止まり木から飛び降りて、戸口に立ったままの中三を、首を左右に折り曲げたり胸を反らしたりしていろいろな角度から眺めたあと、また止まり木に乗ってじっと中三を眺める。中三は、ネネのような鳥とは馴染みがないのか、よくわからないという顔をしながら、とりあえずネネに向かって手を振る。

「私は、ネネ！」

両方の翼を広げ、堂々たる名乗りをあげるネネを呆気にとられたように見つめたあと、中三は困ったように律を見てくる。

律が中三を見返して、支障のない範囲で名乗ってあげてください、と言うと、ササハラケンジです、だいたいみんなケンジって言います、と中三は名乗る。

「さ」は、ネネが比較的苦手な上に、二音重なっているし、さらに少し複雑な自己紹介だったので、ネネは戸惑う様子を見せたのだが、すぁ、すぁ、すぁ、とさっそく練習を始める。

長引きそうだな、と判断した律は、ネネの目を見て、ケンジさん！　とササハラケンジを指さした。ケンジすぁん！　とすぐに攻略したネネはうれしそうだった。ケンジ、とケンジが言うと、ネネは、ケンジ！　ケンジ！　と余裕を見せつけるように大きな声で二回言った。中三はうれしそうに笑った。

「腕の傷、手当てしないんですか？」

「いや、このくらいは……」

中三はそう言うのだが、傷口が広い上に黄色くなっていて、見ていて決して気持ちのいいものではなかったので、ちょっと絆創膏取ってきますんで、そこにいてください、と律は席を外すことにする。

自転車でいったん自宅に帰り、一応常備している絆創膏や消毒薬や塗り薬を出してくる。塗り薬は今水車小屋を借りてくれている製薬会社の試供品だった。姉が分けてくれた。そば屋の水車小屋を借りる前に作った製品なので、水車を使って作られた物ではなかったけれども、成分は同じらしい。

　玄関でシューズに足を入れながら、そういえば中三がとても痩せていたことを思い出して、律は首を捻りながらも冷蔵庫の所に戻り、中に入っていたちくわとスライスチーズとゼリーを取り、流しの上の棚からテーブルロールの袋を引っ張り出す。

　はたしてこんな物もらってうれしいのだろうか、と中三の頃の気持ちに戻ってみようとするのだがあまりうまくいかず、これは自分の気が済むためにやっていることだと思い至って、用意したものをすべてバックパックに突っ込んで、律は水車小屋に戻った。

　ネネと中三は、ラジオから流れてくるジミー・イート・ワールドの曲に聴き入っていた。ネネは体を左右に揺らして上手にリズムを取っていて、立ったままの中三は、ラジオとネネを見比べつつ、どう振る舞ったらいいかわからないという様子だった。律は携帯で時計を確認し、そういえば今は寛実が番組を担当している時間だということを思い出す。

　小学生からの友人の寛実は、ラジオ局に入社して、構成を担当しながらときどきＤＪもやっている。どうしても喋りたいというのではなく、社員を使うと社外のパーソナリティを使うより安くあがるからという理由で、聴く人が比較的少ない時間帯や、他の地元の局とパーソナリティの奪い合いになっている曜日に番組を持っている。寛実は専門の話し手ではないものの、喋り方が落ち着いていることと、音楽の知識が確かなことに関して、律はときどき良い評判を耳にする。

　椅子使ってください、と律が言うと、中三は律が戻る前に座っていた椅子におそるおそる座る。律は部屋の隅から別の椅子を引っ張ってきて、その上にバックパックを置き、中から消毒薬や塗り薬や各サイズの絆創膏を出し、中三に渡していく。

「自分で手当てします？」

そうたずねると中三はうなずいて、消毒薬のキャップを開け、顔を歪めて肘の傷に垂らしていく。

「あ、でもここ、いろいろほこりっぽいから外でやった方がいいかもしれない」

律の思い付きに戸惑うように、中三はうなずいて、律から渡された手当ての道具を左腕に抱え、右手で椅子を持って外に出て行く。律も椅子を手に後に続き、少しの間ラジオの前にいたネネは、歩いて律についてくる。ラジオから聞こえてくる音楽に合わせて、律が両手の人差し指を交互に出してネネを指さすと、ネネはすました顔でそれらしいリズムを取って踊る。中三は、自分の手当てよりもそちらが気になるのか、ネネを見ては、のろのろと塗り薬を塗ったり絆創膏を貼ったりを進める。

「気になります？」

「いえ、いいんですけど」中三はそう言いながら、左脚のカーゴパンツの裾を慎重にまくって、肘よりも範囲が広くて黄色い液が滲んだ傷に消毒液を盛大に垂らしていく。「鳥、すごいですね」

「そういう鳥なんですよ。ヨウムっていう」

律は、何かネネに賢いことをさせようと思ったのだが、賢い人に「賢いこと言って」と言ってもまったくプレゼンテーションとして説得力がないことを思い出して、もう二十年以上水車小屋の番人をやってますよ、と付け加えることにとどめる。

「え、鳥って二十年も生きるんですか？」

「五十年生きることもあるらしいですよ」

ええええ、と自分のことよりもネネに気を取られ始めた様子の中三に、あの、傷は大丈夫ですか、と律が言うと、中三は、あ、そうだった、と思い出したように右脚もまくる。右脚の負傷は左より少しはましに見えて、律は安心する。

中三が自分なりの手当てを終えて、律に薬や絆創膏を返そうとすると、いいです、持って帰って、と律は答える。なんとなく、そうしたほうがいいような気がしたからだった。中三が、じゃあそうします、とうなずくと、律はバックパックからちくわとスライスチーズとゼリーとテーブルロールを出して、これもよかったら持って帰ってください、と中三に差し出す。食べ物という共通点しかないものをどんどん持たされて困っている様子を見せるので、律はバックパックの中を探し、底の方に入っていたくしゃくしゃのポリ袋を取り出して渡す。

一通り袋詰めを終わると、中三は椅子から立ち上がって、ありがとうございます、と律に頭を下げる。

「いえいえ。食べ物のことは全然いいんですけど、訊いていいですか？」

「はい」

「昨日の人と何があったんですか？」

律がたずねると、中三は、あー、と先延ばしにしていた宿題に取りかからなければならなくなった時のような観念した様子で、再び椅子に腰を下ろす。

「言いたくないんならいいですけど」

「いえ、良くしてもらったんで、言った方がいいと思います」中三は、気が重そうな割に冷静な判断を口にして続ける。「友達が、〈にんげんがり〉をしようって言ったんで」

「ちょっと待って。それ、人間を狩るってこと？」

「そうです」

「警察に言いますよ」

「言われても仕方ないと思います……」

二つ隣の市にある工場から外国人の工員が逃げて、こちらの町に逃げ込んできたらしいという話を友人が始めたのは昨日の朝のことだったという。全員中三で、ケンジを含めた四人は暇を持て余していた。だからそいつを捕まえよう、働いている場所から逃げ出すのは卑怯なことだし、という話になった。そのうちの誰かの親がその工場で働いてたりするの？　と律がたずねると、ケンジは首を横に振った。

工員が近所に逃げ込んできた、という話をしていた友人は、親からその話を聞いたそうだ。日本人じゃないから、警察もちゃんと捜してないらしい。というか、届けが出てるかもわからない。

人間狩りだ、と誰かが言い出した。笑い声が聞こえて、ケンジは嫌な予感がした。工員が逃げ込んできた、という話をしたやつが、含みがあるような変な表情で言うには、逃げている人物は若い女性なのだという。ケンジはますます嫌な予感がした。

「自分は脚は速いんで。五百メートルぐらいまでは」クラスで一番、学年では三番目ぐらいに速いのだという。陸上部に誘われたこともあったけれども、グラウンドを何十周もランニングするのが嫌で断った。「だから、その人を見つけた時に最初に追いつくのは自分だと思いました」

おもしろ半分に山の中の林道を歩いて、人が隠れていないか探し回るうちに、大きな木のへこみにもたれて休んでいる女性を本当に見つけてしまった。友人が歓声を上げると、女性は逃げ出した。走って。おそらく残った力を振り絞って。

逃げた先に何があるのだろう、とケンジは思ったのだという。生きていくためには、誰かには見つからなければならないだろう。それとも、山の中で自給自足して暮らすんだろうか。何の道具も持たずに。一人で。その先に何があるんだろうか。

ケンジはそんなことを考えながら、逃げ出した女性を真っ先に追い、友人たちを引き離して追い付いたのだという。女性はそれまでの仕事と、たぶん何も口にせずに逃げていたことで弱り切っていた。

ケンジは、林道の先に道路があり、それを挟んで水車小屋があることを知っていた。小学生の時に、坂の上にある水力発電所の建物が大好きでよく友達と見に行っていたケンジは、そこへ向かう途中にある水車小屋のことも知っていた。その裏にでも女性を隠して、友人たちには、追い付きそうだったけれども見失った、と言えばいいのではないかとケンジは思った。

ケンジは女性の肩を叩き、先に走り出て水車小屋を指さした。女性は抵抗して、道を逸れてケンジから離れようとしたけれども、あれがいいよ、あそこだ、と言いながら何度か下り斜面の向こうに見える水車小屋を指で示すと、女性はうなずいた。

「よく信用してくれましたよね」

「自分も思うんですけど、顔つきが必死だったとかですかね」

ケンジは友人たちを充分に引き離したことを確認しながら、林道から道路に出て、水車小屋の敷地に入った。試しに建物の戸を引いてみるとなぜか動いたので、中に女性を隠し、外の様子を確認すると、律が自転車に乗ってやってきたのだという。

「それで裏の方に逃げたと」

「まあそういうことっすね」ケンジは淡々と語った後、袋の中のものを覗き込む。自分は悪いことに加担しようとしていたのに、こんなものをもらってしまってどうしようか、と思案しているようだった。「警察に言います？」

「わからない。言わないような気がします」

律は、女性を逃がしたケンジのことは黙っておこうと思うものの、『人間狩り』を言い出した連中はろくな大人にならないんじゃないのか、と頭の中で秤に掛ける。何にしろ、ケンジがその連中の中にいたことで、女性にとって最悪ではない成り行きになったことは確かなようだった。

「まあ、これからはそういう連中とは距離を置いた方がいいかもしれないですね」

うん、とケンジはうなずいて、バカにされてるしなあ、と呟く。律は、自分が中学生だった頃の人間関係の難しさを思い出して、悪くならないように頑張って、と毒にも薬にもならないことを言う。

律は勉強ができたし、寛実ともずっと仲が良く、年が離れているとはいえ家に帰ると姉もいて、ネネもいたので寂しい思いをすることはなかったけれども、それでも中学の時はいろいろ面倒な思いをした。人間関係がうまくいってる機嫌のいい中学生なんてこの世にはいないのかもしれないとさえ思う。

　中学生の頃の悩みなんてもう人生に関係ないと思ってたんだけどな、と律が考えているうちに、水車小屋の中から聞こえてくるラジオの内容は、いつの間にか交通情報に変わっていた。寛実の番組が終わると、少し長めの交通情報があるので、律はネネが好む曲を集めたCD－Rをセットしにいく。

　水車小屋のラジオカセットレコーダーは、数年前にMP3を再生できるラジオ付きCDプレイヤーに変わった。守さんが編集したカセットテープは、律がすべてCDに記録し直して、今もネネに聞かせている。

　プロコル・ハルムの〈青い影〉が流れ始めると、ネネは歌い始める直前の歌手のように目線を遠くにやったり、体を揺らす。そしてそっくりに歌い始めると、ケンジは、うわ、と体を引いて、驚いたように目を見開いてネネを見つめる。

「この鳥……」

「ネネ」

「ネネですけど、ええと、そちら……」

「山下」

「山下さんが飼ってるんですか？　それで働かせてる？」

「どうなんだろう。ネネは飼われてると思ってないような気がするし、自分たちも飼ってるって感じじゃないし」

律の言葉に、ケンジはわかっているようなわからないような顔でうなずき、間奏になると手を伸ばしてネネの背中に静かにさわろうとする。指先がふれると、ネネが咎めるようにケンジを見遣ったので、律は、さわるなら胴にしてあげてください、と言う。ケンジがおそるおそるその通りにすると、ネネは今度は緊張を解いてなでられるままになっていた。

「働かせてるっていうのも違うような気がする。ネネは私の姉や義兄と、ずっとおそば屋さんの水車の番をして働いてました。店は三年前に閉店したんだけど、水車自体は薬の会社が借りてくれて、ときどき薬の材料を作ってます」

「山下さんはその仕事をしてるんですか？」

「いや、私は平日はよそで働いてますよ」陶器の会社で営業をしてる、というところまで律は言いそうになったのだが、そこまでこの中学生に言うことはないし、まだ理解できないかもしれない、と思ってその時は説明しなかった。「今、水車小屋の後継者不足で悩んでて」

「水車番の？　ネネのパートナーの？」

「そうですね。私ができたらいいんだけど、今は会社に行かないといけないから」

律が説明すると、ケンジは感慨深げに何度も、へえ、へえ、と繰り返した。

ケンジが水車小屋の中に椅子をしまいに行って、戸口から出てくると、ネネは、チャウ！オブリガード！　と叫んだ。初めて会う人にネネが格好つけている様子に、律は、またまたあ、と小さく冷やかしたが、ケンジはまんまと感心して、すごいな！　と褒めた。

「英語ですか？」

「ポルトガル語。義兄がここで仕事しながら勉強してたから」

「なんでポルトガル語なんですか？」

「義兄がここに仕事に来る前、自動車の部品の工場で働いてた時に、同僚にブラジルの人がけっこういたから」

「なんでブラジルの人と働いてたらポルトガル語を勉強するんですか？」

「ブラジルはポルトガル語でしゃべるから」

律が言うと、ケンジはまた感心して、へぇ！　と口を大きく開けて言った。律はその顔を眺めながら、目の前の中三のようにまだ知らないことがたくさんあることが、なぜだか妙にうら

やましく思えた。

「地図帳に書いてません？」

「帰って見直します」

ケンジは弾むような足取りで帰って行った。怪我してんのに軽いな、と律がネネに話しかけると、ネネは、わかっているのかそうでもないのか、な？　と首を傾げて律を見返した。

＊

笹原研司は、それからときどき水車小屋を訪れるようになった。ケンジを研司と書くことは、義兄から聞いた。夕方にネネの様子を見に行くと、敷地に中学生がいたのだという。何か用事？　とたずねると、山下さんの知り合いなんですけど、と答えた。

「妹の、ああと律さんの方？」

「山下さんにはお姉さんかお兄さんがいるんですか？」

「うん。自分は律さんの姉の夫なんだけど」

そのやりとりのあと、義兄は研司を水車小屋に入れて、請われるままにネネに関する一連の世話や、水車を動かすことに関する自分たちの仕事について説明した。笹原研司は熱心に聞いていたのだという。そして、ちくわうまかったです、って山下さんに言っといてください、と言い残して帰っていった。

それから二日後にまた義兄がいる時にやってきて、忘れたんですけど、と前置きをして同じことを訊いてきたので、義兄が、忘れても読み返せるようにメモを取るといいよ、と言うと、一度帰って小さいノートを持ってきて、義兄がネネの世話などについて話すことを記録するようになったらしい。彼はネネを気にいってるし、ネネもそうなんじゃないかな、と義兄は言っていた。義兄はほかに、ネネと仲良くなりたければ、ガムテープの芯かダンボールか、煮沸した松ぼっくりのどれかをあげるといいよ、と助言したそうだ。

律がその話を聞いた週の土曜日の夕方に、研司は今度は友達を連れてやってきた。まさか「人間狩り」の仲間じゃないだろうな、と律は警戒したのだが、研司が連れてきた塾帰りのイトウくんという少年は、少し太り気味で、律と道路で鉢合わせした、外国人の女性を追っていた三人の男子とは似た体型ではなかったので、ネネが見たいという彼を律は建物の中に入れることにした。

イトウくんは、台の上にいるネネにおそるおそるガムテープの芯を一つ置いたかと思うと、ストレスになってはいけないからと終始ネネから離れた場所で見守っていたのだが、とても喜んでいるのは伝わってきた。ネネは、うれしそうにガムテープの芯をかじり始めたものの、新しいオーディエンスが気になるようで、ちらちらとそちらを見ながら、名乗りを上げたり、羽を広げてトゥードベン（すべてうまくいっています）と挨拶したりしてときどき気を引こうとしていたが、イトウくんははにかみながら何度も手を振るだけだった。

それから、律はネネを散歩に連れ出し、中学生二人もそれについてきた。姉や義兄でない自分以外の人間が二人いることで、ネネが変調して迷子になってはいけないと思ったので、その日はネネの脚に姉が持ってきた毛糸を結んだ。

研司は、律が見かけないうちにずいぶんネネに慣れたようで、「クイズごっこする？」から始まるネネの一連のやりとりに、するする～と適当にはしゃいだり、「テレビは？」という問いかけには、二十インチ！ と答えたり、「言ってること、わかる？」と訊かれたら、七割だ！ と律も姉も義兄もしなかったような返答をしたりして、ネネを刺激していた。わかりにくすぎることを答えるとネネは混乱しないだろうか、と律は今さらのように考えるようになったのだが、音とリズムが良ければとりあえずネネは喜ぶということを、研司はなんとなく理解しているようだったので、口出しはやめておくことにした。誰でも、というわけではないだろうけれども、ネネにも関わりたい人と関わる権利がある。

ネネはその日はあまり飛ぼうとせず、律の自転車の前かごに乗ってずっとおしゃべりをしていたのだが、それならと律が停車しようとするたびに、前、行きたい！ と移動をせがんだので、律は中学生二人とネネを連れて道路と畦道をくまなく歩き回ることになった。そうやっているうちに日が暮れた。

もうごはんの時間じゃないですか？ と律が中学生たちにたずねると、イトウくんは、そうだった、とはっとする様子を見せ、研司は、自分のはすぐに作れるんで大丈夫です、と答えた。

研司の言葉に、律は、お母さんは？ と反射的にたずねてすぐに、まずかったかな、と反省した。自分自身だって、中三の時はそば屋で食べるか、そうでない時は姉か自分が食事を用意していたのに。当の研司は、今あんまり調子よくないみたいで、と小さく説明して、軽く肩を竦めるに留めていた。

「今日何にしたの？　またざるそば？」

「ざるそばだよ。うまいし」

「まあうまいけど、冬になっても食うの？」

「食うよ。ストーブつけたらいいいんだよ」

　イトウくんと研司の何気ない話を、律は少し複雑な思いで聞きながら、けれども臆測を持つこと自体が失礼な気がして、私もざるそばよく食べますよ、火使わないし、と適当に付け加えた。

　二人を帰し、ネネを小屋に戻して寝かせて帰宅すると、律はちくわと冷や奴とお茶漬けで夕食を済ませた。家でざるそばばかり食べているという研司のことを思い出して、自分だってこんなもんだ、と思い直し、特別には気にしないようにつとめながら、テレビを観て本を読んで寝た。そしてイトウくんが言っていたように、冬場にざるそばを食べている自分の夢を見た。

　再び義兄から研司の話を聞いたのは、その次の週の中ほどのことだった。珍しく定時に会社を出て、帰りの特急の中から何気なくそのことを姉にメールすると、これから夕食だから食べに来たら？　と提案され、その通りにして、その席で義兄が話し始めた。

　食事の前の日に、守さんが役場に用事があって、義兄が職場から早めに帰って付き添いに出かけた時に、研司を見かけたとのことだった。守さんと義兄は窓口にいたので、別の窓口から帰っていく研司とはすれ違いになってその時点では挨拶などは交わさなかったのだが、用事が終わって二人が役場の建物を出たところで、研司は友達らしき同年代の男子たちと話していたのだという。義兄は、友達と話しているのを邪魔してはいけないと軽く会釈していったんは通り過ぎたのだが、隣を歩いていた守さんは、なんだかどうにも気になるな！　と立ち止まって彼らを振り向いたのだという。

確かに、研司と他の男子たちのやりとりは、怒鳴り合うとか小突き回すとか、あからさまに不穏なものではなかったけれども、研司は彼らに背中を見せないように立ち回って、首を横に振っていたそうだ。

男の子たちが、笹原くんのリュックサックに入っているものを出させようとしているように見えた、と義兄は語った。それはたぶん、研司が役場で受け取った何かなんだろうなと律は推測する。

研司は、いったんは話をつけた様子でその場から離れたのだが、研司と話していた男子の一人が、研司に追い付いてリュックサックに手を伸ばしたのを見て、守さんは、こんにちは！と大声で声をかけた。研司は、明らかに「助かった」という様子で目を輝かせて、こんにちは！　と返した。義兄が、リュックにさ、ゴミでも付いてるの？　とても親切なんだね、と手を伸ばした男子に話しかけると、彼は、いや、と小さく言って手を背後に隠した。

自分たちも帰るところだから、そこまで一緒に行こう、と義兄が研司に言うと、他の男子は道を逸れて違う方向に消えていったという。不穏だったんですね、と律が感想を言うと、そうだな、詳しい事情は訊かずに別れたけど、と義兄はうなずいた。

お金なのかな、と律は考えた。守さんはパート収入や聴力のことで数年に一度、役場に手続きに行ったりするけれども、同じフロアには片親家庭に手当を出す窓口もある。よく考えたら、姉はそういう補助を特に受けたりはせずに自分を育ててくれたわけで、それは本当にすごいことだと律は改めて思うのだけれども、家賃がとても安かったからなんとかやれたのだとも考えられる。そば屋の先代の益二郎さんが住んでいた、今も律が住んでいるアパートの部屋がなければ、十八歳だった姉が自分を一人で養うのはかなり難しかっただろうと律は思う。

現在部屋を探している身分である律は、このあたりも、姉や義兄が引っ越してきた時よりは家賃が上がったはずだと感じる。だから以前より暮らしていくのが大変な家庭が増えたとしても、少しもおかしくはない。

姉夫婦の家を出て自転車に乗った律は、自分が住んでいるアパートではなく、普段の話からなんとなく推測していた、研司の自宅がありそうな方向へとハンドルを向けていた。この周辺だろう、という場所は、駅から自転車ですぐ、歩いたら五分ほどの新興住宅地のはずれだった。単身者や二人世帯向けの小さな賃貸マンションがいくつか建っているあたりで、律も昼間に何度か部屋を見学に訪れたことがある。

律が子供だった頃は、知っている近所の世帯はほとんど夫婦と子供が揃った家族か、子供が独立したいろんな世代の夫婦か、単身の老人だったけれども、今はこのあたりにも、若い人の一人暮らしや二人暮らしの世帯が少しずつ流入してきているらしい。比較的新しい建物が建つ界隈で、荒れているという様子もないけれども、たとえば古くから続く家に住んで畑や家庭菜園をやっているという、周辺によくある住宅の雰囲気とは違っている。

自分が住む部屋を探しに来たこともあるので律は知っているのだが、家賃は高くない。けれども、それは大学を卒業して働いている律の基準からしたらの話で、単身向けの部屋ならまだしも、二人以上が暮らせる部屋ならそれなりに家計の負担になるかもしれない家賃だった。部屋の広さも、律が子供の頃からずっと暮らしているアパートほどではない。律が引っ越しに躊躇し続けている理由の一つはそれだった。

なんとなくやってきたはいいものの、ただ研司が住んでいそうなあたりを見たくなった、という理由だけで住宅地での時間が過ぎていくこともなく、考えもまとまらないまま、律はすぐに自分の部屋のある方向へと自転車を向ける。なんでこんなことをしてるんだろう、と考えながら、のろのろとペダルを踏んでいると、あ、山下さん！　と防犯灯の向こうから声がしたので、自転車を停車して目を凝らすと、見覚えのある誰かが歩いてきた。研司だった。

「なんでここにいるんですか？」

「いや、なんとなく」

このへんで部屋探してるし、と付け加えると、研司はそうなんですか、とうなずく。律は、自分がかつて勤めていた農産物の商社の直売所の袋を研司がぶら下げていることに気付いて、こんな時間にも開いてるのか、と携帯で時間を確認する。二十時を回ったところだった。律が勤めていた頃は、直売所は十八時に閉まっていたけれども、ここ数年は二十時まで開けるようになった。昼間に買い物に行けるわけではない世帯が周辺に増えたからだろう。

「高校出てすぐの時に、そこに勤めてたんですよ」

そう言って袋を指さすと、研司は、へえ！　と袋を防犯灯に掲げる。中には、きゅうりとレタスが入っていた。やはり、加熱しないで食べられるものだ。

「自分もそのうちそういうところで勤められますかね？」

「大丈夫だと思いますよ」

「高校出ないとだめですか？」

「条件はそうだったかも」

律が答えると、もう働きたいんだけどな、と研司は少し首を傾げる。

「高校行きたくないんですか？」

「そうですね。勉強続けられないし」

嫌い、でも、したくない、でもなく、続けられない、という言い方が、律には引っかかった。なんで？　とたずねたかったけれども、立ち入ったことのようにも思えた。

「行けるなら行っておいた方がいいかも」律は、努めて思うところのない様子を装って続ける。「学校長く行っとくと給料は上がるから」

「そうなんですか？」

「私は高校出て会社に入って、また大学に入って会社に入ったんだけど、やっぱりもらえるお金は違ってましたよ」

具体的すぎると押しつけがましいかもしれないので、ぼんやりとした表現を選んで言うと、そうなんですか、と研司は今度は語尾を下げる。中学生相手に勉強の話なんて暗くなるばっかりだな、と思い直し、それ晩ごはん？　と袋を指さしてたずねると、そうですよ、と研司はうなずく。

「野菜食べてて感心するな」

「今日安かったし、母親はなんか衝動的に高い肉とか買ってくるから、自分は野菜買った方がいいなって」

「へえ。親子の買い物の傾向が逆っぽいですね」

律の言葉に、研司は少しの間無表情になり、まあね、と呟く。律は、自分が研司に言いたくないことを言わせていることを悟って、しっかりしてるんですね、と間を埋めるように褒めながら、自分はこの人の気晴らしにすらなってないよな、と自分が嫌になる。ネネがここにいたらもう少しましなんだけどな、と律は水車小屋に寄りたくなる。

「きゅうり、今好きな食べ方があって」

「マヨネーズつけるんじゃなくて？」

「ごま油と中華スープで和えるとおいしいですよ」

律の提案に、研司の口が「家にない」と動いたように見えて、律は、少し待って、と研司の返事も聞かずに自転車に乗り、いちばん近くのコンビニエンスストアへと走った。

コンビニでごま油と中華スープを買って、急いで自転車を飛ばして研司がいた場所へと戻りながら、できることが何もない、という言葉が頭を過《よ》ぎった。自分は子供の頃からいろんな人にいろんな助けをもらったのにもかかわらず。

帰られても仕方がないと思ったけれども、研司は待っていたので、律は買ってきたものを研司に押しつけて、それじゃあ、と反応もかまわずに自転車を水車小屋の方向へと向けた。ありがとうございます、という言葉は一応聞こえたような気がした。律はペダルを踏みながら、姉や義兄や、浪子さんと守さん、小学校の担任だった藤沢先生や友人の寛実とそのお父さんの榊原さん、そして杉子さんのことをずっと考えていた。

＊

　ここしばらくの平日の夜と会社での昼休みに悩み抜いて、ようやく申し込みをしようと決めた部屋に、先約者が現れてしまった、という連絡を日曜の午前に受けて、律はしばらく布団の上にうつ伏せになったまま動けなくなっていたが、近いうちにこのアパートも改築されてしまうため、物理的な意味でもいつまでもこの床の上にこの布団を敷いてこの体勢でいるわけにはいかないことを思い出し、起き上がった。

　しかし座卓の上に数枚置いてあるチラシや書類を眺める気力が湧かず、その行為の周囲を徘徊するように、歯を磨いて顔を洗い、服を着替え、布団を上げてお茶を淹れてもなお、次に住む部屋について考える気分にならなかったので、律は自転車に乗ってネネの所に出かけた。

　とにかく次の部屋を決める以外のすべてのことがよく見えるのか、空は晴れているしやたら空気が澄んでいるように感じた。目の前の風景がはっきり見えて、気分だけは良くなる。帰ったら部屋の掃除をしよう……、と虫の息のように考えていると、目の端に見慣れないものが入ってきたような気がして、律は自転車を停める。見慣れないものは、道路のガードレールの上にあった。決してそこにあるはずのないものだった。表紙に、きれいだけれども無個性な外国の田舎の風景の写真が印刷された冊子のようなものが置かれていた。自転車を降りて近付いてみると、中学生の数学の問題集であることがわかかった。

律は少し迷いながら、数学の問題集を手に取ってバックパックにしまい、再び自転車に乗って水車小屋に向かった。

ちょうど寛実のラジオが放送されている時間で、今年アルバムが出るというスーパーチャンクの曲の後に、ヘンデルの組曲の中の十分以上ある曲をかけたりしていて、好き勝手やってるなあ、と思いながら、律は、来たよー、とネネに声をかける。ネネは今日は、しっ、と律をいさめるような音を出す。真剣に曲を聴いている。

律はネネの邪魔はせずに、椅子に座ってバックパックを膝の上に置き、筆記用具と拾った問題集を出して暇潰しに解くことにする。最初に「式の展開と因数分解」という章がある。数学は得意でも苦手でもなかった。さすがにもう四則計算以外には何年も接していないので自信がないながらも、問題の前にあるちょっとした説明に目を通すと、そこそこ解くことができた。勉強が義務だった頃は苦痛だったけれども、大人になって暇潰しでやる今は、少し楽しくさえ感じる。

ヘンデルの曲が終わると、寛実がしゃべり始める。これ、おもしろい曲ですよね、と言う。なんかそれらしいメランコリックな感じのまま十分以上続くのかなあ憂鬱だって思ってると、どんどんわくわくする感じに展開していって行くところまで行って、気が付いたら終わっている。ネネは、寛実の話す内容をわかっているのかいないのか、じっと聴き入っている。ネネは、パーソナリティのトークの時は退屈そうにしていることがあるけれども、寛実の声はとても好きなようだ。ときどき、子供の頃の寛実とラジオで話している寛実が一致するのか、「ひーちゃん」と呟く。「ひーちゃん」と律がうなずくと、「ひーちゃん」とネネも合点がいったようにうなずく。

リヒテルってめちゃくちゃ手がでかかったそうですよ、という寛実の言葉に、さっきの曲弾いた人、手がでかかったんだってさー、ネネ、と顔の高さに両手を上げて、手のひらを見せながら適当に話しかけていると、開いたままの戸口に研司がやってきたのが見えた。少しだけ間を置いて、こんにちは、と律が声をかけると、こんにちは、入っていいですか？　とたずねてくる。いいですよ、と答えると、研司は中に入ってきて勝手に椅子を出す。肘と膝の絆創膏が取れているのが目に入った。傷の部分は紫色の痕になっていたが、もう痛まないだろうということはなんとなくわかった。

一方で研司は、律の手元の問題集に目をやって、少しぎょっとしたような顔をした。

「それ、自分のなんですけど」

「学校の？」

そう言いながら、そのわりには中身が真っ白だった、と頭の中で反駁《はんばく》しながら、律が訊くと、研司は首を横に振った。

「母親が通販したんです。それは昨日寄越してきたやつ。うちにあと四教科分ある。手当が入るたびにそういうの買うんですよ」

「ちょっと解きましたよ」

「いいですよ。いや、そうでもないのかな。昨日ここに来る前に渡されて、売りにいこうかとか、でもがんばってやったほうがいいのかとか考えてて、もう考えるのがめんどうになって、ここから帰る時にガードレールの上に置いたんです」

誰か持って行かないかな、とか、飛んでいかないかなとか思って、と研司は続ける。声を出すのが苦しそうで、確かに考えることに疲れているように見えた。

「一応持っといて、売るんなら受験終わってから売ったら？」

「難易度見てくださいよ」

研司は、律に冊子を閉じろとでもいうように、下から上に向かって手振りをする。言われた通りにして表紙を確認すると、タイトルの下に「レベルA☆☆☆」という表記がある。数学の問題集にふれることがなくなってしばらく経つ律から見ても、難しい内容だというのは予想できそうなものだった。

「中二の最後の期末テスト、数学六十三点だったんですよ俺」

「良くも悪くもないんじゃないですか」

律はそう言いながら、自分はどのぐらいの点を取っていたかを思い出そうとする。数学は本当に得意でも不得意でもなかったので、点数を伸ばそうと目論む他の教科と比べて、上がりも下がりもしない基礎点のような扱いだったように思う。

「でもそういう人間のための本じゃないのはわかるでしょ？」

「まあね」

「自分の息子がどれだけ勉強できるかとか、わからなくなってるんですよね、母親」

「自分の息子の学力に合う参考書が選べなくなってるっていうこと？」

律がたずねると、研司はうんとうなずく。

「テストで何点とったとかは見せるんですよ。それで、その場は〈よくがんばったね〉って感じでおさまる。でもしばらくすると、点数を確かめさせてって言われて、いろいろと考え始めるんです」

それから、一番低い点数の教科や、自分が伸び代があると考えた教科の問題集を買い込んで渡してきたり、理数科に行くといいとか、やっぱりやめて普通科にしておいたほうがいいなどと毎日違うことを言ってくるのだという。

「この前なんか、私立の高校に行きたいんならなんとか行かせてあげるからって。行けるわけないのに」

似たようなことを、高校三年の時に小学校の三年と四年の担任だった藤沢先生に言われたことを律は思い出す。もし大学に行きたいんなら、私立でもいいから援助する、と言われた。律は断って、いったん地元の農産物の商社に就職した。学費を稼ぐため、と周囲には言っていて、自分自身にもそう言い聞かせていたけれども、本当は単に早く働いてみたかったんじゃないのかと今は思う。自分はどれだけお金を稼げるのか、あるいは稼げないのか、社会で通用するのかしないのかが知りたかった。

藤沢先生はその後、実際に何人かの自分の教え子の学費の一部を出したと聞いたことがある。貸したんですよ、と本人は言っていた。先生はなんていうか、お金大丈夫なんですか？　と律がたずねると、私は家を親から相続したりしてますから、と肩を竦めた。

「私立行きたいの？」

「考えたこともないです」

「行きたい高校はあるんですか？」

「あるけど、塾行ってないし無理だろうなと思う」

「親には言った？」

「言ってないですよ」

そう答えて、変な刺激になっちゃうから、と少し後に研司は付け加える。

母親という人々も人間なのだ、ということは、律もよくわかっていた。二十年前、母親の恋人に短大の入学金を使い込まれて家を出ることを決めた姉は、その男からの虐待に近い扱いを母親から放置されていた律を連れていくことに決めたのだった。

母親はその後、その男と結婚した。結婚生活がどういうものだったかは知らない。姉にはときどきはがきが来るのだという。姉は自分が結婚したことは式の後で知らせ、その後律は、母親が一人で姉と義兄に会いに来たところに同席した。何か自分に手伝えることはないか、と母親はしきりに言っていて、姉は、ない、とそのたびに答えていた。私には夫も律もいるし、雇ってくれていたご夫婦もいい人たちだから。

悪い人間ではなかったんだろう、と律は母親のことを思う。けれども律を育て上げる前に、男といたくなったから、そちらを優先させた。それでも姉を十八歳まで養育することはできたし、姉の周りの人たちがとてもいい人だったので、運良く律も無事に生きていくことができた。今はそれで充分だと思う。

律は、研司の中間テストの点数と、行きたいと考えている学校についてたずねて、そうか、とうなずく。それはちょっと、今の成績では難しいかもしれないね。大学に通っていた頃に家庭教師のアルバイトをしていたことによる勘だった。

「母親は、父親と離婚した当初は前向きだったんですけど、それからリストラにあって。それでもパート掛け持ちしたりしてなんとかやってたんですけど、父親が再婚したって聞いて、動けなくなったみたい」

じゃあもう病院へ行こう、と研司が声をかけると、自分はおかしくはない、と言う。消耗は一気にやってきたのではなく、少しずつネジが緩むように生活の要所がこなせなくなった。息子に当たり散らしたりはしないという。ただ、ごめん、と言う。家事を教わろうとすると、混乱して途中でやめてしまう。研司が今いちばん開いているのは、家庭分野の教科書だという。

「それで、先生にいろいろ訊いたんです。制服のズボンの洗濯の仕方とか、米の炊き方とか。そしたら、お母さん大丈夫ですか？　ってうちに来て。

自分は世間体が悪い人間になっている、って。お父さんの所に行く？　って行けるわけないのに。家事は少しずつやろうとはする。研司はそれを、自分でやりながら待っている。けれども、こんな散財をされると、もう何と言ったらいいかわからなくなる。

「私は食べなくていいから勉強して、とかそういう問題じゃない」

研司の話に、安易に「大変だね」とは言わないように気をつけていた律だったが、その言葉にだけは慎重にうなずいた。

自分は親全般に関することならいくらでも辛辣なことが言えると律は思った。自分にはおそらくその権利があるし、それを研司が望むのなら。けれども、そんなことをしても仕方がないし、自分を育ててくれた人たちもそれを望みはしないような気がした。

「少しだけ違う話していいですか？」

「はい」

「絆創膏取れましたね。あれやっぱりいい軟膏なのか」

律の言葉に、研司は何度かうなずく。

「色が濃いから布団とかにつくんですけど」

研司は笑いながら言う。律も笑い返す。今日水車小屋に来てから、初めて笑う顔を見たような気がする。ここで作ってる軟膏、いいんだってさ、と言いながら律は、バックパックの中を探して、底の方に残っていた試供品を取り出してネネに見せる。ネネは、おそるおそる首を突き出して軟膏の試供品の包装をくちばしで突いた後、耐えられないほどじゃないけど好みじゃない、という様子で首を傾げる。

律は、膝に置いたバックパックの上で問題集を開いて、一番簡単な項の問題を見ながら、それの数字やアルファベットを変えたものを、上下の余白に書いていく。十問ほど作ったところで、研司に問題集を開いたまま渡して、例題をよく読んで、理解したかどうか判断できないなら、まず五回読んでみた後、手書きの問題の方をつらくないなっていうところまで解いてみて、と言う。

「今ですか？」

「帰ってからでいいですよ。そうだ」

律はいったん研司に渡した問題集を、もう一度自分の方に戻して、あらかじめ掲載されている問題の一部をうすく四角で囲む。

「次にここに来る時までに、私が書き込んだやつを全部解いてみて、それで簡単だなって思ったら、問題集のここまでをやってみてください」

これより先はしんどいかもしれない、と言いながら、律は研司に問題集を返す。

「私は仕事で平日はなかなかいないかもしれないけども、その時水車小屋で会った人に問題集を渡すか、決まった場所に置くようにしてくれたら、私に届くように計らっておくから」

「勉強、みてくれるんですか？」

研司の言葉に、律は首を傾げて、できる範囲で、と答える。

「ただここで交換条件みたいなのを言うのがふがいないんですけどね」

「なんですか？」

「笹原さんはこれまでもネネの面倒を一緒にみてくれてるけど、よかったらそれを続けてほしいんですよ」

飽きる時が来たら、私も考えます、と律は付け加える。研司は強くうなずいた。

「あと、きゅうりのうまい食べ方教えてもらってありがとうございました」

「キャベツもああやって食べられますよ」

律が言うと、そうなんすね、と研司は肩を上げた。これまで黙って話を聞いていたネネは、しびれを切らしたように、きゅうり！　キャベツ！　と声を上げた。

律ははっとして、ごめんごめん、ちょっとネネのこと忘れてた、とあやまり、ラジオを止めて、平日に編集したネネの好きな曲ばかり入っているＣＤ－Ｒの第二弾をセットした。ネネはしばらく、きゅうり！　キャベツ！　と一所懸命言っていたが、そのうち音楽に集中して、きゆうりとキャベツのことは忘れたようだった。

＊

二日後の平日、律が仕事から帰って郵便受けを確認すると、数学の問題集が入っていた。表紙には「ササハラさんに持って行くように頼まれました。確認して返してくれたら、私か聡が水車小屋に持って行きます」という姉の字で書かれたメモが貼ってあった。

夕食を食べながら採点すると、律が書き込んだ問題と元から掲載されている合計二十問のうち、十六問までが正解だった。間違っている問題はどれも掛け算の計算ミスで、研司はどうやら七の段が苦手なようだった。まあ、七の段は難しいよな、と律は思い出しながらその旨をメモに書いて、今度は別の問題を四角で囲み、それらの数字を簡単にした問題をさらに十問作って、メモ用紙に書き足した。

それから姉に電話をかけた。水車小屋に来る中学生の子のこと、ありがとう、と律が言うと、え、ぜんぜん、と姉は答えた。あの人はネネと気が合うみたいだし、興味を持ってくれたのは助かるね、と姉は言っていた。

姉は、義兄が仕事を変わってから、退勤後にネネの様子を見に行く回数がこれまでよりは増えた、と話していた。夫婦であわせて月曜から土曜まではフォローしたいのだが、遅くなる日もある。そういう時にササハラさんがネネの相手をしてくれていたら、とても助かるし気が楽になる。

律は、そうだね、と同意しながら、研司の勉強を見ることと引き換えにネネの相手をしてもらう、という取引が、はたして正しいのかということを自問する。研司がずっとネネや水車に興味を持ってくれていたらいいのだが、一過性のものかもしれないし、そのうち負担だと思うようになってくるかもしれない。ならばその時は、ネネのことはもういいと言うことにして、それでも勉強は見ようと律は思い至った。

その週の金曜日、特急に揺られて帰宅していると、守さんから「今日はそばを食べにおいでよ」というメールがあったので、家に帰る前に閉店したそば屋に寄ると、研司とその友達のイトウくんがいて、客席をくっつけて守さんがそばを打っている隣で、義兄にそば切りを習っていた。

道の駅の近くにある肥料の営業所で働いているイトウくんの父親は、最近道の駅のそばがうまくなったと話していたそうで、そういえば研司の知り合いのおじいさんが道の駅のそば屋で働いていたよなということをイトウくんが研司に話すと、あの人は前にあの水車小屋で挽いた粉でそば屋をやってて、ということを研司が答え、さらに研司が守さんに評判を話したので、じゃあ目の前でそばを打ってあげよう、ということになったそうだ。この土日は守さんの出勤日だったので、金曜日に集まることにしたのだという。

研司とイトウくんが切ったそばはうどんみたいな太さで、市販の粉で作ったそばは挽きたてを食べ慣れていた律からしたら少し物足りなかったけれども、それでも充分においしかった。

水車小屋とネネの暮らしは、律があまり関与できなくても充分に回っているようで、そのことにも安堵した。

研司は、いつも放課後に水車小屋にやってきて、ネネの身の回りの世話をしたり話し相手になったりしながら、律から出された宿題をやっているとのことだった。水車小屋に出入りする姉や義兄、近くに住んでいる守さんや浪子さんとも、顔を見れば気軽に話すようになった。

研司は結局、母親が買った問題集を五教科持ってきて、律に教わるようになった。研司が行きたいと言っていた学校は、最寄り駅から電車で一時間と少しのところにある工業高校だった。律が調べたところによると、研司の今の成績からすると、簡単ではないにしろ、無理だから諦めろというわけでは決してないという感触を持った。

七の段が危なかった研司だが、ネネと一緒に二日ほど特訓したら、確実に言えるようになった。しちいちがしち、しちにじゅうし、しちさんにじゅういち、しちしにじゅうはち、しちごさんじゅうご、と研司が部屋の真ん中で直立して何度も唱えていたら、ネネが覚えてしまったのだった。研司が苦手な部分もネネは単なる音として覚えるので、研司は最終的にネネの声を頭で再生することによって七の段に自信を持てるようになったと話していた。

研司はネネと英単語の勉強をするようにもなった。ネネが「パーパス！」と言うと、研司は「目的」と言い、反対にネネが「目的！」と真似をすると研司は「パーパス」と返す、というようなやり方で、律からしたら何らかの秩序があるようなないような様子だったのだが、研司はネネとの遊びをうまく利用して語彙を増やしていた。

研司の勉強は意外にも、水車小屋の仕事が減って張り合いがなくなっていたネネに、新たな役割を与えたようだった。研司も、ネネと勉強をする限りはいろんなことを声に出して言わないといけないので、問題集の例題を一人で黙読するよりは身につくらしい。ネネは基本的には、研司がある教科の学習をしている時は、その音読を聞いて調子を合わせてくれるのだが、少し間が空くと好き勝手に教科をまぜて「出題」してくるので、それはそれでちょっとしたテストになるという。研司が勉強を始めてから、律が三度目にネネと会った時、ネネは「六波羅探題！」「墾田永年私財法！」と叫ぶのがお気に入りになっていた。

姉は研司に、水車の動かし方を詳しく教えていた。製薬用に水車を動かしていた時に訪ねてきたので、なんとなく教えたのだという。研司は、義兄にも水車の動かし方の大まかなことを聞いていたので、そのノートを再び家から持ってきて、熱心に手順を書いていた。研司は姉から、気晴らしのためのかぎ針編みのやり方まで教わっていた。

おそば屋さんがあいてた頃は石臼を動かしてて、そばの実を挽いてたんだよ、と姉が説明すると、その時のそばが食べたかった、と研司は悔しそうにした。三年前は、県庁所在地で母親と父親と自分の三人で暮らしていたのだという。

研司は、律よりかぎ針編みがうまかった。姉は律に手芸全般を教えてくれて、律も姉ほどではないもののそこそこはできるけれども、かぎ針編みだけは苦手だったので、何か研司に追い抜かれたような気がして、そう感じる自分がばかみたいで笑ってしまった。

塾のない日は、研司の友人のイトウ君もときどき水車小屋に来て、律に勉強を見てもらうようになった。研司が工業高校に行きたいというのはイトウ君の影響だということを、律はその時に知った。律が見たところでは、イトウ君の方が勉強はできるようだったが、六波羅探題と墾田永年私財法については研司の方が詳しかったし、最近計算問題を間違えなくなったので訪ねてきたとのことだった。六波羅探題の話になると、ネネは突然「いにに い！」と叫び、研司が、承久の乱が原因なんだよな、と即座に反応したので、律が年表を開くと、確かに一二二一年に承久の乱が起こっていた。

イトウ君によると、研司はネネに関して「小学校の頃の飼育委員をやっているのと一緒」と話していたとのことだった。それでも研司はネネと山下さんと先生が二人もいるからいいよなー、とイトウ君はなぜかうらやましそうにしていた。

イトウ君が帰り、しばらくスパーリングのようにネネと頻出英単語を言い合った後、研司は、どうして助けてくれるんですか？　と律にたずねてきた。

「助けてます？」

「助かってますよ」

だって英語の小テスト、最近イトーより点いいんですよ、と研司は続ける。

「だったらいいんだけど、まあ私はいろんな人によくしてもらったから。あとやっぱり姉がなんていうか、無謀っていうか勇気のある人だったんで」

研司は、自分に水車の動かし方とかぎ針編みを教えてくれた女の人と、律の評価がうまくつながらないらしく、首を傾げて、無謀だったんですか？　と訊き返した。

「まあ、失礼な言い方かもしれないけどそうなるかもしれない」

律は手短に、自分が小学三年に上がる時に、当時十八歳だった姉とこの町にやってきたいきさつについて説明した。もう子供のことよりは自分の人生を優先させたくなってしまった母親と、それを利用していた婚約者と、短大に行けなくなってしまった姉と、自分について。

「姉が自分にしてくれたことと比べたら、誰かに勉強を教えることなんてまったく大したことじゃないし、勇気なんて一切使わない。むしろ、笹原さんがあの女の人を水車小屋に隠したことの方が勇気があるかもね」

律の言葉に、研司は首を傾げて、そうかな、と呟く。律はそれを強く肯定するように、深くうなずいた。

*

寛実から電話がかかってきたのは、六月の二週目の日曜日のことだった。十一時を回ったところで、律は水車小屋で本を読みながら、寛実が勤めているラジオ局の番組をネネと聴いていた。寛実の番組の二つ前の、クラシックの番組だった。

生放送の前なのに電話をかけてくるとは何事か、と寛実からの連絡を訝りながら律が電話を取ると、おとんの件なんだけどね、と少しうわずった声で寛実は言った。寛実の父親の榊原さんは、おととし水力発電所を退職して、その後も週に二回か三回出勤している。働いていた時より時間ができたので、今はいろいろなところに行っているらしい。気楽な身分になり、友達が増えたそうだ。

「おとん、今日同期の元同僚さんとトレッキングに行ってるんだけどね、ちょっと前に私に電話がかかってきて」

ラジオで人探しの放送を流せないか？　と榊原さんは寛実に言ってきたのだという。取り乱した様子で唐突な頼みを言ってくる父親に、寛実は落ち着いて話すよう頼んだ。

「おとんと出かけた友達が、一時間近く見つかってないらしい。植物好きな人でね、山にあんまり慣れてないいんだけど、前に来た時はこの近くにカニの爪があったような気がするんだよね、って、おとんが野鳥の写真撮ってる間に戻ってっちゃったんだって」

「カニノツメってキノコか」

「そう。この季節に見かけるのは珍しい、って」

それで行方不明になった。寛実が、携帯は？　とたずねると、榊原さんの足元に置いたリュックの中に入っていたという。

「手ぶらで離れちゃったんだ……」

「すぐ近くだったんだろうね」

「そんなに珍しいものならなんで写真撮ろうとしないんだ」

「首からぶら下げたデジカメだけ持ってってたんだよ」

そのぐらいの時間なら、ラジオで言うより警察に頼んで防災無線で言ってもらったほうがいい、と寛実は言ったのだが、榊原さんは手続きの間を惜しむほど急いでいるらしい。

「その人薬飲まないといけないんだって。あと昼から小雨になるっていうしね」

「まあ山は雨降ると寒いしな」

だから本当に申し訳ないけど、おとんの人探しを手伝ってやってほしい、交番に手続きに行く前に水車小屋に寄らせるから、と寛実は言った。律は承諾して、お姉ちゃんたちにも言うわ、と申し出て電話を切った。

りっちゃん！　とネネが呼んでくるので、なに？　と振り向くと、風まじり！　とネネは言った。

「雨降る夜の」

「雨まじり！」

「雪降る夜は」

「すべもなく！」

〈貧窮問答歌〉だった。ネネは最近気に入っているらしい。緊急時である今、いったいネネはどこまで言うのかと律は戦々恐々としたが、そこまでのようで安堵した。律は、オーケーオーケー……、と呟きながら、姉に手伝いを頼むメッセージを送る。

それからすぐに、山下さん！　と血相変えた榊原さんが水車小屋に飛び込んできた。寛実から話聞きました、手伝いますんで、とりあえず探したい人の名前と見た目、いなくなっただいたいの場所を教えてもらえますか？　と律はたずねた。

名前は高須さん、年齢は六十二歳、カーキ色のマウンテンパーカ、紺色の帽子、六十歳になってから喘息を発症。吸入器は持っていっていないようだ。いなくなった場所は、研司が助けた技能実習生の女性が逃げていた林道の中ほどの分かれ道を、山頂側に五分ほど上がった場所らしい。

榊原さんが説明している間、その背後の戸口から研司が様子をうかがうようにして水車小屋に入ってくるのが見えた。

「人探しを手伝ってもらっていいですか？」

律がたずねると、研司は、わかりました、と答える。ネネが、研司に向かって、けんじくん、ディサイド！ と問題を出すと、研司は「決める」と答え、ディケイド！ とさらにネネが言うと、「十年間」と答えた。榊原さんは、眉間にしわを寄せて、泣きそうなのか笑いそうなのかよくわからない顔でそのやりとりを眺めながら、どうか頼みますよ、と研司に言った。

それからすぐに、大きな袋をぶら下げた姉と義兄もやってきて、律は榊原さん自身の携帯番号などを訊いてから交番に行かせて、捜索に出発することにした。人間たちがぞろぞろやってきたかと思うとぞろぞろ出て行こうとするので、ネネは物足りなくなったのか、行く！ と言っていちばん近いところにいた研司の肩に飛び乗っていた。どうします？ とたずねられたので、律は、いいよ、連れて行こう、とうなずいた。それからすぐに、小雨が降ってネネに当たることが心配になったけれども、その前に急いで相手を見つければいいし、姉なら必ず何らかの準備はしているだろうと思い直した。

とりあえずこれね、と姉は大きな袋から研司と律にウインドブレーカーを渡した。それを着ながら、寒くなった時にネネを包めそうなものなんか持ってる？ と律が姉にたずねると、姉は、うん、と手短にうなずいた。

ネネと研司と姉夫婦と律は、林道の中に入っていき、高須さん、高須さーん、高須さん！ とぜんぜん知らない人の名前を呼んで人探しを始めた。ネネも、タカスサーン！ と周囲の人間を真似て手伝った。自分たちも、このあたりのことは多少知っているとはいえ、探す側が探される側に回ることはいくらでもあるということは知っているので、姉と義兄、律と研司が二人ずつ組んで木々の中に分け入っていった。

やはりというか、高須さんはすぐには見つからなかった。その場でじっとしていてくれる人だったらよかったけれども、なかなかこちらの希望通りにもいかないようだった。時計を確認すると、探し始めてからまだ十五分も経っておらず、姿を見たこともない人を探すのは雲をつかむようなもどかしさを感じる。

それからすぐに、探している人が通ったかもしれないところを発見した、と義兄から電話で連絡があった。

律と研司がいる場所から、二分ほど上がった場所だった。律がその話をすると、研司は、一回そこに行ってみて、またその場から二手に分かれた方がいいんじゃないでしょうか、と言ったので、その通りにすることにした。

合流すると、義兄は近くの沢まで律と研司を案内し、あれを見て、カニノツメじゃないけれども、と向こう岸を指さした。こちら側よりも鬱蒼としている対岸の一番手前の木の根元には、ホウキタケがたくさん生えていた。沢には弱々しい丸太が渡されていたが、中ほどで水の中に沈んでいる。律は目を凝らして、丸太の沈んでいる部分の横に、石の尖った部分が川面に突き出ているのを確認する。

「探している人はここを行ったんじゃないか。ここの深さはだいたい二十五センチぐらいかな」

手を入れて確認した様子の義兄は、袖をまくった腕を見せる。律は視界の中で丸太を指でなぞってルートを作りながら、あの尖った石は先行者が足を置いた際にひっくり返ったものなのではないかと見当をつける。そしてそのまま丸太に足を掛けようとすると、自分が行くよ、と義兄に声をかけられた。いやいや、私の友達の父親の知り合いのことなんで、と律が首を横に振ると、自分が行っていいですか？　と研司は申し出た。

「鮫渕さん別に重そうとかじゃないけど背が高いからそれなりに体重あるだろうし、山下さんもなんていうか毎日仕事行っててあんまり運動してないだろうし、でも自分なら身軽なんでなんとかなると思います」

運動してないというのはまさにその通りだったので、律は反論を思いつくことができなかった。確かに、最初に技能実習生の女性に追いついて水車小屋に隠した時の脚の速さを考えると、研司は運動神経は悪くないはずだとは思う。

誰が行くかでもめている場合でもないので、律はうなずいて研司の肩からネネを受け取る。しかし、研司が丸太の半分ほどまで進んだところで、ネネは律の手の中を飛び出して、研司の後を追うように飛んで行き、研司を追い抜かして対岸に移って、その場で飛び回り始めた。研司は、ひっくり返った尖った石は使わず、少しだけ助走して丸太の途切れた部分を乗り越えて、なんとか向こう岸に着いた。

姉は、これを何かに使って！　とネネの足首に巻き付けるための毛糸を投げ、研司はそれをキャッチして、肩に乗ってくるネネの足に毛糸を巻き付け、じゃあ行ってきます！　と手を挙げた。

それから姉と義兄と律はその場で、研司が戻ってくるのを少しの間待つことになった。

ホウキタケの木の向こう側は、来た側よりもたくさん木が生えていて道らしい道はなかった、と研司は語った。周囲には斜面が続き、平たい足場はほとんどなく、滑る場所も多かったため、抱きつくように木につかまりながら進んだという。研司が木々の中を進むことで手一杯であることを悟ったのか、ネネが代わりに、タカスサーン！　という声を上げた。

ホウキタケを見たとして、そこからさらにいなくなるということは、何か珍しいものを見つけたんだろうなあ、と思いながら、研司は何度も振り向いて沢の方向を確認しつつ、木の根元に注意して周囲を歩き回った。こちらの岸にやってきて体感で三分ほどが経過した時点で、研司は、近くにあった木の自分がいる側とは反対側の根元に、ちょっとぎょっとするような、赤くて尖った、山林の中で見つけるにはかなり違和感があるものが生えているのを見つけた。それはまるでカニの爪のようだった。そして研司は、そういうキノコがある、と以前イトウが楽しそうに話していたのを思い出した。

カニノツメが生えている側の真下は急斜面になっていたのだが、そちらの側まで回らないとキノコの全容を見るのは難しいと研司には思えた。研司は肩の上にとまっているネネのお腹の側面をなでながら、自分が植物の写真を撮るのが好きな中年男性の気持ちになって考えてみたという。横から撮影するのもいい。けれどもやはり、周囲の木がこれだけ密生しているのならそれを利用して、木につかまりながらでも斜面の側に回ってカニノツメを撮りたいと思うかもしれない。

研司は、自分が周りの木につかまりながら自信を持って両足で地面を踏めるぎりぎりの場所まで行き、カニノツメの真下の斜面を覗き込んだ。けんじくん！　ケアフリー！　とネネは叫び、慎重に、と研司は答えた。

斜面の上から下までの距離はそれほどではなかったが、横には長く続いているようだった。斜面の下を確認する必要を研司は感じたけれども、同時にそれが危険であることも理解していた。

でもネネなら大丈夫かもしれない、飛べるし、と研司は考えたという。それでもし、近くに高須さんがいた場合、それをこちらに知らせてもらえるのかということについて、研司はさらに考え、ネネの足首の毛糸を引いてもらえば、その手応えでわかるのではないかと思いついた。

研司は肩からネネを下ろして腕に抱き、斜面の下を指さしながら、「高須さーん、紐、引いて」と何度かネネに向かって言った。

「けんじくん、クレバー！」

「高須さーん、紐、引いて」

「クレバー！」

研司は諦めないように自分に言い聞かせて、ネネと単語遊びをする時の体感を思い出して体を軽く動かしながら続けた。

「高須さーん、紐」

うまくのってくれない様子の研司の言葉に、ネネは不平を唱えるように少しの間ぶつぶつ言っていたのだが、研司が再び、高須さーん、紐、と言いながら、楽しそうに斜面の下を指さすと、ネネは首を傾げながら、引いて？　と続けた。

研司はうなずいて、ネネを顔の前に掲げ、飛ばすように軽く押し上げ、高須さーん、紐、引いて！　と言いながらゆっくりと手を離した。研司は、左腕を近くの木の幹に巻き付けて体を安定させながら、ネネとつながっている毛糸玉を慎重にほぐしつつ反応を待った。そして、糸がすぐに絡まりませんように、と祈った。

離れていくネネの声に耳を澄まし、脇に抱えた毛糸玉が減っていくことを心配しながら、研司は毛糸を持っている両指の先に意識を集中した。しばらくの間は、ネネが飛んでいるペースで毛糸が減り、糸の張りも緩かったが、突然下に引っ張られるかすかな手応えがあった。研司は、動かないでください！　動かないでください！　と叫びながら、木の幹に残り少なくなった毛糸を二重に巻き付けてきつく結んだ。そしてひたすら、動かないでください！　と引き続き叫び続けて、木の一本一本の幹に抱きつくようにして斜面を横切り、もう進むのは無理だというところまで移動した。

木々の間に目を凝らすと、数メートル先の斜面の下側にネネがいるのが見えた。ネネは、斜面にもたれながら毛糸を持っている誰かの頭の上にちょこんと立っていて、周囲をぐるぐる見回したかと思うと、けんじくん！　クレバー！　と叫んだ。

「ネネのことだよ！」

研司が叫ぶと、ネネは自分で、おりこうさん！　と自分を褒めていた。研司は笑ってしまった。ネネを頭に乗せている誰かが、毛糸を離したあと、よくしゃべる子だね、と弱々しくネネを指さした。高須さんですか？　と研司がたずねると、その人はうなずいた。助けを呼びますからね！　と大声で告げた後、研司は毛糸玉を辿って来た方向へと戻っていった。

見つかりました！　と言いながら向こう岸に姿を現した研司に、姉は、そこにいてくれる？と声をかけた。

「この沢、水車小屋の隣の川とつながってるみたいだから、いったん下りてそっち側の岸を上がっていくことにする！」

律は、今自分たちがいる山の側と水車小屋の側を隔てる、水車小屋の隣の水力発電所へと上っていく道路のことを思い浮かべながら、確かに少し勾配を下ると橋が架かっているということを思い出す。あそこに出て橋を渡って沢沿いに歩けば、研司のいる岸に行けるはずだ。姉と義兄と律の三人は、急いでいったん林道へと下りて、道路に架かっている橋を使って研司のいる岸に回り込むことにした。

林道を歩きながら、榊原さんに、見つかったみたいですよ、と携帯で電話をかけると、そうなのか、りっちゃん、そうなのか！　と今にも泣き出すのではないかという大声が返ってきた。そういえば寛実は、今でこそ「律」と呼んでくるものの、小学校のうちは自分のことを「りっちゃん」と呼んでいたな、と律は思い出した。向こう岸に、木々の間から再び姿を現した研司の弾むような足取りを思い出しながら、律は不意に、みんな年を取った、と場違いな感慨を覚えた。

最終的に高須さんは、警察の手によって救出された。命がどうこうということはなかったけれども、短いとはいえ、斜面を滑り落ちてしまったことで体力を消耗していたので、喘息の発作が起こったら危なかったとのことだった。高須さんは念のため、いちばん近い医院に搬送された。

研司は交番に連れて行かれ、高須さんを見つけた状況について説明を求められた。姉と義兄とネネを帰して、相変わらず体の大きな榊原さんと交番に一脚だけある長椅子で研司が解放されるのを待っていると、痩せた女性が入ってきた。たずねなくても、それが研司の母親であることが律にはすぐにわかった。目元がそっくりだった。

笹原研司の母親です、と女性は巡査に告げた。榊原さんは立ち上がって、ありがとうございます、と女性に一礼した。

「あの、何かの間違いじゃないですか？　息子は本当に普通の子で、学校の成績もあまり良くなくて……」

律は座ったまま首を横に振って、賢いですよ、と声をかけ、立ち上がって、まだ信じられないという様子の女性に近づいてゆっくりと頭を下げた。

「それに勇気があります」

女性は、ああ、とため息のように言いながら、巡査と研司の話し声が聞こえてくる奥の部屋をのぞき込んだ。こちらの方を向いて座っていた研司が、あ、お母さん、と言うのが聞こえた。女性は目を見開いて、口を少し開けて研司の方を見ていた。研司はすぐに巡査の方に向き直って、また何か話し始めた。

女性は、律の方を向いてかすかに震える口を開いた。

「あの子に勉強を教えてくださってる方ですよね？」

「まあ、宿題を出してる人間ですね」

律の言葉に、ありがとうございます、本当に、と女性は、律の方に体を向けて頭を下げる。

律は、いや、鳥の飼育委員みたいなことを代わりにしてもらってるんで、申し訳ないです逆に、と両手を開いていさめるように肩の高さで動かす。

「そのことをうかがったのは先週のことで」女性はうつむいたまま話を続ける。「以前より朝早く出て行くし、放課後も家にいることがほとんどなくなったので、理由を訊くと、水車小屋の人に勉強を教えてもらっていると言っていました」

「いや問題集の例題を読んでって言ってるだけですよ」

律がまた否定すると、隣にいた榊原さんが変な顔をして軽く首を横に振るのがわかった。いちいち反論するなということなのかもしれない。律はうなずいて、女性の言葉をそのまま受け取ることにする。

「最近そっけない、どうしちゃったんだろう、なんて勝手なことを思ってました」。奥の部屋の中から椅子を引く音が聞こえて、研司と巡査の話に何らかの区切りがついたように思われた。

「でも、それで良かったんだと今思いました。私の相手をしてるだけじゃ、あの子は前に進めない」

律は何も言えなかったが、代わりに榊原さんが、そうですね、親離れも悪くないですよ、と答えた。一人娘の親としての実感がこもっていて、律は寛実が中学生の時にどれだけ榊原さんを避けていたかを思い出して笑ってしまいそうになりながら、榊原さんに向かってうなずいた。

後で榊原さんと帰宅しながらそのことを話すと、榊原さんは研司の家庭の事情など一切知らずに、ただ、親が「子供が自分の相手をしているだけじゃ前に進めない」と言ったことに対してだけに共感して同意したのだそうだ。榊原さんは知る権利があるかもしれない、と律が研司

の母親の離婚などについて語ると、そうか、君のところといい、うちの娘といい、いろんな子がいるな、と榊原さんは感慨深げにうなずいていた。

彼は工業高校に進みたいそうですよ、と言うと、榊原さんは興味を示した。私も工業高校出身なんだよな、卒業してもう何十年にもなるけど、と榊原さんは言いながら携帯を見て、寛実からだ、と言った。

「今日は実家に帰ります、山下さんも一緒にいるなら呼んで、って」

「わかりました」

それから律は、寛実が親元を出てから数年ぶりに、榊原さんの家に行って、寛実が作った夕食を食べた。

＊

小学校の時に三年と四年の担任をしてくれた藤沢先生と、久々に会うことになった。年賀状のやりとりはしているし、半年に一回ほどは連絡を取り合うのだが、対面するのは二年ぶりぐらいだった。

藤沢先生は、律が住んでいるのと同じ町にあった両親の持ち家と土地を売却して、それまで住んでいた町から数駅の場所に引っ越した。五十二歳になった藤沢先生は、今も小学校の先生をしていた。教頭先生にならないかという誘いがあったが断った、という話を少し聞いたことがある。

藤沢先生は、小学校の先生をしながら、いくつかの学習困難家庭の手助けをしたり、律が通っていた学童保育に出資したりしていた。その中に、中学生の息子がいながら仕事を失い、気力が萎えてしまった女性の手助けが含まれているかどうかはわからなかったが、メールで話してみると、「訪ねてみてください」と言われたので、土曜の昼に会いに行くことにした。

電車では、普段は通路側に座り、イヤホンを耳に入れて眠ってしまうのだが、その日は窓側に座って景色を見た。大学への通学に始まり、二十歳からずっと見慣れている景色でありながら、律はいまだに山の大きさと谷の深さ、そこを流れる渓流と町の様子に感心することがあった。今の会社に入社してから、考え事とその合間で休みたいという気分ばかりで、ほとんど見ることもなくなっていたけれども、景色はべつに拗ねるわけでもなく、何の惜しみもなく輝いていた。律が疲れ切っている時も悲しい時も、ずっとそうだったように思う。小学三年に上がる前の春休み、姉に連れられて車窓の景色を見た時の喜びと、今も地続きでいる。

藤沢先生は、駅の近くの三階建てのアパートの三階に住んでいた。以前は校長先生だった祖父から、やはり校長先生だった母親に引き継がれた大きな家に住んでいたので、数寄屋門も大きな庭もあるその家に何度か行ったことのある律からしたら、ずいぶん狭苦しい思いをしてるんじゃないかと心配になったが、律を迎え入れた藤沢先生自身は、いろんな生活の設備が近くて動きやすくていい、と満足しているようだった。両親を見送ったあと藤沢先生が売った土地には、今は律にはちょっと手が届かない家賃のマンションが建っている。

「あそこには住まなかったんですね」

「家族向けだし自分には高いと思って」

藤沢先生は、今日は臙脂《えんじ》色の大きな千鳥格子のシャツに濃い鼠色のカーディガンを羽織って、黒のゆったりしたパンツを穿いていた。前に会った時からメガネの縁が太くなっていて、少し若くなったように見えた。昔、姉が「どこで服を買ってるんですか？」と突然藤沢先生にたずねて、律は驚いたことがある。藤沢先生は、スーツは手芸店でオーダーして、シャツは終点の駅の近くの輸入の古着屋で買っています、と答えた。律も高校に入ると、休日に寛実とその服屋によく行くようになった。

研司の母親の就職先を一緒に探すことや、当面はどういった制度を利用すればいいのかということについての具体的な助言に関して、藤沢先生は請け負うことを承諾してくれた。でも先生はフルタイムで先生してますよね、時間あります？　とたずねると、勤めている小学校がここから歩いて三分だから、山下さんよりはありますよ、と藤沢先生はうなずいた。

それから少し、律自身の話をした。不況の入り口で大学を卒業した年から就職難の時代は続いていたが、なんとか陶器の会社にもぐりこんで営業としてある程度認められ、十八歳の時よりは一応多い給料をもらっている。それから、姉の夫の転職について話した。水車小屋の番と水力発電所の清掃と農産物の季節労働から、外国人労働者を手助けするＮＰＯに就職したこと。藤沢先生はうなずき、姉と義兄の年齢をたずねてから、そういう時期なんですかね、と言った。

「どういう意味ですか？」

「深い意味はないですが、自分は本当に充分に大人になったと思えて、やらないといけないことをやり始めるのがそのぐらいなのかもって」

律は、藤沢先生が姉や義兄ぐらいの年齢だった時のことを思い出す。やはり小学校の先生をしていたが、高校受験をする律を何くれとなく助けてくれた。成績のいい律に勉強を教える代わりに、この高校は質の良い教育をしているだとか、この学校に通えば交通費が少なくて済むだとか、一緒にいろいろ考えてくれて、時には単純に勉強の時に食べるお菓子をくれたりした。

「誰かに親切にしなきゃ、人生は長くて退屈なものですよ」

「そんなもんなんですか」

「ええ」

藤沢先生は、それ以上は言わずに律に二杯目のお茶を勧めて、これから収穫期を迎えるマスカットを出してくれた。おいしかった。

また来ます、と言って律は帰った。藤沢先生は、どうぞ来てください、とうなずいた。その日の夕食はうちで食べてと姉が言っていたので、夕方になる前に藤沢先生の家を出た。また業務用食品スーパーに行って肉を買ったそうだ。夫婦二人が食べるには買いすぎたので律に来てほしいらしい。

陽が落ちる直前の渓谷を眺めながら、律は地元の駅へと帰っていた。恵まれた人生だと思った。母親の婚約者に家から閉め出されて、夜の十時に公園で本を読んでいた子供が、大人になって自分の稼ぎで特急に乗って、輝く渓谷をぼんやり眺めている。自分を家から連れ出す決断をした姉には感謝してもしきれないし、周囲の人々も自分たちをちゃんと見守ってくれた。義兄も浪子さんも守さんも杉子さんも藤沢先生も榊原さんも、それぞれの局面で善意を持って接してくれた。

自分はおそらく姉やあの人たちや、これまでに出会ったあらゆる人々の良心でできあがっている。

川の流れを見下ろしながら、律は数年前の失恋のことを考えた。会社にコピー機のメンテナンスに来ていた女の子だった。十八歳から働いていて、律より二つ年下だった。よく呑む人で、煙草をやめようとしていつもやめられずにいた。音楽の趣味が合って、楽しい時は楽しかったけれども、先のことがあまり考えられない人だった。でも、友達が子供を産んで自分もこういうことがしたいと思ったのだそうだ。

自分はずっと浮き草みたいで不安だった。山下さんはすごく優しくて賢い。けどその先に何があるの？　山下さんといるとそのまま人生が終わってしまいそうな気がする。それは自分の希望とは違っていて、何者かになりたい。

それで結局、彼女は律とは会わなくなって自分の会社の先輩と結婚した。顔はいいけど、話はあまりおもしろくないと話していた人だった。

今になると、自分がとても好きだっただけで、話を合わせてくれていたんだろう、と律には思えた。彼女の考えていることは何もわからなかった。

彼女との非対称な関係を思い出すと、いつも暗い気分になるけれども、それでも今見ている景色は美しいと思えた。どうぞ来てください、という藤沢先生の言葉を思い出しながら、自分は生きていることはそう悪くないものだということに確信を持ち始めていると律は気が付いた。それは、明確な対象はなくとも、「愛している」と言ってもいいような心持ちだった。

地元の駅の一つ前の駅を通り過ぎながら、律は杉子さんのことを思い出した。ああいう大人になりたい、と小学生の頃に思ったことを思い出した。

＊

七月になり、研司は期末テストの結果を律に見せに来た。中間テストと比べて軒並み点数が上がっていた。特に数学は、そもそも苦手ではない様子だったが、基礎を納得がいくまで浚《さら》ってもらい、レベルを上げ下げしながら問題を出し続けると、学年でも上位に入るほどになった。家庭教師のアルバイトをしていた頃の資料を引っ張り出してきて突き合わせながら、このぐらいの点数なら、この一か月半ほどの点数を維持すれば、研司の志望はおそらく叶うと律は見当をつけた。

研司の成績の向上には、榊原さんが勉強を見てくれるようになったことがもっとも大きい、と律は周囲に話していた。榊原さんは、今の中学生用の参考書を読んでも、最初は自分の頃とは違うし自信がないと言いつつ、すぐに慣れて研司をうまく教えられるようになった。理科は教えていて楽しいそうだ。

あと家庭分野の成績が上がっていた。一学期にやった家庭科の内容に手縫いの実習が含まれていたため、姉が水車小屋に来た時に、ときどき裁縫を教わっていたことが生かされたらしい。

律の会社での仕事はさらに忙しくなった。四月から放送中のドラマで、会社が取り扱っている食器が使用されたため、突然よく売れるようになった。律は、窯元に生産を急いでもらいながら、納品のルート確保にも奔走していた。四人で回している窯元に、地元で一時的に人員を融通してもらうために、なぜか律が頭を下げて回ることもあった。家ではできるだけ研司の宿題を見るようにはしていたが、水車小屋でネネの相手をする研司と接することはリタイアした榊原さんの方が多くなった。律自身は、今自分が水車小屋にまったく行かなくなって会うことがなくなったとしても、研司はやっていけるといつからか確信するようになっていた。

八月に入り、研司の母親は仕事を見つけた。律が十八歳の時に勤めていた農産物の商社のパートタイマーで、生鮮市や他のイベントで野菜や果物を販売する仕事だった。仕事は本人が見つけて、面接時の身だしなみの確認や模擬練習などには、藤沢先生が付き合った。七月から仕事を探し始めた研司の母親は、その時点で四つの志望先から「ご縁がなかった」と言われていたが、諦めはしなかった、と藤沢先生は話していた。

夏休みのある日、研司は期末テストの成績表を持って学校を訪ね、中学を出たら働くと話していたけれども、志望校ができた、と担任と進路指導の先生に報告した。協力するよ、頑張れ、という返事が返ってきたと、研司は律に話した。それを聞きつけたネネは、頑張れ！　と扇風機に向かって大声で言った。自分の声が震えるのが気に入ったネネは、何度も扇風機に向かって、頑張れ！　頑張れ！　と言っていた。律はそちらの方を見やってうなずき、こう言ってるから頑張って、とネネを指さして笑った。

＊

三月の受験に向けて、研司は動き出した。秋口から律は、水車小屋の仕事が研司の負担にならないかと悩み始め、受験勉強をしないといけないだろうし、水車小屋には来なくていいように姉と義兄と自分と、なんだったら榊原さんもローテーションに入れてなんとか計らうけれども？　と相談したのだが、研司は首を横に振って、水車小屋の方が勉強に集中できるんで、と答えた。

研司は、集中したい時は水車小屋の内部装置のある側で、ネネの気まぐれな出題に答えたい時はネネがいる方の部屋で、と使い分けつつ九月から受験勉強を始めた。経済的な理由で私立の高校を併願することはできなかったので、公立の工業高校だけの受験だった。

入学できなければ働く、と研司は言っていたが、律は公立高校の二次募集の受験を勧めるつもりで、去年度定員割れした高校の資料などを集めていた。研司の進路指導の先生もおそらくやっているはずのことだし、自分がやるのはおこがましい気がしたが、それでもやらずにはいられなかった。公立高校だとなかなか妥協点が見つからないと感じた律は、私立高校のデータも調べ始めて、なぜか自分の預金通帳を見直したりすることもあった。九月からの模試は三回あり、判定はＢ・Ｂ・Ａだった。友達のイトウ君はどうなの？　とたずねると、イトウ君はもっと上の偏差値の私立高校に志望校を変更したという。部活にボードゲーム部があってどうしても入りたいからだそうだ。

特に情報交換をする相手もおらず、学校の勉強と律の宿題と榊原さんのアドバイスを頼りに受験勉強を続けた研司だったが、結果は合格だった。

その学校を受験したのは、同じ中学からは自分一人だったので、発表は一人で見に行ったという。自分のデスクで仕事をしていた時に、公衆電話から電話がかかってきて、受かってました！　という言葉を聞いた時は、律は、了解です、と言いながら思わず廊下に出て、フロアの廊下の突き当たりまで歩いて、引き返して反対側の突き当たりまで歩いた。

関係者の皆さんにお知らせください。

わかりました。

おめでとうございます。

律は携帯をポケットに入れてそのまま会社を出て、自動販売機でめったに買わない500mℓのコーラを買い、会社に帰った。エレベーターで少しだけ泣いた。

榊原さんに伝えた合格の知らせは、姉や義兄にも伝わり、仕事で外回りをしていた義兄と榊原さんは、地元の駅まで研司を迎えに行ったという。義兄はすぐに仕事に戻らなければならなかったが、榊原さんと研司はその足でネネに報告に行った。榊原さんはネネに、「ネネちゃん、おめでとうは？」と何度もおめでとう、と言わせようとしていて失敗していたそうだ。研司は、コングラチュレイション、とネネに言って、おめでとう！　という言葉を引きだした。榊原さんが、おめでとう！　と調子を合わせると、ネネは何かを察したのか、引き続き、おめでとう！　と言ったので、榊原さんと研司は顔を見合わせて笑ったという。

律はその夜、いろいろ考えたけれども、ケーキを買って研司の家を訪ねた。玄関に出てきた研司の母親が、律に、なんとお礼を言って良いか、と言い始めると、律は、ごめんなさい、帰って用事があるんで、とケーキを押しつけて、研司には会わずにその場を去った。何か押しつけがましいことをしていたとしたら大変だ、と思ったのだった。

律はそれから、その足で姉の家に寄った。律の話を聞いて姉は、「え、ケーキをわたすだけで帰っちゃったの？」と目を丸くした。

「いや、なんか、向こうのお祝いなのにこっちになにに言うかとか考えさせたら悪いなと思って」

「そっか。おくゆかしいね」

姉はそう言って、ケーキはないんだけどなー、と言いながら、器を三つ用意した後、冷凍庫を開けて、業務用食品スーパーで買ってきたと思われる、大きなアイスクリームの箱を出して盛った。

「代わりにアイス食べよう。聡がガレージで車の整備をしてるから呼んできて」

そう言われて、律が玄関に出て靴を履いていると、頑張ったから律のは多めにしよう！　と姉が言っているのが聞こえて思わず笑ってしまった。

律に呼ばれて家に戻ってきた義兄は、ケーキの話を聞くと、今日はちょっと果物とかはないんだよね、申し訳ない、と少し残念そうに肩を上げた。義兄が昔、果樹園で働き始めた頃、姉と自分にぶどうをくれたことを、律は懐かしく思い出した。

*

それから数日後の週末に、守さんと浪子さんは、そば屋に研司とイトウ君や他の友達も呼んで、中学卒業のお祝いをしてくれた。研司によく勉強を教えていた榊原さんをはじめ、姉や義兄も、研司には会ったことがない寛実もやってきて、たくさんの人で久しぶりに守さんが打ったそばを食べた。

寛実が研司に握手を求めながら、会いたかったんです、父親が家でしょっちゅうあなたのことを褒めてたから、と言うと、研司はいやいや、と照れたように首を横に振った。私は笹原くんのことを娘がラジオで話していることと同じぐらい誇りに思うよ、と榊原さんは言っていた。

春休みには毎日ネネに会いに来ていた研司が、地元から学校まで電車で一時間以上かかることについて、「ネネのことができなくなるのではないか」と心配し始めたことについて、「なんとかなるって」と何度も言っていたのは姉だった。律が、姉、義兄、研司、自分でどの程度手分けできるのかについて、「なんとかなる」予定を組んで実際に説明し、研司を安心させた後、姉に、何か根拠があってなんとかなるって言ってたの？　とたずねると、そういう予感がしただけなんだけど、当たったでしょ？　と姉は答えた。

それから姉は、水車小屋で働くことについて、製薬会社から入ってくるいくばくかの収入の三分の一を研司に渡すことにした、と律に打ち明けた。自分と夫と研司で三等分なのだそうだ。律のことは勘定に入っていないわけなのだが、土日のどちらかの昼や、平日の夜の疲れていない時に、遊びに行くという程度にしか水車小屋に行っていないという今の状態を考えると妥当なことだった。

まあ律がうちに来る時にはお肉を出すように心がけるよ、夏用のシャツも作ってあげるし、と姉は言った。律は、姉が見せてくれた生地の中から紺色のストライプの生地を選び出し、これで丈の長い七分袖のシャツを作ってくれと頼んだ。

四月になり、研司は入学の日を迎えた。いろいろ迷ったけれども、律は半休をとって入学式の帰りに迎えに行ったりはせず、その日も通常通り仕事をした。母親も仕事で、研司は一人で入学式に行った。

その帰りに、研司は義兄が校門まで連れてきてくれたある人物に再会した、と高校生になってから最初の日曜日に水車小屋で律に話した。これ、もらったんです、と研司は通学用のリュックサックのファスナーにぶら下げた、赤い紐で結ばれた、どこの国のものかわからない硬貨を律に見せた。

「あの人の故郷の幸運のお守りだそうです」

「へえ」律はそれを受け取って目の高さで持ち、ネネに向かって振って見せた。「覚えてる？去年の五月にここに来た女の人だよ」

ネネが首をひねったので、律は、自分ではめったに歌わないレッド・ホット・チリ・ペッパーズの〈ギヴ・イット・アウェイ〉のコーラスの部分を口ずさんだ。ネネは、思い出した、という様子ではなかったけれども、律が歌い出したことに機嫌をよくして、台の上でステップを踏み始めた。

「あれからもっと条件のいいところを鮫渕さんの上司の人に探してもらって、今も働いてるそうです。ちょっとだけ自由になるお金もできたから、休みの日に着る服を作るために生地が欲しいなって」

「私の姉に相談するといいと思うよ」

「それは鮫渕さんも言ってました」

律が研司にお守りを返すと、研司はそれを再びリュックサックにしっかりと結びつけた。

「高校どうですか?」

「まだわかんないですけど、楽しみます。勉強もしますよ」

そうですか、と律はうなずいた。何をしろとも、何をするなとも自分はこの若い人に言える立場ではないと思った。ただ幸運を祈った。

風に運ばれてきた桜の花の匂いが、開け放した水車小屋の戸口を通って入ってきた。ネネはそれに誘われるように優雅に台から飛び降りて、羽ばたきながら外に出て行った。律も立ち上がってそれに続いた。

第四話　二〇一一年

地震があった時、律はパート先の農産物の商社から、ネネのいる水車小屋へと向かっている途中だった。定時は十四時なのだが、三十分居残って仕事をした後のことだった。

道路の真ん中が突然左右に滑り出したような気がして、すぐに自転車から降りた。なんとか道端に自転車を停めたものの、次第に足元がおぼつかなくなり、地面がぬるぬると揺れているのがわかったので、とりあえず近くにあった電柱につかまった。

揺れは次第に大きくなり、この電柱もどうにかなるのではないか、電線も断線して落ちてくるのではないか、と不安な思いで身を縮めていた。経験したこともないような長い揺れだった。

揺れがおさまると、すぐに姉から、大丈夫かというメールが来た。姉は勤務中で、型紙を作っている最中に揺れが始まったのだという。律は、ミシン使ってない時で良かったね、と返すことしかできなかった。義兄は、勤めているNPOが知っている技能実習生を雇い入れたいという会社の社長と、条件などについての面談中だったそうだ。

律はそのまま水車小屋に向かい、台の上で隣の部屋との間の仕切りにひっついて小刻みに震えているネネを発見した。いつも強気で自信満々のネネが、そんなふうに心細くしている様子を久しぶりに見た律は、ああ、ああ、ごめんね、と言いながらネネを台から抱き下ろして、そのまま椅子に座った。しばらくの間、立ち上がることができなかった。

つけっぱなしのラジオは、寛実の声が東北の沿岸部に大津波警報が発表されたということを伝えていた。音楽は少しも流れなかった。寛実の勤めているラジオ局が音楽を流さないほどのことが起こったということは、おそらく他の局で音楽を聴ける可能性はもっと低いだろうと律は推し量りながら、だからといって自分のプレイヤーをスピーカーにつなぐという気力も湧かなかった。

仕方なく律はラジオを消して、ネネを膝の上にのせてお腹をなでながら、少しの間歌った。レッド・ホット・チリ・ペッパーズの〈アンダー・ザ・ブリッジ〉と、ザ・ブルーハーツの〈情熱の薔薇〉と、ビートルズの〈レット・イット・ビー〉を歌って、まともに歌える歌がなくなったので、もう一度〈アンダー・ザ・ブリッジ〉を歌った。

ネネは、うまくもない律の歌でその時は落ち着いたのか、律の膝の上でしばらく休んだ後、ちゃんと羽ばたいて台の上に戻っていった。律は、自分が歌えるからといって、「ときどき自分にはパートナーなんていないない気がする」なんていうことを歌ってごめん、とネネに対して思った。ネネはまた警戒するように、仕切りにくっついてじっとすることにしたようだった。

ラジオを再びつけると、やはり寛実が地震と津波について伝え続けていた。「ひーちゃん」と少し安心したようにネネが口にした。律は、あと一時間もすれば自分が共同経営をしているカフェの二階の自習室を開けに行かなければいけないのだが、近くなのにたどり着ける自信を持てないまま座っていた。しかし同時に、立ち上がれたら浪子さんを訪ねて、それからカフェに行って、あとは仕事中のはずの研司にも連絡を入れようということをものすごい早さでずっと考えていた。

ようやく律が立ち上がる気になったのは、地震の発生から三十分後のことだった。カフェで働いている富樫さんには、大丈夫ですか？　なんとかいつも通り行きます、という内容を、研司には、仕事中だと思うけど大丈夫でしたか？　というメールを書き送って、律は水車小屋を出た。

　ネネを前かごにのせて、自分はサドルには乗らず、自転車を押して、浪子さんに会うために五年前にできた高齢者施設に向かった。ネネがやはり、何も話さずに不安そうにしているので、律は自分が歌える歌をもう一度頭の中で浚いなおして、エリオット・スミスの〈ミス・ミザリー〉を歌った。

　最後まで歌ったところで、道の向こうから榊原さんがやってくるのを見つけて声をかけた。大丈夫ですか？　とたずねると、このとおりなんともないけど、なんだか居ても立ってもいられなくてね、と榊原さんは答えた。

「寛実は今もラジオ局でしゃべってると思います」

「そうか。もうテレビを観るのもなんだか怖くてね」

　これから浪子さんに会いに行くという話をすると、私も行っていいだろうか？　と榊原さんが申し出たので、律はどうぞとうなずいた。

　高齢者施設への道中で、榊原さんはネネに、怖かったねえ、本当に怖かったねえ、と何度も話しかけていた。ネネは榊原さんの話を聞いていると気が紛れる様子で、何度もうなずきながら、ときどき「怖かったねー」と返していた。

「このへんは震度4だって寛実が言ってました」

「そうかなあ。もっと強かったような。それ以上に揺れが長かったよ」

「異常に不安でしたよね。もうずっと揺れてるんじゃないかと思った」

律と榊原さんが施設を訪ねると、ロビーに出てきてくれた浪子さんは、よかった、無事みたいで、安心した、と律の腕を叩き、もう片方の腕でやはり榊原さんの腕を叩いた。お姉ちゃんも聡さんも仕事中で、一応何もないみたいです、と報告すると、二人ともメールくれたよ、と浪子さんは言った。

「ネネは怖がってたでしょう?」

「そうですね。意気消沈してます」

律が、施設の正面玄関の自動ドアの前に停車した自転車のかごの中にいるネネを指さすと、浪子さんはネネに向かって手を振った。ネネはすぐにそれに気付いて、何か叫んだ。元気? と言ったようだった。

短い面会の後、また明日たずねます、と浪子さんに告げて施設を出たのと同時ぐらいに、研司からメールの返信があった。自分はデスクで仕事してたんですけど、運転中とか工事中だったら危ないところでした、山下さんや他の人は大丈夫ですか? とのことだった。

「笹原さんからです」

「そうか。私は元気だと伝えてくれたら」

律がその通り、榊原さんも姉も聡さんも浪子さんも元気です、と送ると、研司は一言、よかったです、という返信を送ってきた。

「これからどうするんだね?」

「一応自習室を開けに行きますけど、生徒来るかな」

「そうなのか。私は帰ってラジオを聴こうかな」

「それがいいと思います」

寛実はいつまで話しているのだろうと思う。もうすぐフリーの専門のＤＪが話す時間帯になるはずなのだが、報道をするという感じの人でもないので、寛実が引き続き様子を伝え続けるのかもしれない。実は被害はそれほどではなくて、あと数十分もしたら寛実の局も音楽を流すのかもしれない。

姉が十八歳から十年間働いていたそば屋の建物は改築され、今は一階はカフェ、二階は律が管理する小中学生向けの自習室が入っていた。カフェの経営者は浪子さんで、共同経営者は律だった。カフェの切り回しは富樫さんという地元出身の二十二歳になる女子に任せていて、律は十六時から二十一時まで自習室を開けて地元の子供の勉強を見ていた。

富樫さんは、律がまだ陶器の会社で営業をしていた頃に、よく水車小屋に遊びに来ていた中学生で、研司が住んでいたマンションの向かいの家に住んでいた。ときどき水車小屋の敷地でネネと遊んでいる研司をうらやましく思っていて、ある時研司に話しかけたのだという。研司は彼女を律に紹介し、富樫さんは水車小屋に来るようになった。

そば屋だったカフェの裏口から入ってネネを二階に連れて行き、ケージの中に入れてラジオをつけると、まだ寛実がしゃべっていた。前に寛実の声を聞いた時よりも被害は更に拡大していて、律は内臓が重くなって手足が冷えるのを感じた。なんとか電気ケトルに水を入れてセットした後、揺れてもいないのに立っていられなくなって、ケージからいちばん近いところにあった椅子に座って湯が沸くのを待った。

そっち行っていい？　というメールが富樫さんから来たので、いいですよ、と返すと、割烹着を着て三角巾とスカーフを身に着けた富樫さんが二階に上がってきた。厨房にできるだけネネの脂粉を持ち帰らないようにするためだった。二階にやってくる時の、昔の姉や浪子さんを思い出させる格好の富樫さんを見ると、律はいつも懐かしい気分になる。

「律さんは何してた？」

「水車小屋に向かってました」

「そうか」

富樫さんはテーブルの上に、紅茶が注がれた律のマグカップを置き、律は、ありがとう、と言いながらそれを両手に持つ。正直、この後沸いたお湯でお茶を淹れられる自信もなかったので本当にありがたかった。

「私は野菜のマフィンを作ってた」

突然足元があやふやになって、ガス台の上に置いてあったフライパンがずるずるし出してね、と富樫さんは思い出しながら顔をしかめる。

「火を使ってなくて運が良かった。でもとにかく長かった。テレビ観た？」

律が首を横に振ると、私も、と富樫さんはうなずく。

「かといって人と話せるわけでもないからさ。静かなの、ぜんぜん嫌いじゃないんだけど。その時はすごくいやだったからずっとラジオ聴いてたよ。寛実さんの」

別の番組が始まる時間帯になっていたが、寛実はまだ話していた。声は落ち着いていたが、被害状況を伝える時にときどきうわずっているのがわかった。

「なんか終わりそうにないね……」

「うん」

低い声で律がうなずくと、富樫さんは、そう意識しているように明るい声で続けた。

「誰かと話したかったからさ、山下さんが来てくれてめちゃくちゃありがたいよ」

律が周りの人たちの無事を報告すると、富樫さんもうなずいて、彼氏も親も大丈夫だって、と言った。富樫さんは、地元の登山バスの会社で運転士として働く同い年の青年と付き合っている。名字は梶原君というそうだ。

ちょうど十六時に、律がお茶を飲み干すと、小学四年の小野さんが、あいさつをしながら開いたままの戸から入ってきた。

「こんにちは」

こんにちは、と律がうなずくと、小野さんは続いてネネにあいさつをした。ネネが、こんにちは、と返した後、小野さんは、富樫さんや律が話している机から一つ空けた席に座って、手提げ袋を机の上に置くだけ置いて、物言いたげに律の方を見た。

「怖かったですね」

「はい」

「どこにいました？」

「帰りの会が終わったところでした。みんな机の下にかくれました」

長い、執拗な揺れを思い出すように、小野さんは窓の外に目をやった。眼鏡に太陽の光が反射していた。

「ゆれるのが終わったら、しばらく教室にいて、先生が教室を出ていって、わたしたちはその間ずっとこわいねって言い合ってて、それから十分ぐらいしたら先生がもどってきて、あと三十分教室にいて、それから帰りましょう、って言いました」

それから家に帰ってランドセルを置いて、小野さんはすぐに自習室にやってきたのだという。ここに来たら律にしろ富樫さんにしろ、誰かがいるからという理由だった。小野さんの両親は、共に夜の十時まで開いているスーパーで働いている。どちらかは早めに帰るようにしているそうだが、それでも十九時ぐらいまでは小野さんが一人で家にいることも多いらしい。

「なんか、時間が止まったみたい」

富樫さんは壁掛け時計を見上げながらぼんやりと言う。富樫さんの言葉とは反対に、時計の秒針は動いている。律も、外側の時間は進んでいるが、体がそれについていけない、というような感じがするので、富樫さんの言っていることは理解できる。

「あのさ、オーナー目線じゃなく、仕事をする人間としてさ、今日は店開けた方がいいと思う？　休みにした方がいいと思う？」

「私ならとにかく開けて、どうしても耐えられなかったら休みにします」

「そうだよね。わかった。じゃあ行ってくる」

富樫さんはネネに、ネネ、チャウ！　と声をかけて店に降りていく。チャウ！　とネネは答える。しばらく音楽を聴いていないので、退屈している様子のネネは、ブルーハーツの〈情熱の薔薇〉らしき曲の歌い出しを口ずさみ始めた。律はラジオを消し、紙に歌詞を書いて、小野さんにそれを見せて一緒に歌った。歌い終わると、小野さんは、そうだ、これネネにあげるんだった、とリュックサックからガムテープの芯を出してきて、ネネがいるケージの中に入れた。いつもなら喜んですぐにばらばらにしてしまうネネだったが、その日はときどき芯をつついているだけに終わった。

十六時十五分を過ぎると、自習室には登録している子供たちの半数ほどが来た。だいたいの子は、親がこの時間帯は家にいないか、親と折り合いが悪いということがそれとなくわかっている子たちで、ネネと好きなだけ話してもらった後は、いつもと同じようにそれぞれに勉強をさせて、それぞれのわからないところを律が教えた。

十七時になると、小学五年の坂田さんが、メダカのオスとメスの見分け方について律にたずねた後、地震怖かったですよね、と付け加えて、そこから誰もが勉強の手を止めて、自分はどこにいたかということを話し始めた。律はそれを止めることはせず、各自が話したいことを話すに任せた。

十八時になると、何人かの子供は家に帰って、入れ替わるように部活が終わった中学生の生徒がやってきた。律はやはり、その日は彼らが話したいことを話してもらった。話すのが苦手な子は、ネネの近くでネネが歌ったり、突然「六波羅探題！」と言うのを聞いて、その中身についてぼそぼそと答えたりしていた。ネネは、彼らが「怖かった」と口にするたびに、「怖かったねー」と共感するように繰り返した。

そろそろ大丈夫だろうかと寛実にメールを送ると、三十分後に「頭が痛い」という返信があった。「誰かと代わったりしないの？」とたずねると、「後輩の社員に二時間代わってもらおうと思う。曲かけたい。ワーグナーの長い曲か何かかけて黙ってたい」と寛実は言っていた。返す言葉もなかったが、「コンビニで好きなもの買って帰って寝て」と律は返信した。

十九時になると、律はいったん自習室を空けてネネを水車小屋に帰しに行った。ネネは律や子供たちと離れるのを嫌がる様子を見せて、普通の鳥のように鳴いたけれども、おそらく精神的に疲れていることを考えると、何とか寝かしつけて休ませたほうがいいと律は判断して、オイルヒーターの電源を入れた後、プレイヤーをスピーカーにつないでバッハの〈ゴルトベルク変奏曲〉を小さく流し、ネネをケージに入れて毛布を掛けた。

二十時になると律は、遅くなりすぎると良くないから、と言って子供を順次帰そうとし始めるのだが、今日は最後までいるという子が多かった。二十一時に自習室を閉めると、律はいつものようにそこに残っている子供全員と集団下校のようなことをして、全員を送り届けて帰ることにした。自転車で来ている子は、先に帰ったり自転車を押して集団の中で帰ったりいろいろだった。話している子もいれば静かにしている子もいるので、別にみんな通じ合っていて仲がいいというわけではないが、今日は誰もがいつも以上に近い距離感で歩いていて、そのことでなんとなく落ち着いているという感じはした。

いつもは子供を全員帰すとそのまま家に帰るのだが、カフェの方に足が向いたので行ってみると、一晩中点けている門灯だけではなく、ホールにも照明が灯っていて人がいる気配がした。中に入ってみると、研司と榊原さんと、律の同級生である園山君の母親である園山さんが来ていて、富樫さんの指示に従ってテーブルを拭いたり床に掃除機をかけたりしていた。

榊原さんは、一日に何度も顔を合わせることになってすまないね、となぜか律に頭を下げた。「寛実の帰りが一時を過ぎるというから、迎えに行こうと思って。だから起きてないといけないんだがそわそわしてね」

律はうなずいて、今の時間遅いけれども、なんか家にあるものかき集めて何かあったかいものでも作ってあげてもらえたらうれしいです、と言った。富樫さんは、スーパーの食品売場十時まで開いてるよ、あと二十分ある、とキッチンカウンターの向こうから声をあげた。

「うちにおでんの残りあるんですけど、持って行きましょうか？」

園山さんがそう言うと、榊原さんは、ありがとうございます、それにうどんを足して、りんごでも出します、とやたら具体的なことを言って頭を下げた。律と同学年の園山さんの息子の園山君は県外で働いていて、結婚はしていないという話は、今年の初めに園山君が帰省した時に聞いた。

富樫さんは、戻ってきた律に、晩ごはんまだでしょ、余ってたから、とそば粉のガレットに潰したじゃがいもと目玉焼きとチーズをのせたものと紅茶を出してくれた。律が、申し訳ないね、と言うと、オーナーだしね、と富樫さんは肩を竦めた。食べ始めてしばらくは味がわからなかったが、他の人たちが話すのを聞いているうちに、少しずつおいしいという感覚が戻ってくるのがわかった。

研司は特に何も話さずに、かといって周りの人の話を無視するわけでもなく、うなずいたり、そうですね、と相槌を打ったりしながら、テーブルの上に五百円玉を置いてマグカップで何か飲んでいた。富樫さんがサービスで出したものに支払いをするつもりなのだろうということが見て取れた。

研司が十八歳で地元の電気工事の会社に就職してから、すでに六年が経っていた。二十歳で母親の元から出て近くで一人暮らしをしていた。就職してから、水車小屋に行く回数は減ったけれども、ネネの朝晩の世話の当番の中に入っていたし（数年前から榊原さんも加わるようになった）、律とはときどき顔を合わせると飲みに行く約束をした。口約束でなく、ちゃんとまとまった時間飲み食いをして話した。そこに姉や義兄が揃ってだとかどちらかだとかが来ることもあったし、律と二人で飲食することもあった。

研司の仕事は順調そうだった。若いけれども職務経歴が長いため、班ではリーダーになって、後輩もできて、顧客からは信頼を得ていた。水車小屋に、逃亡した技能実習生の女性を隠して、

水車小屋の裏の斜面をつまずきながら走って逃げていった少年は、まともな若者になっていた。

テレビ観ました？　と研司はやっと律に話しかけてきて、律は、観てません、と首を振った。

「自分は定時から観ました。会社の休憩所にテレビがあって、それで」

「そうですか」

「人生でいちばんひどいものを見たって感じです」

研司はそう言って、マグカップに口を付けようとして、けれどもそれをやめてテーブルに置いた。違う場所で、そうしたくてもできない人のことを思い出したようだった。律は、どんどん自分の中から言葉が消えていくのを感じながら、そうですか、ともう一度言った。

「誰に起こってもおかしくないことなら、自分に起こったことじゃなかったのはただの偶然でしかないんだなと思いました」

律はうなずいた。それから、飲んだら、とマグカップを指さして、自分は紅茶を飲んだ。

富樫さんと付き合っている梶原君が、彼女がまだ家に帰ってないみたいだったんで、心配になって来ました、とやって来て、律はそれと入れ替わりに帰宅することにした。他の人たちは、あともう少し店にいる、と言っていた。

二十二時半ちょうどに帰った。部屋の照明を点けて、コートを着たままテレビの電源を入れると、研司の話していた光景が映し出された。律は長い間立ち尽くしていた。

＊

その土曜は石の粉砕の予定が十四時に入っていたので、律はネネを倉庫に迎えに行った。ネネはそれまでと比べると少し弱気になっていた様子なので、律はしばらく、ネネを水車小屋より自宅アパートに近い杉子さんがアトリエとして使っていた倉庫に移し、自分もそこで寝泊まりをしたり、べつの仕事もそこでやったりして、できるだけ傍にいるように心がけていた。

ネネは、倉庫の中ほどに置かれている大きな机の上で、自習室にやってくる生徒たちが拾ってきた松ぼっくりをつついて過ごしていた。おそらく義兄がつけていったはずのラジオがかかっていて、〈ローエングリン〉の前奏曲が終わったところだった。寛実が話し始めるのを聴きながら、曲をかけられるようになってよかった、と律は思った。

地震のあと、寛実は二か月ほどの間、自分の番組ではずっと被災地のことや原発のことについて話し続けていた。局から要請された上で、寛実が同意したことだった。ネネは、ラジオでは人の話し声よりは音楽を聴くことをより好むのだが、律が農産物の商社でのパートの休憩中、寛実の番組が始まる前にラジオから音楽に切り替えに来ることを歓迎しないような素振りを見せるようになってきていて、ある時は、律がラジオを消して音楽をかけようとするのを、プレイヤーの上に乗って邪魔しようとしたりさえした。

寛実が好きなんだね、と律が言うと、元気？　とネネはたずねてきた。元気だよ、と律が答えると、オッケー！　とネネは言った。その日は結局どうしてもネネが寛実の声を聴きたい様子だったので、そのままラジオを流しておくことにした。

寛実が話す東北の人々の信じられないほどの受難について、ネネは何か感じるところがあるのだろうか、と律は考えることがあった。ネネは自分のことを人間だと思っているふしがあるので、何かとてつもない苦しみに見舞われている人たちが、今地続きの場所にいるのだ、ということはおぼろげながら感じ取っているかもしれない。だから寛実の話を聞いておこうと思っているのかもしれない。

〈ローエングリン〉の後に、ショパンの〈バラード〉が始まるのを聴いて、律はラジオを消し、ネネ、自転車乗るよ、と言うと、ネネは松ぼっくりを離して律の肩に飛び乗ってきた。どこ行く？　とたずねられて、水車小屋、と答えると、わかっているのかいないのか、ヒュー、とはやすような声をあげた。今の倉庫の方が広いけれども、ネネは水車小屋にいるのが好きなようだった。

水車小屋の前では、二十五歳になったばかりだという、絵を描いている中野さんが待っていた。デザインの会社で働きながら、休みの日には自分の作品を描いているとのことで、岩絵の具の顔料の粉砕を律に発注していた。

僕が子供の頃よく絵本を読んでいた川村杉子さんが、古い雑誌のインタビューで近所のおじいさんに顔料を水車の動力で砕いてもらってるって言ってるのを図書館で読んだんです、と律が仕事をしている自習室まで訪ねてきた中野さんは言った。わざわざその水車を探しに来て、無人の水車小屋を示して管理者を訊いて回り、郵便局の真壁さんに、カフェの上の自習室にいる女の子が詳しい、と教えてもらったのだった。三十八歳の律はまったく女の子ではないのだが、八歳の頃から律を知っている定年間際の真壁さんからしたら、充分女の子だということなのかもしれない。

こんにちは、と声をかけると、中野さんも帽子を取って挨拶を返した。こんにちは！　とネネも加わると、中野さんは笑顔を見せた。先にネネを部屋に入れて音楽をかけた後、隣の内部装置の部屋に中野さんを案内し、回転する車軸に取り付けられた撫で木が、傍らに地面に対して垂直に設置されている杵の羽子板を杵ごと押し上げては落下させる動きで、杵の下にある臼の中のものを砕くのだ、と説明した。

「もともとは水車でそばの実を挽いてたって聞きましたけど、同じやり方なんですか？」

中野さんの質問に、律は首を横に振って、それはこの車軸のいちばん先についた歯車と、それと垂直に噛み合うように歯車を取り付けた石臼を回すことで挽くんです、と律は説明した。

「縦だけの動きで挽けないこともないんですが、そば粉は石臼でやってました。石臼は今修理に出してて この場にはないんですけど」

「そうですか。残念だなあ」

中野さんはそう言いながら、律が指さしている車軸の先に取り付けられたごつい木製の歯車を見つめた後、さわってもいいですか？　と律にたずねた。律が、いいですよ、とうなずくと、中野さんはおそるおそるなでるように歯車をさわった後、ここに石臼が来るんですよね、と自分なりに石臼の大きさを再現するように両手を広げて、石臼を置くような仕草をした。

律は、そうです、と同意しながら、ネネの視線を感じたので、ネネの部屋と内部装置の部屋を隔てている引き戸を振り返る。ネネは引き戸の窓越しに、興味深げに律と中野さんのやりとりを見守っている。律はネネに手を振って、今日は水車動くよ！　と声をかける。ネネは、水車が動くことについてわかっているのかいないのか、合図するように翼を広げる。中野さんは、目を輝かせてその様子を見守っていた。

地震の次の日に、律は姉や義兄と共に水車の点検に行ったのだが、それまで通り動くし異常はない様子だった。けれども、その時点では特に動力に使いたい作業もなく、なんとなく不安でもあったので、製薬の作業などで動かすことは最小限に控えるようにしていた。製薬の外注の仕事は、五月でいったん契約を終えることにした。律の貴重な収入源であったことを考えると悩みはしたのだが、やはり自分たちで挽いたそば粉で作った料理をカフェで出してもらえたらという思いが強かったからだった。

律は、羽子板が車軸から突き出た撫で木と噛み合うところまで杵を押して、臼の傍らにしゃがみ、石、貸してもらえますか？　と中野さんに頼む。中野さんは、これで、と律にマラカイトを渡す。それを臼の中にセットして、じゃあ水車を動かしに行きますけど、見に来ますか？と律が声をかけると、中野さんは、はい、とうなずいて水車小屋の裏についてくる。

律は斜面に階段状にくり抜かれた足場を上り、水車小屋の横を流れる川から水を引き込む樋を操作する。水車の上に流水がかかる。水車がゆっくりと動き始める。中野さんは、おお、という声を上げる。

それから律は、中野さんを連れて水車小屋の内部装置の部屋に戻り、顔料になる石を砕いている様子を中野さんに見せる。

「あの、また来ていいですか？」

「どうぞ。仕事がない時ならご案内します」

「うれしいです。本当に同じやり方で絵の具が作れる日が来るとは思ってなかった」

そうですか、と懐かしい杉子さんのことを思い出しながら律はうなずく。

「絵描きさんがまた来て、杉子さん喜んでるんじゃないかな」

「だといいですけど」

それから中野さんは、カフェに飾られている杉子さんの絵のことを話した。最初は、図書館の閉架書庫から出してきてもらって読んだ何十年も前の雑誌の記事と同じことができるとは思っていなかったそうだ。それでも、ここへやってきて入ったカフェで杉子さんの絵が掛かっているのを見て、水車小屋を探しに行く決意をしたのだという。

水車を止めて水車小屋の敷地を出ようとしている時に、律の携帯が鳴った。石臼の修理点検をしてくれている、地元の石工の浅川さんからだった。預かってる石臼、来週の半ばには持って行ってもらえるようになるよ、という話だった。

平日なら配達するけど？

来週の日曜とかではだめですか？

うーん、その日は家族で味覚狩りに行くから持って行くのは難しいなあ。

取りに行けばいいですか？

律がそうたずねると、それはもちろん、とのことだったので、律は浅川さんから来週の日曜の都合の良い時刻を聞き出し、通話を切った。石臼が戻ってくる日は、周りの人も立ち会えるように、彼らが休みの日がいいと律は決めていた。それから、石臼の引き取りを手伝ってくれそうな人の候補について考え始めた。

中野さんと別れた後は、ネネを連れて自分が共同経営者ということになっているカフェへ行った。ネネを自習室の中のケージに入れた後、一階のカフェに下りてしばらく店を手伝った。土曜日なので店は混んでいた。人の波がいったん引くと、律は自分でお茶を淹れて、店にあったパンとマヨネーズとハムでサンドイッチを作って隅の席で食べた。

「絵描きさんの石砕くの、うまくいった？」

富樫さんの言葉に、たぶん、と律がうなずくと、富樫さんは店の壁に掛かった杉子さんのいくつかの絵を見回して、ここにある絵も水車で砕いた石で絵の具作って描いたんでしょ？　とたずねてくる。

「そうですね。私と姉はあんまりやらなかったですけど、そば屋の先代のおじいさんが手伝ってたと思います」

基本的にはそば粉を作ってる水車だから、石臼に顔料が入らないようにするゾーニングが大変だったけど、と律が付け足すと、へえ、そうなんだ、と富樫さんは首を捻る。富樫さんが水車小屋に来るようになった頃は、水車は主に製薬で使うようになっていた。

「ここの絵描いた人さ、山下さんと仲良かったおばあさんなんでしょ。会いたかった」

富樫さんの言葉で、また杉子さんのことを思い出しながら律がサンドイッチの最後のひとかけらを食べ終わると、新しいお客さんがやってきたので、律は、じゃあ後で、と声をかけて店を出て裏に回り、二階へと上がった。

土曜は休むつもりだったのだが、昼過ぎまでゆっくり寝る以外自分の部屋でしかできないこともなかったので、律は自習室を開けるようになった。律が休日にやりたいことは、本を読むことか音楽を聴くことか、ただぼんやりすることのどれかで、そのどれもがカフェの二階でもできることだった。

ネネといいながらにして、一言も話さずにネネの好きなモグワイを聴いていると、小学五年の小野さんと、中学一年の水口さんが連れだってやってきたので、律は音量を小さくしながら、こんにちはとあいさつする。

「勉強はしないんですけど、いてていいですか？」

「いいですよ」

「ゲームしても？」

「もちろん」

律がうなずくと、水口さんは、いいんだって、よかったね！　と小野さんを見下ろし、二人で後ろの方の席に座ってゲーム機を取り出して遊び始めた。

律は、地元の観光協会が駅やツーリストオフィスで配布している小冊子とウェブサイトに掲載してもらうための、カフェの紹介文を書き始めた。店のメニューや雰囲気についてはほとんど口出ししない律は、富樫さんが手を回せない店の宣伝を手伝っていた。フライヤーを作り、地元だけではなく、車や電車で三十分以内の別のカフェや人の集まる場所に置かせてもらいに行くこともあった。

自習室にはあと六人、小学生と中学生が来て、それぞれがしばらくやりたいことをやった後、二十時に閉めることになった。閉店の近いカフェに降りると、富樫さんが、山下さん晩ごはん食べた？　とたずねてきたので、いいえまだ、と答えると、あのさ、食べてみてほしいものがあるんだけど、と富樫さんは言った。

「そばがき」

「じゃあお願いします」

律がそう言いながら隅の席に座ると、富樫さんは、めんつゆらしきものが入った小さい椀と、そばの色をしたもちのようなものがのった皿を律の前に置いた。もちの傍らにはネギとのりが添えられていた。

「食べたことない？」

「そばはずっと食べてたけど」

「理佐さんが働いてたそば屋さんでは出さなかったのかな。まあそば自体作ってたら別に作るのも面倒だろうし」

それより食べてみて、と急かされて、律はそばがきを口に入れる。見た目の通り、もっちりとした食感で、そばの香りを強く感じた。おいしい、と律が言うと、よかったー、と富樫さんは頭を反らして溜め息をついた。新しいメニューにしたりする？　と律がたずねると、富樫さんは、どうかな、考え中、と首を竦める。

「親が二人とも役場に勤めてるんだけど、若い時にここのそばをよく食べに来てたらしくてさ。すっごくおいしかったって」

富樫さんは、〈ここ〉のところで人差し指で地面を指さして、過去にこの場所にあった店を示したようだった。律は、自分が座っている席が、姉が働いていたそば屋のどの席のあたりなのだろうかと思い出して、鮮明に思い起こすことができるあの場所が、今は自分の記憶の中のものなのだということを今さら不思議に思った。

「そういえば、石臼帰ってくるって連絡があって」

「それは楽しみだね」

律はうなずく。そばは打てないんだけど、いつか出せるようになりたいんだよね、という富樫さんの言葉に、律は、そうなると本当にうれしい、と答えた。

＊

月曜日に水車小屋から自習室に向かう道の途中で、律は登山バスの発着所の事務所から出てくる研司を見かけた。研司はワイシャツにネクタイを締め、作業着を上から羽織った姿で、脚立を傍らに抱えて丁寧にお辞儀をしながら事務所から出てきて、敷地に停車した軽トラックの荷台に脚立を運び込もうとしていた。

ネネを自転車の前かごに乗せた律が、こんにちは！　と声をかけると、ああ！　と研司は脚立を荷台に下ろして手を振った。それから、事務所の出入り口の傍らに置いてある道具箱を指

さして、あれを積み込むまでそこにいてください！　と言った。

歩道で律が待っていると、研司が駆け寄ってきて、ネネと、こんにちは、と挨拶を交わし、近々にごはんに行きましょうって連絡しようと思ってたんです、と言った。

「今週の土曜とかどうですか？」

「いいですよ。姉と聡さんにも伝えときましょうか？」

研司はときどき、土日のどちらかに律の姉夫婦の家に夕食を食べに行くことがあって、律もよくそこに同席していた。姉も義兄も、研司や律がやってくるといつでもとても喜んでくれたし、研司も、ありがたいです！　と言いながらたくさんごはんを食べて、仕事や同僚やお客の話をした。

「いや、その日はちょっと山下さんとさしがいいんです」

二人で呑みに行くこともないことはなかったので、律は何の用事だろうと不思議に思いながらも、わかりました、いいですよ、とうなずいた。土曜の夕方とか空いてますか？　とたずねられたので、自習室のほうにどうしてもいたいって子供がいなかったら大丈夫です、と答えた。

月に一度ぐらいはそう言って家に帰りたがらない子供がいるので、律は一応付き合うことにしている。理由は、親とけんかをしているからまだ帰りたくないというのがいちばん多く、その次が、帰っても親がいないから寂しいというものだった。律自身が、母親がその後結婚した当時の婚約者と付き合い始めてから姉に連れられて家を出るまで、毎日自分に安全な居場所があるかどうか定かではないような生活をしていたので、あの不安感をできるだけ周囲の子供には与えたくないと思っていた。

そういうことがあったらその次の土曜でもいいです、と研司は言って、それじゃあ！　と律とネネに手を振って軽トラックに乗り込んで去っていった。チャウ！　とネネが声をあげた。

十年前に中学三年だった研司が、その後工業高校をかなり優秀な成績で卒業して、地元の電気工事の会社で働き始めてもう六年になる。高校に入ることができた時点で特に心配はしていなかったが、立派になったなあ、と律は会うたびに思う。

ネネの世話を分担してもらう代わりに、律は研司の受験勉強を手伝っていたのだが、高校に入ってからも研司は自発的にネネの身の回りのことを続けて、今も律や姉や義兄と一緒にネネの朝晩の面倒を見ている。自分たちにとってネネは、共同で世話をしている鳥であると同時に、おぼつかない出発点だった自分たちの人生がなんとか立ち往けているということの象徴であるようにも律は思っていた。そしてそんな難しいことを言わなくても、みんなネネが好きだった。

研司との食事の約束の日も自習室は開けたものの、特に居残りをする子供はいなかったので、ネネを水車小屋に戻して寝かせた後、律は予定通り店に行った。座敷とカウンターがあって一品料理を出す、古くからある駅に近い店だった。律は大人になってから親しい人たちとときどき行くようになり、研司もそのうちの一人だった。

研司はすでに座敷に座っていて、烏龍《ウーロン》茶を飲んでいた。一枚の鶏もも肉に衣をつけてそのまま揚げたから揚げや、そばや豆腐などをつつきながら、研司と律は少しビールを呑んだ。姉と義兄はまったく呑まないので、彼らより年下の自分たちが酒を出す店で食事をしながら呑んでいるというのは、いつも不思議な感じがした。

研司が律とさしで食事をしたがる時は、だいたい何らかの気持ちの整理をしたがっている時で、研司は自分が悩んだり迷ったりしていることについて律に話した後、それをかいつまんでほかの周りの人に伝えたり、相談したり、そんなことはしなかったりした。

たいていは仕事に関する悩みを話した後、それに伴う喜びの話をした。ときどきは、誰かと付き合えてうれしいだとか、だめになってしまったという話もした。律はただ、話を聞いていた。もともと律自身が、姉や寛実ほど親しい人以外には立ち入ったことは言わないと決めているからでもあったが、研司は律が正したくなるようなことは言わなかった。研司の話が終わって、それからしばらく間が空きそうなときは、律も自分のやっていることや身の回りの話をした。

研司は、鶏もも肉のから揚げをいつも以上にうまいうまいと言いながら食べて、いつもより少し多く呑んだ。陽気だった。そして自分から話を始めた。

「社内で東北に転勤する社員の募集があったんです。それに応募しました。地震からの復興に関連する事業です」

律はうなずいた。特に驚きはなかった。そういうこともあるだろうと思った。

「そうか。そうですか」

「だから近いうちにここを離れます」

律はまたうなずいた。

「思い切りやってきてください」

「ネネのことが申し訳なくて」

「気にしないで」律は、座卓に置かれた研司の前腕を軽く叩いた。「そんなこと気にしないで。

私たちは大丈夫だから」

律の顔を見ていた研司は、眉根を寄せて何度か笑おうと試みたけれども叶わなかった様子で、お世話になりました、と乾いた声で言って小さく会釈した。律は力の限り首を横に振った。

＊

子供が三人いる石工の浅川さんは、律より五歳年上で、これからびわを採りに行くんだと言っていた。またそば挽くの？　と訊かれて、そのつもりです、と律が答えると、おしゃれなカフェもいいけどさ、俺そばも食べたいよ、と浅川さんは言った。

「昔さ、ときどきじいちゃんに食べに連れてってもらって、俺もその時難しい年頃だったから、地元のそば屋なんていやだって一応は言うんだけど、でも楽しみにしてた。二人で向かい合って黙りこくって食いながらさ」

浅川さんは、祖父の仕事を継いで石工になったのだという。おじいさんは九十歳で、まだ健在なのだそうだ。そば粉を挽いていた石臼を修理点検するという話を聞くと、とても喜んでいたと浅川さんは話していた。

義兄と律は、その話を楽しく聞いていた。二人とも、もう何十年も祖父というような人には会っておらず、これから会う予定もなかった。それでも浅川さんの家族の話は生き生きとしていて楽しかった。

浅川さんは、義兄の軽自動車の荷台に石臼を積むところまで手伝ってくれて、それから、そばを頼むよ！　と再度律に伝えて、家族と出かけていった。

「すごくうまかったもんな。守さんのそば」

車を発進させながら、義兄が独り言のように言うと、律は、ほんとに、とうなずいてシートベルトの金具をセットした。

「人生で食べた中でいちばんうまかった。それも、その後に食べたそばが劣って思えるみたいなうまさじゃなくて、自分が今食べてるそばがあのそばと同じ食べ物だとしたらよりおいしく思える、みたいな」

義兄の話していることは、ほとんど律の思っていることと同じで、そうですね、とうなずきながら律は下を向いて笑った。

「自分を雇ってた人の作ってたそばだからってよく思い過ぎかな」

「いや、その通りすぎて」

律の言葉に、義兄は笑いながら慎重にハンドルを切って山道のカーブを曲がった。

義兄が姉と結婚してから十八年が過ぎた。今もつつがなく二人で暮らしている。仕事をして、ネネの世話をして、周りの人や知り合った人々に親切にして生活している。もう何十年もそうしてきたみたいに。

姉は十八歳で律を連れて知らない場所で自立して、そこで働きながら律を育てて、楽しそうにしている時もだらけている時も付き合っている人の感心できない話をしているところも知っているけれども、いったいこの人は自分の人生というものを持てるのだろうかと不安に思ったこともあった。けれども姉は姉で自分の世界も意思も持っていて、義兄と生きていくことに決めた。

「私と聡さんが二人になることってあんまりないんで今言いますけど、姉と一緒になってくれてありがとうございます」

義兄は少しだけ顔を上げて、ルームミラーに映る律の顔を確認した後、なんなんだ改まって、とかすかに笑った。

「聡さんがここへ来て、もう二十年ぐらいになるんだなと思って」

「九月でそうなるな」

「二十年前の九月に〈ネヴァーマインド〉が出たんですよね。ニルヴァーナの」律が言うと、義兄は自分の話ではなくなったことに安堵するように、大きな笑顔を見せた。「国内盤はまだだったんだけど、寛実が知ってて」

「それはすごいよな」

その後ラジオ局に入るわけだ、と義兄は対向車を見つけてスピードを落とす。

「自分がここに来た年は、〈グロリア〉の公開から十年でもあった。あの、ネネがときどき言うやつだ」

「クイズごっこね」

今は六波羅探題の方がよく言いますけどね、と律は付け加える。

「きみの姉さんが観たと聞いて、何か話せないかと思って、図書館にリバイバル上映の予定を探しに行った。なかったけど」

その後、姉と義兄は普通にビデオデッキもＤＶＤプレイヤーも買って、〈グロリア〉も一年に一回ぐらい観ている。

「正直、きみから姉さんをとってしまったんじゃないかと思ったこともあった」

「今さらだな」まったくその気配を感じなかったわけではなかった。義兄はずっと律に礼儀正しかった。律が申し訳なく感じるぐらいに。「そんなことありえませんし」

「そうなのかな」

「そうですよ」

義兄には本当に助けられた。律が一度働いた後大学に通うことができたのは、半分は義兄のおかげだった。文字通り、律の学費の半分を負担して、律が必ず返すと申し出ると、妹だからいい、と言ったのだった。律が大学を卒業して、それなりの月給を稼ぐようになってからも、義兄はその申し出を断り続けた。当然のことだと思うし、それが自分のやりたいことだから、と義兄は言っていた。

「お世話になったと思います。これからもそうだけど」

「こっちこそだよ」

山から住宅地に差し掛かって、義兄は車の速度を落とす。犬を散歩させている女の子が、四つ辻を横切っていく。

「ここ、仕事でよく通るんだけど、研司君とすれ違うことがある」義兄はさらに左右を見ながら進んでゆく。律がこの町に来た時から、このあたりの住宅は三倍ぐらいになった。「あの中学生だった男の子が、作業着の下にネクタイを締めて立派に働いてる」

「はい」

「そういう時に、自分は人生を諦めなくて良かったと思うんだ。理佐とどうでもいい話をしている時にもよく思うけれども」

そうですか、と律は言った。研司は、地元の一品料理を出す店で律に転勤の話をしてから一週間の間に、話す機会があった周囲の人々にそのことを少しずつ告げていた。

「地震の後にずっと感じていたのは、自分のふがいなさや無力さだった。理佐ともよくその話をした。自分たちは親のいない根無し草で、もし出会った頃にあんなことが起こっていたら、特に何の迷いもなく行っていたんじゃないかって」二人がそんなことを考えていたことは知らなかったので、律は少し驚きながら、そうなんですか、とハンドルを握っている義兄の方を見る。義兄は前を向いたままうなずく。「でももう自分たちは親以上のものを見つけてしまっていて、それが今の暮らしの中にしっかりと組み込まれているから、簡単には行けないよなって。だから研司君には、自分たちの気持ちを持って行ってくれたらうれしいと伝えた」

義兄はフロントガラスの向こうの道をのぞき込みながら、水車小屋へと続く道へと入っていく。

「喜んでると思いますよ」

「だといいけどね」

まあ、中年の重たい期待だと思わないでほしいな、と義兄は呟いた。二十八歳でこの場所にやってきて、姉から水車小屋の仕事を引き継いだ義兄は、今年四十八歳になるという。

水車小屋の敷地では、姉と研司とネネが待っていた。ネネは研司の肩に乗っていて、向かってくる車が義兄のものだとわかるのか、研司の肩の上で羽を広げた。研司は首をすくめてネネの羽根をよけながら、ネネを見遣った。

敷地の中に車で入っていき、ネネを本人の部屋に戻してから、台車で石臼を水車小屋の中に運び込んだ。車軸の端に設置された台の上に石臼を置き、車軸に取り付けられた歯車と垂直に嚙み合う形で石臼に歯車の部品を取り付ける。それから、石臼の上にそばの実を流し入れるじょうごをセットする。

「あってる？　これで」

律は、四人の中では水車と石臼にさわってきた時間がいちばん長い姉にたずねる。姉は、歯車の嚙み合わせをしばらく確認した後、まあ水車を動かしてみないとわかんないかな、と言う。義兄が用意していたそばの実の袋を開けてじょうごに流し入れようとすると、研司が、自分がやってもいいですか？　と申し出たのでやってもらうことにする。

「そばの実挽くのは初めてなんですよね」

「そうなるか」

製薬用に水車を使っていた時は、何度か研司に動かしてもらったこともあるのだが、確かにそばの実をじょうごに注ぎ入れる研司の姿は見たことがないと律は思う。

研司はうれしそうにそばの実の袋を両手で抱えて、じょうごの中へと補給してゆく。視線を感じた律が顔を上げると、ネネが隣の部屋へ続く戸の窓から、じっとこちらを見ていた。「空っぽ」と律がからかうように口を動かすと、ネネは首をひねって何か考えているようだった。

姉もネネの方を振り向いてにやっとしていた。

「覚えてるかな？」

「すぐ思い出すんじゃないの」

それから、姉と義兄は外へと水車を動かしに行き、律と研司は石臼に取り付けられた歯車と車軸の歯車が静かに噛み合っている様子をじっと見守ることになった。しばらくすると、水車が回る音とともに車軸がゆっくりと回り始めて、垂直に噛み合った車軸の歯車と石臼の歯車が動き始めた。研司は拍手をして、律は「よっ」という声を上げた。水車が動く音は心地よかった。

ネネの部屋の方の戸が、軽く音を立てたような気がしたのでそちらを向くと、ネネは窓に張り付いて石臼を凝視していた。律はネネの方を振り向いて、空っぽ、ともう一度口を動かしたが、ネネは微動だにせず、石臼の上に取り付けられたじょうごに視線を注いでいた。

姉と義兄が戻ってくる。姉は、挽けてる！　と石臼の台の下に置いた箱に粉が落ちてく様子を中腰になってのぞき込む。義兄も、前より臼の動きが良くなったみたいだ、とその隣で体を傾ける。そばの実を挽いていた時にそれほど石臼を見ていたわけではない律は、そうなんだ、と二人から少し離れたところでそば粉を観察する。

「じょうごの中のそばの実が少なくなってきたら補給するの、石臼の空挽きをしないために、それで、そば粉を溜めてるパレットを入れ替える」

姉が研司に向かってそう説明しているのが聞こえる。研司は、そうなんですか、と感心したようにうなずく。二回目に補給したそば粉が溜まったら、今度は一回目の粉をもう一度じょうごに入れるんだ、そうするとより粒が細かくなるから、と義兄も言う。二人で併せて十五年以上その仕事をしてきたのだということを、律は思い出す。

「これで作ったそば、うまいんでしょうね、きっと」

「ものすごくね」

研司の言葉に、義兄は静かに答える。ガレットに使ってももちろんおいしいと思うけどね、と姉は言って、律に場所を譲る。律は石臼の正面からそば粉が挽かれていく様子をのぞき込んで、自分が初めてこの場所に来た時のことを思い出す。

不意に、空っぽ！　というネネの声が聞こえた。仕事を思い出した様子だった。律が振り向くと、ネネが一度だけウインクをしたような気がした。姉と義兄もそちらを見ていたので、律は急いでそばの実の袋を開けて、じょうごの上から注ぎ入れ、石臼の下の箱を取り替えた。

その日はそばの実二袋分のそば粉を作り、カフェに持って行って富樫さんに渡した。富樫さんは、うわ、いい香りだね！　と喜び、お客さんが少なくなってきた時間を見計らって丸いそばがきを作り、姉夫婦と研司と律に振る舞った。

「かれんちゃんそば作れないの？」

研司の無邪気な問いに、珍しく下の名前で呼ばれた富樫さんは、顔の半分をしかめて、あのね、粉をもらったからってすぐ作れるもんじゃないんだよ、と言い返していた。

「そば難しいんだ？」

「難しいよ。私が修行に行った店ではどこも出してなかった」

富樫さんは、高校を卒業してから二年ほどの間、何軒かカフェに勤めて調理や店の経営について学んでいたけれども、さすがにその中にそば屋は含まれていなかった。

それから新しいお客さんが二組来たので、彼らに新しいそば粉で作ったガレットを出し、自分用のまかないも作って、残りを律たちにも焼いた。

「でも聡はそば打てるよね？　守さんに習ってた」

「一通りできるだけだ。守さんには遠く及ばないよ」

姉と義兄がそう話していると、え、作れるの？　と食器を片づけながら富樫さんが割り込んでくる。少しだけど、と義兄が答えると、富樫さんは、早く言ってよ、と怒ったように言いながら厨房へと戻っていき、すぐに出てきた。

「私も鮫渕さんも仕事あるから時間かかるかもしれないけど、そのうち教えてもらっていい？」

「いいけど、浪子さんにも見てもらった方がいいと思うよ」

おそば屋さんの奥さんの方ね、と姉は義兄の言葉を継いで富樫さんを見上げる。富樫さんは腕組みをして首を傾げ、施設で暮らしてる人だよね、かなりのお年寄りだと思うんだけど、大丈夫？　とたずねる。律は、たぶん、とうなずく。

「山下さんから訊いておいてもらっていい？　そうだと安心する」

富樫さんが言うと、姉は、ええ、ええ、とうなずいた。律は、富樫さんは自分に頼んでいるのではないかと思ったけれども、浪子さんの話を出されて姉がとてもうれしそうにしているので、軽く同意するようにうなずくのにとどめた。

＊

次の日曜日、律は浪子さんと姉と三人で、江戸時代からの町並みが残っているという近くの観光地に出かけた。

峠へと続く石畳の長い勾配に沿って、飲食店や民宿や雑貨屋が並んでいる場所で、八十三歳になった浪子さんの脚が持つかどうか律は不安だったが、姉が、しんどいってことになったら近くのお店に入ってなんか食べて帰ったらいいじゃない、べつに坂の上まで登らないとつまらないってことはないでしょ、と言ったので、それもそうかと思い直した。

そこへ行きたいと言ったのは浪子さんだった。浪子さんと守さんは、そば屋の忙しい業務の傍ら、三か月だとか半年に一回、近くの古い町並みが保存されている宿場町に遊びに行くのが好きだったのだという。中でも、石畳の長い勾配があるその場所は、浪子さんも守さんも住みたいと思うほど好きだったそうだ。

「こっちで店をやれないかって真剣に物件を探したりしたの、この坂沿いに。でもやっぱり、水車で挽き立てのそば粉がないとうちのそばはだめだわあって。そう言うとなんか守の腕が頼りないみたいだけど、守も、そうなんだよねえ、って」

長い坂のたもとでうれしそうに町並みを見上げながら、浪子さんは言っていた。

守さんが亡くなって、浪子さんが半年ほどの消沈から戻り、施設で暮らすことに決めた数年前から、浪子さんと姉と律は、月に一度は連れ立って映画に行ったり、近くの観光地に出かけたりして遊びに出るようになった。姉の家や施設の喫茶スペースでただ話をしていることもあった。そういう時はだいたい姉か律が仕事や生活の話をして、浪子さんに話を聞いてもらっていた。

先月は、守さんが好きだったゾンビの映画を監督した人が作ったという、女の子ばかりが出てくるアクション映画を三人で観に行った。帰りに寄った喫茶店では、主役の女の子が、ジム・キャリーが悪役で出てくる別の映画でものすごくかわいかったのが、こっちでは普通にかわいいぐらいになってて、大人になったんだから別にいいけどちょっと残念だ、という話で盛り上がった。

道の両側に五十軒近くの店や宿が軒を連ねていて、険しい上り勾配が待っているというのに、浪子さんと姉は坂の入り口の雑貨屋の数軒で一時間を使った。律は、もしかしたら今日中には坂の上の展望広場までは行けないかもしれないな、と思ったのだが、まあ今日は半分ぐらいを目標にしてまた今度来たらいいのか、と思い直しながら、二人を店の中に残して外で地図を見ていた。

この場所も、絶え間なく水の音がした。以前、会社の近くで一人暮らしをしていた時にどうしても物足りないように感じたのは、川の音がなかったからかもしれないと律は思い至った。この石畳の坂道沿いにも水車があり、それは坂道沿いの街路灯の発電に使われているという。二人が店から出てくると、律はこのあたりの水車小屋に行きたいと提案して、発電をしているという内部装置を見に行った。あれが一個あるだけで街灯もつくわけね、と姉は感心していた。律は、発電器につなぎ直せばね、と車軸につなげられたベルトが機械を回転させている様子を撮影した。

「そば粉なんか挽くより、電気を作って売った方が良かったのかしらね」

「水力発電所がもうあるから、そば粉でよかったんじゃないですか」

「そっか。まあそのために父が建てたんだしね」

浪子さんは、守さんの前の店主である父親の益二郎さんのことを思い出すように、車軸が通っている壁の穴から漏れてくる光に目を細めた。

律は、これからお金が貯まる見込みはなかなかないけれども、十年以内には発電器と蓄電池を買おう、と心に留めた。その年は、原発の話を聞かない日がなかったからかもしれない。あまりにも身近すぎて深く考えたことはなかったけれども、川が流れる自然の力を動力にする水車という装置に、律は改めて感心した。

水車小屋を出ると、三人はどこで食事をするのか話し合いながら、ゆっくりと石畳の坂を上がった。心配していた浪子さんよりも、律の方が簡単に疲れてしまって、ちょっとだけ待って、と何度か他の二人に止まってもらったことが情けなかったけれども、確かに体を動かしているという疲労感は心地よかったし、町並みの裏手に見える山間の景色は美しかった。

まとまった食事は展望広場から降りてくる時にして、それまでに一度団子か何か食べよう、ということになった。律が持っている地図でいうと半分ぐらいのところにお焼きの店があって、店から湯気が立っていて良い匂いがしたので、その店で食べることにした。

三人で店先の長椅子に並んで座って、お焼きを食べた。ふかふかしてておいしいわねえ、と浪子さんは言った。姉と律も、まったく同じようなことを言いながら、ときどき晴れた空を見上げたり、川の水の音を聞いたり、坂を登ってゆく他の観光客を眺めたり、風が吹くのを感じたりした。

それで、お店をやっている子がそば切りを作るのを見てもらう話なんですけど、いつとかがいいですか？　と姉が言うと、浪子さんは、そうね、そっちのお店が休みの時にでも、と答える。

「定休日はいつだっけ？」

「水曜日、と第二と第四の日曜です」

「私たちの時と一緒なのね」

「はい」

律は力強くうなずいた。

＊

寛実が休みを取れる週末が、これを逃すと一か月先までないから、ということで、榊原さんと寛実は、研司と律とネネを招待して、少し早い目の研司の送別会を自宅で開いてくれた。

榊原さんはちらし寿司、寛実はローストビーフとべつべつの料理を作り、榊原さんの家の庭にアウトドア用のテーブルと椅子を用意して食べた。ネネは庭の花木の枝の上に立って、春の終わりの風と花の香りを楽しんでいたかと思うと、誰かの肩に乗ってきて話に入りたがったりした。

料理をするのは二か月ぶりだと寛実は言っていた。

「今しないと今年中しないかもしれないなあと思って」

主に研司に、まずくない？　大丈夫ですか？　と寛実は何度も確認していた。二人はそれほど面識はないけれども、研司は寛実のラジオを中学生の時からよく聴いていて、寛実も研司の話を榊原さんからときどき聞くそうだ。

「自分が行ったことのないずっと話している場所に、自分の知っている人が行くって不思議な感じだな」

研司が東北に転勤することについて、寛実は何度もそう話していた。行きたければ行ってもいいんだよ、私は大丈夫だから、と榊原さんが言うと、ラジオの仕事があるからね、でも落ち着いたら様子を見に行かせてください、と寛実は父親と研司に話していた。

寛実は相変わらず忙しいらしく、社内の数人と毎日震災の関連情報をチェックしては整理し、それを自分の番組で伝えている。それを一年か、数年は続けたい、と寛実は言っていた。

寛実の父親である榊原さんは、ときどき律の生徒に勉強を教えに来てくれたり、律が病気や用事などでどうしても自習室を開けられない時は代わりに番をしたりしてくれていた。忙しい寛実よりもその父親である榊原さんとのほうが実質的にはよく顔を合わせていることを、親子と知り合ったばかりの小学生の自分が知ったら不思議な顔をするだろうと律は思っていた。子供の頃から知っていた大人と同じ「大人」というカテゴリに入って同等に仕事をしたり、物事を頼み合ったりすることは、知らなかった人と何かやるよりも自分を大人だと感じさせるな、と律は榊原さんといるとしみじみ思う。

研司からしたら、自分もそういう存在なのかもしれない。自分の子供でもない限り、人間はそこにいる子供を大人になるまで見届けられると思って関わるわけではない。そういうことができた自分は幸福なのかもしれないな、と律は思う。

同じように研司が年齢を経ていくことを見守っていたネネは、今は研司の肩に乗ってエリオット・スミスの〈ミス・ミザリー〉のブリッジ部分を歌っている。地震の日に律に歌ってもらったのが気に入ったようで、聴かせるとすぐに覚えた。後ろ向きな内容の曲でなんとなく申し訳ない気分になるのだが、研司は、その部分いいよな、いつも上手だなあ、と笑っていた。

父親の榊原さんほどではないが、寛実にも律は頼ることがあった。震災の前には、寛実が休みの日にネネの世話をしてくれたり、律が会社員だった頃はよく愚痴を聞いてもらった。寛実も、いくつか恋愛はしたけれども、結婚をするというところまでは進まず独身でいる。べつに仕事に生きているわけではないと言うけれども、やっぱり仕事をしている。藤沢先生にしろ、自分にしろ、そういう人生もあるのかもしれない。

研司の転勤や、律の仕事や、ネネの行儀の良さと普段の働きまでほめた後、榊原さんは、いやーうまい、と自分が作ったちらし寿司を食べ始めた。寛実も、確かにうまいわ、と言いながら父親の作ったものを食べていた。研司は、牛肉とかほんと店以外で食べないからありがたいっす、と言いながら寛実のローストビーフを寿司の上にのせて次々口に入れていた。外でものを食べるのは気持ち良かった。

「迷惑かもしれないけど、孫みたいに思うところもあったんだよね」榊原さんは、五分の一ほどまでに減った寿司桶を見下ろし、庭の花木を見上げた。「とても寂しい」

「寿司がなくなるのが寂しいみたいに見えたよ、今」

「違う。研司君がいなくなることだ」

寛実の言葉に、榊原さんは花木でも人々でもない方向に視線を向けて、顔を見られまいとしたように見えた。

「いなくなりはしませんよ。母親もいるしときどき帰ってきます」

「でも期限は決まってないんだろう？」

「そうですね」

「いいことだ」榊原さんは、そう言ったらそれがよりいいことになるとでもいうような様子で続けた。「誇らしい」

「よその息子さんに何言ってんのよ」

寛実は笑って、残ったローストビーフを指さし、持って帰る？　と研司にたずねた。研司は、お願いします、とうなずいていた。律の肩にやってきたネネが、持って帰る？　と律に向かって寛実の真似をしたので、お願いします、と同じやりとりをした。

ネネはいくつか、寛実に向かって寛実のＤＪの口上をやってみせた。いつも自分が聴いているラジオの声の人が傍にいるのは妙な気分のようだったが、寛実や律が小学生だった時のことを思い出したのか、「松ぼっくり、ほしい！」と昔よく言っていたことを言った。寛実が、松ぼっくりないなあ、と首を傾げると、研司は松ぼっくりじゃないんだけど、とバックパックの中からノートぐらいの大きさに切ったダンボールを出してネネにあげていた。

「ネネを連れていけたらなあ」

研司の言葉に、それはそれで大変かも、と律は庭の花木を見上げた。慣れないところで世話をするのは難しいでしょうね、と研司はすぐに諦めた様子で、テーブルの上でダンボールをばらばらにし始めるネネを眺めていた。一人じゃ世話できませんもんね、と研司はすぐに諦めた様子で、テーブルの上ですぐにダンボールを壊してしまったネネに、二つ目を渡していた。

陽が沈む少し前に、研司と律は榊原さんの家を出た。ネネは、研司との残された時間の少なさについて、今になってなんとなく気が付いたのか、いったん律の自転車のかごに入ってみたものの、すぐに飛び上がって研司の肩に乗った。研司は、おー、ネネ、ネネ、と話せる鳥に対してというよりは、ただいとおしく思っている何かに語りかけるようにネネを見上げて胴のあたりをなでていた。ネネも気持ちよさそうに、研司の頭にもたれてすり寄ったりしていた。

「寂しくなるよ」

燃えるような陽が落ちて行く山を眺めながら、律は、周囲のいろいろな人が研司に告げるその言葉に、自分のものも紛れ込ませるように口にする。

「自分の方が寂しいですよ。だって一人で行くんですよ」研司の言葉に、それもそうか、と律はうなずく。「でも行こうと思って。機会が来たんだから。そういうものだと思いました」

そうか、と律はうなずきながら、西の方向を眺める。もう少しの間だけ沈まないでほしい、と太陽に向かって思う。

「山下さんが昔話してくれた、いろんな人によくしてもらって、それでお姉さんに勇気があったから自分はこんな人間になったんだっていう話を思い出して」研司は、ネネに髪を摘まれながら、律と同じ方向に視線をやる。「自分もそうなのかもしれないと思ったんです。山下さんもだし、榊原さんもそうだし、鮫渕さんも理佐さんも、守さんとか浪子さんも自分によくしてくれたから。もちろんネネもな」

研司はネネを見上げて笑う。ネネの頭と研司の肩が夕日に照らされている。

「自分が元から持っているものはたぶん何もなくて、そうやって出会った人が分けてくれたい い部分で自分はたぶん生きてるって。だから誰かの役に立ちたいって思うことは、はじめから何でも持ってる人が持っている自由からしたら制約に見えたりするのかもしれない。けれどもそのことは自分に道みたいなものを示してくれたし、幸せなことだと思います」

律は長い間何も言えなかった。悲しいのでもうれしいのでもない感慨が、自分の喉を詰まらせていることだけが明らかだった。

陽が落ちきる直前に、それはよかった、と律はやっと言った。本当によかった。

＊

その日は水曜日だった。月に二回、律は自習室に来ている生徒たちに、自分が休んでいい日のアンケートを取って、平日に休みを取る。藤沢先生の仕事を手伝うためだった。

藤沢先生が住んでいる町にも、律が住んでいる場所と同じ川が流れていて、律はその橋のたもとで女の子と待ち合わせをしていた。来るか来ないかはわからなかった。律は彼女と今まで二回会う約束をしていて、一度はすっぽかされている。

女の子は中学二年で、最近バレーボール部をやめたばかりだった。運動が好きで、活発な子だったのが、父親と母親が別居してから三年、離婚から二年が経って、だんだんふさぎ込むようになって、ときどき学校に行かなくなった。

最初に会った時はまったく話をしようとしなかった。反抗的なわけではないけれども、律の目を見たのは二時間ほど過ごした中で数秒で、ずっと携帯をさわってゲームをやっていた。それもどれか一つに没頭するというわけではなく、五つほどのゲームをそれぞれ飛び飛びにプレイした後、結局は時計をじっと見ていた。

律は橋の欄干に身を乗り出して川を眺めながら女の子を待っていた。女の子の身の上のことを考えた後、自分の母親のことを考え、それから父親のことを考えた。

母親は今も、小学生の律を家から閉め出した男と結婚していて、律が以前住んでいた家の近くに暮らしている。この数年は、それ以前よりも連絡が来るようになった。姉と自分にあやまりたいことがある、とも言われた。姉と律の意見は、ただ「もういい」で一致していた。お母さんが自分がお母さんだったことを思い出して、それらしいことをやりたがるにはもうあまりにも遅い。律はそう言った。姉はそのことに反論はしなかった。

父親のことはほとんど記憶になかった。姉は、気まぐれな人だった、と言っていた。家族ができても自分がいちばん大事で、妻より実家の母親の方が好きだった。姉妹の母親のことを好きだったかどうかも定かではないし、自分たちのことも、家にいる子供以上の何かだと考えていたとは思えない。姉妹の母親は、そういう夫を物足りなく思い、父親は、母親が良く思おうと悪く思おうとどうでも良かった。なので離婚した。

お母さんは寂しかったんじゃないかと思う、それは理解できる、と姉は言った。離婚してからはそれまで以上に働いて私たちを育ててくれたんだから、そのことは感謝している。でも、どうしても男の家族が欲しくなって、そのことと私たちがいることのバランスがとれなくなったのかもね。

いつのまにか、律の傍らには女の子が無言で立っていた。律は、ごめんなさい、川を見てて、とあやまった。女の子は、無言で首を横に振って、少し間を置いた後、いえ、と小さい声で言った。

律は彼女と電車に乗って、姉が勤めている手芸店のある街に行った。律が高校生になり、行動範囲が広がってからはあまり行かなくなっていたが、今も住んでいる場所からいちばん近い家電量販店や映画館はそこにある。現在は大きなショッピングモールもできて、より便利になっていた。

律は彼女と商店街をぶらぶらして、通りすがりに姉が勤めている手芸店を紹介した後、ショッピングモールの中の大型書店に行って、それからカフェに入った。よく姉に連れて行ってもらった喫茶店は商店街の中にまだあって、一人ならそこに入りたかったのだが、今は中学生の女の子を伴っていたので少しだけ洒落たところに行こうと思った。

律は、女の子と自分の斜め前に、横向きにしてメニューを置いた。二人で同時に見るためだった。大人になるとほとんどの人はメニューを見ずにコーヒーを頼んだりするものだが、律は、せっかく店に来たのにあんなことをするのはもったいないと思っていた。同時に、中学生にとっては子供っぽい大人であるような印象を与えることもわかっていたのだが、彼女の前ではあまり大人らしく振る舞うことはやめておくことにした。

「抹茶のガトーショコラとカフェオレに決めた。めったに食べられないから」

律の言葉に女の子は反応しなかったが、決めました？　とたずねると女の子はうなずいた。

店員を呼び止めると、女の子はブルーベリーのパンケーキとアイスティーを頼んだ。

コンクリートが打ちっぱなしの内装のカフェは、個人でやっている店のようにも見えるけれども、チェーンであることを律は知っていた。小さく流れているＢＧＭがよく聴くとレディー・ガガだったりするような、若い女の子同士から壮年の男女までいるような親しみやすい店だった。

「終点の駅の近くに行った方が良かったたですか？　あっちはめちゃくちゃ都会だし」律がたずねると、女の子は首を横に振った。「次はそうしようかと思います。私もそろそろ買いたいものがあるから」

女の子は、首を横にも縦にも振らずに、律の肩のあたりをじっと見ていた。律が自分の肩を見下ろすと、女の子は視線をはずした。

「ご近所の図書館、いいとこですよね。ＣＤがすごくいっぱいあって」

律は、女の子の右の耳のあたりを眺めながら、藤沢先生が住んでいる町の図書館を訪ねた時のことを思い出す。彼女が最初に「来てくれてもちろんいいんだけれども、何か不安なことがあったら話してもらえますか？」とたずねられた場所だった。木曜日の午前中のことだった。律が学校に通っていた頃、いちばん嫌いだった曜日と時間帯だ。

彼女を見つけた司書は、藤沢先生が数年前に受け持ったことがある女性で、一か月の間は、何か事情があるのだろうと彼女がいることに疑問を持たないようにしていたのだが、どうしても気になって声をかけたとのことだった。司書の女性は、彼女を家に帰しもせず、学校に行かせることもなく、ここにいるなら一日ずっといてください、と頼んだそうだ。それから、自分の昔の担任にこのことを知らせていいでしょうか？　と彼女にたずねた。彼女はうなずいた。

司書の女性もまた、行き場がない経験をした女の子の一人だった。働かない父親が家にいて、ずっと機嫌が悪かった。母親はそれを咎めるのをいつも怖がっていた。学童保育に入れてもらえることもなく、放課後に友達の家を転々として、もう行くところがなくなって、それでも家に帰りたくないと陽の落ちた小さな町をうろうろしているところを、藤沢先生が見つけた。

「隅から隅まで見ました。パラモアとか、フレーミング・リップスとかもあって。借りようかと思ったんだけど、その時は身分証持ってなかったんで」女の子は少し視線をあげた。律の頬を見ているようだった。「興味ないと思うけど、私は音楽が好きなんです」

女の子はうなずく。「興味がない」への同意だと律は思う。そんなことは当たり前だ。十四歳の女の子が、何の関係もない三十八歳の女に興味を持つことなんてほとんどない。

「最近何か借りました？」

律が訊くと、リアーナ、と女の子は答えた。律が、すごくきれいだよね、と言うと、そういうんじゃなくて、と女の子はもどかしそうに眉を寄せた。

「アリシア・キーズは？」

「まあまあ」

そこでデザートと飲み物が運ばれてきて、律と女の子はそれに取りかかることにした。律は、これけっこう抹茶がきついんだけど食べてみます？　とたずねて、女の子は、いらない、と言った。じゃあ、申し訳ないけどパンケーキもらっていいですか？　とたずねると、女の子は眉を寄せて両目を眇めて、本当に仕方のない大人だ、という顔で律を見て、無言で皿を律の方に押した。

女の子が住む町へは、十七時頃に戻った。まだ空は明るかったので、律は、川沿いを一緒に散歩してもらってもいいですか？　と女の子に頼んだ。女の子が少し迷った後うなずいたので、やった、と律は川べりへと向かう階段を急いで降りていった。

この町の川岸の建物は、後方が川の側にせり出していて、建物自体が崖のようにそびえ立って見えた。同じようなピンク色の四角い洗濯物が、三階のベランダでゆらゆらしている家を指さして、あれは何をしてる家か知ってます？　と女の子にたずねると、美容院だったと思う、と彼女は答える。

「家を見るのがわりと好きなんだけど、家の裏を見るのが特に好きなんですよ」女の子は無反応だったが、律はかまわずに続ける。「なんかどの人も生活してるんだなあと思って。当たり前のことだけど。そしたらなんか謙虚なのかえらそうなのかわからない気持ちになるんです。

自分が物事をすごくわかってる人間みたいな気分がしてきて。自分はそういう人間になりたかったんだから、今はまあ不満を言うのはよしてやろうかって。どこの誰だかわからない人間も、めんどくさいなあってたぶん思いながら洗濯とかしてるんだから、自分も帰って手をつけられることからやるかって」

ざあざあという川の音が常に聞こえていたので、律はいつもより大きな声で話した。けれども、女の子に伝わらないならそれはそれでいいと思っていた。

……みが悪い、という声が、川の音に紛れて聞こえてきたので、律が、ええ？　と訊き返すと、趣味が悪いって言ったの！　と女の子は言う。

「そうですね。趣味が悪いしかっこ悪い。他人の生活だとか人生について想像するなんて。そんなこと考えずに、自分の居心地の良さのことだけを考えてる人の方が素敵な人生を送れるはずなのに！」

川の音に負けないように律が声を張り上げると、女の子はうなずく。律は、でも自分は、自分の居心地の良さのことばっかり考えてる大人から、家を閉め出されたりしたこともあったんで、そういうことばっかりは考えられなくなったんです、と打ち明ける。

女の子が立ち止まる。律は、河原の大きな石を踏みしめながら、水際のところまで歩いていって立ち止まる。流れの速い水面に、夕方の光が無数に反射している。

「私の住んでいるところはもう少し上流なんですけど、この川沿いを歩いていると、自分がいなくなったような気がしてきます」律は、川面の光を眺めながら話を続ける。「石がでかくてごろごろしてるから気をつけないとすぐつまずくし、大きな川の音がずっと聞こえるし、晴れている日は光の反射がすごいから。自分がいなくなった気がするって言うとなんだか悪いことみたいだけど、私はすごく好きなんです。気が楽になる。足下に気をつけて川の音を聞いて、水が青いなあってときどき思ってたらそれでいいんだから」

女の子は何も答えなかった。その代わりに、大きな石が転がっている河原を慎重な足取りでゆっくりと渡ってきて、律から少し距離を置いた所から川を眺めた。二人はしばらくの間そうしていた。

別れ際に、また二週間ぐらいしたら話しに来ていいですか？　と律がたずねると、女の子は無言でうなずいた。

それから律は、駅前で総菜を買って藤沢先生を訪ねた。藤沢先生は、今日もどうもありがとう、と言いながら、律を出迎えた。藤沢先生は、毛糸の靴下を履いて、厚くて長いカーディガンを着ていた。その下はたぶん部屋着で、今まで横になっていたのだろうと律は思う。カーディガンは少し褪せた青色で、とても凝った編み込みが施されていて、貝殻のボタンは墨の色だった。姉なら間違いなく、ちょっと編み込みの模様を見せてくださいと頼むはずだ。

藤沢先生は六十二歳になっていた。小学校の先生を定年になって二年が経ち、自由に自分の仕事ができるようになった矢先に、体調を崩した。

持って生まれた体力があまりなかったのかもしれない、と藤沢先生は言っていたのだが、小学校の先生をしながら、勉強を続けることが難しい生徒に無償で教えて、学童保育を手伝うこともあったというのだから、その疲れが一気に押し寄せてきたのではないかと律は受け取っていた。

自分がそういう生き方をしてみようと思ったのは、律を受け持つことになってからだと藤沢先生は最近話してくれた。それまでの自分は、教師の一家に生まれて、女で、一人っ子で、可能ならば同じような身分の人と結婚をして、子供を産んで、教師という人生の中で祖父や母親や父親が辿った昇進の後を追うことが何より望ましいと長いこと聞かされてきて、そのことにようやく疑問を持ち始めたけれどもどうしたらいいかわからないだけの人間だった、と藤沢先生は語った。けれども、山下さんのお姉さんが現れて、自分の生徒と一緒にすごく思い切った生活を始めて、本当に心配でたまらないけれどもなんとか暮らしを立ち行かせようとしているのを見て、自分がその手助けができるんだとわかった時に、私なんかの助けは誰もいらないだろうって思うのをやめたんですよ。

ごはん買ってきたんで食べていってていいですか？　と律がたずねると、どうぞ座って、と藤沢先生は言いながら冷蔵庫を開け、緑茶のボトルを取り出してテーブルの上に置く。

「これどうぞ」

律は、だし巻き玉子とおにぎりとサラダを袋から取り出して、次々と食卓に置く。藤沢先生は、一食作らずに済んで助かります、と言いながら、財布を取りに行って律に代金を渡そうとするのだが、律は断る。

「いいですよ」

「払わせてください。私の顔を立てて」

そこまで言われると押し通す気分にもならず、律は渋々代金を受け取る。藤沢先生は代わりにグラスを渡してくる。

「河岡さんは話してくれましたか？」

「ほんの少しですが」

律は自分と藤沢先生のグラスに緑茶を注ぐ。藤沢先生の部屋に来るたびに、自分がもう小学三年ではなく、その身長を追い越して、もう授業を受けたりすることもないのだということを不思議に思う。

「友達になろうっていうんでもないんだから、近くにいさせてもらえたらそれでいいですよね」

藤沢先生の言葉に、律は、はい、とうなずく。

今日会った河岡美咲という名前の女の子には、母親と姉と弟がいる。四歳年上の姉は、早々に男の人と家を出て、母親は四歳年下の弟に付きっきりだ。家は母子家庭で、収入が充分にあるわけではないのだが、母親は弟を私立の中学に行かせたいらしい。女の子が、普通科に行くか工業科に行くか迷っている、と言うと、「好きにしたら？」と言ったという。

藤沢先生が、「あなたには子供さんが三人いますが、美咲さんにはお母さんは一人なんですよ」と女の子の母親に言うと、「子供を産んだこともない人に母親の実感の何がわかるんですか？」と言われた。

わかったら何なんですか？　って言えば良かったんですよ、と律が言うと、山下さんはそれを言われてすぐにそう返せます？　と藤沢先生は笑って、律は目を伏せて軽く何度かうなずいた。

彼女はあなたと少し境遇が似ているから、話してみて、気にかけていることだけは示してあげてほしい、と藤沢先生に頼まれて、律は河岡美咲と会うことになった。

「たぶんまた会ってもらえると思います」

律が言うと、それは良かった、と藤沢先生は言いながら、はさみを使って丁寧に封を開け、だし巻き玉子に箸を入れた。

「あの、元気でいてくださいね」

不意に律がそう言うと、藤沢先生は静かに噴き出すように笑った。

＊

アルバムが一枚終わったので、スピーカーにつないだプレイヤーを操作して別のアルバムを再生しようとしていると、もう一回さっきの聴きたいんだけど、とコサージュを作る手を止めて姉が顔を上げた。律は、いいよ、ともう一度バトルスのアルバムを最初から再生する。

「音量ちょっと下げていい？」

「いいよ」

姉が言うので、律はスピーカーの本体のつまみを左に少し回す。

商工会議所の二階の隅の壁にくっつけられたデスクの前に姉妹で並んで座って、婦人会が今年参加するコーラス会用のコサージュを作っている。

今日のコーラスの練習は終わって、歌う予定の人たちは全員帰ったのだが、それはすんなり事が運んでいるからではなく、本来は予定にない明日も練習をすると決めるぐらいには煮詰まっているため、これ以上悩まないうちにいったん帰ろうということになったからだった。

姉と律は、相変わらず歌には参加していなかったが、コーラス会の衣装や小道具の作成は続けていた。最初の頃は、若くしてこの場所にやってきた姉が地域になじむためにやっていたことだけれども、すっかり地元の人のようになってしまってからも姉がコーラス会用の衣装作りを続けているのは、曲のコンセプトから身に着けるものを考え出したり、単純に手を動かすのが好きだったからだ。それに姉は人の役に立つのがとても好きだったし、婦人会の人たちのことも好きだった。

律は、小学校の家庭科で縫い物を習い始めた時から姉を手伝っていた。大人になるにつれて、締め切りがあって予算があって曲による制限があって、というこの作業はそんなに簡単なものではないということがわかってくるのだが、子供の頃の律にとっては、ただ近所の女の人がみんなで歌を歌って、ときどき右往左往して、思い出したように、りっちゃんも手伝ってるの、えらいね、ほんとえらいね、とほめてくれたり、彼女たちが持ち寄るお菓子や果物をいくら食べてもいいという楽しい作業だった。

高校を卒業して自分が会社員になったり、大学に入ってアルバイトをするようになってからは、それ以前ほどは姉を手伝うことはなくなっていたけれども、二回目に勤めた陶器の会社の仕事を辞めてから、この時期は自習室から子供を帰した後はときどき商工会議所の二階に顔を出すようになっていた。

「コーラス、どこでつまってるの？　録音聴いたらなんとなくわかるけど」

「ブリッジのところがなんか雰囲気が変わっちゃうから、それまでのびのび歌えてても戸惑うんだって」

「やっぱり」

今年の婦人会は、Superflyの〈愛をこめて花束を〉を歌う曲に選んだ。母親と入れ替わるように今年度から新しく加入した真壁さんの娘さんが提案して、満場一致で決まった曲だったのだが、後半にほとんどの人々がつまずく部分があって少し迷走していた。

今日は、いったん誰かの解釈に全員で合わせてみようと一人ずつ歌ってみたものの、それぞれにリズムや節回しが違っていて、なかなか揃わない、と婦人会の人々は頭を抱えていた。

「もう曲変えるかとか、今なら間に合うかもっていう話になりかけてたんだけど、園山さんがさ、ここを越えたら楽しい転調だから！　私たちの大好きな！　って力説したら、よしがんばるかってなってた」

まだ自習室の生徒たちを送っていた時間帯の話し合いについて姉に説明してもらいながら、律はぶっと噴き出す。婦人会の最年長の園山さんは、今は指揮者の役割に転じて活動を引っ張っていた。

「身も蓋もないけど、自分たちのことをよくわかってるって感じ」

「長年いる人だしね。最初はちょっと怖かった」

「心配してくれてたんだよ。〈蘇州夜曲〉やってた頃か」

姉は、コサージュの土台に針と糸を通す手を止めて、天井を見上げる。それから作っている物をデスクに置き、片腕で頭を支えながらうつむいてあくびをする。姉の前には、律の三倍以上の数のコサージュが並んでいる。

「あの時私八歳だったんだけど」

「うん」

「今三十八だよ」

律がそう言うと、姉は、ながっ、と言って笑い出した。

「三十年もやる？　こんなこと」姉は、作りかけのコサージュを手にとって、また手早く縫い始める。律にはその様子が、首を回したり指を鳴らすような容易さに見える。「律は三十年続けてることとある？」

「読書かな」

「そうか。読書すごいね。私も律が本好きな子じゃなかったらけっこう大変だっただろうなって思う」

本に面倒見てもらってたようなもんだよ、と姉は続ける。律は、普通によく世話してもらったと思うけどな、と軽く反論する。

「どうだろ、もっと大変な子だっているでしょう。どうしてもお金に興味があるとか、どうしても人をいじめたくなるとか、どうしても他の子の持ってるものがほしくなるとか、一秒だって一人でいられないとか」

「自分にはネネとか杉子さんがいたからね」

「それもそうか」

でもネネにだって律がいたって感じがする、と姉は手を動かしながら続ける。

「私にだって律がいたしね。律がいなかったらたぶん、一年ぐらいで実家に逃げ帰ってたかも」

それでやっぱり、母親と折り合い付けられなくて家を出て、家賃高いなあって言いながらアパート借りて生活したりしたのかなあ、と姉は十八歳の自分に語りかけるように話す。

「それでも都会の方がいいって人はそっちのほうがいいんじゃないの？」

律の問いに、姉は再び作りかけのコサージュをデスクに置いて、腕を組んでうーんと考え始める。

「いやあやっぱり、浪子さんと守さんのところの、あの住居の紹介とまかない付きの募集は良かったな。律はあんまり手が掛からない子だったし、あの頃から私より頭良かったし。それにいろんな人が心配して助けてくれたし。若くて得してたかも」

姉が律を連れて家を出てこの場所に定住したことに関して、二人はもうほとんど話さなくなっていたのだが、どれだけ姉に否定されても、ときどき律は申し訳なく思うことがある。それはただ、姉の実感ではなく律自身が身に付けてきた社会的な通念からの申し訳なさだったのだが、姉が後悔したと話したことは一度もなかった。

「ここに来ないと聡とも会わなかったしね」

「来る前は同じ市に住んでたんだから、両方とも前のとこに住んでたらどこかで出会ったんじゃないの？」

「それもそうだけど、大勢の中から探すよりこっちに来て会ったほうが楽だよ。都会じゃあの人後ろに引っ込んじゃうよ」

　変に現実的な姉の物言いに、律は笑ってしまう。

「誰かと結婚した後に出会っても遅いしね」

　律の言葉に、そうそう、それはめんどくさい、と姉は軽く同意する。

　義兄の前にも、姉には付き合っている様子の人は何人かいたけれども、どの人ともあまり長続きしなかった。律は、私がいるからだめなんじゃないの？　と何度かたずねてみたのだが、姉はそのたびに首を横に振って、私自身がつまんないと思っただけだから、律は関係ない、と肩をすくめた。

「なんでかはよくわからないけど、誰ともぜんぜん話が合わなかった」

　姉は、何度か律に説明したことを再び話し始めた。

「話の合わない人とドライブ行ったりするのって苦痛だし。〈ライトスタッフ〉観たいんだけど、って言っても、こんな長い映画見たいの？　って渋い顔されたりさ」

　姉は、その時は律を連れて〈ライトスタッフ〉を観に行った。当時の律からしたら、とにかくいっぱい男を見た、という感想の映画だったのだが、姉は珍しく、宇宙飛行士の誰それがかっこよかった、という話をときどきしていて、律も思い出してその話に乗るようになった。姉と律は、結局二回〈ライトスタッフ〉を観に行った。映画は、守さんから勧められたのだという。守さんと姉と律の三人で、どこが良かったかとよく話し合った。

「まあ聡がいないと、誰とも話が合わないって言って独身だったかもしれないけど、べつにそれでもよかった。律もいたし、周りの人もいたし。律はいい子だったしさ」

姉の話に、律は不意をつかれたように手を止めて、作りかけのコサージュをテーブルの上に置いた。

「私、いい子だったんだ？」

「そうよ」

律はしばらく、針を動かしている姉の横顔を見た後、自分も姉の何分の一かの速さで作業を再開した。

いつものように、姉は楽しそうだった。この人がこんな様子なら、自分のこれからだって何とかなるだろう、と常に律に思わせてきたおおらかな姉の姿は、律が八歳だった頃と少しも変わっていなかった。

＊

送別会をやりたいんですが、と律がたずねると、別にそういうのはいいんですけど、かれんちゃんが浪子さんと鮫渕さんにそば打ちを教えてもらうところは見たいんで、このへんぐらいにやってもらっていいですか？　と研司は律に日にちを送ってきた。研司が転勤のために地元を出発する前の最後の日曜日だった。義兄も浪子さんも、その日なら大丈夫とのことだったので、律が富樫さんに、早めに店を閉めてそば打ちのことをやってもらっていいですか？　と打診すると、もちろんいいよ、とのことだった。

「研司くん、今週も送別会呼ばれてたしね。疲れてるんじゃないかな」

富樫さんによると、同じ中学校に行っていて地元で働いている男子の飲み会も最近あって、自分が付き合っている人はそれに行ったし、その前にも会社で送別会があったのだという。

「引く手数多って感じなんですかね」

「いい人だからね。私も水車小屋で親とか学校の愚痴いっぱいきいてもらった」

今考えると、研司くんの方が経済的に大変だった時期もあったのに、べつになんにも言わないで私がそうしたい時に一緒に過ごしてくれたんだよね、ネネとしゃべったりラジオ聴いたりしながらさ。

律は、研司が同世代にどう見られているのかについてはほとんど考えたことがなかったので、富樫さんの話は今さらだが新鮮に思えた。

「自分がここを出てくことについても、転勤としか言わないしね。それ以上でも以下でもないって、自分も思いたいし他の人にも思ってほしいのかな」

富樫さんの言葉に、律はふと思いついて、この土地を出て行きたいと思ったことはありますか？　とたずねる。富樫さんは目を丸くして、わかんないな、と軽く肩を上げる。

「田舎だし、電車賃高いなって思うことはあるけど、高校に入ってバイト始めたら月一は都会に出られるし、電車の時間が長いのも、行きは友達としゃべりながらだったらすぐだし、帰りは寝ちゃう。どうしても欲しいものは通販で買うし」

「月一で遊びに行くんなら、他の日は何してたんですか？」

「家で料理してた」

そのことが今、富樫さんの生業として結実していることを喜んで、律は笑う。

「山下さんの若い頃は？」

「だいたい同じだと思う。私は料理する代わりに本を読んでた。あと大学が都会の方だったし、二回目の就職もそっち寄りでちょっと住んでたんですけど、結局こっちのほうが落ち着くんで戻ってきました」

定期代が高くて、会社の人はちょっといやそうだったけど、そのぶんがんばって働いたし、と律が言うと、山下さんはあんまり地元の人って感じしないしね、と富樫さんはうなずく。

「よく知らないけど、ここの生まれじゃないんだよね？」

「うん。特急の終点の方ですよ」

「そんな感じがする。でも、ここが好きなんだよね」

「山と川が好きなんですよね」

特に川がね、と言うと、ちょっとわかるよ、と富樫さんは答える。

「ここに来る前に住んでた市とかに、用事とか遊びで行くとね、にぎやかでなんでもあるけど川の音がないなって思う。ないから落ち着かないとかっていうんじゃないけど、どことなく物足りなくて、ずっといるところじゃないなって思ってね」

「そうか。ずっとこのへんにいてね」

一回り以上年下の女性にそう言われると不思議な感じがした。富樫さんも、研司が出発することに寂しさを感じないわけでもないのかもしれない、と律は思った。

せっかくだし富樫さんがそば打ちを習う時に使うそば粉を挽きませんか？　と研司に打診すると、やりたいです！　という返事が返ってきたので、その日の午前中は、杉子さんの倉庫に保存していたそば打ちの道具を富樫さんに届けた後、研司と姉と連れ立って水車小屋に行った。そば粉の挽き方については、やっぱり誰よりも姉が詳しく、研司は熱心な様子で、内部装置の車軸の端に取り付けられた歯車が石臼に力を伝えて回転させる仕組みについて、姉から説明を受けていた。

そばの実を石臼の上のじょうごに流し入れたあと、川に渡した樋を動かして水車が回り始めるのを目の当たりにすると、やっぱりすごいな！　と研司は目を輝かせた。

姉は水車が動くのを確認すると、今度は内部装置ではなくネネのいる部屋に研司を案内して、止まり木の上にいるネネに、仕事よ、と声をかけた。ネネは、そんなことは承知だとでも言いたげにきっと姉を見返したかと思うと、内部装置と自分の部屋の間の窓がはまった引き違い戸の傍らの台に飛び降りて、隣の部屋を覗き込む。

出会った頃、おそらく十歳と説明されたネネは、推定で四十歳になっていた。自分は小学二年から中年になったし、ネネもうおじいさんなんだなあ、と仕事に従事するネネの厳しい横顔を見つめながら律は改めて思う。水車が回り、内部装置が動く音を聴きながら、去っていった人たちのことを想い、ネネや姉や自分も含めたこれから去るかもしれない人たちのことを考え、やってきた人たちの顔を思い出した。言葉にならない感慨が胸の底で起こった。

姉が研司に椅子を勧めていたが、研司は、すみません、こっち見ます、とネネの横に立って、引き違いの戸にはまった窓越しに、水車の内部装置を見つめていた。

空っぽ！　とネネが叫ぶと、姉は、実は空っぽじゃないんだけど、これが頃合いの合図だから、と研司に声をかけて外に連れ出し、新しく縫ってきたという割烹着と三角巾を研司に渡して身に着けさせていた。律が建物の中からその様子を眺めていると、この割烹着と三角巾、次からは律が使うんだよ！　と、姉は声をあげた。確かに、研司は出発するし、富樫さんは店のことで手が放せないからそうなるのか、と律は少し驚きながら、内部装置の部屋に入ってきて、そばの実をじょうごに流し入れる研司を見守った。

二回じょうごにそばの実を流し入れて、そば粉も二度石臼にかけ、それを袋の中にまとめた後、姉は近所の宿場町まで旅行に来ているという光田さんを駅に迎えに行った。三十年前、姉が高校生だった頃にアルバイトをしていた文具の倉庫での同僚で、姉が独立する際に、就職や引っ越しについていろいろ教えてくれた人だった。一年に一度は遊びに来てくれたり、姉が訪ねたりしている。

寛実の番組が始まると、ネネのために少しラジオの音を大きくして水車小屋を出て、カフェにそば粉を届けた。

「あと一時間ぐらい営業したいから、上で待っててもらっていい？」

律がうなずくと、浪子さんと鮫渕さんはもう来てて、二階で待ってるからね、と富樫さんは付け加えた。

浪子さんと義兄は、教室の椅子に座って、店のカップでおそらく紅茶かコーヒーを飲みながら話をしていて、朝に律が持ち込んだそば打ちの道具も、箱や袋に入った状態で置いてあった。

「今度映画観に行こうって話してたのよ。〈ハングオーバー！〉の続編が来るからって」

守が生前最後に観た映画が〈ハングオーバー！〉の一作目なんだけど、めちゃくちゃ気に入ってて、という浪子さんの言葉に、電気ケトルで湯を沸かしながら、律はげらげら笑ってしまう。

「守さん呑めないのにな」

「私が呑むからかしらね」

「浪子さんまさか、映画みたいに記憶がなくなるぐらい呑んだりするんですか？」

「まさか。でも守と結婚してから、一回ぐらいは記憶がなくなるぐらい呑んだことはあるかな

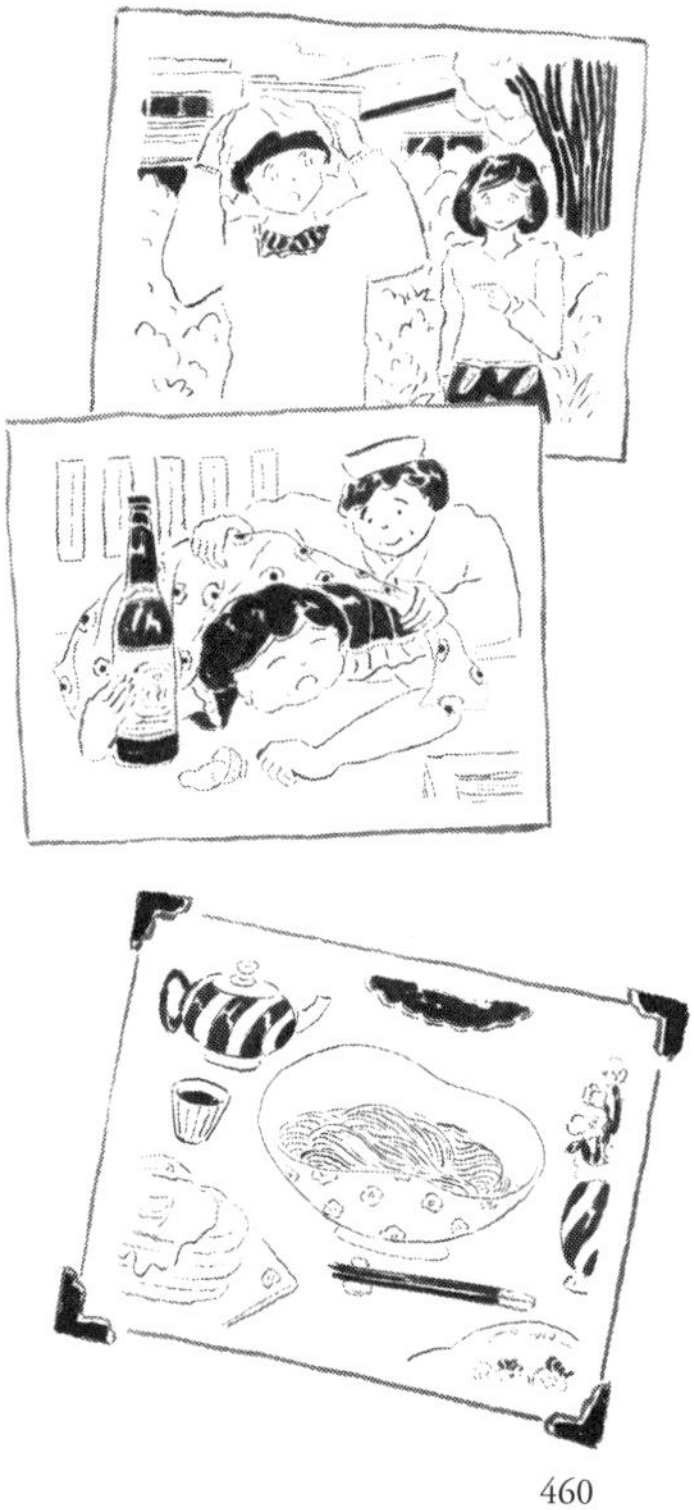

あ」

「どういう時に？」

「婦人会のコーラス会参加十周年の時だったかなあ。私は歌ってたわけじゃないんだけどうれしくて、みんなと呑んで、店に帰ってからも強い人と呑んで、そのまま店で寝た」

浪子さんと義兄は、あとジェイソン・ステイサムの新しい映画も観に行きたい、という話をしていた。研司は、自分も行きたいんだけど、向こうでの生活に慣れてからになるだろうし観れるかなあ、と少し考えていた。

研司は、守さんと一度だけ一緒に映画に行ったことがあって、それがジェイソン・ステイサムの映画だったと話した。浪子さんも義兄も姉も律も用事がある、という日曜の午後のことで、体が悪くなっていた守さんは浪子さんに外出を止められていたけれども、どうしても観たいからと研司に付き添いを頼んだという。浪子さんはそのことを知っていたようで、楽しかった、って本当に何回も言ってたな、と笑って、夫のことを想い出すように窓の外を見た。

「次に住むところの住所教えてくれたら、その映画のＤＶＤの発売と同時に送りますよ。餞別に」

「そういうのは自分で買いますんで大丈夫ですよ」

律の申し出に、研司は手を横に振る。

「研司君ごめんね、ちょっとだけこっち来てくれる？」

そう言って研司を手招きして呼び寄せた浪子さんは、本当に立派になって、とうれしそうに研司の前腕を軽く叩いた。

「うちの施設にも仕事で来てくれたことあったよね。その時にも言いたかったんだけど、すぐ帰っちゃったから、改めて」

研司は、いやいや、年取っただけですし、と謙遜する。浪子さんは、私の目の前で無事に成長してくれただけでもうれしいわよ、とうなずく。二人を微笑ましく眺めながら、正月やお盆に研司が帰ってくるとしても、これから二人が会えるのはもしかしたら数えるほどなのかもしれない、ということに律は気付く。研司が年を取るということは、浪子さんも年を取るということなのだ。

「体大変かもしれないのに、かれんちゃんを教えることにしてくれてありがとうございます」

「いえいえ。若い人がおそばのことを教えてほしいって言ってくれるだけでうれしい」

浪子さんは首を横に振る。義兄はその隣で、二人のやりとりをじっと見つめていた。義兄は姉と結婚してから、よほど大変な仕事を抱えている時以外はおおむねそうだったけれども、その時も幸福そうだった。

律の携帯に、降りてきてくれて大丈夫になったからどうぞ、というメッセージが富樫さんから送られてきた。そろそろいいみたいなんで、カフェの方に降りましょう、と律は二階の教室にいる人たちに声をかけ、そば打ちの道具と店のカップを手に一階の店へと降りていった。

場所を作りたいから、四台ずつぐらいテーブルをくっつけてもらっていい？　と富樫さんに言われて、義兄と研司と律は言われたとおりにテーブルを並べた。キッチンにもう少し場所があればいいいんだけどね、という富樫さんの言葉に、夫もずっと、朝はお客さんのテーブルをくっつけてやってましたよ、と浪子さんは富樫さんに勧められた椅子に座りながら言った。

「狭い店だったから、って同じ場所なのよねここ」

「そうですよ」

「おしゃれにしてくれてありがとうね」

浪子さんに言われて、富樫さんは、内装のこととかはだいたい山下さんが決めたんで、私は特に、と軽く首を横に振って恥ずかしそうにした。

「うち、両親二人とも役場につとめてるんですけど、昼休みはずっとだし、夜もたまにここのそば食べにきてたらしいです。本当においしかったって。昨日も店主さんの奥さんにそば打ち教えてもらうんだって連絡したら喜んじゃって。あんたあそこのそばを作れるようになるの？って」

そんなにすぐにはできませんよねえ、と富樫さんが笑いながら言うと、浪子さんは、がんばって、喜ばせてあげて、とうなずいた。

「役場のお客さんにはずいぶんお世話になったからね」

「この店のランチにも、自転車に乗って来てくれる人たまにいますからね。食堂はずいぶん改善されたらしいですけど」

自分の先代と呼べる店の店主の片割れを前に、富樫さんはうれしそうだった。浪子さんも、六十歳近く年下の富樫さんと話しながら、ずっと笑っていた。

道具を箱から出しながら、研司は、かれんちゃん、親と連絡取るようになったんだ、と呟いていたので、律がそちらの方を見ると、研司は、自分の知る限りではかなり仲悪かったんですけどね、また話すようになったんだったら良かった、と言って肩をすくめた。富樫さんが、親に公務員になることをずっと勧められていてそれが嫌だったという話は、律も少し耳にしたことがあった。

　道具をすべて出し終わって、そば粉と小麦粉を用意し、水をくんできたあたりで、光田さんと姉が店にやってきた。光田さんは、りっちゃん、久しぶり！　と律の腕を叩いて、それから義兄にあいさつをしていた。光田さんは、研司以外の人たちのことはだいたい知っているようで、富樫さんに、またバスに乗って山登りに行くんですよ、ということを話していた。登山バスの会社には、富樫さんが付き合っている梶原君がつとめている。

「このへんは本当に川がきれいよね。音が聞こえると落ち着く」

「いいですよね」

　光田さんの言葉に、律はうなずく。会うたびに同じような話をしているけれども、それはそれで幸せなことだと律は思っていた。

　浪子さんと義兄に見守られながら、大きくて平たいこね鉢に富樫さんが小麦粉とそば粉をふるい始めると、ほかの人々は静かになり、三人から距離を置くようになった。真剣な顔つきで、手早くまんべんなく粉を混ぜていく富樫さんの手付きを眺めながら、律は、自分がそば屋になれなくてごめんなさいと浪子さんや守さんに言ったことを思い出した。

　富樫さんの手付きは、慎重ながらも迷いがなかった。律も、一度ぐらいは最初から最後までそば打ちの作業を見たり手伝ったりしたことはあるので、富樫さんが今しているようなことをまったくできないわけではなかったけれども、それでも何か、持って生まれたものの違いを感じた。

義兄は、自分がここにやってきて覚えた仕事についてのノートを持っていて、それを元に富樫さんに少しずつ指示をしていた。姉はその様子を見て、メモをとって家に帰って寝る前にノートにまとめてたらしいよ、と律に言った。

そば粉を丸くまとめ終わった段階で、富樫さんは思い出したように、生地をこね鉢の真ん中に置いて少し離れて、言い忘れてたけど、冷蔵庫のいちばん上の段にプリンがあるからね、と打ち明けた。

「でもバットにまとめて入ってるだけだからね、適当に切って食べて」

律が冷蔵庫から四角い大きなバットを取り出し、姉が皿を用意してその場にいる人たちに渡すと、それぞれが好きなだけプリンを皿にとって食べ始めた。壁際の椅子に座ってプリンを食べながら、律は行き交う人々をぼんやりと眺めた。プリンはおいしかったし、勝手に淹れて飲んでいる紅茶もおいしかった。その場にいる人たちは親しい間柄の人もいればそうじゃない人同士もいたけれども、おおむね楽しそうに話したり、律と同じように静かに座っていたりした。

しばらくの間、自分という人間がおらず、何もしなくていいように感じることを気分良く思いながら、律は去っていった守さんや杉子さんや、この場にいない藤沢先生のことを思い出していた。彼らもその場にいるような気がした。誰かが誰かの心に生きているというありふれた物言いを実感した。むしろ彼らや、ここにいる人たちの良心の集合こそが自分なのだという気がした。

律はプリンを食べながら、背中側の壁に掛かった杉子さんの絵を見上げた。最後に描いた、菜の花とそれにつかまるてんとう虫が前景に描かれた、菜の花畑の絵だった。何か言葉を思い付くことはなかった。ただ、満足だと思った。

ドアが開いて、すみません、お呼びいただいて、と言いながら、誰かが店の中に入ってきた。水車を使った岩絵の具の粉砕を律に頼みに来た中野さんだった。もしそば打ちに興味がおありなら来ますか？　と律が声をかけたのだった。律は立ち上がって、中野さんです、岩絵の具を使った絵を描いてらっしゃいます、とその場にいる人たちに紹介した。中野さんは、水車を使って砕いてもらったんです、と付け加え、姉は、懐かしい、杉子さんがやってたみたい、とうれしそうに言った。中野さんは、絵がいっぱいありますね、と壁に掛けてある杉子さんの作品を眺めて回り、ほかの人々から杉子さんについての質問をいくつか受けていた。

富樫さんは、こね鉢を店の隅のテーブルに移動させて、今度はのし板を置いてのし棒で生地をのばし始める。富樫さんの隣に座った浪子さんが、四角く生地をのばす方法について助言していた。研司も、プリンをのせた皿を手に邪魔にならない場所に立って、じっと様子を眺めていた。

「丸い生地が四角く広がっていくの、すごいですよね」そばに行って律が話しかけると、研司はうなずいた。「私はこれがうまくできなくて」

それからしばらくの間、研司と律は、順調に生地が平たくなっていく様子を見守った。浪子さんは何度も、お嬢さんはとても筋がいいように思う、というようなことを口にしていた。

「毎朝守がそば打ちして、私がおにぎり作ってた時のことを思い出すなあ」

けんかしてたりして気まずいときの方が早く終わって時間が余って、ちょっとだけテレビ見られたりするんだよね、朝の芸能ニュースを細切れに見てもつまんなかったけど、と浪子さん

はなつかしそうに話した。

「けんかしてるとこなんか見たことないですけど」

「そりゃ何十年も夫婦だったんだから、気まずいこともあったわよ」

富樫さんは、浪子さんの口振りに生地から顔を背けて少し笑った後、丸かった生地をのし棒に巻き付けて長方形に平たくのばし、慎重にたたんでいった。義兄が包丁を持ち出してきたのを見て、研司は、最後ちょっとだけ、はしっこだけやっていい？　と富樫さんに頼んでいた。富樫さんは、ええ？　研司くんそば切りやりたいの？　学んでるんだけど、と怪訝そうな顔をしつつも、ぜひとも、と研司が前のめりになると、いいよ、とうなずいた。

そば切りを始めると、細かい作業が好きな姉をはじめとして、その場にいる人がみんな寄ってきた。やりにくいんで見ないでください、って言っても見るんだよね？　と富樫さんが言うと、他の人々は神妙な顔をしてうなずき合っていた。

「前に付き合ってた人にそばを作って食べてもらったんだけど、職人に教えてもらったわりには下手だなあって言われて。俺は自分でうまいと思って食ってたんですけどね。いやほんとにうまかった、自分には」

研司の言葉に、周囲の人々は笑った。律も笑った。

夕ご飯時の少し前に、富樫さんはその場にいる人たちにかけそばを振る舞った。何か上に乗せるものないの？　油揚げとか、と研司がたずねると、そば自体の味を見てもらうことが大事なんだからそんな気の利いたものはないよ、と富樫さんは一蹴した。

おいしい！　と最初に言ったのは浪子さんだった。確かにおいしかった。守さんと浪子さんが店をやめてからなかなか食べられることがなくなった、これは新鮮だと感じるそばの味を思い出した。

誰にも気付かれなかったが、律はその場にいる人たちの中でいちばん早くそばを食べ終わった。富樫さんにおかわりを頼んで、また壁際でひたすらそばをすすっていると、中野さんが近くにやってきて、隣、いいですか？　とたずねてきた。律がうなずくと、水車のことなんですけど、と中野さんは遠慮がちに話を始めた。

「今度、自分が動かしてみていいですか？」

「いいですよ」

「鳥のことも教えてください」

「ネネのことですね」

「あの子、ネネっていうんですか」

中野さんは、そばをすすった後、満足げに斜め上を見ながら、水車とネネのことを思い出しているようだった。

「実はもういい年なんで、〈子〉とか思ってるの、あんまり見せちゃだめですよ。中野さんぐらいの年の人なら、まだ子供だぐらいに本人は思ってますよ」

「わかりました」

中野さんは神妙にうなずいた後、話変わりますけど、そば、めちゃくちゃおいしいですね、と呟いていた。おいしいですよね、と律は同意した。

富樫さんは浪子さんの隣に座って、話を聞きながらメモを取っていた。また来てもらっていいですか？　という富樫さんの頼みに、もちろん、と浪子さんが答えているのが聞こえた。研司は、姉と義兄と光田さんと話しながら、仮設住宅の電気工事の仕事です、そっちの方にも支社があって、その応援なんですけど、と言っていた。

実は今まで、二回ぐらいしか本物の海見たことないんですよ。テレビで見て、本当に怖くて、こんなことが起こっていいのかって思って、亡くなった人たちやその人を大切だった人たちにはもう、何も言えないんですけれども。少しでも役に立てたらと思って。

律は、少し離れた場所で研司の話を聞きながら、数か月前に見た映像のことを思い出していた。今も、なぜここまでのことを自然はやるのかということまでしか考えが至らないし、もしかしたらこれからもそうなのかもしれないと思う。わかりやすい答えは出ない。ただ、運良くあの場にいなかった者の務めは、自分の代わりに亡くなった人たちの分まで精一杯生きることでしかないのではないかと律は思い始めていた。

募集があったから応募したんですよ、と研司が言うのが聞こえた。律は、自分が言われたわけではないけれどもうなずいた。

そば打ちの道具の後片付けをしながら、富樫さんに、お客さんには出せそうですか？　とたずねると、富樫さんは、まだわかんないけど、と首を傾げた。

「とにかく練習はする。いつかメニューの下の方に加えられるのを目標にするよ」

「ありがとう」

富樫さんの腕を軽く叩いて、律はお礼を言った。

＊

朝の七時半の電車に乗っていく、と研司は言っていた。特急を二本乗り継いで東京に出て、そこから車に乗せてもらって、赴任先に行くのだという。

「ネネ、研司君が出発するよ」

律がそう言うと、ネネは、けんじくん、しゅっぱつするよ、と真似をした。ネネは〈出発〉の意味を知っているだろうか、と律は考えながら、しゅっぱーつ、と言って、自転車のハンドルを握って前に進むような身振りをしてみせる。ネネが首を傾げて、そこまでしなくていいのにな、という顔で律を見遣ったので、無言で肩をすくめた後、律はネネを抱いて水車小屋から連れ出した。

自転車を見つけると、ネネは前かごの中に飛んでいって、しゅっぱつ、しんこー、と言った。ネネの口からは初めて聞く言葉だった。最初にネネをもらってきた、浪子さんの父親の益二郎さんから教えられたのを思い出したのだろうか、と律は思った。

ゆっくりと自転車を発進させながら、よく考えたら、ネネもいくつかの別れを経験してきたのだ、ということに律は思い至った。最初にネネをもらい受けた、育ての親であるとも言える益二郎さんをはじめとして、杉子さんも、守さんも、ネネにとって大事な人たちだったはずだ。

ネネ自身もまた、律と出会った時からは三十歳も年を取り、おそらくはおじいさんと言ってい
い年齢に差し掛かっていた。
ネネもいつかは自分のそばから行ってしまうのかもしれない。けれども、それを考えるのは
もう少し先だと律は思った。その前に、今日は研司が旅立つ日だから。
道はすでに農作業用の車両やスーパーへの生鮮食品の搬入のトラックが行き来していた。暖
かくも寒くもない、ただ空気が澄んだ朝だった。駅舎の前には義兄の車が停まっていて、研司
と義兄と姉が立ち話をしていた。姉が、義兄から受け取ったビニールの袋を研司に渡している
のが見えた。ぼんやりと透けて見える色からすると、中身はマスカットのようだった。研司は
頭を下げながらそれを受け取り、姉は研司の荷物を指さしながら、何度か首を傾げていた。た
ぶん、荷物を増やしてしまったことをあやまっているのだろうと律は思った。
とはいえ、研司の荷物は大きな登山用のバックパックとトートバッグだけだった。生活に必
要な物は早々と赴任先に送ったそうだ。それ以外は、引き取れる物は母親に引き取ってもらっ
たり、毎晩友人知人を部屋に呼んで分けたりしていた。研司は律にも何かくれようとしたけれ
ども、律はどれがいいのか決めることができなかった。
昨日の晩は、母親と食事に行くと研司は話していた。山下さんには本当にお世話になったか
ら来てほしいって言われてるんですけど、どっちでもいいですよ、と言われて、律は、じゃあ
またの機会に、と答えた。母親と二人ならかろうじて何か話せるかもしれないけれども、研司
も含めた三人だと何を話したらいいかわからない、と律は思った。たった二人の親子ながら、
研司の母親は研司の転勤には一切反対しなかったという。

おはよう！　と律が声をかけると、研司と義兄と姉が律の方を見て手を振った。ネネも負けじと、おはよう！　と叫んだ。携帯で時間を確認すると、電車の出発時刻まではあと十五分ほどだった。

研司は律にあいさつしたあと、ネネ、おいで、と停車した自転車のかごからネネを抱き上げて、うれしそうに肩にのせた。

研司の肩の上でネネが、けんじくん、しゅっぱつしんこう！　と言うと、研司は声を上げて笑った。それからネネは、研司が高校受験をする時に出していた問題をいくつか口にした。ネネはたぶん、研司が遠くに行くことをちゃんとわかっているんだろうと律は思った。

律からは何の見送りの言葉をかけることもないまま、時間は過ぎていった。研司がその場を離れる時間が来て、律はただ、元気で、と言った。そうそう元気で！　と姉も言って、長い休みには必ず帰ってきて、ネネも喜ぶから、と義兄は言った。研司は、一人一人と握手をした。ありがとうございます、お世話になりました、いろんなことを教えてもらいました、と研司は姉と義兄に言った。

「がんばって」

最後に律の手を固く両手で握りながら、研司は言った。自分の中には確かに、この若者の良心の一部も生きているのだ、と律は誇らしく思った。

「そっちも」

研司の肩からネネを受け取りながら、そう思えることに感謝した。

研司は笑って手を振りながら、改札に入っていった。律の手の中でネネが、またね！　と叫ぶと、研司が、またね！　と振り返って大きく手を振り、それからホームへと続く階段を降りていった。

「行っちゃった」

「うん」

姉と義兄が話しているのが聞こえた。律はネネを肩に乗せて、自転車のスタンドを蹴った。一回家に帰るの？　と律がたずねると、今日は聡の仕事が私の職場の近くだから送ってもらう、と姉は答えた。

「次の日曜さ、ごはん食べに行っていい？」

「いいよ」

なに、さびしくなったの？　と姉は律の腕を叩いた。そうかも、と律が答えると、私たちがいるよ！　と姉は笑った。義兄はうなずいていた。

姉夫婦を乗せた車が走り去っていくのを見届けた後、律は肩の上のネネと一緒に、来た道を歩き始めた。

「さあ行こう」

行く手には山々が見えた。

さあ行こう！　ネネもそう言った。どこからか川の音が聞こえてきた。空気がきれいだった。

エピローグ　二〇二一年

美咲が笹原さんに会うのは、おととしの大学四年の夏休み以来だった。普通自動車免許の合宿から帰った後、律さんのところに遊びに行った時に家族四人でカフェにいて、早い夕食を食べていた。これから東北に帰るんだと言っていた。忙しい時間だったので、富樫さんに頼まれて美咲がレジを担当した。奥さんは、本当にここのそばはおいしいです、と神妙な顔で言いながら、家族四人分のそばをお土産に買って帰った。

去年はウイルスの感染拡大が始まった年だったので、お盆も年末もこっちの方には帰ってこなかったそうだ。新卒一年目だった美咲も、去年は一人暮らしの部屋で静かにしていた。孤独ではあったけれども、友達と通話をしたり、本を読んだり、散歩に出かけたり、自炊に凝ったりしてやり過ごした。律さんともときどき話した。律さんがパソコンの前に連れてきてくれるネネを見るのも楽しみだった。ネネはよく居眠りをしていたけれども、姿を見られるだけで心が和んだ。

特急が到着してから五分後に、笹原さんは男の子と女の子を連れて待合室に姿を現した。男の子は、ごちゃごちゃした表紙の雑誌のような本を読んでいて、女の子は、水、水の音が聞こえる！　ちょっとだけ！　と笹原さんに話しかけていた。

挨拶を交わした後、子供たちにマスクを外させて、少しだけ休ませていいですか？　と笹原さんに言われたので、美咲はどうぞと答えた。男の子は、相変わらず静かに雑誌を読んでいて、女の子は、こんにちは！　と美咲に声をかけてきた。美咲が女の子に、こんにちは、と返していると、男の子も、こんにちは、と美咲に会釈をしたので、美咲も、こんにちは、と言った。男の子は、有名なゲームの本を熟読しているようだった。

「律さんは、生徒さんが行ってる絵画教室の送り迎えに行ってて。それで私が来ました」

あと一時間もしないうちに帰ってきて、ネネの所に行くと思いますよ、と美咲が言うと、わかりました、と笹原さんはうなずいた。

「ばあばとおそば、どっちがいい？」

笹原さんが子供たちに声をかけると、ばあばもおそばも！　と女の子が言って、雑誌から顔を上げた男の子が肩をすくめたので、笹原さんは、じゃあばあばに聞いてみる、と携帯を取り出して操作し始める。

返信はすぐに返ってきたようで、ばあばは今買い物らしいから、先にごはん食べに行こうか、と笹原さんは子供たちに声をかけた。

駅の前の道を出発すると、女の子が、風まじり！　雨ふるよるの雨まじり！　と言いながら、歩道の端をぶらぶら歩き始める。〈貧窮問答歌〉だった。男の子はそれに対抗するように、雑誌から顔を上げて、雪降る夜はすべもなく、と続けた。ネネが暗唱する動画で覚えたんだ、と笹原さんは眉を寄せて笑いながら美咲に説明する。

「あれ投稿したの私なんです」

でもこんなちっちゃい子たちが唱えるにはちょっと申し訳ない内容ですね、と美咲はあやまる。年のいってきたネネが、人生で覚えたいろいろな言葉を突然話し始めて、律さんや理佐さんや聡さんといった周りの人が調子を合わせたり、歌や九九の最後にネネが狼の吠え声の真似をしたりするのがおもしろくて、つい録画して投稿したのだった。

男の子と女の子は、競い合うように、鼻びしびし！　と大きな声を合わせる。

「妻はさ、ちょっと、貧窮させてないつもりだけど!?　って冗談まじりに言うんだけどね。まあそのやりとりも含めてみんなおもしろがってるからいいよ」

彼女も来たがったんだけど、同窓会があって、と笹原さんは軽く肩を上げた。

「ネネ、去年引退したんですよね。年には勝てないっていうか。ぼーっとしてることが多くなって。それで律さんは、タイマーでそばの実の補給を管理するようになったんですけど、ネネはタイマーのことはよく思ってなくて、音が鳴ると飛んでいってつついて攻撃するんですよ」

そういう時だけどうも元気なんですよね、という美咲の話に、笹原さんは声を出して笑った。お父さんなんで笑ってるの？　と女の子がたずねてきたので、ネネは音の出る時計に怒ってるんだってさ、と笹原さんは説明する。男の子も問いかけてくる。

「お父さん、なんでなの？」

「なんなんだろうな。ネネはずっと、そばの実を粉にする臼を悪くしないように見張ってきたんだけど、タイマーに仕事を取られたような気がするのかな。それだけ仕事にプライドを持ってたってことだな」

「プライド？」

「うーん。自分はこれをやってて、負けないぞ、っていう気持ちかな」

「わたしさ、クラスの子のかみむすんであげるのはやいの。だれにも負けない！」

女の子が美咲を見上げてうれしそうに言ってくるので、そういう気持ちかな、と美咲はうなずいた。

カフェに向かう道中、美咲にはずっと川の音が聞こえていた。常に意識している音ではないのだが、女の子が川の音の話をしたからかもしれない。笹原さんも、今日は川の音がよく聞こえますね、と言った。

「今は海の音を聞くことの方が多いんで、新鮮な気持ちになります。仕事のルートで、海際を車で走ることがあるんです。その時は窓を開けて聞きます」

「そうなんですか」

美咲はうなずいて、私は人生で二回しか海を見たことがないんですよ、と打ち明ける。笹原さんは、じゃあ今度来るといいですよ、ちょっと遠いけど、と笑って言った。

カフェの前には、小さな台が出されていて、その上には消毒用アルコールのスプレーボトルがのっていたので、笹原さんは、子供たちに手を消毒するように促し、自分も同じようにしていた。女の子は、カフェのドアに掛かっているイラストレーターの中野さんが作ったネネの木製プレートを見上げながら、鳥さんがいるね、と言う。地元の人ではないけれども、この町に好きな画家が住んでいたというのでよく訪れる中野さんは、最近会社を辞めてフリーランスとして働き始めた。

ドアを開けると、店長の富樫さんがテーブルを拭いていたところで、あー研司くんおかえり、と顔を上げた。富樫さんは、一昨年登山バスの運転手の梶原さんと結婚した。富樫さんのギザギザの歯が描かれたマスクが、子どもたちを怖がらせないか不安だったけれども、二人とも平気そうだった。

　窓際のカウンター席に案内されて、四人とも窓に向かって座った。全員そばを注文した。美咲はこの店に来ると、いつも生ハムと卵がのったそば粉のガレットを出してもらうのだけれども、笹原さん親子があまりにそばを食べられることではしゃいでいるのでつられた形になった。壁には、前に笹原さんたちが来た時よりは絵が増えていたので、美咲は思い出せる限り紹介した。富樫さんは、笹原さんの子供たちのそばにアニメのキャラクターのかまぼこや、星形に切った海苔などをのせてくれて、下の女の子が特に喜んでいた。

　笹原さんが、静かに食べようね、と言うので、みんな黙って食べた。それでも笹原さんは、子供たちが、おいしい、と自分に向かって何度か言うぐらいは肘に顔を入れながらうなずいて聞いていた。そういう我慢をする時期なんだ、と美咲は一人思った。けれどもいつかは終わる。自分がいつのまにか、苦しかった十代の半ばを抜け出ていたように。

　店を出ると、理佐さんと聡さんがやってくるのが見えた。美咲が何かするより先に、理佐さんは手を大きく振った上に、待ちきれないという様子で小走りでやってきて、ひさしぶりね、ひさしぶりね、ときょうだいに話しかけていた。すごい勢いだったので、きょうだいは戸惑っているようだったけれども、やがてそれぞれに挨拶をしていた。

「今度はどのぐらいいるの？」

「あさってまでいます」

「お母さんと律を訪ねたらうちにも来て」

「ぜひ来て」

理佐さんと聡さんは口々に言った。笹原さんは、もちろんです、とうなずいていて、もちろんです！　と女の子は言った。

話が終わると、水車の音がそれまでより大きく聞こえるような気がした。笹原さんは、子供たちを引き連れて水車小屋の敷地に入り、開け放した戸の前でぴたりと止まった。ラジオの音が聞こえた。笹原さんは静かに水車小屋の戸口へと近付いていき、体ごと、少し大げさに首を傾げた。

美咲が戸口の前に行くと、笹原さんと同じ仕草をしているネネが、じーっと笹原さんを見ていた。美咲はネネ以外に人間と同居している鳥を見たことがないのだけれども、それでもネネが、自分が出会った十年前より老いたことはわかった。

ネネ、と笹原さんは呼んだ。

「けんじくん！」

ネネは、どこかもったりとはしているけれども、しっかり羽ばたいて笹原さんの頭の上にやってきて、肩に止まった。ネネ本当に来た！　お父さんすごい！　と男の子と女の子は笹原さんを見上げて、それから水車小屋の中にいる人に気付いたように手を振った。

「元気？」

「元気だよ」

ネネの言葉に、笹原さんが答えた。律さんが椅子から立ち上がって、こちらにやってくるのが見えた。マスクをつけながら、律さんは笑っていた。

あとがき

自分がこれまで書いた小説の中で、もっとも長い作品を手に取っていただいてありがとうございます。小説の大部分は、二〇二〇年の五月から、二〇二一年の六月にかけて書きました。エピローグのみ、二〇二二年の四月に書いています。

これを書いている二〇二三年一月の今でさえ出口の見えない新型コロナウイルスの影響下にずっとありながらも、小説の上ではウイルスの猛威のない時代のことをずっと書いていられるのはとても幸せなことでした。

頻繁に何らかのウイルス株が流行している中、計画していた取材の大部分を実行できなかったことが心残りですが、連載終了後に大変意義のある取材をさせてくださった奥田有紀さんとヨウムのトリンさん、このお二方につないでくださった鶴崎美智子さんと北澤梨夏子さんに、感謝を申し上げます。ありがとうございました！

この小説が完成したのは、新聞の紙面を担当してくださった平林由梨さん、校閲の坂本猛さん、そして本当に本当にすばらしいイラストをたくさん描いてくださった北澤平祐さんたちの多大なお力添えによるものです。どうもありがとうございました！

装幀の中嶋香織さん、書籍担当の藤江千恵子さんにも感謝を申し上げます。ありがとうございました！

本書が誰かの良い友人になることを願っています。

〔参考文献〕

『ザ・インコ&オウム―コンパニオン・バードとの楽しい暮らし方（ペット・ガイド・シリーズ）』磯崎哲也著　誠文堂新光社
『アレックスと私』アイリーン・M・ペパーバーグ著　佐柳信男訳　ハヤカワ文庫NF

津村記久子　つむら きくこ

1978年大阪市生まれ。2005年「マンイーター」（のちに『君は永遠にそいつらより若い』に改題）で太宰治賞を受賞してデビュー。08年『ミュージック・ブレス・ユー!!』で野間文芸新人賞、09年「ポトスライムの舟」で芥川賞、11年『ワーカーズ・ダイジェスト』で織田作之助賞、13年「給水塔と亀」で川端康成文学賞、16年『この世にたやすい仕事はない』で芸術選奨新人賞、17年『浮遊霊ブラジル』で紫式部文学賞、19年『ディス・イズ・ザ・デイ』でサッカー本大賞、20年「給水塔と亀（The Water Tower and the Turtle）」（ポリー・バートン訳）でPEN／ロバート・J・ダウ新人作家短編小説賞、23年『水車小屋のネネ』で谷崎潤一郎賞を受賞。近著に『サキの忘れ物』『つまらない住宅地のすべての家』『現代生活独習ノート』『やりなおし世界文学』などがある。

「毎日新聞」2021年7月1日から2022年7月8日の連載に加筆修正をしました。

水車小屋《すいしゃごや》のネネ

第1刷　2023年3月5日
第13刷　2024年4月10日

著者　津村記久子《つむらきくこ》

発行人　小島明日奈
発行所　毎日新聞出版
〒102-0074 東京都千代田区九段南1-6-17 千代田会館5階
営業本部 03-6265-6941　図書編集部 03-6265-6745

印刷・製本 中央精版印刷

ISBN978-4-620-10862-9